WILDSPITZ

Monika Mansour, geboren 1973 in der Schweiz, liebte schon als Kind spannende Geschichten. Nach einer Lehre ging sie auf Reisen und verbrachte mehrere Monate in Australien, Neuseeland und den USA. Danach arbeitete sie am Flughafen, führte eine Whiskybar und war Tätowiererin. 2014 erfüllte sich ihr Traum vom Leben als Schriftstellerin. Sie lebt mit ihrem Mann und ihrem Sohn im Luzerner Hinterland.
www.monika-mansour.com

Dieses Buch ist ein Roman. Handlungen und Personen sind frei erfunden. Ähnlichkeiten mit lebenden oder toten Personen sind nicht gewollt und rein zufällig.

MONIKA MANSOUR

WILDSPITZ

Kriminalroman

emons:

Bibliografische Information der Deutschen Nationalbibliothek
Die Deutsche Nationalbibliothek verzeichnet diese Publikation in der Deutschen Nationalbibliografie; detaillierte bibliografische Daten sind im Internet über http://dnb.d-nb.de abrufbar.

FSC www.fsc.org MIX Papier aus verantwortungsvollen Quellen FSC® C083411

Umschlagmotiv: shutterstock.com/Giedriius
Umschlaggestaltung: Nina Schäfer, nach einem Konzept von Leonardo Magrelli und Nina Schäfer
Umsetzung: Tobias Doetsch
Gestaltung Innenteil: César Satz & Grafik GmbH, Köln
Lektorat: Irène Kost, Biel/Bienne, Schweiz
Druck und Bindung: CPI – Clausen & Bosse, Leck
Printed in Germany 2020
ISBN 978-3-7408-0932-4
Originalausgabe

Man spricht von der «tierischen» Grausamkeit des Menschen. Aber das ist sehr ungerecht und für die Tiere wirklich beleidigend: Ein Tier kann niemals so grausam sein wie der Mensch, so ausgeklügelt, so kunstvoll grausam.

Fjodor Michailowitsch Dostojewski (1821–1881),
russischer Schriftsteller

Eine Frau, die wahrhaft geliebt, oder wie man ebenso gut sagen kann, gelitten hat, sieht die andern flirten mit den Augen einer Mutter, die ein Kind verloren hat und die zusieht, wie kleine Mädchen mit Puppen spielen.

Paul Bourget (1852–1935),
französischer Schriftsteller und Kritiker

Der Fuchs bellt nicht, wenn er das Lamm stehlen will.

William Shakespeare (1564–1616),
englischer Dichter

SCHULD

Wie pflegte Jesus zu predigen: «Tut Busse, denn das Himmelreich ist nahe herbeigekommen!» Schwester Agatha wischte sich Schweisstropfen von der Stirn. Sie konnte sich nicht erinnern, dass es im Frühling in der Schweiz so heiss sein konnte. Weit über zwanzig Jahre lag ihre Flucht zurück. Die Flucht vor ihrem Gewissen. Die Flucht vor einer Tat, die sie sich nie vergeben hatte. Ihre gewählte Verbannung nach Äthiopien war eine selbst auferlegte Busse gewesen. Aber über zwanzig Jahre Aufopferung konnten nicht wiedergutmachen, was sie verbrochen hatte. Die Zeit war gekommen, sich ihrer Sünde zu stellen und diese letzte Tat zu vollbringen, bevor sie reumütig vor Gott trat, was bald eintreffen würde. Mit letzter Kraft hatte sie die Rückreise angetreten. Die Rückreise in ihre Heimat, nach Hagendorn in die Abtei Frauenthal. Hier hatte sie zehn Jahre ihres Lebens verbracht. Hier fand sie als Novizin zu Gott, in den Mauern des ältesten Zisterzienserklosters der Schweiz. Seit dem 13. Jahrhundert lebten die Schwestern nach den Regeln des heiligen Benedikt. Regeln, die ihr Leben stets erfüllt hatten, Trost spendeten und Hoffnung gaben.

Wie sauber und ordentlich das Zimmer war. Die frische Bettwäsche roch nach Lavendel. Ein Strauss Feldblumen stand auf dem Tisch am Fenster. Schwester Agatha konnte sich an dem Grün draussen vor dem Fenster nicht sattsehen, auch wenn sie es nur verschwommen wahrnahm. Wie hatte sie blühende Wiesen und schattenspendende Wälder in Äthiopien vermisst.

Ein heftiger Husten schüttelte ihren ausgemergelten Körper durch, der kaum mehr ein Schatten ihrer selbst war. Zwei Jahrzehnte Sand und Salz hatten ihre Lungen verbrannt. Das Leben am Rande der Danakil-Senke, im Norden Äthiopiens, erinnerte sie täglich an die Hölle, die auf sie wartete. Es war kein Zufall, dass sich Schwester Agatha den heissesten Ort auf Erden ausgesucht hatte, um Busse zu tun. Die Salzwüste war gnadenlos. Brodelnde Vulkane und blubbernde Schwefelseen machten das Leben schier unmöglich – dennoch begaben sich die einheimischen Afar täglich auf die Suche nach dem «weissen Gold», kratzten die Salzplatten vom Boden und verkauften sie auf dem Markt in Mek'ele. Oft beobachtete Schwester Agatha die kleinen Kamelkarawanen, die aus der Wüste kamen. Sie kämpfte auf einsamem Posten um die Seelen der Einheimischen. Die Menschen, die sie bekehren konnte, zählte sie an einer Hand ab. Der Arm des äthiopisch-katholischen Erzbistums in Addis Abeba reichte nicht bis Mek'ele. Aber Schwester Agatha traf auch auf viel Liebe, Trost und Ruhe. Die Einheimischen respektierten sie. Die Kinder kamen, um Lesen und Schreiben zu lernen, die Frauen suchten Rat in familiären Angelegenheiten und liessen sie rufen, wenn es Probleme bei der Niederkunft gab. Die Menschen hatten sie mit dem Wichtigsten versorgt, was sie zum Leben brauchte.

Äthiopien schien unendlich weit weg, als wäre ihr Leben dort nur ein Traum gewesen. Jetzt war Schwester Agatha zurück, um sich ihrer schlimmsten Sünde zu stellen. Die Kirchenuhr schlug Viertel vor fünf. Die Schwestern würden sich versammeln, um in der Kapelle die Vesper zu feiern. Schwester Agatha war es nicht mehr möglich, aus dem Bett zu steigen. Ihre verbleibende Zeit auf Erden raste dem Ende zu, sie fühlte es. Er wollte heute kommen, hatte es versprochen. Schwester Agatha wollte nicht sterben, ohne um Vergebung zu bitten. Er musste ihre Beichte anhören, die Wahrheit erfahren, das war sie ihm schuldig.

Sanft klopfte es an die Tür. Schwester Magdalena trat ein, den Kopf gesenkt. «Er ist hier», sagte sie, liess den Mann eintreten, zog sich zurück und schloss die Tür.

Schwester Agatha blinzelte. Auf einem Auge war sie blind, und das andere hüllte die Welt in einen Schleier. Sie versuchte, sich aufzusetzen, hustete, suchte die Bettdecke nach der Brille ab, die hier liegen musste. Schwester Agatha hörte seine Schritte, hörte den Stuhl, den er heranzog. Er war gross, das erkannte sie an den Umrissen. Nein, er war kein gebrochener, älterer Mann ... Etwas stimmte hier nicht. Ein kalter Schauer lief über ihren Rücken hinunter. Sie hörte ihre Stimme zittern, als sie seinen Namen aussprach.

«Ja», sagte er, «der bin ich.»

Endlich fand sie ihre Brille und setzte sie auf. Spielte das Schicksal ihr einen Streich? Hatte der Teufel seine Finger im Spiel? War das eine Prüfung Gottes? Dies konnte unmöglich der Mann sein, dem sie ihr Geheimnis beichten wollte. Ihr altersschwaches Herz raste. Sie konnte der Hölle nicht entkommen, die Erlösung blieb ihr verwehrt. Gott war nicht bereit, ihr zu vergeben.

PROLOG

Pedro Ramirez log. «Tolle Party, Harri.»

«Schön, konntest du vorbeikommen. War schon lange überfällig.»

Ramirez nickte. «Tolles Haus.» Das hingegen entsprach der Wahrheit. Die Villa war der Wahnsinn, nicht zu vergleichen mit Ramirez' kleiner Zwei-Zimmer-Wohnung in Sins. Er stand etwas verloren unter all den Gästen, die sich herausgeputzt hatten. Ramirez' beste Hose war in die Jahre gekommen, Jeans wollte er heute Abend nicht tragen. Extra Lederschuhe hatte er sich nicht gekauft, dafür hatten seine weissen Sneakers eine Runde in der Waschmaschine gedreht. Das hellblaue Hemd hatte er sich geborgt und zur Wäscherei gebracht, Bügeln war keine seiner Stärken.

Harri klopfte ihm auf die Schulter. «Schön, dass ich dich überreden konnte, zu meiner kleinen Feier zu kommen. Du wirst mir fehlen. Sicher, dass du nicht bei mir im neuen Labor als Nachtwächter einsteigen willst?»

«Das entscheide nicht ich. Safetron macht die Zuteilung.»

«Klar doch. Mehr Champagner?»

Ramirez starrte auf sein halb volles Glas, das er unbeholfen zwischen den Fingern drehte. Sektgläser mit dünnem Stiel waren nicht sein Ding. Er mochte Bier in Dosen.

Rebecca, Harris Frau, trat zu ihnen, das dunkelhäutige Baby im Arm. «Schatz, Professor Zach fragt nach dir.»

Sie entschuldigten sich und liessen Ramirez zurück. Er beobachtete die Gäste, bekannte Gesichter, aber fremde Persönlichkeiten. Viel mehr als ein Hallo und Tschüss kam selten über die Lippen der anderen, wenn er ihnen zu den Randstunden über den Weg lief. Er suchte nach Tamara, fand sie aber nicht. Da fiel sein Blick auf Natalie, die Tochter von Harri. Ramirez kannte sie nicht persönlich, aber bei Rivoli wurde viel über sie gesprochen. Er wusste, dass sie ein Schmetterlingskind war.

Sie litt an einer genetischen Krankheit, und ihr Vater forschte oft nächtelang im Labor, um eine Heilung zu finden. Natalie war in ihrer Erscheinung ein echter Schmetterling. Sie trug bunte, afrikanische Kleidung, besass aber die blasseste Haut, die Ramirez je gesehen hatte. Sie war gross, sehr dünn und strahlte etwas Magisches aus. Als ob sie seine Blicke spürte, schaute sie zu ihm her und lächelte freundlich. Ramirez grinste zurück, eher unbeholfen, wie er fand.

Zeit zu gehen, dachte er. Coco, sein Hund, musste raus. Der Arme war schon zu lange in der Wohnung eingesperrt. Ende Juli waren die Nächte perfekt für einen Spaziergang mit seinem Deutschen Schäferhund. Draussen war es auch um zehn Uhr nachts noch hell. Es blieben genug Gäste zurück, um mit Harri seinen Abschied von Rivoli zu feiern. Ende August war sein letzter Arbeitstag, bevor er sich selbstständig machte. Fast zwanzig Jahre war Harri bei Rivoli angestellt gewesen. Eine lange Zeit. Ramirez beschloss, sich heimlich davonzumachen. Nur bei Tamara, seiner Arbeitskollegin bei Safetron, wollte er sich verabschieden. Wo steckte sie bloss? Ramirez suchte Salon, Küche und das Entrée nach ihr ab. Sie war auch nicht auf der Terrasse oder im Papiliorama, das mit tropischen Pflanzen und Tausenden Schmetterlingen bestückt war, zu finden. Ramirez ging zurück in die Villa. Er bemerkte, wie die Tür zu Harris Arbeitszimmer ein Stück offen stand. Von Natur aus war Ramirez ein neugieriger, aber auch vorsichtiger Mensch. Er klopfte kurz an und schob die Tür ein Stück weiter auf. «Hola?»

Die Frau schoss herum. «Ramirez!»

«Was machst du denn hier?», fragte er und bekam ein wunderschönes Lächeln geschenkt.

EINS

«Ich habe in meiner langen Karriere nie einen solchen mit Leichen übersäten Tatort gesehen. Wie viele sind das? Dutzende? Mir wird schlecht.»

«Reiss dich zusammen», sagte Sara. «Du bist der Leitende Staatsanwalt in diesem Fall.»

«Und du die Zuger Kripochefin. Wirst du dich um diese armen Seelen kümmern, die hier tot im Müll liegen?», fragte Lind leichenblass.

«Nein», sagte Sara. «Mein Job ist es, den Mörder des Nachtwächters zu finden. Diese Kadaver werden fachgerecht entsorgt.»

«Menschen sind Monster.» Lind fuhr sich mit der Hand durch sein schulterlanges graues Haar.

Sara wandte sich ab und verliess den engen, gekachelten Raum, in welchem man die Tierkadaver entsorgte. Sie öffnete den oberen Knopf ihrer weissen, gestärkten Bluse und marschierte an den leeren Käfigen vorbei. Es war stickig und heiss, der letzte Samstag im August, und Meteo Schweiz hatte für den September keine Abkühlung versprochen. Viele Tiere waren nicht mehr hier, ein paar Ratten und ein Hund, der seine Zähne zeigte. Alle anderen armen Kreaturen hatten die Täter mitgenommen. Ob das gut war? Darüber hatte Sara bisher keine Meinung gefasst.

Eckart Lind marschierte neben ihr, für einmal war sein Dauergrinsen weg. Er blickte ernst.

Menschen waren seltsam, dachte Sara. Lind hatte einige übel zugerichtete Leichen gesehen, aber letztlich waren es die Kadaver der Mäuse und Meerschweinchen und der eines Hundes, die ihn schockierten. Schweigend nahmen sie die Stufen hinunter ins erste Stockwerk.

Ihr Kollege Bolander kam ihnen entgegen. «Wie sieht es oben aus?»

Sara verschränkte die Arme und übernahm das Wort. «Identisch. Das absolute Chaos. Durchwühlte Vorrats- und Lagerräume, aufgebrochene Käfige und die meisten Tiere wurden von den Tätern mitgenommen. Sorgen macht mir, dass sie die gut gesicherten Gefrierschränke, wo gefährliche Viren und Bakterien lagern, aufbrachen. Noch wissen wir nicht, ob sie etwas mitgehen liessen oder ob die Täter nur auf Verwüstung aus waren.»

«Radikale Tierschützer?», fragte Bolander.

«Das oder wir haben es mit Einbrechern zu tun, die nebenbei ein Herz für Tiere haben. Hast du dich hier umgesehen?»

«Ich warte auf Dr. Weisshaar. Sie sollte jeden Moment eintreffen. Ohne Zugangsberechtigung kommen wir nicht in die Labors. Der Leiter von Rivoli Biotech Analytics ist soeben eingetroffen und sitzt unten im Büro. Du wolltest ihn gleich sprechen.» Bolander schaute Lind an.

Dieser spielte mit den bunten, geknüpften Armbändern am Handgelenk. Er sah müde aus. Sie waren mitten in der Nacht aus dem Bett geholt worden. Dementsprechend hatten sie ihre Kleider gewählt. Lind trug eine grüne Cordhose und ein buntes Hawaiihemd in Türkisfarben. Der eher konservative Bolander wäre sonst nie mit einem «I Love Paris»-T-Shirt in der Polizeizentrale aufgetaucht. Sara hoffte, dass ihre Bluse, die sie gestern schon getragen hatte, nicht zu arg zerknittert war und unter den Achseln keine Schweissflecke aufwies.

«Eckart?»

Lind war der Liebling im Team der Zuger Polizei und Staatsanwaltschaft. Sara mochte ihn nur bedingt. Bolander holte den Staatsanwalt aus seiner Gedankenwelt zurück. Dieser schreckte auf, war mit den Gedanken vermutlich bei den Kadavern. «Wie heisst der Leiter des Labors noch gleich?»

«Professor Günter Zach», klärte ihn Bolander auf. «Er kann sich den Einbruch in sein Labor nicht erklären, ist aber erstaunlich kühl und gefasst. Er behauptet, dass sie sehr strenge Sicherheitsvorkehrungen haben, und vermutet deshalb einen Insider, der an der Sache beteiligt sein muss.»

Lind ging hinunter zum Empfang, und Sara nutzte die ruhige Minute, sich umzusehen. Rechts und links von ihr führte der Korridor zu zwei gläsernen Türen, die nur mit Badge und persönlichem PIN-Code geöffnet werden konnten. Die Türen waren verschlossen. Dahinter sah Sara aber das zerstörte Mobiliar in den weiterführenden Korridoren, in welchen jeweils zu beiden Seiten Türen zu den einzelnen Räumen offen standen. Die Täter hatten reichlich Reagenzgläser, kleinere Apparate und Dinge, die Sara nicht kannte, aus den Räumen in den Flur geschmissen. Sie hatten gnadenlos randaliert. Das Chaos konnte unmöglich eine Person allein veranstaltet haben, nicht in der kurzen Zeitspanne, als der Alarm ausgelöst wurde, bis der erste Wagen der Sicherheitspolizei eintraf. Die Täter waren schnell gewesen.

Eine junge Frau eilte die Treppe hoch. Sie trug ein kurzes rotes Sommerkleid und hatte die prachtvollsten schwarzen Haare, die Sara je gesehen hatte. Sie reichten ihr bis zu den Hüften. «Das darf doch nicht wahr sein», rief die Frau aus, als sie einen ersten Blick durch die Glastüren warf. «Wer tut so etwas?»

«Und Sie sind?», fragte Sara harscher als beabsichtigt.

«Oh, entschuldigen Sie», sagte die Frau. Sie sprach Hochdeutsch. «Ich bin Julia Weisshaar. Dr. Julia Weisshaar. Ich bin die Abteilungsleiterin der Bioverfahrenstechnik.»

«Wir müssen hinein und uns umsehen.»

«Natürlich.»

Sara telefonierte mit Lüscher vom Kriminaltechnischen Dienst, der sich unten um die Leiche des Wachmannes kümmerte. «Schick mir einige deiner Jungs hoch. Wir können reingehen.»

Eine Minute später hatte Sara ein vier Mann starkes Team zusammen. Sie blickte von der gläsernen Tür rechts zu der zu ihrer Linken. Rechts stand «Bioverfahrenstechnik» geschrieben, links «Zellkulturtechnik». «Bolander, nimm dir zwei Mann und schau dich bei den Zellkulturen um. Ich gehe mit Dr. Schwarz… ähm Weisshaar zum Labor für Bioverfahrenstechnik, was immer das heissen mag.» Sie zeigte auf zwei Kollegen, die ihr folgen sollten.

Dr. Weisshaar schloss für Bolander die Tür auf. «Bitte, fassen Sie nichts an.»

Bolander zögerte. «Ist es gefährlich? Ich meine, könnten tödliche Viren oder fiese Bakterien durch die Luft schweben?»

Sie schüttelte die Haarpracht. «Es lagern nur Zellkulturen in den Schränken und Apparaten. Wir arbeiten in diesen Labors zurzeit mit keinen gefährlichen Zellstämmen.»

Bolander atmete erleichtert durch und betrat mit zwei Männern die Räume.

Dr. Weisshaar kam auf Sara zu, die mit den Kollegen vom KTD vor der Tür zu den Labors der Bioverfahrenstechnik wartete. Weisshaar hielt ihren Badge ans Lesegerät und tippte den PIN-Code ein. Die Glastür sprang zur Seite auf.

«Sagen Sie, wird aufgezeichnet, wer, wann, mit welchem Badge die Labors betritt?», fragte Sara.

«Ja. Pedro kann – nein, nicht mehr.» Weisshaar blieb stehen. «Es ist Pedro, nicht, der unten zugedeckt liegt? Er hatte heute Nachtdienst.»

«Kannten Sie den Nachtwächter gut?»

«Nein, überhaupt nicht. Wir grüssten uns. Er begann seine Schicht, wenn ich Feierabend hatte, und am Morgen verabschiedete er sich, wenn ich zur Arbeit kam.»

«Pedro Ramirez hätte nachsehen können, wer die Türen öffnet?»

«Ja.»

«Wer kann das noch?»

«Günter hat Zugriff, aber er kennt sich mit der Technik im Überwachungsraum nicht aus. Jerry ist in den Ferien. Tamara müsste verfügbar sein.»

«Tamara wer?»

«Tamara Hansen. Sie arbeitet auch für Safetron, die Sicherheitsfirma, die wir angestellt haben und welche für die Überwachung von Rivoli zuständig ist. Stehen Sie mit denen nicht in Kontakt?»

«Wir arbeiten dran», sagte Sara. Innerlich fluchte sie. Warum war sie nicht über die externe Sicherheitsfirma informiert worden? Sie trat einen Schritt beiseite, rief die Zentrale an und verlangte, dass man sofort Kontakt mit Safetron aufnahm. Und sie wollte diese Tamara Hansen unverzüglich hier bei Rivoli Biotech Analytics haben.

«Meine Güte, die haben alles zerstört.» Weisshaar wollte vorgehen, aber Sara hielt sie zurück.

«Hinter mir bleiben! Es besteht die geringe Chance, dass sich noch einer der Täter hier aufhalten könnte.» Sie zog ihre Dienstwaffe und ging vor, gefolgt von den beiden Männern des KTD. Sara verschaffte sich einen ersten Überblick. Kein Lebenszeichen. «Okay, Sie können kommen», rief sie der Biochemikerin zu.

Es war kaum ein Schritt möglich, ohne dass Glassplitter unter den Schuhen knirschten. «Hier kreucht und fleucht garantiert nichts Giftiges herum?», fragte Sara. «Genmanipulierte Moskitos, tollwütige Mäuse oder muntere Ebolaviren zum Beispiel? Ich habe ‹Outbreak› bestimmt zehnmal im Fernsehen gesehen.»

«Nein, nicht mal ein Grippevirus haben wir zurzeit in Arbeit.» Weisshaar blieb stehen und schaute sich den Schaden an. «Wir experimentieren seit Wochen mit Stammzellen, Fettgewebe und Knochenmark für zelltherapeutische Zwecke. Völlig harmlos. Oh nein, die Idioten haben den Techfors-Bioreaktor komplett zerstört, die Inkubatoren aufgerissen und die angelegten Kulturen auf den Boden geschmissen. Es wird Wochen dauern, bis wir hier wieder arbeiten können.»

Sara folgte Weisshaar in den nächsten Raum, der aussah wie eine Raumstation. Ein roboterartiges Gerät mit Monitor stand in der Mitte. Als läge das Ding auf einer Intensivstation, war es mit Dutzenden Schläuchen und Kabeln verbunden, die zu zylinderförmigen Behältern und Kästen in unterschiedlichsten Grössen führten.

Weisshaar schlug die Hände vors Gesicht. «Diese Ernte können wir streichen. Die haben den Fed-Batch-Prozess unterbrochen.»

«Den was?»

«Eine Verfahrenstechnik zur Befüllung der Reaktionsgefässe. Dabei hatten wir letzte Woche endlich den ersten Durchbruch in dieser Testreihe. Ein halbes Jahr Forschungsarbeit ist einfach zerstört, all die Daten, Aufzeichnungen und Resultate sind nutzlos. Wir können von vorne beginnen.»

Sara zeigte auf die Apparaturen. «Was machen Sie hier genau?»

«Biomassenfermentation.»

«Aha.»

«Das erkläre ich Ihnen nicht im Detail.» Weisshaar war gereizt und marschierte ins nächste Zimmer. Überall das gleiche Bild der Zerstörung.

«Haben die Täter etwas gestohlen?», fragte Sara, die Weisshaar Schritt auf Tritt folgte.

«Sieht nicht danach aus.»

«Wem nützte es, wenn Ihre Testreihen zerstört werden?»

«Der Konkurrenz. In der Pharma-, Kosmetik- und Lebensmittelindustrie ist der Konkurrenzkampf hoch. Viele Firmen arbeiten an ähnlichen Forschungsprojekten. Wer als Erster ein Ergebnis liefert, ein Medikament auf den Markt bringt und es patentieren lässt, hat gewonnen.»

Sara musste sich eingestehen, dass dies ein gutes Motiv für die Zerstörungswut der Einbrecher gab. «Sie arbeiten mit Versuchstieren?»

Weisshaar drehte sich zu Sara um. «Das ist unschön, aber manchmal unumgänglich. Wir versuchen, uns streng an das ethische 3R-Prinzip zu halten: Replace, Reduce, Refine. Vermeiden, Verringern, Verbessern. Wenn möglich, greifen wir auf alternative Testmethoden zurück. Immer geht das nicht. Wenn wir komplett auf Tierversuche verzichten, werden bald keine neuen Medikamente mehr auf den Markt kommen. Die Menschen wollen keine Tierversuche, aber wenn das eigene Kind an Krebs erkrankt oder eine Coronapandemie ausbricht, betteln sie um Medikamente, ganz gleich, ob Tiere deswegen sterben mussten.»

Warum so aggressiv?, fragte sich Sara. Sie hatte nur eine einfache, sachliche Frage gestellt und als Antwort keinen heissblütigen Vortrag erwartet. Weshalb schaltete Weisshaar gleich in den Verteidigungsmodus? Plagten sie Schuldgefühle?

«Sie haben keine Ahnung, wie oft ich an den Pranger gestellt werde, sobald die Leute erfahren, dass ich im Labor Versuche an Tieren durchführen muss. Ich werde beschimpft, bespuckt, bedroht – hat es alles gegeben. Letztlich sind es genau diese überzeugten Tierschützer, die in die nächste Schönheitspraxis rennen und sich über Mittag eine Dosis Botox unter die Lachfältchen spritzen lassen.» Weisshaar blies eine ihrer schwarzen Haarsträhnen aus der Stirn. «Scheinheilige Gutmenschen. Würden sie sich informieren, wüssten sie, dass jede Botox-Charge an Mäusen getestet werden muss, bevor sie auf den Markt darf. Der LD50-Test ist dem höchsten Schweregrad drei zugeteilt, das heisst, die Hälfte der Tiere stirbt einen langsamen, qualvollen Erstickungstod. Fast eine halbe Million Mäuse jährlich allein in Europa. Wie viele Tiere in der restlichen Welt deshalb sterben, will keiner wissen. Hey, was sind schon Millionen von geopferten Mäusen für ein bisschen gewonnene falsche Jugend?»

Sieh an, dachte Sara, Weisshaar zeigte Biss und hatte sehr wohl ein Gewissen. «Dann testen Sie hier kein Botox?»

«Sicher nicht.»

«Was liegt oben in den gesicherten Gefrierschränken?»

«Sind die aufgebrochen?»

«Leider ja. Wie gefährlich ist das Zeugs?»

Weisshaar atmete tief durch. «Einige Viren, wie zum Beispiel das Coronavirus, wenn auch nicht das SARS-CoV-2, lagern dort auf Vorrat. Zudem Bakterien, Pilze und Parasiten. Nichts, das gut ist für die Gesundheit, aber das Ebola- oder Dengue-Virus haben wir hier nicht. Wir lagern und erforschen Biostoffe, die Krankheiten hervorrufen können, welche jedoch behandelbar sind und bei denen die Seuchengefahr mässig gefährlich ist und die Erreger nicht durch die Luft übertragen werden.»

«Danke, jetzt fühle ich mich sicherer. Ich brauche eine detaillierte Liste der Bestände, die Sie am Lager haben.»

«Natürlich. Wir führen genau Buch darüber. Ich drucke Ihnen die Liste später aus.»

Sara gab ihren Kollegen vom KTD die Anweisung, sich an die Arbeit zu machen. Es gab viel zu tun. Sie wandte sich erneut an Weisshaar, die eine Petrischale vom Boden aufhob. «Was versteht man unter Bioverfahrenstechnik?»

Weisshaar lächelte. «Vereinfacht ausgedrückt wird biologisches Wissen in technische Verfahren umgesetzt, um therapeutische und diagnostische Arbeitsvorgänge zu entwickeln, die in der Lebensmittel-, Pharma- und Kosmetikindustrie eingesetzt werden. Wollen Sie mehr Details?»

Sara hob defensiv die Hände. «Ich kümmere mich um den Mörder und die Einbrecher, das Aufräumen überlasse ich Ihnen.» Sie wandte sich ab und marschierte den Korridor zurück, hinüber auf die andere Seite, in das Reich der Zellkulturtechnik. Das gleiche Bild der Zerstörungswut. Sie winkte Bolander zu sich. «Was hast du für mich?»

«Auf den ersten Blick scheint nichts zu fehlen. Hier war jemand echt sauer.»

«Oder will mit fiesen Tricks das Rennen gewinnen.»

Bolander warf Sara einen fragenden Blick zu.

«Erkläre ich dir bei der Besprechung. Ich sehe mal nach, wie Lind sich schlägt.»

Sara ging die Treppe hinunter ins fast futuristisch anmutende Parterre. Weisser glänzender Marmor und kahler Beton wechselten sich ab. Schmale, hohe Fenster waren in die Aussenwände eingelassen. Die Eingangstür bestand aus sich drehenden bunten Glasflügeln. Der Raum verbreitete eine kirchenähnliche Atmosphäre, die nicht so recht in ein Labor in Rotkreuz passte. Mitten im Eingangsbereich stand die Empfangstheke von Rivoli Biotech Analytics. Sie war ein runder, geschlossener Kreis, der Sockel aus Beton, die Ablage aus weissem Marmor, indirekt mit blauem Licht bestrahlt. Die Treppe lag an der Seite, hinter dem Empfang führte ein Durchgang zur Kantine, die natürlich um drei Uhr nachts geschlossen war.

Es herrschte reges Treiben. Sicherheitsbeamte der Polizei und die Kollegen vom KTD erledigten ihre Arbeit. Durch die Flügeltür sah Sara draussen die blauen Lichter der Polizeiwagen.

Die Leiche lag auf halbem Weg zwischen Empfang und Eingang. Der Nachtwächter musste die Einbrecher überrascht haben. Sara ging zu Lüscher, der mit dem Amtsarzt diskutierend neben der zugedeckten Leiche stand. «Zwischenbericht?»

Lüscher schob seine dunkle Hornbrille auf dem Nasenrücken zurecht. Die Brille irritierte Sara. Obwohl sie grob und klotzig war, stand sie dem zierlichen, blonden, jungen Mann gut. Ohne seine Brille hätte sie Lüscher als langweilig und fad abgetan. Die Brille verlieh ihm Charakter. «Erschlagen mit einem stumpfen Gegenstand», sagte Lüscher. «Von vorne. Der Schlag traf ihn mitten auf die Stirn. Das vordere Schädeldach ist zertrümmert.»

«Frau Jung», sagte der Amtsarzt, dessen Namen Sara vergessen hatte, «so sieht man sich wieder. Ist es Zufall, dass Sie jedes Mal die leitende Pikettoffizierin im Dienst sind, wenn ein Verbrechen geschieht?»

Was sollte diese bissige Bemerkung? Sara hatte dem guten Doktor nichts zuleide getan. «Na, Sie sind ebenfalls hier.»

Er wandte sich ab und hob seinen Arztkoffer vom Boden auf. «Die Todesursache ist eindeutig. Der Bestatter soll das Opfer für die Legalinspektion ins Friedhofsgebäude Waldheim bringen. Ich werde ihn mir dort morgen früh genauer ansehen. Vorher lege ich mich für ein paar Stunden ins Bett.» Weg war er, ohne ein Wort der Verabschiedung.

«Was ist mit dem los?», fragte Sara.

«Er ist wütend.»

«Auf wen? Auf mich? Ich kenne ihn kaum.»

«Eben. Du ignorierst ihn konsequent. Hast du ihn gegrüsst?»

«Ähm …»

«Kennst du überhaupt seinen Namen?»

«Sicher, das ist Dr. …»

«Hast du dich je einmal bei ihm für seine Arbeit bedankt?»

Sara verwarf die Hände. «Leichen für tot zu erklären ist sein Job.»

Lüscher grinste. «Eben. Ein Job, der gewürdigt werden will. Geht uns allen gleich.»

«Worauf willst du hinaus?»

«Du wirst es verstehen – irgendwann einmal. Die Hoffnung stirbt zuletzt.»

Frecher Kerl, dachte Sara. Lüscher hatte sich im letzten Jahr vom Grünschnabel zu einem hervorragenden Kriminaltechniker gemausert. Er war einer der wenigen, den sie bei der Zuger Polizei mochte. «Unsere Täter verschafften sich die Zugangscodes», fasste Sara zusammen, «stürmten durch die Flügeltür ins Gebäude, trafen unvorbereitet auf den Nachtwächter –»

«Ramirez, Pedro Ramirez. Das Opfer hat einen Namen.»

Sara stockte einen Moment und fuhr fort. «Sie erschlugen den … Sie erschlugen Ramirez, stürmten hoch zu den Labors, zerstörten alles, was ihnen in die Finger kam, rannten hoch ins zweite Stockwerk, wüteten in den Lagerräumen, brachen die Gefrierschränke auf, befreiten die Versuchstiere und verzogen sich, bevor ein erstes Team der Sicherheitspolizei eintraf.»

Lüscher nickte.

«Wann genau lösten sie den Alarm aus?»

«Als sie oben die Türen zu den Labors öffneten. Dort ist zwischen elf Uhr abends und fünf Uhr morgens ohne Bewilligung kein Zutritt erlaubt.»

«Was vermuten lässt, dass sie erst ganz oben bei den Tieren waren und danach die Labors betraten?»

«Meine Vermutung.»

«Haben sie hier unten etwas angefasst?»

«Nein, hier wurde nichts zerstört – bis auf Pedro Ramirez. Und es gab eine Entführung.»

Sara stützte die Hände in die Hüften. «Das sagst du mir erst jetzt?»

«Hier.» Lüscher kniete sich nieder und schob das Leichentuch ein Stück zur Seite. Zum Vorschein kam eine Hundeleine mit einem Halsband. «Ramirez war nie allein unterwegs. Coco war bei ihm.»

«Ein Hund?»

«Ein Deutscher Schäferhund. Der ist weg.»

«Sie haben den Wachhund mitgenommen? Und die Versuchstiere? Wie haben sie die Viecher weggepackt? Der Hund wird die Einbrecher ja nicht schwanzwedelnd empfangen haben.»

«Vermutlich haben sie ihn betäubt. Auch die grösseren Versuchstiere mussten sie ruhigstellen. Mäuse, Ratten, Kaninchen und Meerschweinchen konnten sie in Taschen packen.»

«Ich brauche die Bilder der Überwachungskameras. Ach ja, in den nächsten Minuten sollte eine Tamara Hansen eintreffen. Schick sie sofort zu mir. Sie war eine Arbeitskollegin von Ramirez. Sag mal, wohin hat sich Lind verzogen? Er wollte sich mit diesem Professor Günter Zach unterhalten, dem Leiter des Labors.»

Lüscher zeigte am Empfang vorbei Richtung Kantine. «Rechts findest du das Büro von Zach.»

«Dann werde ich hingehen und Hallo sagen.»

Lüscher zeigte mit dem Finger auf sie. «Gute Idee. Nicht vergessen, dabei zu lächeln.»

Hätte Sara einen Gegenstand in Griffnähe, hätte sie ihn Lüscher an den Kopf geschmissen. Stattdessen knurrte sie unverständliche Worte und marschierte davon.

Zachs Name stand in fetten Lettern wichtigtuerisch an der Tür. Sara stiess sie ohne anzuklopfen auf, das hier war schliesslich ihr Tatort. Lind und Zach schauten auf, als sie sich zu ihnen an den Arbeitstisch setzte. Die beiden Männer hätten Brüder sein können. Grau melierte Haare, die sich im Nacken kräuselten, gepflegter, kurz gestutzter Bart, schmale Augen, beide um die sechzig, sportlich, aber mit einer in dem Alter akzeptablen Schicht Wohlstandsspeck um die Bauchgegend. Was sie unterschied, war die Kleidung. Lind, der Hippie aus

Überzeugung, und Zach, Geschäftsmann durch und durch, mit dunkelblauem Massanzug, farblich abgestimmter Krawatte und in eine ordentliche Portion Markenparfum eingehüllt. Sein Gesichtsausdruck war ernst, konzentriert, sachlich. Sara beschloss, auf das Hallo zu verzichten, streckte ihm die Hand hin und drückte kräftig zu. «Sara Jung, Chefin der Zuger Kriminalpolizei. Sie leiten Rivoli Biotech Analytics?»

Zach liess ihre Hand los und lehnte sich langsam in seinem Bürosessel zurück. «Korrekt.»

«Wer ist Eigentümer?»

Lind stiess Sara unter dem Tisch mit dem Fuss an. «Habe ich mir bereits alles notiert. Früher war das Labor ein Familienunternehmen. Die Familie Rivoli lebt in Mailand. Vor fünf Jahren haben sie Rivoli Biotech Analytics an eine Holding mit Sitz in den USA verkauft.»

«Finden Sie die Einbrecher», sagte Zach harsch. «Sie haben fast das komplette Labor zerstört. Der Schaden wird in die Millionen gehen.»

«Tja, und dann liegt da ein toter Nachtwächter vor der Tür», ergänzte Sara zynisch. «Haben Sie Feinde?»

«Die üblichen Tierschützer, Naturheiler und Fanatiker. Sie machen viel Lärm in den sozialen Netzwerken, aber hier? Das kann ich mir nicht vorstellen.»

«Wie sieht es mit der Konkurrenz aus? Neider mit Zerstörungswut?»

«Die Biotechnik ist ein hart umkämpftes Business. Wir fassen uns nicht mit Samthandschuhen an, aber Einbruch – nein, kann ich mir nicht vorstellen.»

«Ich habe Frau Hansen herbestellt.»

Zach runzelte irritiert die Stirn.

«Tamara Hansen. Sie arbeitet hier ebenfalls als Nachtwächterin.»

«Natürlich, Tamara. Wir nennen uns bei Rivoli alle beim Vornamen.»

«Dr. Weisshaar meinte, Sie hätten Zugriff auf den Überwachungsraum, kennen sich aber mit der Technik nicht aus.»

Zach nickte. «Ist nicht mein Spezialgebiet.»

Lind schaute auf seine Notizen. «Ich bräuchte von Ihnen eine Liste aller Angestellten und aller Personen, die Zutritt zu dem Gebäude haben. Auch eine Liste aller ehemaligen Mitarbeiter.»

«Die kann ich Ihnen gleich ausdrucken.» Zach fuhr seinen Computer hoch.

Es klopfte an die Tür. Lüscher trat ein. «Frau Hansen wartet im Überwachungsraum.»

Sara stand auf und folgte ihm aus dem Büro.

«Sie ist aufgewühlt», sagte Lüscher. «Sie kannte Ramirez gut.»

Lüscher ging zurück zur Leiche, und Sara marschierte rechts in den Überwachungsraum. Die Tür stand offen. Tamara Hansen weinte. Sie sass auf dem Stuhl vor den Monitoren und blickte mit geröteten Augen auf.

Sara räusperte sich und trat vor die Frau. «Mein Beileid. Ich bin Sara Jung. Ich leite die polizeilichen Ermittlungen. Kannten Sie den Nachtwächter, ich meine, kannten Sie Pedro Ramirez gut?»

«Er war ein Freund. Als ich mich bei Safetron bewarb, hat er sich für mich als Frau eingesetzt. Das ist kein einfacher Job. Nachts zu arbeiten isoliert einen von der Gesellschaft. Deshalb sind wir bei Safetron wie eine Familie – und Pedro war der Übervater.»

Sara musterte die junge Frau, die sie um die dreissig schätzte. Tamara Hansen war nicht gross, aber sportlich. Sie trug Jeans und ein schwarzes T-Shirt, das deutlich ihre muskulösen Oberarme in Szene setzte. Ihre platinblonden Haare waren kurz geschnitten. Make-up trug sie keines. Ihre fast weisse Haut war makellos, nur die Narbe über der Schläfe irritierte. «Erzählen Sie mir von Herrn Ramirez.»

«Zweiundvierzig, geschieden, keine Kinder, ehemaliger Automechaniker. Seine Eltern stammen aus Mexiko. Seit über zehn Jahren ist er bei Safetron unter Vertrag, seit zwei Jahren teilen wir uns zusammen mit Jerry den Job hier. Mein Gott, ich muss Jerry anrufen. Er ist auf Mallorca in den Ferien.»

«Das hat Zeit», versuchte Sara sie zu beruhigen. «Gibt es jemanden aus Ramirez' Privatleben, den wir benachrichtigen sollten?»

Tamara schüttelte den Kopf. «Mit seiner Ex hat er seit Jahren keinen Kontakt mehr. Safetron war seine Familie, und die wissen ja bereits Bescheid.»

Sara legte ihre Hand auf Tamaras Arm. «Ich brauche Ihre Hilfe. Ich muss dringend wissen, mit welchem Badge die Sicherheitstüren oben bei den Labors geöffnet wurden. Dr. Weisshaar meinte, das würde hier aufgezeichnet.»

«Richtig.» Tamara wischte sich die Wangen trocken und weckte den Computer zum Leben. «Die Auswertung dauert einen Moment, aber hier habe ich die Aufzeichnung der äusseren Videokamera, die sich nur einschaltet, wenn sich etwas bewegt. Wollen Sie das sehen?»

«Unbedingt.»

Tamara holte die Bilder auf den Monitor vor sich. Zwei Lichtkegel kündeten an, dass sich ein Wagen näherte. Kurz darauf war auf dem verlassenen Vorplatz beim Haupteingang ein dunkler Van zu sehen, der direkt vor der Flügeltür parkierte. Vier Personen sprangen aus dem Wagen, alle in Schwarz gekleidet, alle mit einer identischen Hundemaske über dem Kopf, eine billige Fasnachtsmaske. Jeder der vier trug zwei Taschen mit sich. Leere Taschen, wie es schien. Sara erkannte, wie einer der Täter einen Badge an die Flügeltür hielt und sich diese zu drehen begann. Die vier Einbrecher verschwanden aus dem Bild.

«Wir müssen auf die Kamera über dem Empfang wechseln», sagte Tamara, zögerte aber. «Ich kann das nicht sehen.»

«Laden Sie mir das Video auf den Monitor. Sie können rausgehen, bis es vorbei ist.»

Tamara tippte einige Befehle in die Tastatur ein, stand rasch auf und rannte aus dem Überwachungsraum.

Solche Bilder hatte Sara tausendmal in all den Krimis und Thrillern im Fernsehen gesehen, doch das hier war echt. Die Aufnahme war leicht stockend und nur in Schwarz-Weiss gefilmt, was die Szene dramatisch unterstrich. Sara beobachtete, wie die Flügeltüren sich drehten und die vier Täter das Gebäude betraten. Auf dem Monitor war die Zeit eingeblendet. Ein Uhr zweiunddreissig. Die Einbrecher blieben kurz stehen und sprachen sich ab. Plötzlich schnellte der Kopf eines der Täter herum. Coco rannte ins Bild. Er sprang den ersten Mann an, biss ihn in den Unterarm und warf ihn zu Boden. Zwei der anderen Täter erstarrten. Nicht so der Kleinste von ihnen. Den Bewegungen nach zu urteilen, vermutete Sara, dass es sich um eine Frau handeln musste. Sie griff sofort in ihre Tasche, holte einen Gegenstand hervor und rannte zu dem Deutschen Schäferhund, der auf dem Einbrecher lag und an dessen Unterarm riss. Sie rammte dem Hund eine Spritze in die Schulter. Der Hund schien den Stich nicht zu spüren, zu viel Adrenalin musste durch sein Blut jagen. Es dauerte nur Sekunden, bis er zu torkeln begann, dann kippte er zur Seite und blieb auf dem Boden liegen. Sara sah genauer hin. War er tot? Sie wusste es nicht. Der gebissene Einbrecher hielt sich den Unterarm. Er blutete. Es wurde heftig diskutiert, bis der Verletzte das Gebäude verliess. Die Frau kniete sich neben den Hund, strich ihm über das Fell und kontrollierte Augen und die Atmung. Das Tier lebte. Sie hatte es betäubt. Die beiden anderen, vermutlich zwei Männer, einer eher bullig, der andere sportlich, unterhielten sich. Sara stutzte. Der Hund war sofort zur Stelle gewesen. Aber wo blieb Ramirez? Die Antwort folgte wenige Sekunden später.

Ramirez rannte ins Bild, mit seinem Hosenschlitz beschäftigt. Der Sportliche packte die Frau am Handgelenk und zog sie schützend hinter sich. Oh, ein Gentleman, dachte Sara. Es folgte eine kurze Diskussion. Ramirez hielt einen Schlagstock in der rechten und ein Handy in der linken Hand. Es schien, als wollte er den Notruf wählen. Sara wusste, dass nie ein Anruf eingegangen war. Ihr wurde auch klar, weshalb. Der Bullige stürmte los, rammte Ramirez gegen die Brust, warf ihn zu Boden, entriss ihm den Schlagstock, stellte sich über ihn und schlug erbarmungslos und ohne Vorwarnung zu.

Sara schnappte nach Luft. Das war eiskalter, brutaler Mord ohne die kleinste Regung von Skrupel. Dieser Mann tötete nicht zum ersten Mal. Sie stoppte das Bild und studierte die Körperhaltung der Täter. Pure Wut und Dominanz zeigte der Mörder. Die Frau hielt sich die Hände vor den Mund – Überraschung? Mit solch einem Akt der Gewalt hatte sie nicht gerechnet. Der Gentleman zeigte kaum eine Reaktion. Mit seiner Maske auf dem Gesicht war es schwer zu urteilen, ob er in Schockstarre verfallen war oder ob ihn der Mord kaltliess. Ein Mensch, der keine Emotionen zeigte, war verdammt schwer einzuschätzen. Sie drückte auf Play. Der Mörder verstaute den Schlagstock in seiner Tasche und ging zurück zu den beiden anderen. Sie unterhielten sich kurz und heftig. Die Frau stürmte mit ihren Fäusten auf den Mörder los, trommelte ihm gegen die Brust. Der Gentleman zog sie zurück und hielt sie fest. Plötzlich lag sie in seinen Armen. Ein Liebespaar, dachte Sara. Der Mörder schaute sich kurz um und marschierte los zu der Treppe. Er hatte eine Mission, die er erledigt haben wollte. War er der Anführer der Gruppe und nicht die Frau, wie Sara zuerst vermutet hatte? Sie und ihr Freund folgten ihm. Im Bild waren nur der regungslose Ramirez und sein Hund Coco zu sehen. Es wurde kurz schwarz auf dem Monitor. Die Kamera arbeitete mit Bewegungsmeldern. Sie nahm nur auf, wenn sich in ihrem Blickfeld etwas bewegte. Sara schaute auf die eingeblendete Zeit: ein Uhr sechsunddreissig. Den Alarm hatten sie um ein Uhr dreiundvierzig ausgelöst, was vermuten liess, dass sie erst oben die Tiere befreiten. Die Kamera zeichnete die nächsten Bilder auf: ein Uhr neunundvierzig. Die drei Täter kamen die Treppe herunter und trugen gefüllte Taschen bei sich, Taschen, die sich bewegten. Die Versuchstiere! Beim Verlassen des Gebäudes hatten die zwei Männer keinen Blick für den toten Nachtwächter übrig. Anders die Frau. Sie blieb stehen. Der Gentleman kam zurück. Sie reichte ihm eine ihrer Taschen und ging zu Coco, hob ihn hoch und trug ihn mit nach draussen. Der Hund galt somit offiziell als entführt, dachte Sara. Sie seufzte und lehnte sich im Stuhl zurück. Sie wusste, dass sie sich diese Bilder noch oft ansehen würde, zusammen mit ihren Kollegen, den Technikern und Analytikern der Zuger Polizei. Euch kriege ich hinter Gitter, dachte Sara.

Sie stand auf und verliess den Überwachungsraum. Tamara lehnte draussen an der Wand und weinte leise. Sara räusperte sich. «Für den Augenblick habe ich genug gesehen. Ich muss wissen, mit welchem Badge die Türen geöffnet wurden.»

Tamara wischte sich die Augen trocken. «Das Programm sollte jetzt laufen. Lassen Sie mich nachsehen.»

Sara behielt Tamara im Auge. Sie wollte einer weinenden Frau nicht leichtgläubig vertrauen. Immerhin war das hier ein Tatort, und nachträglich Spuren zu verwischen, wäre für Tamara ein Leichtes. Aber sie konnte nicht die Frau sein, die eingebrochen war. Tamara war wesentlich kleiner und muskulöser gebaut. «Weshalb haben die Täter hier drinnen nichts verwüstet?»

«Der Überwachungsraum ist mit einem Schnappschloss versehen. Einzig wir von Safetron und natürlich der Leiter von Rivoli, Professor Zach, haben einen Schlüssel.» Tamara setzte sich vor den Computer.

Sara winkte Lüscher heran, ohne die Augen von Tamara zu nehmen. «Es gibt Blut auf dem Boden, richtig?», flüsterte sie ihm die Frage zu.

«Ja. Der Schlag hat eine üble Platzwunde auf der Stirn aufgerissen, die für kurze Zeit stark blutete.»

«Es könnte anderes Blut dabei sein. Coco hat einen der Einbrecher in den Arm gebissen. Nimm Proben vom Blut nahe der Flügeltür.»

Lüscher machte sich gleich an die Arbeit. Sara ging zurück in den Überwachungsraum. Tamara druckte eine Liste aus, die mehrere Einträge enthielt. Es war genau dokumentiert, wer mit welchem Badge und PIN-Code wann welche der Labortüren öffnete. Sara nahm die Liste entgegen.

In diesem Moment stürmte Lind herein. Auch er hielt ein Papier in der Hand. «Weisst du, wer gestern hier seinen letzten Arbeitstag hatte?»

Sara drehte sich der Magen um. Sie starrte auf ihre eigene Liste. Ganz unten fand sie die Zeilen, nach denen sie suchte:

29-08 01:32 Gate 1 Badge 784197 Code 9377 H. Krieger
29-08 01:38 Gate 4 Badge 784197 Code 9377 H. Krieger
29-08 01:43 Gate 3 Badge 784197 Code 9377 H. Krieger
29-08 01:44 Gate 2 Badge 784197 Code 9377 H. Krieger
29-08 01:49 Gate 1 Badge 784197 Code 9377 H. Krieger

ZWEI

«Dir entgeht ein traumhafter Sonnenaufgang.» Musa, ihr Pfleger, trat in ihr Geheimzimmer. «Hier drinnen ist es dunkel wie in einer Grabkammer. Hast du die Nacht durchgearbeitet?» Er setzte sich neben Natalie an den Tisch und starrte auf die Monitore. «Du kannst die Welt nicht retten. Auch Superheldinnen stossen an ihre Grenzen.»

Natalie zeigte mit ihrer einbandagierten Hand auf den mittleren der drei Monitore. Die Bildqualität war schlecht, der Livestream kam über eine Handykamera. «José hat es fast geschafft. Eine letzte Tür und sie sind frei.»

«Wie viele diesmal?»

«Drei Frauen, zwei Mädchen, keine zwölf Jahre alt, die beiden.» Es rauschte durch die Lautsprecher. Zwei Hacker und Mitglieder ihrer Organisation waren ebenfalls zugeschaltet. Natascha hatte sich von Minsk aus in das als Konservenfabrik getarnte Unternehmen in Monterrey gehackt und kontrollierte die Aufnahmen der Aussenkamera. *«Two minutes. José, get out. Now!»*

«¡Qué mierda!», fluchte José in Mexiko. *«¡Ándale!»*

Natalie sah, wie er die fünf befreiten Opfer vor sich hertrieb. Eine Frau humpelte stark. Die Tür am Ende des dunklen Korridors war der Weg in die Freiheit.

Natalie fuchtelte mit der Hand vor dem Monitor hin und her, so als wollte sie die Flüchtigen antreiben. Ihr Blut pochte hart durch die Halsschlagader. «Wenn sie es nicht schaffen, sind die Frauen tot. Mensch, Musa, wenn die Menschenhändler José in die Finger kriegen, ist es vorbei. Die machen kurzen Prozess mit ihm. Da kann ihn auch sein korrupter Vater nicht rauskaufen.» Natalie schaltete das Mikrofon ein. *«They need more time. Jimmy, do something.»* Jimmy war der zweite Hacker, der sich zusammen mit Natascha ins System des Unternehmens in Mexiko gehackt hatte. Er war aus Detroit zugeschaltet.

«Damn, I'm working on it. Yeah, that's it. I'm gonna fuck the bastards! Just keep watching. Three. Two. One. Party!»

Musa beugte sich vor, und auch Natalie starrte gebannt auf den Monitor. José und die Frauen waren fast an der Tür. Es war der Korridor auf der rechten Seite, der Natalie Sorgen machte. Sie wussten, dass die Wachmänner auf ihrer Runde in wenigen Sekunden um die Ecke biegen würden, direkt zwischen José und der rettenden Tür. Die Neonröhren, die den kahlen, unterirdischen Gang spärlich beleuchteten, flackerten. Durch das auf Lautsprecher gestellte Handy von José hörte Natalie einen ohrenbetäubenden Alarm. Die Sprinkleranlage sprang an. Jimmy hatte den Feueralarm ausgelöst. Natalie konnte nur hoffen, dass dieser die Wachmänner überzeugte, ihre Runde abzubrechen und zurück zur Zentrale zu laufen. *«José»*, rief sie ins Mikrofon, *«la puerta!»* Er kam nicht dazu, zu antworten. Es wurde schwarz auf dem Bildschirm.

«Was ist los?», fragte Musa.

Das Wasser, ging es Natalie durch den Kopf. Josés Handy musste kaputtgegangen sein. Sie nahm Kontakt mit Natascha auf, auch diese bestätigte die Funkstille. *«We have to wait.»*

Draussen wartete der Fluchtwagen. Nacho sass am Steuer. Sie mussten warten, bis dieser sich meldete. Natalie atmete tief durch und lehnte sich im Stuhl zurück. Ihr linkes Bein schmerzte.

Musa legte ihr die Hand auf die Schulter. «Du tust dir und deinem Körper mit schlaflosen Nächten nichts Gutes.»

«Ha, ich bin bereits ein Wrack. Besser ein Wrack, das diesen Frauen das Leben rettet, als ein Wrack, das jammernd in weichen Daunen liegt.»

«Wenn sie draussen sind, loggst du dich aus dem Darknet aus, und wir gehen hoch ins Beautyzimmer. Ich muss mich um deine Wunden kümmern. Und du brauchst einen Beutel Powerfood. Besser zwei.»

Natalie fasste sich an den Bauch, dort, wo der Zugang zur Magensonde lag. «Ich muss erst mit Julien –»

«Nein. Julien kann warten.»

Natalie starrte Musa an. Er war wie der grosse Bruder, den sie nie hatte, obwohl sie äusserlich nicht unterschiedlicher hätten sein können. Musa war dunkel wie Milchschokolade, mit kurz rasierten schwarzen Haaren, braunen Augen und strahlend schöner Haut. Er trug ein schlichtes T-Shirt und weisse Shorts. Musa strotzte vor Energie, Natalie hingegen war ein Hauch bleiches Elend. Dünn und schwächlich, mit verkrüppelten Händen und Füssen, unzähligen Wunden auf ihrer Haut, die so zerbrechlich war wie die Flügel eines Schmetterlings. Man nannte sie Schmetterlingskinder, die unglücklichen Seelen, die mit dem Gendefekt EB, dem Epidermolysis bullosa, geboren wurden. Die Haut haftete nicht am Körper an und platzte bereits bei einem kleinen Stoss auf, was schmerzende, brandnarbenähnliche Wunden hinterliess. Natalie war erst vierundzwanzig, doch ihre Speiseröhre war bereits so sehr in Mitleidenschaft gezogen, dass sich eine teilweise Ernährung durch die Magensonde nicht mehr vermeiden liess.

«*Amigos*», rief eine Stimme durch die Lautsprecher.

«Das ist Nacho!» Natalie hörte, wie sich Jimmy mit ihm unterhielt. Geschafft. Die Frauen und José waren im Wagen. Nacho fuhr in diesem Moment auf die Autobahn. Natalie fiel Musa in die Arme und konnte nur schwer die Tränen zurückhalten.

«Kipekapeka bringt dich eines Tages um», flüsterte Musa in ihr Ohr.

Kipekapeka war die internationale Organisation, die Natalie vor einigen Jahren gegründet hatte und fast ausschliesslich im Darknet operierte. Freunde auf der ganzen Welt hatten sich angeschlossen. Junge, oft vermögende Frauen und Männer, die etwas bewirken wollten und Verbrechen an den Schwächsten auf dieser Welt nicht tolerierten. Die meisten Aktionen waren illegal und gefährlich. Sich mit Drogenkartellen, Menschenhändlern und korrupten Regierungen anzulegen, war gefährlich. Da Natalie körperlich nicht imstande war, an solchen Operationen teilzunehmen, zog sie im Hintergrund die Fäden, organisierte Befreiungsaktionen wie diese in Mexiko und versuchte, so vielen Menschen wie möglich zu helfen. «Ich bin gern bereit, für meine Überzeugung den Tod zu finden. Hilflos an meiner Krankheit zu sterben, ertrage ich nicht.»

«Tot hilfst du ihnen nicht. Deshalb gehen wir hoch und kümmern uns um deine malträtierte Hülle. Danach braucht dein Kopf Schlaf, um sich zu erholen.»

Natalie gab nach, loggte sich aus dem Darknet aus und stand mit Musas Hilfe vom Stuhl auf. Sie war zu lange gesessen.

«Du blutest», stellte Musa fest. «Die Wunde an deinem Bein ist aufgerissen.» Ein roter Fleck zeichnete sich an der Seite ihres weissen Baumwollnachthemdes ab.

«Ein paar Blutstropfen für sechs Menschenleben – ein guter Deal.»

«Ja, und dein Paps wird den Sklaven verprügeln lassen, weil er das zugelassen hat.»

«Genau deshalb habe ich dich in unsere Villa geholt, vergiss das nie, Sklave!»

Musa starrte sie mit einem Pokerface an. «Ich kann Verbände sorgfältig und nahezu schmerzfrei wechseln oder sie eiskalt runterrupfen. Was wäre Mylady lieber?»

Natalie hauchte Musa einen Kuss auf die Wange. «Hab dich lieb.»

Musa grinste. «Schon klar.»

Sie gingen zusammen hoch in die Küche. Alexandra bereitete das Frühstück vor. Es duftete herrlich nach frisch gebackenem Brot. Natalie schluckte schwer. Ihr Hals schmerzte an diesem Morgen zu sehr, als dass sie einen Bissen weichen Brotes hätte essen können, dennoch war für sie ein Platz am Tisch gedeckt.

«Guten Morgen.» Alexandra strahlte, die langen blonden Haare hatte sie zu einem Zopf geflochten. Sie war die Haushälterin und gute Seele des Hauses.

«Morgen. Schläft Paps?», fragte Natalie.

«Ja. Und wir lassen Harri schlafen. Es ist schliesslich sein erster freier Morgen, seit ich ihn kenne. Da Rebecca und die kleine Imani dieses Wochenende bei Rebeccas Eltern verbringen, gibt es keinen Grund, ihn zu wecken.»

Natalie vermisste ihre Stiefmutter bereits. Sie und Harri hatten im März geheiratet. Seit zwei Monaten war Imani nicht mehr nur ihr Pflegekind, sondern offiziell adoptiert und damit Natalies kleine Schwester. Sie war letzten Monat ein Jahr alt geworden, marschierte aber bereits selbstbewusst herum. Sie war eben eine echte Kämpferin, wie es ihre Mutter gewesen war. Wehmütig dachte Natalie an das Drama mit Emeline zurück. Sie hätte nicht sterben müssen …

Mit diesen Gedanken kamen die Erinnerungen an Tom wieder hoch, die sie meistens erfolgreich unterdrückte. Es war nicht so, dass sie sich aus den Augen verloren hätten. Tom hatte vorübergehend einen Job als Personenschützer für einen deutschen Politiker angenommen, bis er vor ein paar Monaten zurückkam, sich selbstständig machte und angehende Bodyguards ausbildete. Er meldete sich nur sporadisch bei ihr. War verständlich. Ich bin ein Freak, dachte sie und schaute an sich hinunter. «Na los, gehen wir uns schick machen für das Frühstück mit Paps», sagte sie zu Musa.

«Ich habe dir Khangatücher aufs Bett gelegt», sagte Alexandra, «aufs unbenutzte Bett.» Der Tadel war nicht zu überhören.

«Ich habe bereits Musa und Rebecca im Haus, die mich bevormunden, fang du bitte nicht auch damit an.»

Alexandra trat vor sie. «Khangas in Lila und Blau. Die Farben passen zu deinen Haaren. Ich mag deine neue Frisur.»

Natalie war gestern beim Coiffeur gewesen. Ihr erster Coiffeurbesuch seit zwei Jahren. Sie kämpfte in den letzten Jahren gegen Haarausfall, und zudem wollte eine üble Wunde auf dem Kopf nicht abheilen. Deshalb hatte sie die Haare millimeterkurz abrasiert und stattdessen bunte Kopftücher getragen, hochdrapiert, wie die Afrikanerinnen sie trugen. Während der letzten zwölf Monate hatte sie ihre hellblonden Haare wachsen lassen, und seit gestern zierte eine Kurzhaarfrisur ihren Kopf, mit seitlichem Pony und wuscheligem Hinterkopf.

«Wie lange habt ihr?», fragte Alexandra.

«Mindestens drei Stunden», antwortete Musa.

Natalie zeigte mit ihrer einbandagierten Hand auf ihren Pfleger. «Ich gebe dir eine Stunde, dann hol ich Paps aus den Federn, und wir frühstücken gemeinsam. Diesen Tag wollen wir feiern, da begnüge ich mich nicht mit Brei aus der Konserve. Alexandra, kochst du mir Dreiminuteneier und Porridge mit Bananen?»

Musa brauchte zwei Stunden, um sie zu duschen, all die Wunden zu versorgen und Verbände zu wechseln. Danach half er Natalie, sich die Khangatücher umzulegen. Die leichten, drapierten Stoffe waren im Sommer am bequemsten zu tragen. Welche Ironie, sie trug die Kleider von Afrikanerinnen, sah aber aus wie ein bleicher Eskimo. Sich in die Sonne zu legen, um Farbe anzunehmen, lag bei ihrer Krankheit nicht drin.

«Der Knöchel heilt gut», sagte Musa und stülpte ihr eine weiche Wollsocke über den einbandagierten Fuss.

Natalie seufzte. Ende August war nicht die Jahreszeit für Wollsocken. Sie kochte innerlich, obwohl der Beautysalon, wie sie ihr Krankenzimmer nannte, dank Klimaanlage gekühlt war.

Musa räumte das Verbandsmaterial zusammen, und Natalie humpelte hinunter in die Küche. Harri sass mit Alexandra am Tisch.

«Hey, mein Paps ist ein freier Mann!», begrüsste Natalie ihren Vater und schlang die Arme von hinten um ihn. «Na, wie fühlt sich ein Leben an, wenn man sein eigener Chef ist? Liegst du jetzt jeden Morgen bis neun Uhr im Bett?»

«Daran könnte ich mich gewöhnen», sagte Harri und rückte den Stuhl neben sich für Natalie zurecht. «Du hingegen hast die Nacht durchgearbeitet? Wem hast du diesmal geholfen und wo?»

«Mexiko. Drei Frauen und zwei Mädchen, welche als Sexsklavinnen hätten verkauft werden sollen. José hat sie rausgeholt.»

«Wonder Woman wäre neidisch auf dich», sagte Harri.

Natalie konnte den traurigen Unterton in seiner Stimme nicht überhören. «Und? Schon nervös wegen der Eröffnungsfeier eurer Papilio Labs GmbH nächste Woche?»

Ein Piepsen der Sicherheitsanlage kam Harris Antwort zuvor.

«Nanu», sagte Alexandra und blickte auf den Überwachungsmonitor in der Ecke. «Zwei Wagen stehen vor dem Einfahrtstor.»

«Der hintere ist ein Polizeiwagen», bemerkte Natalie.

Ihr Vater schaute sie an. «Was hast du letzte Nacht angestellt?»

«Ich war im Darknet unterwegs, da können mich die Bullen nicht aufspüren. Ausserdem haben wir in Mexiko operiert. Ich habe kein Schweizer Gesetz gebrochen.»

«Das gefällt mir nicht», sagte Harri, stand auf und drückte an der Schalttafel den Knopf für das elektrisch gesteuerte Aussentor. Über den Monitor konnten sie beobachten, wie die schmiedeeisernen Torflügel sich öffneten und die Wagen auf den Vorplatz der Villa fuhren. Aus dem Polizeiwagen stiegen zwei Beamte, aus der dunklen Limousine ein Mann und eine Frau in ziviler Kleidung. Die Frau trug eine weisse Bluse, schwarze Hosen und eine dunkle Pilotensonnenbrille. Ihre schwarzen Haare waren zu einem kinnlangen Bob geschnitten.

«Was will Sara Jung hier bei uns?» Natalie stand auf. «Ich nehme unsere liebe Kripochefin in Empfang.» Sie ging zur Tür, mit einem mulmigen Gefühl im Magen. Sara Jungs Besuch konnte nichts Gutes bedeuten. War etwas mit Tom?

Natalie öffnete die Tür, bevor Saras langhaariger Handlanger klingeln konnte. Wie hiess der italienische Macho noch gleich?

Sara hielt Natalie ihren Polizeiausweis unter die Nase. «Kriminalpolizei», sagte sie.

«Ist ja nichts Neues», entgegnete Natalie kühl. «Was wollen Sie? Wohl kaum einen frisch gebrühten Kaffee.»

«Ist Harri Krieger im Haus?»

Arrogante Schnepfe, dachte Natalie. Nach allem, was sie letztes Jahr zusammen durchgemacht hatten, könnte sie ruhig freundlicher sein. Doch das war im Augenblick Nebensache. «Was wollen Sie von Paps?» Natalie entging nicht, dass die uniformierten Männer hinter ihr nervös und in Alarmbereitschaft waren.

Harri trat neben sie. «Herrschaften, guten Morgen. Was ist passiert?»

Sara nickte einem der uniformierten Männer zu und wandte sich an Natalies Vater. «Harri Krieger, Sie werden des dringenden Tatverdachts wegen Einbruchs und Totschlages vorübergehend festgenommen. Bitte folgen Sie uns auf die Polizeizentrale.»

Der Uniformierte zog Handschellen aus seiner Tasche und packte Harri am Unterarm. Wenig zimperlich drehte er ihm die Hände auf den Rücken und liess die Handschellen zuschnappen. Er trug ihm monoton seine Rechte vor.

Natalie war sprachlos.

Alexandra und Musa eilten zu ihnen und sprachen hektisch auf die Polizisten ein. Natalie stand wie erstarrt neben der Tür und beobachtete, wie die Bullen Harri zum Polizeiwagen führten. «Stopp!», rief sie und rannte ihrem Vater hinterher. Die harten Kieselsteine auf dem Vorplatz drückten schmerzhaft durch den Verband und die Socken in ihre Fusssohlen. «Was soll das? Lassen Sie sofort meinen Paps frei!»

Sara trat vor sie. «Wir haben erschlagende Beweise, dass er Mitglied einer vierköpfigen Bande ist, die letzte Nacht in ein Labor eingebrochen ist und dabei den Nachtwächter tötete.»

«Blödsinn! Paps ist kein Einbrecher und Mörder schon gar nicht. Sie haben den Falschen.»

«Wir bleiben alle erst einmal ruhig», sagte Sara. «Wir sprechen mit Ihrem Vater, warten die Ergebnisse der Spurensicherung ab und werden sehen, was sich daraus ergibt.»

Zwei weitere Polizeiwagen fuhren auf den Vorplatz.

«Ihr spinnt ja!» Natalie fühlte ihr Herz rasen.

«Wir haben einen Durchsuchungsbefehl für die Villa. Lassen Sie meine Leute ihre Arbeit tun und warten Sie in der Küche. Mein Kollege, Herr Rizzo, wird gleich mit Ihnen sprechen wollen.»

«Welches?», fragte Natalie und starrte Sara böse an.

«Welches was?»

«In welches Labor wurde eingebrochen?»

«Rivoli Biotech Analytics.»

«Dort hatte Paps gestern seinen letzten Arbeitstag. Weshalb sollte er das tun?»

«Diese Fragen zu beantworten, ist mein Job.»

«Bullshit! Ihnen macht es Spass, auf Unschuldigen herumzutrampeln. Der Nachtwächter, wer ...?»

«Pedro Ramirez. Kannten Sie ihn?»

«Mein Gott, Pedro? Nein, ich kannte ihn nicht persönlich. Paps hat von ihm erzählt. Von ihm und Coco, seinem Hund. Die beiden waren unzertrennlich. Letzten Monat, bei Paps' Abschiedsfeier, war er auch hier, aber ich habe nicht mit ihm gesprochen.»

«Die Täter haben Coco mitgenommen. Der Hund ist nicht zufällig hier?»

«Nein. Für wie krank halten Sie uns? Paps ist unschuldig, da wette ich mein Leben drauf.»

«Tun Sie das nicht. Auf Wiedersehen, Frau Krieger. Wir werden uns später sprechen.»

Die Zicke stieg in ihre Limousine und folgte dem Polizeiwagen, der Harri auf die Zentrale fuhr.

Eine geschlagene Stunde liess Rizzo sie in der Küche ausharren, ehe er sich zu ihnen setzte. Wenigstens hatte Natalie inzwischen Harris Anwalt erreicht, der versprach, gleich zur Polizeizentrale zu fahren. Rebecca zu informieren, brachte sie bisher nicht übers Herz.

Alexandra kaute nervös an ihren Fingernägeln, während Musa den Ermittler finster anstarrte. Rizzo zog einen kleinen Notizblock aus der Hosentasche.

«Kaffee?», fragte Alexandra.

«Ähm, ja, gern. Einen Espresso, wenn das geht.»

«Das geht.» Alexandra schien froh, etwas zu tun zu haben. Rizzo wollte seine erste Frage stellen, als die laut ratternde Kaffeemaschine dazwischenkam. Er hielt mit der Frage zurück, bis die Bohnen gemahlen waren.

«Welche Beweise haben Sie gegen meinen Vater?» Natalie kam ihm zuvor.

«Über laufende Ermittlungen dürfen wir keine Auskunft geben. Wir suchen nach der Wahrheit. Sollte Ihr Vater unschuldig sein, wird sich das aufklären.»

Alexandra servierte Rizzo den Espresso. Ihre Hand zitterte leicht, sodass die Tasse auf dem Unterteller klapperte und etwas Kaffee überschwappte. «Oh, Ent… Entschuldigung.»

«Kein Problem», sagte Rizzo und schenkte Alexandra ein freundliches Lächeln.

«Wann soll denn Paps bei Rivoli eingebrochen sein?», fragte Natalie.

«Letzte Nacht um halb zwei.»

«Aber Harri war hier», sagte Alexandra. «Wir haben gestern gemeinsam einen Film geschaut.»

«Bis wann?»

«Bis kurz nach elf, dann ging ich schlafen.»

«Und Sie?» Rizzo schaute Musa an.

«Ich wohne drüben im Pförtnerhaus. Bis um neun war ich in der Villa, danach ging ich mit Freunden aus und kam gegen zwei Uhr zurück.»

«Harri Krieger haben Sie nicht gesehen?»

«Nein. Es brannte kein Licht mehr in der Villa.»

«Was ist mit den Wagen? Hat einer gefehlt?»

«Keine Ahnung. Mich hat ein Freund abgeholt und heimgebracht. Ich habe nicht in der Garage nachgesehen.»

Rizzo notierte die Informationen. «Was ist mit Ihnen, Frau Krieger?»

«Ich habe gearbeitet.» Die Polizei kannte ihr Geheimzimmer, und sie wussten, was Natalie mit Arbeit meinte.

«Woran genau haben Sie gearbeitet?», fragte Rizzo.

«Ich habe über einen Menschenhändlerring in Mexiko recherchiert. Reicht das?»

«Hm, Sie waren nicht im World Wide Web unterwegs, damit wir Ihre Aussage prüfen können?»

«Nein, ich war tiefer drin, in der dunklen Welt, wo Sie mich niemals aufspüren können, und das wissen Sie.»

«Okay, belassen wir das für den Moment.» Rizzo rührte in dem schwarzen Espresso und überlegte einen Augenblick. «Frau Rebecca Krieger ist nicht zu Hause?»

«Sie ist bei ihren Eltern in Davos», antwortete Alexandra.

Rizzo brachte ein kurzes Lachen auf seine Lippen. «Wie geht es der kleinen Imani?»

Alexandra strahlte. «Oh, der Schatz rennt bereits herum, etwas wackelig zwar, aber sie hält uns auf Trab. Ich kann mir dieses Haus ohne Imani überhaupt nicht mehr vorstellen.»

«Ja, Kinder sind toll», sagte Rizzo und bemerkte zu spät, dass er vom Thema abwich. «Zurück zu unserem Fall. Wenn wir richtig informiert sind, hatte Herr Krieger gestern seinen letzten Arbeitstag bei Rivoli, korrekt?»

«Ja.»

«Wie lange war er dort angestellt?»

«Fast zwanzig Jahre.»

«Worin genau bestand seine Arbeit?»

«Er war Abteilungsleiter der Zellkulturtechnik, hat im Auftrag von diversen Firmen an neuen Verfahren geforscht. Mehr Details kenne ich nicht. Paps durfte nicht über seine Arbeit sprechen, verstehen Sie? Schweigepflicht. In der Pharmabranche geht es um viel Geld, und die Entwicklung neuer Medikamente unterliegt der höchsten Geheimstufe.»

«Er hat nicht», Rizzo räusperte sich verlegen, «ich meine, er hat …»

«… nach einer Heilung für EB geforscht?», ergänzte Natalie den Satz. «Logo. Ausserhalb seiner Arbeitszeit durfte er das Labor für die private Forschung nutzen – unter gewissen Auflagen natürlich. Paps hat nie aufgegeben. Als ich fünf war, hat er den Job bei Rivoli angenommen. Er hat wegen mir auf sein eigenes Labor verzichtet. Was letzten Sommer passiert ist, hat uns allen die Augen geöffnet. Paps begriff endlich, dass er sich so darauf versteift hat, eine Heilung für meine Krankheit zu finden, dass er selbst kaum gelebt hat. Deshalb hat er zusammen mit Rebecca endlich seine Papilio Labs GmbH gegründet. Nächste Woche ist Eröffnung.» Natalie zeigte mit dem Finger auf Rizzo. «Paps wird dort sein. Ich lasse nicht zu, dass Sie ihn unschuldig im Kerker schmoren lassen. Ihre Kollegen werden in der Villa nichts finden.»

«Dann ist ja alles gut», sagte Rizzo und nickte in Richtung der Überwachungsbildschirme. «Wir brauchen die Aufzeichnungen von letzter Nacht.»

«Klar», sagte Musa. «Das Equipment steht unten im Keller. Ich hole Ihnen die Speicherkarte.»

Rizzo rief einen Kollegen der Spurensicherung in die Küche. «Begleiten Sie Herrn Achebe in den Keller und stellen Sie die Daten sicher.» Musa wollte gehen, als Rizzo ihn zurückrief. «Ich brauche die Adresse von Ihrem Freund, mit dem Sie gestern aus waren. Wir müssen Ihr Alibi überprüfen.»

«Das ist echt der Burner!», rief Natalie aus. «Sie verdächtigen Musa?»

«Ich erledige nur meine Arbeit.»

Natalie lehnte sich über den Tisch und starrte Rizzo böse an.

«Noch einen Espresso?», ging Alexandra dazwischen, um die Krise zu entschärfen.

Rizzo winkte ab. «Frau Krieger, darf ich Sie bitten, in den nächsten Tagen erreichbar zu sein und das Land nicht ohne unsere Absprache zu verlassen?»

«Denken Sie, ich fliege morgen in die Bahamas, um am Strand Cocktails zu schlürfen? Ich werde beweisen, dass Paps unschuldig ist.»

Natalie sah, wie Rizzo die Augen verdrehte. Sara hätte ihr die Leviten gelesen, Rizzo zog sich lieber zurück und verliess die Küche. Natalie beobachtete, wie er sich im Entrée mit einem Kollegen der Spurensicherung unterhielt.

Alexandra strich Natalie liebevoll über das kurze Haar. «Es wird sich alles klären. Das ist ein blödes Missverständnis.»

«Was tue ich jetzt, Alex?»

«Ruhe bewahren und abwarten. Schlimmer kann es nicht mehr werden.»

«Wie kommen die Bullen darauf, dass Paps in der Sache mit drinhängt? Der arme Pedro. Paps hat von ihm erzählt. Er war einer der Nachtwächter bei Rivoli und auch auf der Abschiedsparty hier. Stell dir vor, die Täter haben seinen Hund entführt.»

«Den Hund? Wieso das denn?»

Rizzo kam zurück in die Küche. Er legte eine Plastiktüte auf den Tisch. Darin befand sich eine handgrosse, offene Styroporbox mit sechs Ampullen. Sie waren mit Gefahrensymbolen versehen. «Weshalb hält Ihr Vater diese Ampullen zu Hause in seinem Arbeitszimmer versteckt?»

«Wo haben Sie die gefunden?» Natalie fühlte, wie ihr das Blut in den Kopf schoss. Paps nahm nie irgendwelche Gefahrenstoffe vom Labor nach Hause.

«Hinter seinen Arbeitsbüchern im Regal.»

Natalies Hände begannen zu zittern, als sie die Bezeichnungen der Ampullen las:

Humanes Coronavirus 229E HCoV-229E
Humanes Herpesvirus 6 HHV-6
Influenza-A-Virus A/canine/Florida/242/2003 (H3N8)
Lyssavirus Genotyp 1 RABV SAD B19
Humanes Papillomavirus 2 HPV-2
Parapoxvirus bovis 2 PCPV

Das war der reine Alptraum, auch wenn Natalie nur die Hälfte der Bezeichnungen verstand. «Das ergibt keinen Sinn. Paps hat nicht mit Viren geforscht. Er hat sich mit Zellen beschäftigt, deren Wachstum und Zerstörung. Keine Viren. Sein Forschungsgebiet bei Rivoli waren Erbkrankheiten, nicht Seuchen.»

Rizzo stützte sich auf dem Tisch ab und beugte sich vor. «Mein Mann vom KTD hat mich gewarnt. Das hier ist nicht harmlos. Viren der Risikogruppe zwei, die in ein Labor mit erhöhter Sicherheitsstufe gehören. In ein BSL-2-Labor. Rivoli Biotech Analytics ist ein BSL-2-Labor. Die Gefrierschränke wurden aufgebrochen. Wir gehen stark davon aus, dass diese Ampullen fehlen werden. Ich befürchte, Ihr Vater wird für die nächsten Tage unser Gast bleiben. Meine Männer haben hier einige Stunden zu tun. Ich hoffe, Sie kooperieren mit uns.» Rizzo legte seine Karte auf den Tisch. «Wir werden uns bei Ihnen melden. Sollte Ihnen noch etwas einfallen, rufen Sie mich an. Pedro Ramirez war ein guter Mann, erst zweiundvierzig. Diesen Tod hat er nicht verdient.»

Natalies Körper schien zu brennen. Sie wusste nicht, ob der physische oder psychische Schmerz schlimmer war. Sie stand vom Tisch auf. «Ich bin auf meinem Zimmer.» Sie nickte Rizzo zu und verliess die Küche.

Ein halbes Dutzend Männer vom KTD stellten die Villa bereits auf den Kopf, rückten Möbel zur Seite, schauten hinter jedes Regal und in jede Ecke, durchstöberten Schubladen und Bücherregale. Selbst die Pflanzentöpfe im Entrée blieben nicht verschont.

Natalie humpelte die Treppe hoch und versuchte, das Chaos zu ignorieren. Das war ein gemeiner Angriff auf ihre Privatsphäre. Es kam schlimmer, als sie ihr Zimmer betrat. Eine Polizistin ging Superman ans Eingemachte. «Hey, er mag es nicht, wenn man ihm zwischen die Beine fasst», rief Natalie und liess all ihren Frust in der Stimme mitschwingen.

Die Frau drehte sich um. Sie grinste. «Sorry, konnte nicht widerstehen. Die sind toll.» Sie zeigte auf Natalies vier lebensgrosse Superhelden, mit denen sie das Zimmer teilte: Superman, Batman, Iron Man und Wonder Woman. «Woher haben Sie die?»

«Fragen Sie nicht.»

«Und der da?» Die Frau zeigte auf die afrikanische Skulptur.

«Das ist ein Grebo.»

«Sehr speziell, der Kleine. Sorry, dass ich hier in Ihren persönlichen Sachen herumstöbere. Anweisung der Chefin.»

«Sie tun ja nur Ihren Job. Was gefunden? Eine Ampulle Zikavirus?»

«Hä?»

«Vergessen Sie's. Dauert es noch lange?»

«Nein. Bin fertig. Alles sauber, nichts gefunden.»

«Gut. Ich will ins Bett und hoffe, dass der Alptraum vorbei ist, wenn ich aufwache.»

Endlich allein in ihrem Zimmer, setzte sie sich auf die Bettkante. Ihr war nach Weinen zumute, aber Tränen würden der empfindlichen Bindehaut nicht guttun. Sie wollte morgen nicht mit verkrusteten, verklebten Augen aufwachen und hielt die Tränen zurück. Ihr Handy lag auf dem Beistelltisch neben dem Bett. Sie griff danach, öffnete das Telefonbuch und scrollte zum Buchstaben R. Sie musste Rebecca informieren. Natalie zögerte, scrollte weiter nach unten bis zum T.

Sie brauchte Tom an ihrer Seite. Dringend.

Natalie drückte auf Anruf.

DREI

«Wo ist Rösli?»

«Ach Paps, sie kommt sicher bald zurück.» Tom blickte auf das Foto an der Wand. Erinnerungen an glücklichere Tage, als seine Mutter noch lebte.

Lucy brachte die frischen Gipfeli ins Wohnzimmer. «Der Tisch ist voll überladen! Opi, du brauchst einen grösseren Esstisch.»

«Für uns vier reicht er», sagte Tom und wuschelte seiner Jüngsten, Alicia, die neben ihm am Tisch sass, durch die blonden Haare.

«Pa! Meine Frisur, lass das.»

Die zierliche Alicia war auf einem Mode- und Beautytrip, der Tom Sorgen machte. Benahmen sich elfjährige Mädchen heute so? Er hätte ihr liebend gern die Präsenzzeit im Internet limitiert, aber seine Ex fand es ja toll, wenn sich die Mädchen diese albernen Blogs und Vlogs und Beautyvideos reinzogen. Wenigstens war die ältere Lucy in dieser Beziehung vernünftiger. Sie trainierte hart für ihre Tenniskarriere, was gut war, Toms magerem Portemonnaie aber den letzten Rappen entzog. Er hätte Tennislehrer werden sollen.

«Ihr habt Rösli keinen Platz frei gehalten», beschwerte sich sein Vater. Er drehte sich zu Lucy um. «Ähm – äh – L…»

«Lucy», half sie ihm auf die Sprünge.

«Lucy, hol – ähm.» Er hatte bereits vergessen, was er sagen wollte, und schaute beschämt auf den Teller. «Wo ist Rösli?»

Tom seufzte. Die Demenz wurde schlimmer. Sein Vater musste bereits rund um die Uhr betreut werden.

Lucy setzte sich an den Tisch. «Für wen ist das Geschenk, das in der Küche liegt?», fragte sie und löffelte grosszügig Ovomaltine in die warme Milch. «Mit extragrosser rosafarbener Schleife. Oh, oh. Kennen wir sie?»

«Nein, tut ihr nicht. Das Geschenk ist nicht für eine neue,

sondern für eine gute alte Freundin, die ich seit vielen Jahren kenne. Aber ich habe ihren Geburtstag vergessen, also hole ich das nach. Zufrieden?»

«Wann triffst du sie?»

«Keine Ahnung. Vielleicht schicke ich das Geschenk per Post zu ihr.»

«Was ist drin?», fragte Alicia.

«Eine Uhr.»

«Und wie alt ist deine alte Freundin?», fragte Lucy.

«Mitte zwanzig. Mehr verrate ich nicht.»

«Pa, du bist viel zu alt für sie!», rief Alicia aus.

«Hey, werd nicht frech! Ich bin erst neununddreissig.»

Alicia grinste. «*Chill your face*, Pa. Wenn sie nett ist, darf sie ruhig jünger sein. Ist bei den Stars auch so. Bruce Willis hat eine Freundin, die ist vierundzwanzig Jahre jünger. Und Heidi Klum und Tom Kaulitz –»

«Ich sage es ein letztes Mal. Wir sind nur Freunde und nicht zusammen. Schluss jetzt.»

Lucy mischte sich ein und lehnte sich über den Tisch. «Ist das auch keine Ausrede, Dad? Wann hat Natalie Geburtstag?»

Tom blickte demonstrativ auf seine Armbanduhr. «Wann holt euch eure Mutter ab?»

«Du weichst der Frage aus.» Lucy genoss das Spiel.

«Rösli!», rief sein Vater lautstark und liess vor Schreck alle am Tisch zusammenfahren. «Wo bleibst du mit dem Kaffee?»

Tom seufzte. «Du darfst keinen Kaffee trinken, Paps. Der ist nicht gut für dein Herz. Deine Teetasse ist voll.»

Sein Vater fuhr sich angewidert mit der Zunge über die trockenen Lippen. «Phä, Tee. Bittere Brühe. Wollt ihr mich vergiften?» Er starrte Tom an und verharrte einen Moment regungslos. «Wer sind Sie? Was machen Sie in meiner Wohnung?»

Eine halbe Stunde später schlief sein Vater auf dem Sofa ein. Lucy und Alicia erledigten den Abwasch. Es kam viel zu selten vor, dass Tom mit seiner Familie am Tisch sass. Er schaute auf die Uhr. Bald Mittag. Karo würde jeden Moment Sturm läuten, um die Mädchen abzuholen, obwohl das Gericht ihm das ganze Wochenende zugesprochen hatte. Karo wollte natürlich ausgerechnet an seinem Wochenende mit den Töchtern auf die Geburtstagsfeier der Mutter ihres neuen Kerls. Der schleimige Anwalt wusste genau, wie er es anstellen konnte, Tom von seinen Töchtern zu trennen.

Er wollte in die Küche gehen und den Mädchen helfen, als sein Handy klingelte. Tom zögerte, ehe er den Anruf entgegennahm. «Hallo, Natalie.»

«Tom.»

Schweigen.

«Wie geht es dir?», fragte er vorsichtig.

«Das ist eine Frage, die du *mir* nicht stellen solltest.»

«Ich tu's trotzdem.»

«Scheisse.»

«So schlimm?» Tom zog sich ins Schlafzimmer zurück und schloss die Tür. «Was ist los?»

«Sara Jung ...»

«Was ist mit ihr?»

«Sie hat meinen Paps mitgenommen. Einbruch, Diebstahl und Totschlag. Sieht nicht gut aus. Die Bullen stellen gerade unsere Villa auf den Kopf.»

Eine Stunde später fuhr Tom in Walchwil vom See her die Strasse hoch zu der Villa der Kriegers. Sein roter Peugeot 106 röchelte bedenklich. Lange würde der Wagen nicht mehr durchhalten. Die Scheidung und der Streit um das Sorgerecht seiner Töchter hatten Toms letzte Reserven verzehrt. Vor dem schmiedeeisernen Einfahrtstor tippte er den Code in die Sicherheitsanlage. Es war die gleiche Zahlenkombination, die er vor gut einem Jahr eingerichtet hatte. Die Kriegers sollten vorsichtiger sein und den Code häufiger wechseln. Als er auf den Kiesplatz vor dem Haupteingang fuhr, versuchte Tom, den Neid zu unterdrücken, der schon bei seinem ersten Besuch an ihm genagt hatte: grandiose Aussicht auf den Zugersee, prachtvolle, zweistöckige Villa, hufeisenförmig angelegt und mit blühenden Blumenbeeten geschmückt. Nach hinten versetzt das Pförtnerhaus, wo Musa wohnte, auf der anderen Seite des grosszügigen Grundstücks die Garage mit den vier Wagen. Auch wenn Tom von seinem Standpunkt den Swimmingpool und das Papiliorama nicht sehen konnte, die auf der Seeseite der Villa lagen, so konnte er sich nur zu gut an die paar schönen Stunden erinnern, die er dort verbracht hatte. Tom hatte keinen Monat für Natalie als Personenschützer gearbeitet, aber irgendwie fühlte es sich an wie heimkommen. Er hatte die Kriegers seither nur einmal besucht, das war kurz nach Weihnachten gewesen.

Bevor er klingeln konnte, riss Alexandra bereits die Tür auf. «Tom! Gut, dass du da bist.»

«Hallo, Alex. Wie geht es ihr?»

«Du kennst sie. Sie spielt die Starke, aber sie ist aufgewühlt.»

Tom warf einen Blick ins Entrée. «Sind sie weg?»

«Ja, sie haben einzig das Chaos hinterlassen. Sind vor einer Viertelstunde abgezogen.»

«Musa?»

«Ist oben bei Natalie. Er hat darauf bestanden, dass sie sich hinlegt. Sie hatte letzte Nacht eine ihrer geheimen Operationen und nicht geschlafen. Ich mache mir echt Sorgen um sie.»

«Ist Rebecca nicht hier?»

«Mit Imani bei ihren Eltern in Davos.»

Tom setzte sich zuerst mit Alexandra in die Küche und liess sich von ihr über die Situation aufklären. Dass Harri so ein Ding abzog, konnte sich Tom unmöglich vorstellen. Was war nur in Sara gefahren, ihn zu verhaften, schliesslich kannte sie die Kriegers?

Musa kam in die Küche. «Sie weiss, dass du hier bist. Besser, du gehst hoch, oder sie springt mir gleich wieder aus dem Bett. Beruhige sie, sing ihr ein Schlaflied vor, erzähl eine Geschichte, egal was, aber bring sie dazu, wenigstens ein paar Stunden zu schlafen.»

«Ich bin nicht ihre Nanny», antwortete Tom, stand auf

und klopfte Musa zur Begrüssung auf die Schulter. Sie waren mittlerweile dicke Kumpel geworden.

«Du bist alles für sie», sagte Musa, «Nanny, Bodyguard, bester Freund, und ich vermute noch mehr. Natalie gefällt mir nicht. Sie muss besser auf sich achtgeben.»

«Ist gut, ich rede ihr ins Gewissen.»

Als Tom in Natalies Zimmer trat, fand er sie in Gedanken versunken am Fenster vor. Sie trug einen weichen Trainingsanzug in Rosa. Ein ungewohnter Anblick. Tom kannte sie fast nur in afrikanischen Gewändern. «Wow, mein Mädchen trägt eine schicke Kurzhaarfrisur.»

Sie drehte sich um. Ihr besorgter Gesichtsausdruck wich einem ehrlichen Lächeln. «Echt? Mein Bodyguard ist zurück. Lange nicht gesehen.»

Tom musterte sie einen Augenblick. Die Frisur stand ihr gut, im Gesicht konnte er keine Verletzungen erkennen, aber die dunklen Ringe um die Augen gefielen ihm nicht. Sie war dünner geworden, seit er sie vor bald acht Monaten das letzte Mal gesehen hatte. «Musa sagt, du gehörst ins Bett. Wir können uns unterhalten, während du in den Federn liegst.»

«Aus deinem Mund klingt das echt unromantisch.»

«Ist es nicht. Das ist ein Befehl. Du schläfst nicht, isst nicht und arbeitest zu viel.»

«Deswegen habe ich dich nicht angerufen. Die Bullen haben Paps verhaftet.»

«Alexandra hat mich aufgeklärt.» Tom hielt ihr die Decke auf, und sie kroch ins Bett. Behutsam deckte er sie zu. «Es muss ein Irrtum sein, der sich aufklären wird.»

«Sie haben gefährliche Viren versteckt in Paps' Arbeitszimmer gefunden.»

Das war leider eine Tatsache. Tom setzte sich auf die Bettkante. «Was sagt Rebecca dazu?»

«Ich habe nicht den Mut, sie anzurufen.»

Tom nickte. «Ich übernehme das. Du schläfst dich aus, und ich fahre auf die Polizeizentrale und spreche mit Sara.»

«Sie ist ein eiskaltes Biest. Ich hasse sie.»

«Weiss ich.» Tom konnte den Reflex, Natalie über den Kopf zu streichen, so wie er es bei seinen Töchtern tat, nur schwer unterdrücken. Er durfte ihr keine falschen Hoffnungen machen. Sie war verletzlich und würde seine Geste falsch deuten. «Schlaf jetzt. Ich hole die Informationen ein, und am Abend setzen wir uns alle gemeinsam an den Küchentisch und überlegen uns einen Schlachtplan, Deal?»

«Deal.»

Tom stand auf, zog die Vorhänge zu und verliess Natalies Zimmer.

Die Fahrt an diesem Samstagnachmittag von Walchwil dem See entlang nach Zug hinein dauerte keine fünfzehn Minuten. Er parkierte den Peugeot im Parkhaus Neustadtplatz und marschierte auf direktem Weg zur Polizeizentrale. Am Empfang verlangte er nach Sara Jung und blieb hartnäckig, bis der junge Polizist endlich nach ihr rufen liess. Während Tom auf sie wartete, musste er an den Fall im letzten Sommer zurückdenken, an die verschwundenen Blutdiamanten und die Höllgrotten. Klar, Sara hatte sich meist kalt, berechnend und emotionslos verhalten, mit wenig Feingefühl gegenüber ihren Mitmenschen. Tom wusste, dass sie kein schlechter Mensch war, nur eine Frau, die Gefühle nicht zulassen wollte. Nach dem Drama in den Höhlen, das fast tödlich geendet hatte, hatte sie ihm und Natalie beigestanden. Das rechnete er ihr hoch an. Auch wenn es ihr an menschlichen Qualitäten mangelte, sie war eine gute Polizistin mit dem richtigen Instinkt.

«Hat das Fräulein Tochter gleich ihren Bluthund von der Leine gelassen?»

Tom drehte sich zu der Stimme um. Sara stand hinter ihm, die Hände in die Hüften gestützt. Sie trug wie gewohnt schwarze Hosen und eine weisse Bluse. Er grinste breit. «Hallo, Sara.»

«Oh, spar dir deinen falschen Charme. Was willst du? Ich habe zu tun, und über laufende Ermittlungen plaudere ich bestimmt nicht mit dir bei einem Kaffeekränzchen. Ausserdem ist Harri Kriegers Anwalt bereits bei ihm. Wir legen ihn nicht auf die Streckbank, die Zeiten sind vorbei, aber wir sind mitten im Verhör, und du kannst nicht zu ihm.»

Tom trat vor sie. «Ich bin hier, um dir meine Hilfe anzubieten.»

«Kein Interesse.»

«Ich könnte nach dem entführten Hund suchen. Für den hast du bestimmt keine Ermittler zur Verfügung.»

«Du hältst dich für besonders clever, was? Bolander ist an dem Hund dran.»

«Und wo steht der auf dessen Prioritätenliste? Ganz unten? Komm schon, du weisst, dass ich gut bin. Ich habe als Sicherheitsmann auch eine Ausbildung als Hundeführer. Du kannst mich als externen Berater dazuziehen. Wir wissen beide, dass Harri niemals in sein ehemaliges Labor einbrechen würde. Das ist Blödsinn. Und ganz bestimmt ist er kein Mörder. Er kannte den Nachtwächter.»

«Tom, ich kann dich nicht in den Fall mit einbeziehen. Du stehst der Familie Krieger zu nahe.»

«Sara!» Ein uniformierter Kollege trat heran. «Frau Hansen ist hier.»

«Gut. Sie muss sich gedulden. Sie soll im Wartezimmer Platz nehmen.» Sara drehte sich zu Tom um. «Ich muss weitermachen. Es …» Sie schaute ihn mit tiefgezogenen Augenbrauen an. «Es geht nicht, dass ich dich mit dem Fall vertraut mache. Aber ich werde dich später informieren, was mit Herrn Krieger geschieht. Warte hier.»

«Ich soll warten?»

«Ja. Setz dich.»

Der Kollege führte eine junge Frau herein. Ihre Augen waren gerötet. Sara ging auf sie zu. «Frau Hansen, ich hoffe, Sie haben sich von dem ersten Schock erholt. Nochmals mein herzliches Beileid zu dem Verlust Ihres Arbeitskollegen. Wir werden alles daransetzen, um den Mörder von Herrn Ramirez zu finden.»

«Danke.»

«Und wir lassen nach seinem Hund suchen. Haben Sie Geduld. Wir werden Sie holen lassen, wenn wir für Ihre Zeugenaussage bereit sind. Einen Moment dauert es noch.»

«Ist gut.»

«Tom, wir gehen den Fall später gemeinsam durch. Ich verlasse mich auf dich.» Mit diesen Worten liess sie ihn stehen.

Tom setzte sich ins Wartezimmer. «Hallo», sagte er zu der jungen Frau. «Ich hatte auch einen Hund, Marshall hiess er, ein Schäfermix. Toller Kerl, aber ist ständig ausgebüxt.»

***

Harri Krieger war ein guter Mann. Sara war das bewusst. Es gab Momente, da hasste sie ihre Arbeit, und heute war einer dieser Tage, wo sich ihre Menschenkenntnis nicht mit den belastenden Beweisen vereinbaren liess. Sie war auf dem Weg zurück zum Einvernehmungsraum. Sie zweifelte bereits an ihrem mehr als spontanen Schachzug, Tom und Tamara Hansen zusammenzubringen. Lind würde das nicht gefallen. Egal, es ging ja nur um einen Hund.

Sara ging erst in ihr Büro und holte zwei A4-Fotos, die auf ihrem Tisch lagen. Bisher hatten sie Harri Krieger nur mit dem Einbruch und Totschlag von letzter Nacht konfrontiert. Er leugnete konsequent, etwas damit zu tun zu haben. Sara wollte ihm gern glauben, gäbe es nicht diese beiden Bilder. Es wurde Zeit, Krieger damit aus der Reserve zu locken. Seine Ausrede musste oscarreif sein, wollte er sich davon distanzieren. Vor dem Einvernahmeraum hörte sie die Männer aufgebracht diskutieren. Ohne anzuklopfen, trat sie ein. «Und, bereits gestanden, Herr Krieger?»

«Ich kann nichts gestehen, das ich nicht begangen habe», sagte Harri und starrte Sara direkt in die Augen.

Sie setzte sich neben Bolander. «Ihr Badge und Ihr persönlicher Code wurden benutzt, um die Türen zu öffnen.»

«Den Badge habe ich im Büro der Personalabteilung abgegeben.»

«Es war aber niemand dort, der ihn entgegengenommen hat.»

«Ich habe ihn auf den Tisch gelegt.» Harri wechselte einen Blick mit seinem Anwalt, der neben ihm sass und fleissig Notizen machte.

«Ihren Badge hat niemand auf dem Tisch gefunden. Haben Sie ihn nicht zufällig doch mitgenommen?»

«Nein.»

«Wer war noch im Labor, als Sie es verliessen?»

«Viele. Wir haben im Büro von Günter auf meinen letzten Arbeitstag angestossen. Fast alle waren dort. Auch Rosanna von der Personalabteilung. Ich sagte ihr, dass der Badge in ihrem Büro liegt.»

«Ja, haben wir überprüft», sagte Bolander. «Sie weiss nichts von dem Badge.»

«Dann lügt sie! Das –»

Sara brachte ihn mit einer Handbewegung zum Schweigen. «Neue Frage: Sie behaupten, Sie haben letzte Nacht zur Tatzeit in Ihrem Bett geschlafen, richtig? Allein. Es war ruhig in der Villa, und Ihnen ist nichts Verdächtiges aufgefallen?»

«So ist es.»

«Ihre Villa ist mit einer Alarmanlage gesichert?»

«Ja.»

Sie legte die beiden Fotos mit der Bildseite nach unten auf den Tisch. «Was würde geschehen, wenn ein Einbrecher ins Haus wollte?»

Der Anwalt schaltete sich ein. Martin Fetsch war ein gut genährter Mittvierziger, eine ruhige Person, was Sara in diesem Fall begrüsste. «Weshalb ist diese Frage relevant? Es wurde nicht in die Villa der Kriegers eingebrochen.»

«Hm.» Sara tippte auf die Bilder. «Sie ist äusserst relevant. Bitte beantworten Sie meine Frage, Herr Krieger.»

«Das Eingangstor ist gesichert, ohne Code kommt niemand rein. Der Einbrecher müsste über den Zaun klettern, was kein grosses Problem sein dürfte. Das Grundstück ist mit Bewegungsmeldern ausgestattet. Das Flutlicht geht an, wenn sich jemand draussen herumtreibt. Gleichzeitig schalten die Überwachungskameras ein. Die Türen am Haupteingang und auf der Terrasse sind ebenfalls gesichert. Die Fenster nicht. Er könnte eines einschlagen.»

«Wir haben die Aufnahmen der Überwachungskameras durchgesehen. Um zehn nach neun hat Musa Achebe das Grundstück zu Fuss verlassen. Ein Freund hat ihn mit seinem Wagen abgeholt. Um zwei Uhr kam er zurück und ging direkt ins Pförtnerhaus. Dazwischen ist nichts. Alles dunkel.»

«Bei uns wurde nicht eingebrochen», sagte Harri, die Verwirrung stand ihm ins Gesicht geschrieben.

«Wenn sich jemand mit Ihrem Alarmsystem auskennt, könnte er unbemerkt einbrechen, ohne von den Kameras erfasst zu werden?»

«Ja, theoretisch ist das möglich. Wir haben keine Hochsicherheitsanlage installiert. Es gibt einige tote Winkel, die nicht von den Kameras erfasst werden.»

«Das heisst, jemand könnte unbemerkt rein und raus?»

«Ja. Wenn er sich gut auskennt.»

Sara lehnte sich im Stuhl zurück und verschränkte die Arme. «Wenn das so ist, könnte auch jemand unbemerkt raus und wieder rein.»

Fetsch schnaufte leise. «Das ist eine haltlose Unterstellung.»

Bolander beugte sich über den Tisch. «Keinesfalls. Wir halten Ihren Mandanten nicht zum Vergnügen hier fest.»

«Wir haben zwei Dinge in Ihrer Villa gefunden, die uns ernsthaft Sorgen bereiten», sagte Sara. «Ich bin keine Biologin, und mein Latein ist eine Katastrophe, deshalb können Sie bestimmt für mich übersetzen, Herr Krieger. Was ist ein *Humanes Papillomavirus*?»

«Das HPV? Es befällt die Haut oder Schleimhäute und ist krebserregend. Gebärmutterhalskrebs kann durch dieses Virus ausgelöst werden.»

«Aha. Und was löst das *Parapoxvirus* aus?»

«Parapoxviren? Die kommen bei Säugetieren vor. Sie gehören der Familie der Pockenviren an. Was sollen diese Fragen?»

Sara hob den Zeigefinger. «Moment, ich habe noch eines, das ich nicht kenne: *Lyssavirus*?»

«Tollwut.»

«Klingt nicht gut», sagte Bolander.

Sara fuhr fort: «Ich habe weiter das *Influenza-A-Virus*, das *Humane Herpesvirus* und das *Humane Coronavirus* auf der Liste. Ich denke, diese Namen müssen Sie mir nicht übersetzen.»

«Was ist damit?», fragte Fetsch. «Wurden diese Viren aus dem Labor gestohlen?»

«Nicht nur das», erklärte Bolander. «Diese Viren haben wir versteckt in Herrn Kriegers Büro gefunden.»

Fetsch starrte Harri an, der mit offener Kinnlade auf seinem Stuhl sass.

«Gegen ein Aspirin oder Panadol in Ihrem Haus habe ich nichts einzuwenden», sagte Sara. «Ich würde auch über ein bisschen Gras hinwegsehen. Aber dieses Zeugs hier?» Sie drehte das erste Foto um. Es zeigte die Styroporbox mit den sechs Ampullen. «Damit will niemand in Berührung kommen, nicht ausserhalb eines Sicherheitslabors.»

«Ich weiss nichts von diesen Viren», sagte Harri. Auf seiner Stirn bildeten sich Schweisstropfen. Er war nervös. Sehr nervös.

«Verstehen Sie jetzt meine Frage, ob jemand bei Ihnen eingebrochen haben könnte? Ich würde ja gern glauben, dass ein Einbrecher Ihnen die Viren untergejubelt hat, denn leider ist das nicht alles. Wir haben in Ihrem Garten unter einem Strauch ein weiteres Beweisstück gefunden. Sie stehen definitiv mit dem Einbruch in Verbindung.» Sara drehte das zweite Bild um. Es zeigte eine schwarze Hundemaske. «So eine Maske haben die Täter getragen.»

«Die kann jeder im Internet bestellen», warf Fetsch ein.

«Die Maske schon», sagte Bolander. «Aber dann gäbe es im Innern der Maske keine Haare von Herrn Krieger. Zudem haben unsere Techniker an der äusseren Seite der Maske Spuren von Blut gefunden. Tierblut. Und ein Hundehaar. Wetten, es passt zu Cocos DNA? Wir werden es beweisen, sobald wir den Hund gefunden haben.»

***

«Entführt», sagte Tamara und setzte sich Tom gegenüber. «Die Polizei sagt, die Mörder, die meinen Arbeitskollegen Ramirez auf dem Gewissen haben, hätten auch Coco mitgenommen.»

«Ramirez war ein Kollege? Mein Beileid.»

Sie biss sich auf die schmalen Lippen. «Ständig muss ich daran denken, dass es mich hätte treffen können. Bin ich ein schlechter Mensch, weil ich dankbar bin, noch zu leben?»

Tom lehnte sich vor. «Das ist nur logisch. Jeder, der etwas anderes behaupten würde, wäre ein Lügner. Wollen Sie darüber reden?»

«Mit einem Fremden?»

«Sorry. Ich bin Tom Engels. Sicherheitsberater und Ausbildner. Ich habe lange als Personenschützer gearbeitet, und manchmal helfe ich der Polizei bei einem Fall.»

«Dann sind wir Berufskollegen», sagte Tamara und atmete fast erleichtert durch, bevor sie zu sprechen begann. Tom erfuhr, was in der letzten Nacht tatsächlich vorgefallen war. Übel war das. Klar hatte die Polizei Harri in Gewahrsam genommen. Die Beweislage war fatal für Natalies Vater.

Tamara wischte sich rasch eine Träne von der Wange. «Wo ist er jetzt?», fragte sie.

«Wer?»

«Marshall.»

«Im Hundehimmel. Schlief friedlich ein.» Tom fuhr sich mit einem schlechten Gewissen durchs kurze blonde Haar. Zu lange hatte er nicht mehr an Marshall gedacht. Er war ein toller Wachhund gewesen, eine Strassenkreuzung, ein Zigeuner. Er erinnerte sich gut, wie sein Freund Rico ihn damals vorbeigebracht hatte. «Entweder du adoptierst ihn, oder er wird ersäuft», hatte er gedroht. Natürlich wusste Tom, dass Rico dem Streuner niemals etwas angetan hätte. Der grobschlächtige Mistkerl hatte ein Herz, weich wie warme Butter. «Haben Sie einen Verdacht, wer die Täter sein könnten?»

«Ich würde spontan auf extreme Tierschützer tippen», sagte Tamara. «Rivoli erhielt in letzter Zeit viele Drohbriefe, Anrufe, und mehr als einmal war die Fassade des Gebäudes mit üblen Beschimpfungen beschmiert.»

«Einen bestimmten Verdacht?»

«Linn De Luca.»

Tom hob überrascht die Augenbrauen. Mit einem Namen hatte er nicht gerechnet.

«Nach der Flut von Drohbriefen habe ich heimlich Nachforschungen angestellt», erklärte Tamara. «Safetron interessiert es nicht, solange die Briefe keine konkrete Drohung aussprechen. Der Inhalt war oberflächlich gehalten. *Ihr Mörder! Ihr quält Tiere zu Tode. Wie könnt ihr nachts schlafen?* So Sachen halt. In Zug fand ich drei Tierschutzorganisationen, die in Frage kamen. Ich habe dort angerufen, Interesse gezeigt und wollte wissen, was sie unternehmen, um Tiere besser zu schützen. Zwei Organisationen wollten vor allem auf politischer Ebene ansetzen und erreichen, dass zum Beispiel die Massentierhaltung eingeschränkt wird, das Schreddern von Küken verboten wird und Tiertransporte strengeren Gesetzen unterliegen. Sie gingen vor allem auf die Nutztierhaltung ein. Die dritte Organisation nennt sich Wild 'n Free Animal Rescue. Linn De Luca ist die Präsidentin. Der Verein zählt etwa dreissig aktive Mitglieder. Er wurde erst vor zwei Jahren gegründet und steht noch am Anfang. Am Telefon erklärte mir Linn, dass sie sich gegen Tierversuche einsetzen. Sie hielt mir einen emotionalen Vortrag darüber. Nutztiere erwähnte sie mit keinem Wort. Ich weiss, das ist kein Beweis, aber wenn eine Tierschutzorganisation dahintersteckt, würde ich auf ‹Wild 'n Free› tippen.»

«Haben Sie diese Linn De Luca persönlich getroffen?»

«Nein.»

Es war möglich, dachte Tom, dass so eine Organisation hinter dem Einbruch stecken könnte, allerdings machte ihn die Brutalität und Zerstörungswut nachdenklich. War der Totschlag des Nachtwächters wirklich Notwehr gewesen? Und weshalb diese Verwüstung? Damit verloren sie wertvolle Zeit und steigerten das Risiko, gefasst zu werden. Das Szenario ergab keinen Sinn. Etwas war faul an der Sache. Tom entschloss sich, dem Hinweis von Tamara gleich nachzugehen.

VIER

Am Kiosk am Bahnhof Rotkreuz kaufte sich Tom ein Notizheft, die Augustausgabe von «Unser Schweizer Heimtier» und die Zuger Zeitung. Er blätterte die Zeitung durch. In der gedruckten Ausgabe war der Einbruch bei Rivoli nicht erwähnt, in der Onlineausgabe hatte er aber bereits darüber gelesen. Der brutale Überfall machte in den Medien rasch die Runde.

Tom war gleich nach dem Gespräch mit Tamara hierhergefahren. Natürlich hatte er Sara nicht darüber informiert. Er glaubte, seine Chancen wären besser, etwas herauszufinden, wenn er Linn De Luca unter vier Augen treffen konnte. Ihre Adresse zu finden, war leicht gewesen. Sie wohnte in einer kleinen Einliegerwohnung in Risch, direkt am See. Er hatte Glück und traf sie zu Hause in ihrer Wohnung an. Sie beäugte ihn misstrauisch, hielt die Wohnungstür nur einen Spalt offen. Tom war unfähig, den Blick von ihr zu lösen. Es war mittlerweile später Nachmittag. Linn De Lucas azurblaue Augen starrten ihn hypnotisch an. Sie war Mitte zwanzig. Ihr kastanienfarbenes Haar schien aus einer Shampoowerbung zu entstammen. Das Gesicht war zart und fast mädchenhaft. Tom gab sich als Journalist aus, der über den Einbruch bei Rivoli schreiben wollte und die Meinung einer Tierschützerin für seinen Bericht brauchte. Er hielt Zeitung und Zeitschrift hoch.

«Ich lasse keine Fremden in meine Wohnung», sagte sie, ihre Stimme klang erstaunlich tief und herrisch.

«Nicht nötig», sagte Tom und setzte sein bestes Lächeln auf. Er wusste um die Wirkung seiner Grübchen in den Wangen. Rasch zog er den Notizblock aus seiner Hosentasche, den er vorhin mit den Schuhen entsprechend bearbeitet hatte, damit er abgenutzt und gebraucht wirkte. «Ich will nur wissen, wie eine Tierschutzorganisation darüber denkt, dass Tiere aus einem Versuchslabor befreit werden. Billigen Sie die Aktion?»

«Sie wollen wissen, ob Wild 'n Free Animal Rescue es getan hat?»

Tom grinste und lehnte sich lässig an den Türrahmen. «Ich denke, das waren Profis und keine Tierschützer. Mich interessiert Ihre Meinung. Sie setzen sich für Versuchstiere ein.»

Ohne Vorwarnung schlug sie Tom die Tür vor der Nase zu.

Hatte er sich zu weit vorgewagt? Er wollte erneut den Klingelknopf drücken, als sie die Tür wieder aufriss. Eine grosse Tasche hing Linn De Luca um die Schulter. «Gehen wir.»

Schweigend führte sie Tom hinunter an den See. Es war unmöglich, ihre Gedanken zu entschlüsseln. Weder lächelte sie, noch blickte sie mürrisch oder verschreckt. Sie wirkte ruhig und gefasst. Kaum waren sie am Ufer unter sich und ausser Hörweite von anderen Spaziergängern, explodierte sie wie eine gezündete Rakete. Schweigend hörte sich Tom die emotionalste und leidenschaftlichste Rede über Tierschutz und den Schwerverbrecher Mensch an, die er je gehört hatte. Selbst ihre äussersten Haarspitzen wogen mit jeder Welle der Entrüstung, die aus ihrem Mund kam. Das Blau ihrer Augen bekam einen satten Unterton und schimmerte tiefer und hypnotisierender als zuvor. Sie packte Tom unvermittelt am Arm. Ihr Griff war fest, an der Grenze zu schmerzhaft. «Das sind Bestien ohne Gewissen. Sie quälen aus Lust, aus Profitgier. Erinnern Sie sich an den Fall mit dem Labor bei Hamburg? Es war überall in den Medien. Wenn Versuche hier in der Schweiz nicht durchgeführt werden dürfen, lagert man sie einfach ins Ausland aus. Kommt die Sache dann ans Licht, gibt man sich unschuldig. Als hätte man nicht davon gewusst. Diesen Geiern geht es nicht um Medikamente, um Menschenleben zu retten, ihnen geht es um Experimente, um die hohen Medikamentenpreise zu rechtfertigen. Sie verkaufen Tierversuche mit geschickten Marketinginstrumenten, erzählen Lügenmärchen von wegen zwingend notwendig. Zivilisiert? Ha! Wir nennen uns zivilisiert? In den Tausenden von Jahren, in denen es Menschen gibt, haben wir nie so grausam und unnötig Millionen von Tierleben verschwendet, nur um unsere Neugier zu befriedigen.»

Tom wagte nicht, gegen Linn das Wort zu ergreifen. Bei ihrem Temperament hätte er seine Chance schnell verspielt. Er versuchte, das Thema zu wechseln. «Rivoli, was wissen Sie über dieses Labor?»

Sie zuckte mit den Schultern, etwas zu gespielt, wie Tom fand. Dann zeigte sie mit der Hand hinüber zum Schloss Buonas, das auf einer Halbinsel lag. Hinter ihm konnte Tom die Skyline der Stadt Zug sehen, wenn man der so sagen wollte. «Bereits seit bald tausend Jahren steht das Schloss dort. Nicht dieses, aber eines seiner vielen Vorgänger. Wissen Sie, dass es heute in Privatbesitz ist? Ein grosser Chemiekonzern nutzt es als Ausbildungszentrum. Dreimal im Jahr ist der Park für uns Einheimische geöffnet. Ist das nicht ein Witz? In unserem kleinen Kanton regieren die Unternehmen, die Firmen und die Scheinfirmen. Einige der weltgrössten Konzerne haben hier ihren Sitz. Wir Bürger können kaum die horrenden Wohnungsmieten bezahlen. Wer profitiert von den tiefen Steuern? Diejenigen, die eh genug Geld haben und kein echtes Bedürfnis, sich um die Armen und Schwachen unter uns zu kümmern. Tierschutz und Wohltätigkeitsveranstaltungen sind reine Werbeveranstaltungen, um den Schein vom Gutmenschen unter den Reichen zu wahren.»

Tom musste an Natalie denken, an ihre schlaflose Nacht. Nicht alle, die Geld hatten, waren deshalb böse und machtgierig. Vorurteile gegenüber den Reichen waren genauso schlimm wie Vorurteile gegenüber anderen Gruppierungen oder Menschen. Linns Ideale waren nicht ungefährlich. Sie meinte es gut, doch Tom verabscheute Extremismus in jeglicher Art.

«Wow», sagte er gespielt bewundernd. Auch wenn Linn nicht direkt etwas mit dem Einbruch zu tun hatte, so könnte sie dennoch hilfreich sein, eine heisse Spur zu finden. Er musste sich auf ihre Seite schlagen. «Selten habe ich eine Frau getroffen, die so überzeugend reden kann. Schon mal überlegt, in die Politik zu gehen?»

«Ich bin Tierarzthelferin und habe in der Politik nichts verloren. Pah, das sind alles verlogene Heuchler, die vor den Pharmafirmen und Grosskonzernen hier in Zug kuschen.»

Tom strahlte sie an. «Es ist Samstag. Darf ich dich zum Abendessen einladen? Ich würde gern mehr über deinen Tierschutzverein erfahren.»

«Etwas früh für ein Essen, nicht? Und das Du habe ich dir nicht angeboten.»

«Magst du Italienisch? Pizza?»

«Du bist hartnäckig, echt. Aber kein Interesse. Ich habe einen festen Freund.»

Tom war erleichtert. Er wusste, dass er kein Flirttalent besass, und die Schauspielerei war nicht sein Ding. In der Ferne sah er, wie eine Frau auf sie zukam. Der energische Schritt verriet sie, bevor er ihre Gesichtszüge erkennen konnte. Woher zum Kuckuck wusste sie, dass er mit Linn hier am See war? Mit zwei explosiven Frauen wollte er es nicht aufnehmen. «Sorry, wenn ich zu aufdringlich war. Ich werde gehen und meinen Bericht tippen. Du hast mir weitergeholfen. Danke.» Er tippte sich kurz an die Stirn und machte sich schleunigst davon, ging direkt auf Sara zu. Ohne dass Linn es sehen konnte, hielt er sich den Zeigefinger vor die Lippen und gab Sara ein Zeichen, an ihm vorbeizugehen. Sie verstand seinen Wink, hielt sich aber nicht zurück, ihm einen bitterbösen Blick zuzuwerfen. Tom griff nach dem Handy und rief Musa an. «Hey, Kumpel, ist Natalie wach?»

«Steht neben mir.»

«Tom?» Er konnte fühlen, dass sie Musa das Telefon regelrecht aus der Hand riss. «Wie geht es Paps? Hast du ihn gesehen? Sie lassen mich nicht zu ihm.»

«Keine Sorge, der Drache geht im Moment gerade auf eine weitere Verdächtige los.» Tom blickte über die Schulter zurück, ohne stehen zu bleiben, und sah, wie Sara Linn ihren Polizeiausweis unter die Nase hielt. Linn trat defensiv einen Schritt zurück. Gut möglich, dass Tom sich täuschte, aber sein Bauchgefühl sagte ihm, dass Linn wichtig sein konnte.

«Was hast du vor?», fragte Natalie am Telefon.

Tom grinste und ging zurück zu seinem Wagen. «Du könntest mich zum Essen ins Papiliorama einladen. Ich verhungere.»

Er hörte, wie Natalie kurz durchatmete. «Alexandra hat Früchtewähe gebacken. Ich stell dir ein Stück beiseite.»

***

Natalie starrte auf den blauen Schmetterling, der auf ihrer Hand sass und die prachtvollen Flügel ausbreitete. Sie wagte es nicht, in Toms Augen zu blicken. Ihr Herz würde platzen. Blöde Göre, dachte sie. Du weisst genau, dass er nichts von dir will. Der Mistkerl ist zu alt und nicht interessiert an einem Flirt mit einem verkrüppelten Mädchen wie mir. Sie wusste genau, dass er sie wie eine seiner Töchter ansah. Na ja, fast so.

«Ich habe vorhin mit Rebecca telefoniert», sagte Tom, «und sie informiert. Sie ist auf dem Rückweg und sollte in einer guten Stunde hier sein.»

Natalie nickte erleichtert.

«Du bist ungewohnt still», sagte Tom und verschlang den letzten Bissen von Alexandras Kirschwähe. «Alles okay? Mach dich nicht verrückt wegen deines Vaters. Er schlägt sich gut. Diese Linn De Luca steht bei mir auf der Verdächtigenliste ganz oben. Ist ein Anfang.»

Der Schmetterling flog von Natalies Hand. Sie sass mit Tom im Papiliorama, in ihrem gläsernen Käfig, wie sie ihn nannte. Das runde Glashaus war üppig mit tropischen Pflanzen bepflanzt. In der Mitte stand ein kleiner schmiedeeiserner Tisch mit zwei Stühlen und an der Seite ein Schlafsofa. Im Sommer verbrachte Natalie die Nächte oft hier. Tagsüber war es ihr zu warm. Ihrer Haut tat die Hitze nicht gut. Die Schmetterlinge und Insekten, die hier lebten, waren ihre Haustiere. Es gab auch zwei Madagaskar-Taggeckos und ein paar Kronengeckos im Papiliorama, aber die bekam Natalie nur mit Glück zu Gesicht. Seit diesem Frühling lebte hier auch ein Paar Unzertrennliche. Die kleinen Liebespapageien waren Natalies neue Lieblinge. Harri hatte ihr Hunde oder Katzen nicht erlaubt. Zu gefährlich für ein zartes Schmetterlingskind. Das war natürlich Bullshit, aber so war Harri. Natalie konzentrierte sich wieder auf das, was Tom ihr bisher erzählt hatte. «Diese Tierschützerin hat ein Motiv, aber weshalb Paps mit reinziehen? Wie könnte sie an seinen Badge und den Sicherheitscode gekommen sein? Und die Viren in unserem Haus? Die Sache stinkt zum Himmel.»

«Waren Angestellte von Rivoli kürzlich bei euch zu Besuch?»

«Letzten Monat. Fast die ganze Belegschaft war hier. Paps gab eine kleine Cocktailparty zu seinem Abschied.»

«Könnte ihm jemand bei dem Anlass die Viren untergejubelt haben?»

«Möglich. Sein Arbeitszimmer ist nie abgeschlossen.»

«Ich brauche eine Liste von allen, die hier waren.»

«Kriegst du.»

«Hatte Harri Probleme mit jemandem von Rivoli?»

«Er und Günter, der Direktor, waren keine besten Freunde, aber sie respektierten sich. Sonst wüsste ich niemanden, mit dem er nicht auskam.» Natalie fühlte, dass Tom sie anstarrte. «Was?»

«Versprichst du mir etwas? Keine Recherchen auf eigene Faust. Keine gefährlichen Alleingänge. Und keine Lügen. Ich will nicht, dass sich das Drama vom letzten Sommer wiederholt.»

«Da durfte ich die Heldin spielen.»

«Du wirst immer meine Heldin bleiben.»

«Tatsächlich?» Sie spielte mit ihrem silbernen Armband.

«Du trägst es?»

«Du hast es mir geschenkt.»

«Ja, das habe ich.»

«Tom?»

«Hm?»

Schweigen.

Alexandra klopfte an die Glastür und trat ein. «Ihr habt Besuch. Die Frau Kripochefin wartet drinnen. Sie hat miese Laune.»

Natalie würgte bei den Worten. Die Psychobitch konnte ihr gestohlen bleiben. «Schick sie weg, Alex.»

Zu spät. Sara Jung stand bereits vor dem Papiliorama. «Keine Sorge, Frau Krieger, Sie will ich nicht behelligen. Aber Ihrem hinterhältigen Bodyguard werde ich die Leviten lesen. Tom, wir müssen reden. Unter vier Augen.»

Natalie schaute ihn herausfordernd an. Er sollte es nicht wagen, sie aus dem Spiel zu nehmen.

Tom stand auf. «Hat dich Linn De Luca mit ihren hypnotischen Augen überzeugt?»

«Du hast dich als Journalist ausgegeben?»

«Sie sollte mich unvoreingenommen kennenlernen. Ich dachte, mit einem Journalisten würde sie offener sprechen als mit einem Privatschnüffler. Wie hast du uns gefunden?»

«Tamara Hansen hat mir von der Tierschützerin erzählt. Ich habe ihr Mobiltelefon orten lassen.» Sara nickte Natalie zu. «Du arbeitest wieder für das Fräulein Tochter, wie ich sehe?»

«Behandeln Sie mich nicht wie ein dummes Kind. Ich will meinen Vater zurück. Sie können ihn nicht festhalten.»

«Im Moment schon. Frau De Luca hat ein wasserfestes Alibi, das der Herr Journalist nicht überprüft hat. Sie war letzte Nacht bei ihrem Freund. Er gehört nicht der Tierschutzorganisation an und arbeitet für den Kanton Zug im Amt für Wald und Wild. Seine Aussage ist glaubwürdig.»

«Mist!», sagte Tom. Die Enttäuschung war ihm anzusehen.

«Andere Frage: Wo warst du letzte Nacht?» Sara verschränkte die Arme vor der Brust.

Natalie schaute Tom überrascht an. «Weshalb will sie das wissen? Ist das relevant?»

«Ja, ist es», antwortete Sara.

«Ich war aus», sagte Tom. «In der Stadt.»

«Welche Zeit?»

«So ab neun. Zurück war ich gegen zwei.»

«Mit wem warst du aus?», fragte Sara.

Tom schaute Natalie an. «Mit Musa.»

«Mit Musa?» Natalie holte tief Luft. «Seid ihr zwei jetzt beste Kumpel und feiert die Nächte durch? Mich hast du das letzte Mal nach Weihnachten besucht.»

«Von dem kindischen Eifersuchtsdrama will ich nichts wissen», sagte Sara harsch. «Tom, ich brauche dein Alibi schriftlich auf Papier. Komm morgen bei uns vorbei.» Sara machte wortlos auf dem Absatz kehrt, und weg war sie.

Alexandra schloss leise die Glastür zum Papiliorama und ging rasch zurück ins Haus.

Innerlich kämpfte Natalie gegen die Tränen an. «Du holst Musa hier ab, gehst mit ihm aus und hältst es nicht für nötig, mir kurz Hallo zu sagen? Ich dachte, wir seien Freunde.»

Tom trat einen Schritt zurück. Er ging auf Distanz. Wie hatte sie so blöd sein können, zu denken, er könnte etwas für sie empfinden?

«Sorry», sagte er. Das war alles.

«Geh einfach und lass mich in Ruhe.»

«Natalie.»

«Hau ab!»

***

Ausgelaugt betrat Sara ihre kleine Wohnung. Dieser Fall ging ihr unter die Haut. Sie mochte Harri Krieger und traute ihm den Einbruch und Totschlag nicht zu. Es ergab keinen Sinn. Er wollte sein eigenes Labor eröffnen. Weshalb sollte er Rivoli zerstören und die Versuchstiere befreien? Wäre es möglich, dass er geheime Unterlagen mitgehen liess und mit der Aktion dies vertuschen wollte? Nein, so dreist konnte Harri nicht sein.

Sara seufzte, als sie die Unordnung in der Küche sah. Im Kühlschrank herrschte Giftalarm und Gefahrenstufe fünf: Vergammeltes Gemüse, schimmliger Käse und pilzbefallene Nudeln rotteten vor sich hin. Rasch schloss Sara die Kühlschranktür. Sie griff zum Telefon und wählte die Nummer des

Pizzakuriers. Ihr Lebensstil würde sie eines Tages umbringen. Doch Mörder hatten Vorrang vor der leidigen Hausarbeit. Es war Samstagabend, der letzte im August. Die Putzfrau würde erst am Mittwoch vorbeikommen. Sara ging in ihr Schlafzimmer und öffnete den Schrank. An den Kleiderbügeln hingen die weissen Blusen, auf dem Regal darüber lagen fein säuberlich gefaltet die schwarzen Hosen. Ihre Putzfrau holte die Wäsche jeden Mittwoch aus der Kleiderreinigung ab. Auf dem obersten Regal lagen einige T-Shirts und Trainingskleider. Sara zog sich aus und gönnte sich eine kühle Dusche. Das kalte Wasser tat gut. Sie war aufgewühlt. Sara hatte Tom lange nicht gesehen. Er sah gut aus, auch wenn sie seine Grübchen in den Wangen heute nicht zu sehen bekommen hatte. Sie musste wieder an das Essen bei ihm zu Hause mit seinem dementen Vater denken. Diese familiäre Atmosphäre hatte sie seither nicht mehr erlebt. Familie, das war für sie ein absolutes Fremdwort. Sara fasste sich an den Bauch. Ein eiskalter Schauer überkam sie, und sie stellte die Temperatur des Wassers auf heiss. Meine Güte, nahm das nie ein Ende?

Nach der Dusche schlüpfte sie in Trainingshosen und T-Shirt. Es klingelte an der Tür. Der Pizzakurier brachte das Abendessen. Sie setzte sich mit der Pizza und einem Glas billigen Rotweins aufs Sofa und schaltete den Fernseher ein. Ein amerikanischer Blockbuster flimmerte über den Bildschirm, doch Sara war mit den Gedanken weit weg.

Ein leises Kratzen am Fenster ihrer Parterrewohnung holte sie in die Realität zurück. Draussen war es bereits dunkel. Der Herr Geheimrat war spät dran. Sie schaute auf die Uhr, es war kurz vor elf. So spät klopfte er sonst nie bei ihr an. Keine Ahnung, was der alte Kerl draussen auf der Strasse getrieben hatte. Junge Damen beglückt, vermutete Sara. Wenigstens er hatte Spass.

Sie stand auf und schlurfte zum Fenster. Kaum öffnete sie es einen Spalt, sprang er in die Wohnung und rannte direkt in die Küche. Herr Geheimrat musste hungrig sein. Kein Wunder. Sie folgte ihm. Er wartete vor dem Kühlschrank und starrte sie an.

Eine üble Kratzwunde zierte seine Nase. Einmal mehr hatte er sein Revier verteidigt. Er konnte es nicht lassen. Sara holte eine Dose Katzenfutter aus dem Schrank und füllte den Fressnapf des roten Katers. Er war ein beachtliches Tier, die grösste Katze im Quartier. Herr Geheimrat liess sich nichts vorschreiben und lebte sein eigenes Leben. Doch nachts schlich er sich nach wie vor gern in Saras Bett. Auch rebellische Kater und Einzelgänger brauchten zwischendurch das Gefühl von Wärme und Geborgenheit. «Du warst zwei Tage weg. Was hast du bloss wieder angestellt?» Sie strich ihm über das Fell, das sich fast rau und borstig anfühlte. Er stank. «Hast du wieder im Müll gefischt? Morgen gibt's ein Bad. So kommst du mir heute nicht ins Bett.»

Sie räumte die Pizzaschachtel vom Sofa und stellte den Fernseher ab. Als sie sich ins Bett legte, stand die Schlafzimmertür einen Spalt offen. Etwas Wärme und Geborgenheit konnte nicht schaden, auch wenn sie stanken wie ein Müllcontainer.

FÜNF

Natalie tigerte im Wohnzimmer auf und ab. Rebecca sollte jeden Moment von ihrem Besuch bei Harri in der Untersuchungshaft zurück sein. Seit zwei Wochen hielt ihn die Polizei hinter Gitter gefangen wie einen Schwerverbrecher. Bisher konnten sie ihn nicht auf Kaution freibekommen. Es waren frustrierende Wochen gewesen, und der Streit mit Tom hatte es nicht einfacher gemacht. Sie hatte seine Anrufe ignoriert. Zudem war Natalie nicht gut auf Musa zu sprechen. Sie fühlte sich hintergangen. Musa wollte mit ihr reden, aber sie hatte ihn eiskalt abblitzen lassen, bis Alexandra intervenierte und meinte, sie führe sich auf wie ein zickiger Teenager. Vor Rebecca hatte Natalie ihre eigenen Gefühle verborgen. Sie litt genug. Die Eröffnung des neuen Labors musste verschoben werden, ein herber Rückschlag, zumal bereits die ersten Kunden absprangen. Wer vertraute schon einem Labor, dessen Besitzer in U-Haft sass?

Natalie seufzte und blickte aus dem Fenster auf den See hinunter. Heute hingen die Wolken tief. Es war Mitte September, und der Herbst schien sich anzukündigen. Sie hörte die Klingel der Haustür und wie Alexandra dem Besucher öffnete.

Das trostlose Wetter toppte all die erfolglosen Nachforschungen, die Natalie betrieben hatte. Sie hatte tage- und nächtelang vor dem Bildschirm verbracht, alle Mitarbeiter bei Rivoli durchleuchtet, sich Tierschutzorganisationen vorgenommen, bei der Konkurrenz geschnüffelt. Nichts. Da gab es nichts, was einen Hinweis lieferte. Dieser verdammte Einbruch ergab einfach keinen Sinn. Was sollte er bezwecken? Wie Natalie mitbekommen hatte, war auch die Polizei mit ihrem Latein am Ende. Die Hinweise versandeten im Nichts. Mäuse, Meerschweinchen, Kaninchen und die paar Hunde und Katzen zu verstecken war leicht. Vermutlich waren die Labortiere längst in einem anderen Kanton untergebracht.

Nicht dass Natalie den armen Kreaturen keinen schönen Lebensabend wünschte. Tierschutz war im Haus seit jeher ein heikles Thema gewesen. Ohne Tierversuche wäre die Medizin heute nicht, wo sie war. Leider wurden Tierversuche nur zu oft missbraucht und nicht selten kaltherzig eingesetzt, was der Fall letzten Jahres mit dem Versuchslabor bei Hamburg bewies. Eine einfache Lösung gab es bei diesem Thema nicht – das war die Wahrheit.

«Da ist Besuch für dich.» Alexandra trat ins Wohnzimmer, auf dem Arm Imani, die freudig Babyworte brabbelte.

Natalies Herz machte einen Sprung. Tom, dachte sie. Doch Alexandra folgte eine Frau, mit der sie niemals gerechnet hätte.

«Frau Dr. Weisshaar will sich nach Harri erkundigen», sagte Alexandra. «Ich mache euch Kaffee.»

Natalie ging auf Julia zu und reichte ihr ihre einbandagierte Hand.

Diese schüttelte sie vorsichtig. «Wie geht es euch? Harri sitzt noch immer in U-Haft. Das glaube ich einfach nicht.»

«Er kann nicht beweisen, dass er den Badge abgegeben hat. Dann die Hundemaske in unserem Garten und die Ampullen mit den Viren. Sieht nicht gut aus. Aber bitte, setz dich doch.» Natalie zeigte auf das Sofa.

Julia strich ihre langen Haare zurück und setzte sich.

Natalie unterdrückte einen Anflug von Eifersucht, als sie sich ihrer eignen schütteren Haare bewusst wurde, die nach wie vor dünn und kurz waren und absolut keine Farbe besassen.

Julia lächelte. «Sag mir, wenn ich etwas tun kann. Ich glaube nicht, dass Harri die Viren gestohlen hat.»

«Hat er auch nicht. Wie laufen die Aufräumarbeiten bei Rivoli?»

«Schleppend. Günter ist mit den Nerven am Ende. Das dauert Monate, bis wir wieder normal arbeiten können.»

Natalie hörte, wie die Eingangstür geöffnet wurde. An den Schritten konnte sie sofort erkennen, dass Rebecca zurück war. Nur Sekunden später rauschte sie ins Wohnzimmer und verwarf die Hände. «Das sind alles Idioten bei der Kripo! Unglaublich, wie schlampig die arbeiten. Die bringen einfach nichts auf die Reihe und lassen Harri dafür den Kopf hinhalten. Oh – Julia. Du hier?»

Natalie entging nicht, dass die Begrüssung der beiden Frauen eher kühl ausfiel. Wie unterschiedlich sie waren. Es waren nicht nur die zwanzig Jahre Altersunterschied, die sie trennten. Rebecca war der sportliche Typ mit brauner Kurzhaarfrisur und kaum Make-up im Gesicht. Brauchte sie auch nicht. Ihre schmalen Augen verrieten den asiatischen Einschlag, den sie von ihrer Grossmutter geerbt hatte. Julia hingegen war ein Prachtweib, anders konnte man es nicht ausdrücken. Ihr bronzefarbener Teint und die Löwenmähne waren der Hingucker schlechthin. Die grünen Augen betonte sie mit reichlich Lidstrich, und natürlich konnten die langen Wimpern kaum echt sein. Es gab nur einen Nenner, den die beiden Frauen teilten: ihre Intelligenz. Die war übermenschlich, das wusste Natalie, bei beiden Frauen. Auch Rebecca war Ärztin, hatte viele Jahre für Ärzte ohne Grenzen gearbeitet, während sich Julia der Forschung verschrieb.

«Hallo, Rebecca», sagte Julia, stand auf und streckte die Hand aus. «Wie geht es Harri?»

«Du meinst, nachdem ihn seine eigenen Arbeitskollegen in die Falle gelockt haben?»

«Sei nicht albern.»

«Ach nein? Nur ein Insider konnte an Badge und PIN-Code kommen und die Viren in seinem Arbeitszimmer verstecken.»

«Weshalb hätte jemand von Rivoli das tun sollen?»

«Eifersucht.»

Wow, dachte Natalie, das Gespräch nahm eine neue Wendung. Aber nein, Harri hätte Rebecca niemals betrogen, er liebte sie abgöttisch. Liebe konnte manchmal auch einseitig verlaufen. Natalie musste an Tom denken und fühlte sich gleich mies. Wie weit konnten Frauen gehen, wenn ihre Liebe nicht erwidert wurde?

«Das ist Blödsinn», sagte Julia. «Ich habe mich für euch und euer eigenes Labor gefreut.»

Rebecca trat näher an Julia heran. «Wir wissen beide, wie das in unserer Branche läuft. Günter war nicht froh, seinen besten Mann zu verlieren und Konkurrenz zu bekommen.»

«Natürlich nicht», erwiderte Julia. «Aber so ist das im Leben. Die nächsten Jahre wärt ihr keine ernsthafte Konkurrenz für uns gewesen. Es sei denn ...»

Rebecca zeigte drohend mit dem Zeigefinger auf Julia. «Sprich es nicht aus. Dazu wäre Harri niemals fähig. Er ist ein anständiger Mann.»

«Wenn es um Geld geht, tun Menschen unüberlegte Dinge.»

«Wenn es um Liebe geht, ebenfalls.»

Natalie musste leer schlucken, was höllisch wehtat. Die Probleme dieser Wochen zeigten sich nicht nur durch schlaflose Nächte, sondern auch durch ihr geschwächtes Immunsystem. Ohne Schmerzmittel kam sie im Moment am Morgen nicht aus den Federn.

Alexandra betrat mit einem Serviertablett mit Kaffee und Kuchen den Salon. Julia bedankte sich, meinte, sie müsse aber gleich wieder weiter. «So hatte ich mir das Gespräch nicht vorgestellt», sagte sie. «Richte Harri meine Grüsse aus, und ich wünsche ihm nur das Beste, ehrlich.»

Rebecca setzte sich, nachdem Julia gegangen war, einige Minuten schweigend aufs Sofa und trank ihren Kaffee. Den Kuchen rührte sie nicht an.

Natalie hätte heulen können.

Als Rebecca endlich aufblickte, musste sie den Schmerz in Natalies Gesicht gesehen haben. Rebecca war schon zu lange ihre Ärztin, als dass Natalie ihr etwas verschweigen konnte. «Komm her», sagte Rebecca und öffnete die Arme.

Das war genau die Liebe und Wärme, die Natalie brauchte. Es war ein gutes Gefühl, endlich eine Mutter zu haben.

***

«Vierzehn Tage und wir haben nichts.» Eckart Lind sass für einmal wenig relaxed auf seinem Stuhl.

Sara hatte an diesem Samstagnachmittag eine Teamsitzung einberufen. So ging das nicht weiter. Rivoli sass ihr im Nacken. Professor Günter Zach konnte mehr als ungemütlich werden und beschwerte sich täglich bei Lind. Sie feindeten sich mittlerweile regelrecht an. Linds miese Laune äusserte sich neuerdings in seinem Kleidungsstil. Statt bunter Hawaiihemden trug er heute ein graues Leinenhemd.

«Deshalb ist das freie Wochenende gestrichen», sagte Sara und trat an die weisse Schreibtafel. «Uns muss etwas entgangen sein. Fassen wir zusammen. Lüscher, du beginnst.»

Lüscher rückte seine dunkle Hornbrille zurecht und blickte auf seine Papiere. «Beginnen wir bei der Leiche des Nachtwächters Pedro Ramirez. Die Autopsie im Institut für Rechtsmedizin hat die Diagnose des Amtsarztes bestätigt. Tödlicher Schlag auf den Vorderkopf. Die Waffe war sein eigener Schlagstock. Das ist ja auch auf den Bildern der Überwachungskamera zu sehen.» Er griff nach einem anderen Papier. «Am Tatort fanden wir Blut von dem Täter, der von Coco gebissen wurde. Leider ist er in keiner Datenbank erfasst. Wie Sara vermutete, haben unsere Analytiker bestätigt, dass es sich bei den Einbrechern mit grosser Wahrscheinlichkeit um drei Männer und eine Frau handelt. Hier habe ich Schätzungen über Grösse und Gewicht.» Lüscher verteilte die Blätter mit den Angaben. «Die Hundemasken kann man im Internet bestellen. Wir haben bei unzähligen Firmen, welche diese Masken anbieten, nachgefragt. In den letzten sechs Monaten wurden nie vier Stück zusammen bestellt. Während der Fasnacht sind die Masken auch in den Läden zu finden. Oder man kann sie direkt in China bestellen und selbst importieren. Die Masken helfen uns also nicht weiter.»

«Was ist mit dem Wagen der Täter?», fragte Bolander, der wie Rizzo mit am Tisch sass.

«Ein dunkler Van. Die Videoauswertung hat ergeben, dass es sich um einen Mercedes Sprinter Kastenwagen handelt.

Wir haben in einem Radius von fünf Kilometern alle Aufzeichnungen der Strassenkameras durchgesehen. Er kam von Menzingen her und flüchtete auch wieder in diese Richtung. Dort verliert sich die Spur. Die Nebenstrassen sind nicht kameraüberwacht. Er kann sich nach Zürich oder Schwyz abgesetzt haben. Wie ihr wisst, war die Autonummer gestohlen. Sie gehörte zu einem Lieferwagen einer Bäckerei aus Zug.»

«Was ist mit den Tieren?»

Lüscher nahm eine andere Liste in die Hand. «Die Täter haben dreiunddreissig Mäuse, fünfzehn Ratten, zwölf Meerschweinchen, sieben Kaninchen, zwei Katzen und drei Hunde aus dem Labor befreit. Einen Labrador und zwei Jack Russel Terrier. Und natürlich nahmen sie Coco mit, den Hund von Ramirez.»

«Das sind nicht gerade viele Tiere. Ich bin mir sicher, in anderen Labors gäbe es bedeutend mehr Versuchstiere, die auf Rettung warten», sagte Sara.

«Korrekt», sagte Lüscher. «Rivoli versucht, soweit wie möglich auf Tierversuche zu verzichten. Wir haben alle Tierheime angefragt und suchen aktiv im Netz nach den gestohlenen Tieren. Bisher wurden sie nirgends angeboten.»

«In welchem Zustand waren sie?», fragte Rizzo.

«Keines der Tiere war zur Tatzeit mit einem gefährlichen Erreger infiziert oder äusserlich gravierend verletzt.»

«Was uns zum Motiv führt», wandte Lind ein. «Wir brauchen ein Motiv.»

Sara schüttelte den Kopf. «Der Mörder schien wenig zimperlich, als er auf Pedro einschlug. Ich tippe auf einen bezahlten Profi. Die Frau hingegen war entschlossen, aber nicht kaltblütig, und ihr Beschützer schien emotional involviert. Was, wenn sich hier zwei Interessengruppen zusammengeschlossen haben?»

«Tierschützer und Auftragstäter?», riet Bolander.

«Wäre möglich. Rizzo, hast du das Dossier über diese Linn De Luca dabei?»

Rizzo verteilte Kopien der dünnen Akte. «Viel haben wir

nicht. Sie ist Tierarzthelferin und engagierte Tierschützerin. Ihre Ansichten sind extrem, und sie ist nicht auf den Mund gefallen, handelte bisher aber in legalem Rahmen – soweit wir wissen.»

Sara seufzte und blätterte das Dossier durch. Viel Neues stand nicht drin. «Zurück zu meiner Theorie, dass Tierschützer und Auftragsdiebe zusammenarbeiteten. Den einen ging es um die Tiere, die anderen wollten Rivoli schaden und deren Forschungsergebnisse zerstören. Wie sicher sind wir, dass uns Zach die Wahrheit sagt? Vielleicht war Rivoli nah dran, ein neues Wundermittel patentieren zu lassen, die Konkurrenz hat das mitgekriegt und wollte die Arbeit zerstören, um auf dem umstrittenen Markt die Nase vorn zu behalten.»

«Was sagt Harri Krieger dazu?», fragte Lind. «Der müsste davon wissen und es uns mitteilen, um seine eigene Haut zu retten.»

«Nicht zwingend. Krieger arbeitete in der Abteilung Zellkulturtechnik. Er weiss wenig darüber, woran sie in der Bioverfahrenstechnik arbeiten. So schützen sich die Biotechfirmen davor, dass ihre Mitarbeiter zu viel Wissen erlangen und in den Versuch geraten, mit der Konkurrenz zu plaudern. Ausserdem hat Harri eine Verschwiegenheitsklausel in seinem Vertrag unterschrieben, die auch nach seiner Kündigung Bestand hat.»

«Hier geht es um Totschlag», sagte Rizzo.

«Glaub mir, du willst dich nicht mit den Anwälten von Chemiekonzernen anlegen. Die grossen Riesen sind die Auftraggeber von Rivoli. Da plaudert nicht mal die Putzfrau etwas aus.»

«Stichwort plaudern», mischte sich Bolander ein. «Wir sind uns einig, dass es einen Insider geben muss. Sollte Krieger unschuldig sein, hat jemand seinen Badge und das Passwort missbraucht. Wir wissen von der Abschiedsparty, die Krieger einen Monat vor seinem letzten Arbeitstag in seiner Villa gegeben hat. Wäre eine gute Gelegenheit gewesen, ihm die Viren unterzuschieben.»

Lüscher antwortete: «Bloss hätten die Viren bereits letzten

Monat im Schrank gefehlt. Sie waren aber zum Tatzeitpunkt im Inventar gelistet.»

«Dann suchen wir nach jemandem, der Zugriff auf die Datenbank hat. Wie häufig wird der Schrank physikalisch nachkontrolliert?»

«Rund alle sechs bis acht Wochen», antwortete Lüscher. «Das letzte Mal am 20. Juli, unterzeichnet von einem Angestellten, der das Materiallager unter sich hat.»

«Also kurz vor Kriegers Party», sagte Bolander.

«Richtig», antwortete Lüscher. «Theoretisch hätte jemand am Tag der Abschiedsparty die Proben stehlen können. Es wäre bis zum Tag des Einbruchs nicht bemerkt worden, vorausgesetzt, niemand brauchte die Viren für Versuche.»

«Das ist unsere beste Spur, an der wir dranbleiben müssen», sagte Lind. «Wer bei Rivoli hat Zugriff auf den Gefrierschrank und die Datenbank?»

«Leider zu viele», sagte Lüscher. «Die Leiter der Abteilungen natürlich, also Harri Krieger und Dr. Julia Weisshaar, der Direktor Günter Zach, dann zwei Angestellte, die für das Materiallager zuständig sind. Weiter die drei Sekretärinnen, welche die Datenbank pflegen und Ein- und Ausgänge überwachen, die kennen ebenfalls den Code, um den Schrank zu öffnen. Ebenso das Sicherheitspersonal hat Zugang zum System, nicht direkt zu der Software der Datenbank, aber wenn sie etwas von Computern verstehen, kamen sie bestimmt rein.»

«Tamara Hansen?», fragte Rizzo.

«Ja», meinte Lüscher. «Durchaus eine Verdächtige. Sie hat zwei Semester Informatik studiert, bevor sie bei Safetron eingestiegen ist.»

«Weshalb beginnt man ein Studium und arbeitet dann als Sicherheitsfrau in der Nachtschicht in einem Labor?», wunderte sich Sara laut. «Bolander, gehst du dem nach?»

«Klar.» Er machte sich eine Notiz.

Sara drehte einen Kugelschreiber mit den Fingern. «Wenn Tamara Hansen etwas mit dem Einbruch zu tun hat, ist sie eine hervorragende Schauspielerin.»

Rizzo ergriff das Wort. «Ich habe Klatsch und Tratsch für euch. Es schadet nie, wenn man sich bei den Damen im Büro einschleicht.» Er grinste und strich seine braunen Locken zurück. «Harri war beliebt, ein charmanter Kollege, wie die Damen es bestätigen. Unter vier Augen vertraute mir Rosanna Moretti an, dass Dr. Julia Weisshaar sich bei Krieger auffällig einschmeichelte. Häufig sass sie in der Kantine neben ihm und lächelte verdächtig kokett. Laut Moretti hat die Weisshaar offen mit Krieger geflirtet.»

«Lief da was?», fragte Sara misstrauisch. «Er ist erst seit Kurzem verheiratet. Grast er schon über den Zaun?»

«Keine Ahnung», sagte Rizzo. «Vielleicht lief früher einmal etwas zwischen den beiden, und er liess die Weisshaar abblitzen, jetzt, da er Rivoli verliess. Eifersucht ist ein gutes Motiv. Gönnte sie ihm sein neues Labor nicht?»

«Oder seine neue Ehefrau», fügte Lind hinzu.

«Was sagt euch euer Bauchgefühl zu Harri Krieger?», fragte Sara in die Runde.

«Unschuldig», sagte Rizzo.

«Unschuldig», schloss sich Lind an.

«Schuldig», war Bolanders Meinung.

«Er hätte ein Motiv», sagte Sara. Sie blickte auf die Uhr. Es war fast vier. «Machen wir Schluss. Wir haben uns ein kurzes Wochenende zwar nicht verdient, aber frischt eure Köpfe auf. Ich will nächste Woche neue Ideen auf dem Tisch.»

SECHS

«Ich mag Tiere», sagte Sara. «Ich habe einen alten Kater zu Hause, ein herrisches Tier, eigenwillig, kommt nur heim, wenn ihm danach ist, und gehorcht niemandem.»

Harri schaute sie mit hochgezogenen Augenbrauen an. «Diese Charakterbeschreibung kommt mir bekannt vor.»

Sara starrte auf das Papier vor ihr auf dem Arbeitstisch. Harri Krieger war seit fast vier Wochen ihr Gast, und mit jedem Tag hatte sein Sarkasmus zugenommen. Seine Reaktion war nachvollziehbar, sollte er unschuldig sein. «Ich sollte ihn kastrieren lassen», sagte sie, «den widerspenstigen Kater.»

«Drohen Sie mir?»

«Legen Sie sich nicht mit mir an. Ich werde die Wahrheit herausfinden.»

«Nur zu. Ihre Entschuldigung sollte besser gut sein, wenn Sie die Wahrheit herausfinden. So leicht vergebe ich Ihnen meinen Gastaufenthalt auf Staatskosten nicht.»

«Sie waren uns keine grosse Hilfe.»

«Wie denn, wenn ich von nichts weiss?»

Ein Blick auf ihre Uhr zeigte, dass es an diesem Freitag bereits nach fünf war. Vier Wochen waren seit dem Einbruch verstrichen, ohne Erfolg. Sara hatte die letzten Tage Lüscher und dem KTD Dampf gemacht und ihre Kollegen erneut rausgeschickt, um alle Mitarbeiter bei Rivoli zu Hause aufzusuchen und ihnen auf den Zahn zu fühlen. Sara selbst hatte Safetron, die Sicherheitsfirma, für die Ramirez gearbeitet hatte, aufgesucht. Die Firma war sauber, da war sich Sara sicher.

Heute Mittag, bevor er sich ins Wochenende verabschiedete, hatte Lind den Wisch vom Gericht vorbeigebracht. Sie mussten gegen Kaution, die er hinterlegt hatte, Harri auf freien Fuss setzen. Vorerst. «Ich werde Sie im Auge behalten», sagte Sara. Ihr blieb nichts anderes in der Hand als eine leere Drohung. Ihre Arbeit konnte frustrierend sein. Sara hasste Wochenenden. Es blieb ihr zu viel Zeit zum Nachdenken. Allein. Und das war schlecht. Ihre Vergangenheit geisselte sie, und die Zukunft sah trostlos aus. Ihr blieb nur die Gegenwart, die sie mit Arbeit ausfüllte, meistens jedenfalls. Nicht heute. «Gehen Sie.» Sara schob Harri die Entlassungspapiere zu. «Ihre Tochter treibt mich in den Wahnsinn. Die reinste Stalkerin ist das. Sie bombardierte mich in den letzten Tagen mit Anrufen und Mails. Sagen Sie ihr, sie soll sich aus meinem Fall raushalten. Das ist keine Sache für Amateurdetektive.»

«Haben Sie eine Ahnung, wie sich ein Kind fühlt, wenn der Vater unschuldig weggesperrt wird?»

Sara schnappte nach Luft. Sie kannte das Gefühl, wenn ein Kind von den Eltern weggesperrt wurde. Verdammt. Es war Wochenende. Weshalb hatte Harri diese Bemerkung fallen lassen? Die Worte würden die freien Tage in ihrem Kopf herumgeistern. Sara hatte beim Personalbüro für Zusatzschichten gebeten, aber sie hatte bereits so viele Überstunden auf ihrem Konto, dass man ihr regelrecht verboten hatte, sich am Wochenende auf der Polizeizentrale zu zeigen.

Sie klopfte mit dem Zeigefinger auf den Wisch. «Ich brauche Ihre Unterschrift. Ohne unser Einverständnis dürfen Sie vorerst den Kanton Zug nicht verlassen. Sie müssen für uns vierundzwanzig Stunden am Tag erreichbar sein.»

«Ich darf gehen?»

«Anweisung von oben. War nicht meine Idee. Stellen Sie keine Dummheiten an.»

***

Tom ging die Stufen hoch. Musa sagte ihm, dass Natalie oben in ihrem Zimmer schmolle. Vermutlich wollte sie nach wie vor nicht mit ihm sprechen, aber das war Tom egal. Sie benahm sich kindisch, und er würde mit ihr ein ernstes Wörtchen reden. Zwei Wochen waren seit dem letzten Streit verstrichen. Er klopfte an.

«Ich will meine Ruhe!», hörte er sie gedämpft durch die Tür rufen.

«Natalie, wir müssen reden.» Als keine Reaktion folgte, beschloss Tom, einzutreten.

Sie hockte auf dem Bett, die Knie angezogen und mit beiden Armen umschlungen. Das rechte Bein war vom Knöchel bis zum Knie dick einbandagiert. Tom setzte sich zu ihr auf die Bettkante. «Was ist passiert?»

«Ich hatte Streit mit Batman. So ein sturer Arsch.» Sie starrte auf die lebensgrosse Plastikfigur am Fussende des Betts. «Er hat keine Reaktion gezeigt, als ich ihn getreten habe, hätte wenigstens zurückschlagen können. Eine überhebliche Fledermaus ist er, mehr nicht.»

«Selbstverstümmelung hilft dir nicht weiter», sagte Tom und reichte ihr die Hand. «Frieden?»

«Du hast dich nicht entschuldigt.»

«Werde ich auch nicht.»

«Dann herrscht weiter Krieg.»

«Willst du mich auch treten? Mein Hintern wäre zumindest weicher als Batmans Schienbein.»

«Dein Hintern kann mir gestohlen bleiben.»

«Den lass ich mir nicht klauen, von niemandem.»

Sie starrte ihn einen Augenblick perplex an und biss sich auf die Lippen.

«Ach, komm schon.» Tom schubste sie sanft mit der Schulter an. «Wir sind Freunde. Was hältst du davon, wenn wir heute Abend ausgehen? Als Wiedergutmachung.»

«Also fühlst du dich schuldig?»

Tom warf sich auf das Bett zurück und starrte hoch zur Decke. Aufgeben war ein Wort, das Natalie nicht kannte, und das letzte Wort liess sie sich selten nehmen. «Hast du Neuigkeiten von Harri?»

«Die Schnepfe von Kriminalkommissarin redet nicht einmal mehr mit mir.» Natalie griff nach einem Aktendossier, das neben dem Kissen lag, und warf es Tom auf den Bauch. Dann legte sie sich neben ihn.

Ein intimer Moment, der unschuldig verpackt war. Sie beide trennten fünfzehn Jahre Altersunterschied und fünfzehn Zentimeter räumliche Distanz. Das schien nicht allzu viel, aber Natalie hatte keine Erfahrungen mit Männern. Ihre Krankheit und das isolierte Leben machten es ihr nicht einfach. Sie hatte kaum mehr Lebenserfahrung als ein Teenager. Tom setzte sich auf und öffnete die Aktenmappe. Er pfiff leise, als er das Dossier durchblätterte. «Gute Arbeit, Frau Privatdetektivin.»

«Ja. Gute Arbeit, die nichts einbringt. Ich habe alle Personen durchleuchtet, die in Frage kommen, aber nichts Interessantes ausgegraben. Dr. Julia Weisshaar steht Paps nah, mehr, als ihm bewusst ist. Sie hat ein Profil auf Tinder, das sie rege nutzt.»

«Die Dating-App?»

«Sie liebt ihre Arbeit und hat keine Zeit für eine Beziehung. Bei ihrem Aussehen stehen die Männer mit Vergnügen in der Warteschleife für ein ungezwungenes Date.»

Tom hörte den bitteren Unterton aus Natalies Stimme heraus. Sie glaubte nicht daran, dass sich jemals ein Mann auf ihr Tinder-Profil melden würde – eine traurige Wahrheit. Tom zügelte sein Verlangen, nach ihrer Hand zu greifen. Mitleid war fehl am Platz. Natalie brauchte nicht Trost, sondern Bestätigung.

«Diese Tierschützerin, Linn De Luca», fuhr Natalie fort, um rasch dem peinlichen Schweigen zu entkommen, «war in der Tatnacht mit ihrem Freund aus und hat bei ihm übernachtet. Er gibt ein gutes Alibi ab. Mit ihrem Tierschutzverein hat er nichts am Hut. Sie waren am Abend im Restaurant Puccini essen. Ich habe das nachgeprüft.»

«Wie sieht es bei Rivoli aus? Steckt die Firma selbst mit drin? Versicherungsbetrug zum Beispiel.»

«Kaum. Rivoli hat keine finanziellen Probleme und laut Paps auch keine Sorgen mit Aufträgen, bei denen es etwas zu vertuschen gäbe. Das Labor hat letztes Jahr seinen Aktionären einen fetten Gewinn ausgeschüttet.»

Tom legte die Akte weg und stand auf. Er reichte Natalie die Hand. «Komm, gehen wir an den See. Es ist ein zu schöner Abend, um mit Batman im dunklen Zimmer zu kämpfen.»

«Spiel nicht mit mir.»

«Wir sind Freunde. Freunde unternehmen zusammen etwas, wenn ihnen danach ist. Wir können Musa als Gouvernante mitnehmen, wenn du willst.»

«Musa hat ein Auge auf dich geworfen.»

«Quatsch. Er weiss, dass ich nicht auf Männer stehe.» Tom hörte einen Wagen auf den Vorplatz fahren. Er ging zum Fenster und blickte hinaus. Harri stieg aus einem Taxi. «Aus dem Spaziergang am See wird nichts.» Tom grinste und drehte sich zu Natalie um. «Dein Vater ist zurück.»

«Paps?» Sie sprang vom Bett auf. Etwas zu hastig. Ihr Bein knickte weg, und sie drohte hinzufallen. Tom reagierte schnell, war sofort bei ihr und fing sie auf. Sie klammerte sich, so gut sie konnte, mit ihren einbandagierten Händen an seine Schulter und richtete sich langsam wieder auf, wartete, bis sie die Balance gefunden hatte. Sie lächelte ihn verlegen an. «Ups.» Rasch verliess sie ihr Zimmer.

Tom hörte, wie sie die Treppe hinunterhumpelte. Er blieb einen Augenblick unschlüssig stehen. Besser, er nahm den Hinterausgang, um die Familienidylle nicht zu stören. Den Freitagabend würde er jetzt bei seinen Freunden im Fitnesscenter verbringen. Aber vorher wollte er nach seinem alten Herrn sehen.

***

In der Küche hielt Sara den Kopf direkt unter das fliessende Wasser. Sie keuchte. Es war eine Weile her, seit sie das letzte Mal zehn Kilometer gejoggt war. Ihre Oberschenkelmuskeln waren übersäuert. Keine Pizza mehr, schwor sie sich, wusste aber, dass sie sich damit selbst belog. Es war kurz nach neun. Sara hatte ihre Joggingroute dem See entlang schlecht gewählt. Zu viele Menschen, die ihr im Weg standen. Die Zuger waren draussen, genossen den Abend, flanierten der Seepromenade entlang und trafen sich mit Freunden und Familien. Sie hatten Spass. Spass wurde überbewertet. Familie wurde überbewertet. Nein, es war gut so, wie es war. Sara brauchte die

Distanz zu den Menschen, um funktionieren zu können. Sie hatte ihren Kater. Wo steckte der nur? Sara hatte ihn seit drei Tagen nicht gesehen. Der Futternapf am Boden war voll. Sie vermutete, dass Herr Geheimrat fremdging. Es war nicht das erste Mal, dass er draussen nächtigte. Nicht einmal auf eine kastrierte Katze war Verlass, wie sollte sie da den Menschen über den Weg trauen? Ein lauter Knall liess sie herumfahren. Was zum …

Sie ging ins Schlafzimmer. Das offene Fenster war durch den aufkommenden Wind hart zugeschlagen. Wachsam spähte Sara aus dem Fenster. Meteo Schweiz hatte vor nächtlichen Hitzegewittern gewarnt. Da braute sich etwas zusammen. Sie schloss das Fenster, zog sich aus und ging unter die Dusche. Das kühle Wasser auf ihrer verschwitzten Haut tat gut. Sara war auch mit über vierzig gut in Form, sportlich gebaut, nicht sehr gross, eher etwas kräftig. Das Haar trug sie seit dem Drama damals gleich: ein praktischer Pagenschnitt. Sie fühlte die längst verheilte Wunde am Oberarm. Ein Streifschuss, den sie sich zu Beginn ihrer Karriere bei der Polizei eingefangen hatte. Mit dieser Wunde konnte sie gut leben. Sara stellte das Wasser ab und schamponierte sich die Haare. Plötzlich hielt sie inne. Da war ein Geräusch. Oder täuschte sie sich? War Herr Geheimrat zurück? Alles ruhig. Sie drehte den Wasserhahn wieder auf und spülte den Schaum von ihrem Kopf. Als Sara das Duschgel auf ihrem Körper verteilte, kreisten ihre Hände wie immer zu lange um den Bauchnabel. Diese Wunde konnte niemand sehen. Aber sie war da. Erbarmungslos. Sie schmerzte noch heute, nach all den Jahren. Wieder musste sie an Harri Kriegers Worte denken: *Wie fühlt sich ein Kind, wenn es von den Eltern im Stich gelassen wird?*

Es schepperte in der Küche. «Herr Geheimrat, was hast du wieder angestellt?» Sara drehte das Wasser ab, griff nach dem Frottiertuch, trocknete sich notdürftig ab und trat aus der Duschkabine. Ihr kleines Badezimmer dampfte, sie konnte kaum etwas sehen. Sie riss die Tür auf, trat in den Flur hinaus und marschierte in die Küche. «Heiliger Strohsack! Was soll das?» Die Futter- und Wasserschale ihres Katers waren umgekippt. Eine Pfütze war auf dem Boden. Herr Geheimrat kauerte in der Ecke und starrte an die Wand. «Drehst du total durch?» Sara wischte das Wasser auf und füllte die Schalen neu. «Du benimmst dich in letzter Zeit echt katastrophal, mein Lieber.» Sie kniete sich hin und rief ihn zu sich. Er peitschte ein paarmal heftig mit dem Schwanz, noch immer mit dem Rücken zu ihr in der Ecke sitzend, die Wand anstarrend. Nach ein paar Sekunden stand er auf und kam auf sie zu, beäugte sie misstrauisch. Sein Gang war ungewohnt schleichend. «Würde ich dich nicht besser kennen, würde ich sagen, du hast zu tief ins Glas geschaut. Zu viele Katzenpartys gefeiert, was?» Sara stellte ihm den Napf mit dem Wasser hin.

Der Kater starrte einen Moment unschlüssig darauf, fauchte plötzlich, kreischte regelrecht, nahm einen Satz und sprang auf Sara los. Sie rutschte barfuss auf dem Küchenboden aus, fiel rückwärts hin und landete auf ihrem Hintern. Das Frottiertuch rutschte hoch, genau in dem Moment, als der Kater auf ihrer Brust landete. Er miaute, sprang von ihr runter und verschwand im Wohnzimmer. Ohne das rettende Frottiertuch würden jetzt üble Schrammen ihr Dekolleté zieren. «Mistvieh!», rief sie ihm hinterher. «Morgen bringe ich dich ins Tierheim.»

Sara wischte erneut das verschüttete Wasser auf, ging ins Schlafzimmer, um sich etwas anzuziehen, und setzte sich im frischen Trainingsanzug ins Wohnzimmer. Herr Geheimrat hatte sich schuldbewusst unters Sofa verzogen. «Ja, tu du Busse», sagte sie und bekam ein finsteres Knurren als Antwort, das von einem tiefen Donnergrollen begleitet wurde. Draussen braute sich ein Gewitter zusammen. «Heute Nacht bleibt die Schlafzimmertür für dich geschlossen, mein Lieber. Das Bett gehört mir allein, haben wir uns verstanden?»

VERZWEIFLUNG

Sie explodierte von innen heraus. Das kalte Kreuz Jesu brannte auf ihrer Stirn. Ihre Mutter betete seit Stunden. Ein monotoner Singsang, dessen Worten sie nicht mehr folgen konnte. Sie spürte einzig die raue Hand ihrer Mutter, die sich um ihr Handgelenk krallte, während die andere ihr das Kreuz auf die Stirn presste.

Sie schrie und riss die Augen auf, starrte an die Decke, an die sie seit Jahren starrte. Schon als kleines Kind, wenn sie nachts Angst hatte vor den bösen Geistern und Dämonen, die sie holen würden, wenn sie unartig war, wie es ihr die Eltern eingetrichtert hatten. Sie hatte jeden Grund, Angst vor den Dämonen zu haben, denn sie war fast täglich unartig gewesen. Das war die Strafe, die sie erdulden musste. Der Schmerz war mit nichts vergleichbar. Er war die Hölle. Eine Bestrafung von innen heraus. Ihr junger Körper wurde zerrissen, aufgebrochen, gefoltert. Nein, davon konnte sie sich nie mehr erholen. Das war ihr Ende.

In einer neuen Welle reinen Schmerzes riss sie den Kopf nach vorn, drückte ihr Kinn auf das Brustbein und biss die Zähne aufeinander, was nicht half, den kehligen Schrei zu bändigen. Durch tränenverschleierte Augen sah sie die blutbeschmierten Hände der Nonne, die zwischen ihren entblössten Schenkeln auf dem Bett kauerte.

«Atmen», sagte diese, «noch einmal pressen, dann ist es vorbei.»

Es würde nie vorbei sein. Diese stundenlange Folter würde ihre Erinnerungen brandmarken. Vielleicht sollte sie einfach den Atem anhalten und sterben, das war die beste Lösung. Die beste Lösung für sie alle. Sie wagte es nicht, in das Gesicht ihrer Mutter zu blicken, denn in den harten Gesichtszügen fand sie kein Mitleid, keinen Trost, keine Vergebung. Nur Wut, Enttäuschung und Ekel. Sie hatte dieses Gesicht die letzten vier

Monate ertragen müssen, eingesperrt in diesem Haus, in dem es nichts zur Unterhaltung gab ausser der Bibel, um sich täglich die eigene Sünde vor Augen zu halten. Und ihre Sünde war unverzeihlich. Unverzeihlich für ihre Eltern, die lebten wie im Mittelalter, deren Geist von religiösem Wahn regiert wurde. Einem Wahn, dem sie nie verfallen war. Sie fand keine Erfüllung in den Worten Gottes. Sie konnte die grausamen Zeilen nicht überlesen und sich nur auf die erlösenden Zitate in der Bibel konzentrieren. Wie sagte Paulus so schön: «Eine Frau lerne in der Stille mit aller Unterordnung. Einer Frau gestatte ich nicht, dass sie lehre, auch nicht, dass sie über den Mann Herr sei, sie sei still.»

Es war nie ihre Stärke gewesen, still zu sein. Sie kannte die Welt da draussen, kannte Menschen, die anders dachten. Auch wenn in diesem Haus kein Fernseher stand, sie hatte oft genug gelogen und vorgegeben, mit Freundinnen zu lernen, nur, um bei ihnen fernsehen zu können. Sie war aufgeklärter, als es ihre Eltern je sein würden. Aber was nutzte ihr das Wissen, wenn sie eine Gefangene war? Das Gesetz war auf der Seite der Eltern. Vor zwei Wochen erst war sie sechzehn geworden.

Eine weitere Welle des Schmerzes überkam sie.

Sie schrie.

«Pressen!»

Sie drückte ihren Kopf zurück in das Kissen, fühlte, wie die millimeterkurzen Haare wie Stacheln gegen den Stoff scheuerten. Ihr Vater hatte sie geschoren, keine Woche war es her. Er fand sie beim Gebet. Sie trug nichts als ihr Nachthemd. Die Hitze war unerträglich gewesen. Sollte Gott barmherzig sein, so würde er ihre besonderen Umstände bestimmt verstehen. Ihr Vater war nicht barmherzig gewesen. Er nahm die Worte Gottes ernst, als er zur Schere griff. Sie musste danach ihre langen schwarzen Haare einsammeln und die Toilette hinunterspülen. Den folgenden Tag verbrachte sie damit, den 1. Korinther, Kapitel 11, Absatz 5 und 6 in ein Heft abzuschreiben:

5 Eine Frau aber, die betet oder prophetisch redet mit
unbedecktem Haupt, die schändet ihr Haupt; denn es
ist gerade so, als wäre sie geschoren.
6 Will sie sich nicht bedecken, so soll sie sich doch das
Haar abschneiden lassen! Weil es aber für die Frau eine
Schande ist, dass sie das Haar abgeschnitten hat oder
geschoren ist, soll sie das Haupt bedecken.

Sie wollte sich nicht bedecken. Sie wollte leben! Genau dieser Wunsch brachte sie in Teufels Küche, indem er ihr ein neues Leben schenkte. Ihr kleines Würmchen. Ihres!

Mit einem letzten Aufbäumen fiel all der Schmerz von ihr ab, wurde weggespült mit einer unbeschreiblichen Welle des Glücks. Sie fühlte Wärme, die sie nie zuvor gefühlt hatte.

Mutter betete lauter, starrte beharrlich auf das Kreuz an ihrer Stirn, wagte nicht, nach dem neuen Leben zu sehen.

Es schrie.

«Ein Mädchen», sagte die Nonne, «ein gesundes, starkes Mädchen.»

«Ich will es sehen. Geben Sie es mir.»

Die Finger der Mutter krallten sich fester um ihr Handgelenk. «Die Schwester wird es deinem Vater übergeben.»

«Gebt mir meine Tochter. Ich will sie halten, nur ein einziges Mal. Bitte!»

Das Baby schrie lauter, so als spürte es ihre Verzweiflung.

«Das ist alles deine Schuld, du törichtes Mädchen», strafte die Mutter, mit der Situation überfordert. Sie stand auf und verliess das Zimmer.

Die Nonne hatte das Baby abgenabelt und in eine warme Decke gepackt. Etwas unschlüssig stand sie mit dem Neugeborenen im Raum.

«Bitte, geben Sie mir mein Kind. Ich will es sehen. Nur einmal halten.»

Die Nonne warf einen unschlüssigen Blick zur Tür, den Kopf gesenkt.

«Bitte!»

So leise, als schwebe sie, trat die Nonne näher und übergab das kleine Bündel der jungen Mutter. Diese begann zu weinen. «Mein wunderschönes Mädchen. Ist ja gut. Deine Mami ist bei dir. Ich hab dich so lieb. Ist sie nicht süss?» Sie blickte auf, in das besorgte Gesicht der Nonne. «Sie hat die gleichen schwarzen Haare wie ich – wie ich sie hatte. Sehen Sie nur, sie saugt an meinem Finger.»

Die Nonne setzte sich zu ihr an die Bettkante und strich ihr über die nasse Stirn. «Sie ist dir wie aus dem Gesicht geschnitten.»

Sie drückte ihr Neugeborenes sanft an die Brust. Das Baby beruhigte sich und hörte auf zu weinen.

In diesem Moment wurde die Tür aufgerissen. Ihre Mutter stürmte ins Zimmer, gefolgt vom Vater.

«Seht nur, ihr seid Grosseltern geworden», sagte sie in der Hoffnung, die Herzen der Eltern zu erweichen. «Ich werde es Mirjam nennen.»

«Gib mir den Bastard», sagte die Mutter kalt und griff nach dem Baby.

«Nein! Ihr könnt sie mir nicht wegnehmen. Sie gehört zu mir.»

«Du hast Schande über diese Familie gebracht», sagte der Vater. «Es ist beschlossene Sache, wir werden den Bastard fortgeben. Jetzt gleich.» Er griff nach dem kleinen Bündel.

«Niemals!», schrie sie und drückte das Baby fester an ihre Brust. «Ich gebe Mirjam nicht weg.»

Die Nonne faltete die Hände zum Gebet und stand überfordert mitten im Zimmer.

Die Mutter kam um das Bett herum und hielt die eigene Tochter fest.

Der Vater zerrte an dem Bündel.

«Das könnt ihr nicht tun!» Tränen rannen über ihre Wangen. Sie drückte ihr Würmchen fester an ihre Brust, wild entschlossen, es niemals herzugeben.

SIEBEN

Tina griff nach dem Sattel und Zaumzeug in der Sattelkammer. Er roch nach dem Lederfett, das sie vor zwei Tagen benutzt hatte. Sie freute sich auf den Ausritt. Gestern hatte sie Spirit den ganzen Tag auf der Weide gelassen. Er war hoch im Blut, jung und schreckhaft. Tina ging die Ausbildung des sechsjährigen Arabers ruhig an. Aber an diesem Sonntagmorgen wollte sie einen Ausritt wagen. Sie trat hinaus auf den gepflegten Vorplatz des Reitstalls in Neuheim und ging hinüber zu den Stallungen. Zu so früher Stunde dürfte es kaum Verkehr auf der Sihlbruggstrasse haben, die sie überqueren musste. Der Himmel war stahlblau, und das Ungeziefer sollte um sieben Uhr morgens erträglich sein. Ende September war die Morgenluft angenehm kühl, leichte Nebelschlieren lagen über den weitläufigen Weiden. Tina betrat die Stallungen und zog den würzigen Duft von Stroh und Heu in die Nase. «Na, mein Guter?» Sie trat an die grosszügige Pferdebox. Spirit schnaubte. «Hey, du hast nichts gefressen.»

Der Wallach schlug mit dem Schweif und trat von einem Bein aufs andere. Er war unruhig. Tina blickte in die anderen Boxen. Die Pferde schienen ruhig und gelassen und frassen genüsslich. «Ein kleiner Spazierritt wird dir guttun.» Sie legte den Sattel über die Boxentür und hängte den Zaum an einen Haken an der Aussenwand der Box. Tina besass Spirit seit bald zwei Jahren. Er hatte ein verschmustes Wesen, war das liebste Pferd, das man sich wünschen konnte, bloss allein im Gelände war er schwierig zu reiten. Sie zog eine Karotte aus der Tasche ihrer Reithose. «Hm, ein extragrosses, saftiges Rüebli für meinen Schmusebär.» Sie öffnete die Boxentür. Spirit starrte in die hintere Ecke und machte keine Anstalten, sich ihr zuzuwenden, was er üblicherweise tat. Er schlug heftig mit dem Schweif. «Plagen dich die Bremsen, oder weshalb hast du so schlechte Laune?» Sie klopfte ihm auf die Kruppe. Der Schim-

mel schlug energisch mit dem hinteren Huf auf den Boden.
«Wow!» Tina sprang instinktiv einen Schritt zurück. «Was ist denn mit dir los?» Sie schaute sich in der Box um. Spirit hatte das Stroh zur Seite gescharrt und den Wassereimer in der Ecke umgestossen. Tina griff danach und trug ihn nach draussen. Mit dem Schlauch füllte sie ihn erneut. War Spirit krank? So hatte er sich noch nie benommen. Üblicherweise begrüsste er sie mit freudigem Wiehern und suchte ihre Taschen nach Leckereien ab, verfressen, wie er war.

Tina trug den vollen Wassereimer zurück in die Box. Spirit stand mit hängendem Kopf in der Ecke. Vorsichtiger als zuvor trat sie seitlich neben ihn, sprach dabei beruhigend auf ihn ein: «Hey, mein Guter, hast du Durst?»

Sie stellte den Wassereimer neben dem Pferd auf den Boden.

Abrupt warf Spirit den Kopf hoch, liess einen regelrechten Schrei aus seiner Kehle fahren und schlug heftig mit dem Vorderhuf auf den Boden. Es ging zu schnell, als dass Tina reagieren konnte. Spirit schoss herum, zog den Bauch ein, buckelte und trat mit voller Wucht gegen die Ecke, wo der Wassereimer stand, der scheppernd umkippte.

Dem ersten Tritt konnte Tina mit Glück ausweichen. Doch Spirit doppelte nach und traf sie mit seinen Hinterhufen in den Bauch. Tina wurde gegen die Boxenwand geschleudert und landete bewusstlos im Stroh. Vollends dem Wahnsinn verfallen, drehte sich Spirit im Kreis, stieg auf die Hinterbeine, nur um danach mit den Hinterhufen hart gegen die Boxenwand zu schlagen, bis das Holz krachend und splitternd nachgab.

***

Max Hofmeister griff nach dem Siebener-Eisen. Dieses Spiel auf dem Achtzehn-Loch-Zugersee-Kurs des Golfparks Holzhäusern würde in seiner bescheidenen Golfkarriere als legendär eingehen. So brillant wie heute Morgen hatte er nie zuvor gespielt. Bei Loch elf wollte er seinen ersten Birdie schaffen. Die Trainingsstunden zahlten sich aus, auch wenn er dafür zu tief ins Portemonnaie greifen musste, wie er fand. Sein Kumpel Hannes versuchte, ihn mit zweideutigen Sprüchen aus der Ruhe zu bringen, aber Hofmeister liess sich nicht einschüchtern, dafür kannte er Hannes zu lange. Er stand auf dem Abschlag und konzentrierte sich. Wenn er diesen Schuss zu kurz setzte, landete der Golfball in einem der sandigen Bunker, fiel der Schuss zu weit aus, versenkte er ihn im Teich.

«Schau genau hin», sagte er grinsend, kontrollierte den Sitz seiner Hände am Griff des Golfschlägers, stellte sicher, dass sein Stand fest und im richtigen Winkel zur Richtung des Abschlags war, holte Luft, schloss kurz die Augen, hob die Schulter, starrte auf sein Ziel, das er ohne Brille nur unscharf sehen konnte, was er aber niemals zugeben würde, holte aus und schwang den Schläger, zog ihn über den Golfrasen und schlug den Ball in hohem Bogen in die Luft. Er verfolgte die Flugbahn seines Golfballes, der perfekt Richtung Loch elf flog. Ein weiterer Meisterschuss an diesem Tag. Birdie, du entkommst mir heute nicht, dachte er zufrieden.

Hofmeister war ein Perfektionist, das musste man als Zahntechniker sein. Und er war leidenschaftlicher Jäger. Er behauptete, dass der Abschlag beim Golfen einem Schuss bei der Jagd gleichkam. Jeder Schuss musste sitzen. Zwingend. Weder wollte er das Wild verletzen und ihm Schmerzen zufügen, noch wollte er im Wasser oder im Sand nach seinem Golfball suchen.

Schreie lenkten ihn ab. Er blickte über die Schulter zurück. Die Golfspieler, eine Vierergruppe, ein Loch hinter ihnen rannten aufgeregt hin und her und verwarfen die Arme.

Hofmeister tauschte mit seinem Freund einen fragenden Blick. Eine Frau schrie und zeigte mit ihrem Golfschläger zu der Baumgruppe, mitten auf dem Zugersee-Kurs.

«Da, ein Hund», sagte Hannes. «Was machen die für einen Aufstand wegen eines Hundes?»

Instinktiv fühlte Hofmeister, dass etwas nicht stimmte. «Komm», sagte er zu Hannes und rannte los. Hofmeister war fit und durchtrainiert, trotz seiner einundfünfzig Jahre. Er beobachtete, wie die Spieler vor dem Hund Schutz hinter ihrem Caddie suchten. Als er näher kam, wusste er bereits, weshalb die Gruppe in Panik geraten war. Das Tier, ein Deutscher Schäferhund, zeigte ein aggressives Verhalten: Seine Nackenhaare waren gestellt, den Kopf trug er tief und drohend. Hofmeister hörte ein hässliches Knurren. Was ihn irritierte, war der schwankende Gang des Schäfers. Sein Fell war stumpf und verfilzt. Speichel tropfte ihm von der Schnauze.

Hofmeister rannte auf die Gruppe zu, darauf bedacht, genug Abstand zu dem Hund zu halten. Hannes folgte ihm.

«Was ist los?», fragte er, als er zu den Spielern hinter dem Caddie aufschloss.

«Der kam aus dem Nichts», stotterte die Frau. «Er greift uns an, sehen Sie nur!»

Der Blick des Hundes war wirr und glasig. Er torkelte und bewegte sich unkoordiniert. Trotzdem steuerte er direkt auf sie zu und war nur wenige Meter vom Caddie entfernt, als er plötzlich vorwärtssprang und mit solcher Wucht in den Pneu des Golfwagens biss, dass Hofmeister zusammenzuckte. Die Frau stiess einen schockierten Schrei aus. Der Hund schnellte den Kopf hoch. Hofmeister sah deutlich den Schaum vor der Schnauze des Tiers. Beim Achtender, das durfte nicht wahr sein. Als Jäger wusste Hofmeister sofort, mit welcher Gefahr er es zu tun hatte, auch wenn er so ein Tier seit über dreissig Jahren nicht mehr gesehen hatte.

«Weg hier!», rief er den anderen Golfern zu, die sofort Richtung Haupthaus liefen. Unterdessen hatte Hannes zu ihm aufgeschlossen. «Ruf die Polizei», wies ihn Hofmeister an. «Wir haben einen tollwütigen Hund auf dem Golfplatz. Das muss dem Amt für Wald und Wild und der Tollwutzentrale in Bern gemeldet werden.»

«Tollwut?», fragte Hannes irritiert. «Ist die bei uns nicht ausgerottet?»

«Ja, sollte sie sein.»

Hofmeister wusste, dass tollwütige Tiere nicht mehr reaktionsschnell waren. Der Schäferhund war bereits dem Wahnsinn verfallen und reagierte auf äussere Reize verwirrt. Trotzdem war er gefährlich. Zu gefährlich. Der Hund wandte sich ab und machte Anstalten, zurück zu den Bäumen zu laufen. Hofmeister durfte ihn nicht entkommen lassen. Der Hund könnte andere Tiere oder gar Menschen infizieren, was nicht geschehen durfte. «Hey!», rief er laut und warf dem kranken Tier einen Golfball vor die Pfoten. Sofort schoss der Hund herum, verlor die Balance, strauchelte, fiel hin und rappelte sich mühsam wieder auf die Beine. Torkelnd, geifernd und im Wahn der Schmerzen zum Töten bereit, griff er Hofmeister und Hannes an. Es war nicht schwer, dem Angriff auszuweichen. Zudem war Hofmeister als Jäger gegen Tollwut geimpft. Er ging ein vergleichsweise geringes Risiko ein. Mehr Probleme bereitete ihm das Gesetz, das er sehr wohl kannte. Einen Hund zu töten war nicht erlaubt, auch wenn er krank war, das durfte nur ein Tierarzt. Aber bis der hier war, war das tollwütige Tier vermutlich bereits weg. Es gab nur einen Weg, den Hund aufzuhalten. Ausserdem wollte Hofmeister keine Tiere unnötig leiden sehen. Da er sein Jagdgewehr nicht zum Golfen mitbrachte, blieb Hofmeister nur eine einzige Waffe zur Hand.

Er trat zwei Schritte zur Seite, holte mit seinem Siebener-Eisen aus und setzte einen gezielten Schlag, um den Schäferhund von seinen Qualen zu erlösen.

***

«Tollwut?» Sara sass kerzengerade im Bett auf, das Handy an ihr Ohr gedrückt. Lyssavirus, geisterte es durch ihren Kopf. Oh, bitte nicht. Es konnte unmöglich ein Zufall sein, dass vier Wochen nach dem Einbruch ins Labor ein tollwütiger Schäferhund auf dem Golfpark Holzhäusern Angst und Schrecken verbreitete. «Ich komme», sagte sie zu Bolander, warf das Smartphone auf die Bettdecke und sprang aus den Federn. Ihr Plan war es gewesen, an diesem Sonntagmorgen auszuschlafen. Sara bereute bereits, sich letzte Nacht bis fast ins Morgengrauen diese blöde Zombieserie reingezogen zu haben: «The Walking Dead». Sie brauchte keine Leichen, die geifernd und torkelnd, nach Frischfleisch lechzend und dem Wahnsinn verfallen herumspazierten. Wenn Tote starr liegen bleiben, war das schlimm genug. Mehr als die Zombies bereute sie die Flasche billigen Rotweins.

Rasch zog sie sich an und versuchte, den hämmernden Schädel zu ignorieren. Im Bad wusch sie sich das Gesicht und putzte die Zähne. Als sie auf der Toilette sass, rekapitulierte sie in Gedanken noch einmal den Tod des Nachtwächters und den Einbruch ins Labor. Hatte sie einen Fehler gemacht und Harri Krieger zu früh entlassen? Mit diesem tollwütigen Tier auf dem Golfplatz rückten die Viren unweigerlich ins Zentrum des Falles. Sie wusch sich gründlich die Hände und eilte in die Küche, um sich einen Espresso zu machen, bevor sie zum Golfpark fuhr. Ihr Blick fiel auf den Fressnapf von Herrn Geheimrat. Der Kater hatte das Futter nicht angerührt. Sie hatte gestern Nacht wegen des Gewitters alle Fenster geschlossen. «Miez, Miez!», rief sie ihn, warf einen Blick ins Wohnzimmer, entdeckte den Miesepeter aber nicht. Wahrscheinlich schlief er unter der Couch. Sollte er doch schmollen. Er hatte Hausarrest, schliesslich war er eine Haus- und keine Wildkatze, auch wenn er sich meist wie Letztere benahm.

Bolander war bereits vor Ort, als Sara beim Golfpark Holzhäusern eintraf. Er wartete auf dem Parkplatz auf sie. «Sag mir, dass das ein Zufall ist», kam Sara direkt zur Sache, kaum war sie aus ihrem Wagen ausgestiegen.

Bolander reichte ihr eine Papiertüte mit warmen Gipfeli. «Frag unsere Spezialisten.» Er zeigte hinüber zu zwei Herren, die sich vor der Treppe, die hoch zum Restaurant des Golfparks führte, lebhaft unterhielten.

Sara kramte ein Gipfeli aus der Tüte und biss hungrig hinein. «Sollte ich die kennen?»

«Amtstierarzt Kurt Steiner und Jäger Max Hofmeister. Letzterer hat den Hund auf dem Green bei Loch zehn getötet.»

«Ein Jäger. Wie das?»

«Hofmeister ist auch Golfer. Mit dem Siebener-Eisen lassen sich offensichtlich nicht nur Golfbälle schlagen.»

«Das Siebener-Eisen?»

«Der Winkel passte. Der Schlag war gut gesetzt. Ein Hole-in-one. Der Hund war auf der Stelle tot.»

Sara starrte Bolander schräg an. Machte der sich lustig über sie? Sara hatte mit Golfen nichts am Hut. Sie glaubte, sich zu erinnern, dass Bolander manchmal spielte.

«Und ihr vermutet, der erschlagene Hund könnte Coco sein?»

«Wir vermuten nichts. Wir können es beweisen. Die Auswertung des Mikrochips unter seiner Haut bestätigt es.»

Sara wischte sich die Brotkrumen von der Bluse. «Na, dann spreche ich mal mit unseren Spezialisten.» Sie ging hinüber zu den beiden Herren. «Guten Morgen. Ich bin Sara Jung, Chefin der Zuger Kriminalpolizei.»

Der Jüngere der beiden, sie schätzte ihn um die fünfzig, zog überrascht die Augenbrauen hoch. Er war ein eher schmächtiger Typ, mit kurzem, grau meliertem Kinnbart. Seine Augen, im Gegensatz zu seinem Aussehen, wirkten fast spitzbübisch. «Bin ich wegen Totschlages dran? Es war Notwehr. Der arme Hund wollte verschwinden. Wer weiss, wie viele Tiere er in seinem Wahn angesteckt hätte?»

«Sie haben ihn mit Ihrem Siebener-Eisen erschlagen?»

«Ja. Das Jagdgewehr nehme ich nicht auf den Golfplatz mit.»

Sara verschränkte die Arme vor der Brust, hielt den Kopf leicht schief und verzog den Mund. Sie sagte aber nichts.

Der andere Herr, um die sechzig, reichte ihr versöhnlich die Hand. «Max hat richtig reagiert, nicht regelkonform, aber in diesem Fall richtig. Die Sicherheit hatte Vorrang. Ich hoffe, Sie sehen das gleich. Ich bin Kurt Steiner, der Amtstierarzt.»

«Haben Sie den Hund untersucht?» Sie schüttelte ihm die Hand.

«Die Anzeichen deuten eindeutig auf Tollwut hin. Ich habe das Bundesamt für Veterinärwesen bereits informiert. Die

Tollwutzentrale in Bern wird den Fall untersuchen. Solche Tiere müssen gemeldet werden. Wir werden an dem Hund eine Autopsie vornehmen. Die Laborergebnisse werden Gewissheit bringen.»

«Ich dachte, die Tollwut sei in der Schweiz ausgerottet.»

«Richtig. Seit 1998 gilt unser Land amtlich als tollwutfrei. Einzelfälle gibt es seither dennoch immer mal wieder, meist durch vom Ausland eingeführte Tiere oder Wildtiere, die über die Grenze kommen. Vor allem bei Fledermäusen tritt das Virus auf. Es gab auch Fälle von infizierten Menschen, die sich im Ausland angesteckt haben. Sich um verwahrloste Strassenhunde oder Katzen zu kümmern kann tödlich enden. Gerade im asiatischen Raum ist die Tollwut weitverbreitet.» Steiner schaute Sara neugierig an. «Weshalb mischt sich die Kriminalpolizei in diesen Fall ein?»

«Wegen des Hundes. Er wurde vor Wochen entführt.»

«Die Kriminalpolizei kümmert sich um Hundeentführungen?», fragte Hofmeister.

«Er wurde im Zusammenhang mit einem Mordfall entführt. Mehr darf ich darüber im Moment nicht sagen. Kann ich den Hund sehen?»

«Sicher. Er liegt in meinem Wagen.» Steiner führte sie hin. Coco lag in einer blauen Kunststoffbox. Der Amtstierarzt öffnete den Deckel.

Kein schöner Anblick. Hofmeister hatte ganze Arbeit geleistet und den Schädel des Tieres zertrümmert. Sara musste an Pedro Ramirez denken, ebenfalls erschlagen. Traurig, die Sache. Sie drehte sich zu Hofmeister um. «Woher wussten Sie, dass der Hund tollwütig war?»

«Ich bin auf einem Bauernhof aufgewachsen, auf einer Lichtung, umgeben von Wald. Die Tollwut war Bestandteil meiner Jugend. Ich sah viele Füchse, krank in ihrem Wahn, die um unseren Hof streiften. Mein Vater erschoss nicht wenige. Das prägt. Solch einen Anblick vergisst man nie. Einmal, an einem heissen Augusttag um die Mittagszeit, war ich auf dem Acker. Ich fuhr einen schweren Traktor mit Doppelrad und einem Pflug angehängt. Plötzlich sah ich, wie ein Fuchs aus dem Wald auf das Feld torkelte. Er kam auf den Traktor zu und griff ihn an, biss im Wahn in die riesigen Räder. Die Tiere leiden schreckliche Schmerzen. Sie können nicht mehr schlucken, deshalb schäumen sie aus dem Maul.»

Steiner deckte den toten Hund wieder zu. «Wir werden den Kadaver für weitere Untersuchungen den Spezialisten der Tollwutzentrale übergeben.»

Sara wollte gehen, drehte sich aber noch einmal nach den Herren um. «Ach, sagen Sie, wie lange dauert die Inkubationszeit bei Tollwut?»

«Unterschiedlich», antwortete Steiner. «Es kommt darauf an, wie sich das Tier angesteckt hat. Je schneller das Virus in die Nervenbahn gelangt, desto schneller zeigen sich erste Symptome. Frühestens aber nach fünf bis zehn Tagen. In der Regel sind es drei bis vier Wochen, manchmal kann es aber auch Monate dauern, bis die Krankheit ausbricht.»

Die Antwort gefiel Sara nicht. Sie liess zu viele Optionen offen. Coco konnte sich bereits vor Wochen angesteckt haben. Zufall? «Sind Hunde nicht obligatorisch gegen Tollwut geimpft?»

«Wenn sie die Schweiz nicht verlassen, ist die Schutzimpfung von Gesetzes wegen nicht mehr zwingend, da die Tollwut bei uns als ausgerottet gilt.»

Sara bedankte sich bei den Herren und ging zu Bolander, der telefonierte. Er klärte Lind über den Vorfall auf.

Sara scheuchte eine lästige Fliege weg. «Ich muss mit Dr. Julia Weisshaar sprechen. Wir können nicht ausschliessen, dass das Tollwutvirus bei dem Einbruch freigesetzt wurde.»

«Sag mir nicht, dass wir es mit einer Seuche zu tun bekommen.»

«Oder Terrorismus, schon daran gedacht? Den kann man heute auch mit Seuchen führen.»

«Jetzt machst du mir Angst. Du schaust zu viele Hollywoodfilme.»

Bolander hatte recht. «The Walking Dead» bekam plötzlich

eine neue Bedeutung. Sara blickte über den Rasen des Golfplatzes, der vorsichtshalber geräumt worden war. «Wie geht es hier weiter?»

«Ich bin mit der Behörde für Wald und Wild in Kontakt. Sie werden die Gegend nach weiteren kranken Tieren absuchen. Soll ich Lüscher informieren?»

«Wir warten ab. Ich sehe hier kein Anzeichen von einem Kriminalfall – mit der Ausnahme, dass wir den Hund kennen.»

Sara blickte hinüber zum Parkplatz, der sich geleert hatte. Sorgen machten ihr die beiden Kastenwagen, die vorfuhren. Die Geier liessen nicht auf sich warten. «Wimmle die Presse ab», befahl sie Bolander. «Ich will keine Details in den News.»

«Das wird schwierig. Zu viele Golfer haben den Vorfall beobachtet – und vermutlich auch gefilmt.»

Dr. Steiner kam auf sie zu, sein Mobiltelefon am Ohr. Sein Geschichtsausdruck verhiess nichts Gutes. Er verabschiedete sich von seinem Anrufer und steckte das Handy weg. «Herrschaften, wir haben ein Problem. Unser Hund scheint kein Einzelfall zu sein. Soeben hat mich ein Kollege angerufen. Er ist auf Pferde spezialisiert und wurde in einen Reitstall in Neuheim gerufen. Ein wild gewordener Araber hat seine Besitzerin in der Pferdebox fast zu Tode getrampelt.»

Sara schnappte nach Luft. «Ein Pferd? Tollwut?»

«Noch wissen wir es nicht mit Sicherheit. Aber die Anzeichen deuten darauf hin. Die Pferdebesitzerin brachte ihrem Araber gerade einen Kessel mit frischem Wasser, als er in der Box austickte. Ein typisches Merkmal der Tollwut ist die Panik vor Wasser. Das Schlucken verursacht höllische Schmerzen, da sich der Kehlkopf verkrampft. Deshalb rasten erkrankte Tiere beim Anblick von Wasser völlig aus und werden gefährlich.»

Sara stolperte bei den Worten einen Schritt zurück, bis sie Halt an einem Wagen fand. Panik vor Wasser? Herr Geheimrat! «Bolander, fahr du in den Reitstall. Ich muss nach Hause.»

***

Alle zusammen sassen sie an diesem späten Sonntagmorgen am Tisch draussen auf der Terrasse. Es war für diese Jahreszeit ungewöhnlich heiss. Laut Wettervorhersage könnte das Thermometer bis nah an die Dreissig-Grad-Marke klettern.

Alexandra hatte einen üppigen Brunch aufgetischt. Natalie schob das Stück Zopf auf ihrem Teller hin und her. Sie war nicht hungrig. Harris Teller hingegen war bis zum Rand hin beladen. Sie hörte, wie die Kruste des dunklen Brotes, das mit Schinken, Käse und Ei belegt war, unter seinen Zähnen knirschte, als er herzhaft hineinbiss. Seufzend schaute Natalie auf das kleine Stück Zopf, das verloren auf ihrem Teller lag, mit Butter und Konfitüre bestrichen, die weiche Kruste weggeschnitten. Natalie kannte kein knuspriges Brot. Die harten Teile der Kruste würden ihre bereits vernarbte Speiseröhre beachtlich verletzen.

«Haben die dich im Knast nur mit Wasser und Brot verpflegt?», fragte Rebecca gut gelaunt. Sie sass neben Harri und strahlte ihn an.

Natalie wusste, wie sehr Rebecca gelitten hatte. Ausgestanden war die Sache bei Weitem nicht. Harri war auf Kaution draussen. Solange er nicht beweisen konnte, dass ihm die Viren untergeschoben worden waren, sah es nicht gut aus, schlimmer noch, er konnte sein eigenes Labor nicht eröffnen. Kurz nach seiner Verhaftung war ein Brief gekommen, dass die Behörden ihm bis auf Weiteres die Bewilligung entzogen. Ihr Anwalt arbeitete an der Sache. Vielleicht konnte er erreichen, dass sie das Labor in Rebeccas Namen eröffneten, bloss zeigte Rebecca in dieser Hinsicht keinen grossen Ehrgeiz. Die Familie geht vor, hatte sie gesagt, stur, wie sie sein konnte.

Imani kam auf wackligen Beinen um den Tisch herum auf Natalie zu und klammerte sich an einem Stuhl fest, ein breites Lachen im Gesicht. Imani war das süsseste Baby, das man sich vorstellen konnte. Sie hatte die dunkle Haut und das wilde, krause Haar ihrer Mutter geerbt, war eine Tochter Afrikas, wie Natalie fand. Die bleichen Gene ihres Schweizer Vaters konnten sich nicht behaupten, was gut war. Emeline wäre stolz auf ihre Kleine.

«Was ist los?», fragte Alexandra, die neben ihr sass, leise. «Warum starrst du auf deinen Zopf, als wäre er ein Vorreiter der Apokalypse? Harri ist zurück. Das wird schon.» Sie hob Imani hoch auf ihren Schoss. Sofort griff die Kleine nach dem Messer vor sich auf dem Tisch, aber Alexandra war schneller und tauschte es gegen einen Löffel ein, mit dem Imani sofort rhythmisch auf den Teller hämmerte.

Natalie seufzte. «Keine Ahnung.»

Musa grinste. «Tom holt mich später ab. Wir wollen an den See. Schwimmen. Er fragt, ob ich dich nicht überzeugen könne, mit uns zu kommen.»

Rebecca reagierte prompt. «Klar gehst du mit. Du musst mal raus aus deiner dunklen Kammer.»

Natalie verabscheute den Gedanken, angezogen neben all den Frauen in ihren Bikinis und mit ihrer glänzend gebräunten Haut im Seebad im Schatten zu sitzen. Das waren die Momente, in welchen sie sich für ihr Aussehen schämte.

Musa wusste genau, was in ihr vorging. «Wir fahren an den Ägerisee, da ist es ruhiger. Tom kennt einen Geheimplatz, dort sind wir für uns, und Schatten gibt es genug, da das Seeufer direkt an den Wald grenzt.»

Harri blickte auf. «Du fährst mit, keine Widerrede. Die Jungs werden dich aufheitern.» Sein strenger Blick wandte sich an Musa. «Du passt gut auf sie auf.»

***

Sara drückte ihre Wohnungstür einen Spalt weit auf. «Herr Geheimrat?» Ihr Rufen war Zeitverschwendung. Der Kater gehorchte nie. Sie trat rasch ein und schloss sofort die Tür hinter sich. Im Flur befand sich die Garderobe. Trotz der Hitze griff Sara nach der Daunenjacke, die sie nie wegräumte, der Winter würde früher oder später kommen, und zog sie an, ebenso wie die Lederhandschuhe oben auf der Ablage. Ihr Blick fiel auf den Motorradhelm, den sie seit zwei Jahren nicht mehr getragen hatte. Sie verwarf den Gedanken. Das war lächerlich.

Wo steckte also der Kater? Im Schlafzimmer konnte er nicht sein, die Tür war zu. Spontan griff Sara nach dem Regenschirm im Schirmständer und pirschte vorsichtig ins Wohnzimmer. «Herr Geheimrat?» Sie suchte den Raum nach der Katze ab. Keine Spur von ihr. Vermutlich lag sie unter dem Sofa und schlief. Herr Geheimrat war ein Langschläfer, vor dem frühen Nachmittag stand er gewöhnlich nie auf. Sie warf einen Blick in die Küche. Dort war der Kater nicht. Sein Futternapf war unberührt. Das war nicht gut. Herr Geheimrat war nicht nur faul, sondern auch verfressen. Wäre es tatsächlich möglich …? Aber wie konnte er sich die Tollwut eingefangen haben? Klar, er kam oft mit Schrammen nach Hause, da er sein Revier wie ein General verteidigte. Hatte er auf der Strasse mit einem kranken Tier gekämpft? Das würde bedeuten, dass in ihrer Stadt weit mehr als nur ein Hund und ein Pferd die Viren in sich trugen. Das wäre eine Katastrophe. Werde nicht gleich hysterisch. Vielleicht war ihr Kater nur schlecht gelaunt, wie üblich. Sie konnte sich nicht erinnern, Schaum vor seinem Maul gesehen zu haben.

Sara betrat das Wohnzimmer und schloss die Tür hinter sich. Der Blick zum Fenster bestätigte, dass sie es geschlossen hatte. Er musste in der Wohnung sein. «Sei nicht stur und zeig dich, alter Kater.» Sie blickte unter den Tisch und hinter den Vorhang. Keine Spur von ihm. Auch der Katzenbaum in der Ecke war unbewohnt. Nur eine Möglichkeit blieb offen. In sicherer Entfernung zum Sofa legte sich Sara auf den Boden, den Schirm griffbereit. Mit so einer blöden Waffe hatte sie sich noch nie einem Verdächtigen genähert. Ihr Herz pochte. Das war albern. Sie hatte mehr Schiss vor der Katze, als wenn sie einen bewaffneten Mörder stellte.

Der Blick unters Sofa brachte nichts. Es war zu dunkel, als dass sie bis nach hinten sehen konnte. Gänsehaut kroch ihr über den Nacken. Bei dem Gedanken, dass die wahnsinnigen Augen des Katers sie in diesem Augenblick anstarren könnten und er sich bereit machte, sie ohne Vorwarnung aus dem Dunkeln anzugreifen, sprang sie fast panisch wieder auf die Füsse. Das war ja wie in einem Horrorstreifen. Es fehlte nur die passende Hintergrundmusik à la Friedhof der Kuscheltiere. Vielleicht sollte Sara Dr. Steiner herrufen. Aber was, wenn sie sich irrte? Dann würde sie sich vor der gesamten Zuger Polizei blamieren und wie ein paranoider Angsthase dastehen. Kein guter Charakterzug für die Chefin der Kriminalpolizei.

Sara zog ihr Mobiltelefon aus der Hosentasche und schaltete die Funktion der Taschenlampe ein.

Der nächste Versuch.

Wieder musste sie sich flach auf den Boden legen. Den Schirm in der einen, das Handy in der anderen Hand, leuchtete sie unter das Sofa.

Keine gelben Augen starrten sie an. Kein Kater lag da, mit struppigem Fell und Schaum um die Schnauze. Herr Geheimrat war nicht hier. Aber wie war das möglich? Sie hatte ihn eingesperrt. Hatte sie das wirklich? Verflucht. Sie hatte heute Morgen das Wohnzimmer wie auch das Schlafzimmer kurz gelüftet. Sara hatte einfach angenommen, dass er unter dem Sofa schlief. Vielleicht hat er die wenigen Minuten genutzt, um abzuhauen?

Sie schaltete, noch auf dem Boden liegend, die Taschenlampenfunktion des Handys wieder aus.

Plötzlich war da ein Geräusch! Ein leises Kratzen. Es kam von oben. Das Bücherregal. Oh Scheisse! Sara hatte vergessen, dort oben nach ihm zu suchen. Der Kater mochte den Aussichtspunkt, eng unter der Zimmerdecke. Und sie lag ihm ausgeliefert vor dem Bücherregal auf dem Boden, den Schirm auf das Sofa gerichtet. Nur ein Sprung, und Herr Geheimrat würde auf ihr landen und ihr das Gesicht zerkratzen. Aus die Maus. «Shit!»

ACHT

War es fies, im See zu schwimmen und Natalie im Schatten der Bäume zurückzulassen? Vermutlich. Aber sie wie ein verletzliches Püppchen zu behandeln, half ihr wenig. Sie musste ihr Leben so akzeptieren, wie es war.

Tom konnte sich gut daran erinnern, wie er Natalie zum ersten Mal gesehen hatte, letzten Sommer, in der Villa. Er kam aus Harris Arbeitszimmer. Den Job als Natalies Leibwächter hatte er nicht bekommen – und auch nicht gewollt. Harri und er waren sich rasch einig gewesen, obwohl Tom Natalie nicht kennengelernt hatte. Er war auf dem Sprung zu gehen, als sie die Treppe herunterkam. Eine junge, bleiche, zerbrechliche Person, gekleidet in afrikanische Tücher mit einem bunten Turban auf dem Kopf. Sie hatte keine fünf Minuten gebraucht, und er hatte sich umentschieden, obwohl ihr Vater protestiert hatte. Verständlich. Toms Vergangenheit machte sich schlecht in seinem Lebenslauf. Untersuchungshaft. Er seufzte, als er ins kühle Wasser des Sees watete. Diesen Tintenklecks hatte Harri jetzt auch in seinem eigenen Lebenslauf. Welche Ironie!

Tom blickte über die Schulter zurück. Natalie sass auf einem Kissen im Gras, wo es kühl und schattig war. Sie waren an die Südseite des Ägerisees gefahren. Nahe beim Campingplatz Naas-Sod in Morgarten kannte Tom eine ruhige Stelle am See. Es gab hier keinen Strand, und um ins Wasser zu gelangen, musste er eine kleine Böschung hinunterrutschen, aber für Natalie war der Platz perfekt. Sie trug auch heute Khangas, war sein bunter Schmetterling. Er mochte Natalie, auch wenn sie mehr als schwierig war. Aber wer wäre das nicht, wenn er seit Geburt täglich von Schmerzen geplagt wurde und kein normales Leben führen konnte? Sie war störrisch und eigensinnig, eine kleine Narzisstin, die ihre Mitmenschen mit Leichtigkeit um den Finger wickelte. Wahrheit war für sie ein dehnbarer Begriff, und lügen konnte sie, ohne rot zu werden.

Die schlechten Eigenschaften vergab ihr Tom gern. Er kannte ihr Herz. Das schlug stark und sass am rechten Fleck. Weil sie sich nicht selbst helfen konnte, wollte sie für andere Gutes tun. Sie wollte als Heldin in Erinnerung bleiben. Für diesen Traum ging Natalie leider oft zu weit. Tom hatte sie letzten Sommer mehr als einmal vom hohen Ross runterholen müssen. Vielleicht mochte sie ihn deshalb, weil er ihr die fast schon kriminellen Taten nicht einfach durchgehen liess. Sie hatten sich mehr als einmal gestritten – und danach wieder versöhnt. Das war heute nicht anders. Sie winkte ihm zu.

«Alter, wie lange dauert das?», rief ihm Musa zu, der bereits im See schwamm. «So kalt ist das Wasser nicht. Wenn ein Afrikaner den Kopfsprung schafft, sollte ein Schweizer das erst recht können.»

Das Wasser war kalt.

Tom sprang hinein, tauchte unter und verlor sich kurz in der absoluten Ruhe. Herrlich. Er schwamm mit Musa eine Runde um die Wette, die Tom gewann, schliesslich verbrachte er fast jeden Tag im Fitnessstudio, und mit seinen Schülern trainierte er ebenso hart Kampfsporttechniken. Er war fit wie ein Turnschuh, auch wenn seine Karriere als Profi-Kickboxer einige Jahre zurücklag und er nächstes Jahr den Vierzigsten feiern würde. «Du flirtest zu viel mit Natalie und trainierst zu wenig», stichelte er Musa an.

«Mit Natalie flirten? Alter, ich bin ihr leibeigener Sklave.» Er warf Natalie eine Kusshand zu, die sie erwiderte. «Letzte Woche traf ich einen echt coolen Typen. Meine Herrin hat mir verboten, mit ihm auszugehen.»

«Nicht dein Ernst.»

«Ehrlich, Mann. Ich musste ihr helfen, in Thailand für eine Prostituierte eine Unterkunft zu finden, in der sie vor einem stalkenden Europäer sicher ist.»

Ja, das war Natalie, dachte Tom.

Sie schwammen zurück ans Ufer und setzten sich neben Natalie auf eine Decke.

«Jungs, ihr seid platschnass. Kommt mir nicht zu nahe.»

Tom schüttelte seinen Kopf und das nasse Haar, sodass Natalie kalte Wasserspritzer abbekam. Als Dank erhielt er einen leichten Ellenbogenstupser in den Oberarm.

Die nächste Stunde plauderten sie über dies und das. Tom öffnete den Picknickkorb, den Alexandra ihnen mitgegeben hatte, und verteilte die Sandwiches. Natalie wollte nur eine Banane. Danach legte sich Musa für ein Schläfchen in die Sonne.

Natalie verwickelte Tom sofort in ein Gespräch über den Rivoli-Fall. «In seinem eigenen Labor will Paps an Zellstrukturen forschen. Weshalb sollte er Viren bei Rivoli klauen? Das ergibt keinen Sinn.»

«Wir suchten bisher nach Antworten, wie die Viren in eure Villa kamen. Haben wir uns je gefragt, weshalb gerade diese Viren?»

Natalie schaute ihn entsetzt an. «Mein Gott! Du hast recht. Es sind alles Viren, die Seuchen auslösen. Du denkst, das hat eine Bedeutung?»

«Wenn wir zurück sind, sollten wir mit Harri darüber sprechen. Er hat vielleicht eine Idee.»

«Klar. Gehen wir!»

Natalie wollte aufstehen, aber Tom legte seine Hand auf ihre Schulter. «Das hat Zeit. Wir haben uns diesen Nachmittag verdient. Du musst auch einmal ausspannen. Ausserdem wollten Harri und Rebecca mit Imani spazieren gehen. Sie sind sicher nicht zu Hause. Nicht an diesem herrlichen Sonntagnachmittag. Geniesse ihn ein wenig.»

«Tom, ich –»

«Für mich.»

Sie starrte ihn an.

Er grinste und legte sich auf die Decke zurück. «Ich werde ebenfalls ein Nickerchen halten wie dein fauler Sklave da drüben.»

Natalie riss mühsam ein Büschel Gras aus und warf es Tom an den Kopf. «Verschlafene Kerle seid ihr. Ich gehe spazieren.»

Tom setzte sich auf. «Ich komme mit.»

«Quatsch. Du schläfst deinen Schönheitsschlaf. Deine

alten Knochen brauchen Ruhe nach dem anstrengenden Wettschwimmen mit Musa.»

«Alt?»

«Du bist uralt. Und ein wenig Abenteuerlust kannst du mir nicht verbieten. Es ist ein breiter Kiesweg ohne Stolperfallen, und ein böses Monster wird kaum hinter einem Baum auf mich lauern. Ich gehe nur ein paar hundert Meter den Weg hoch, versprochen. Wie oft kommt es vor, dass ich allein im Wald spazieren darf? Lass mir diese Freude.»

Tom schnappte sich einen Grashalm, steckte ihn in seinen Mund und legte sich wieder hin. «Aber erzähl mir nachher nicht, der grosse, böse Wolf wollte dich fressen. Ich komme nicht, um dich zu retten.»

Natalie starrte auf den Picknickkorb. «Wenn, dann würde der Wolf dich und Musa verspeisen. An mir gibt es nur Haut und Knochen. Und ich schmecke bitter, zu viel Desinfektionsmittel auf meiner Haut. Keine Sorge, ich kann auf mich aufpassen.»

Das war sein Mädchen, dachte Tom. Wenn sie etwas wollte, setzte sie es durch. Sie hatte ein Recht auf diesen Spaziergang in der Natur. «Gut. Aber nimm dein Handy mit. Ruf mich an, wenn du Hilfe brauchst.»

«Du sprichst wie Paps. Ehrlich. Ihr seid solche Schisser.»

«Ein Schisser bin ich gern, wenn ich weiss, dass es dir gut geht.»

«Schlaf, schlaf. Sorgen machen dich nicht schöner.»

Tom schloss grinsend die Augen und hörte, wie Natalies Khangas raschelten, als sie aufstand. Er hing einige Minuten seinen Gedanken nach und musste eingeschlafen sein.

Ein schriller Klang riss ihn aus einem skurrilen Traum, an den er sich nicht richtig erinnern konnte. Was war los? Er setzte sich auf und rieb sich die Augen. Natalies Handy! Es lag neben ihm auf der Decke und schrillte. Tom blickte auf das Display. Harri. Mist! Wo war Natalie? Weshalb hatte sie das Handy nicht mitgenommen? Er schaute auf die Uhr. Sie war vor beinahe einer halben Stunde gegangen und noch nicht zurück. Tom bekam ein schlechtes Gewissen. Er wusste, dass Natalie mit ihren einbandagierten Füssen keine weite Strecke laufen konnte.

«Wo ist Nat?», fragte Musa und kam schlaftrunken auf Tom zu.

Tom ignorierte Harris Anruf. Er würde toben, wüsste er, dass Natalie allein im Wald unterwegs war.

«Spazieren», antwortete Tom.

«Allein?»

«Sie ist kein Kind mehr.»

«Warum hat sie ihr Handy nicht dabei?»

«Absichtlich vergessen, vermute ich.»

Musa rief nach Natalie.

«Mann, beruhige dich, sie ist noch nicht lange weg. Sie wollte ein Stück die Waldstrasse hochspazieren.»

«Gehen wir ihr nach», beschloss Musa und schnappte sich T-Shirt und Turnschuhe.

***

Dieser verdammte Kater. Irgendwie musste er ihr entwischt sein. Sara war nach wie vor aufgewühlt, als sie am Nachmittag in die Polizeizentrale zurückkam. Ein blöder Falter hatte oben auf dem Bücherregal herumgeflattert, kein mordlustiger, vom Wahn getriebener Kater, der auf sie lauerte. In der Wohnung war er nicht, sie hatte alles abgesucht. Er musste ihr beim kurzen Lüften nach draussen entwischt sein. Bestimmt grollte er, weil er letzte Nacht nicht bei ihr auf dem Bett schlafen durfte. In den nächsten Tagen würde er nicht heimkommen, sie kannte ihn zu gut. Für einmal war ihr das recht. Er benahm sich ganz normal widerwärtig. Von wegen Tollwut.

Lind kam ihr entgegen, als sie auf dem Weg zu ihrem Büro war. Er trug ein Hawaiihemd in den Farben Rosa und Hellgrün, dazu sein breites Grinsen. «Ich dachte, du machst unentschuldigt blau? Hat dich der Totschlag des Hundes aufgewühlt, oder was ist los?»

«Es geht nicht um den Totschlag. Der Jäger Max Hofmeister hat meines Erachtens richtig gehandelt.» Sara stemmte die Hände in die Hüften. «Die Infizierung mit dem Virus macht mir Sorgen. Es kann unmöglich ein Zufall sein, dass der entführte Coco vier Wochen später mit Tollwut auf dem Golfplatz herumirrt. Ohne Hofmeister hätte der Hund Menschen verletzen können. Mit Tollwut ist nicht zu spassen. Weisst du mehr über den Vorfall mit dem Pferd?»

«Vor wenigen Minuten habe ich nochmals mit Steiner, dem Amtstierarzt, telefoniert. Er hat sich den Araber angesehen und den Verdacht auf Tollwut bestätigt. Eine Tierärztin vom Veterinäramt in Bern, genauer von der Tollwutzentrale, ist auf dem Weg zu uns. Sie sollte bald hier sein.»

«Gut. Was treiben Bolander und Rizzo?»

«Bolander ist im Büro. Rizzo kann den Sonntag geniessen. Ich habe ihm freigegeben. Es reicht, wenn er morgen wieder fit ist.»

Sara murrte innerlich. Sie mochte es nicht, wenn Lind über ihr Team entschied. Sie hielt einen giftigen Kommentar aber zurück. «Wir könnten es mit einer Art Bioterrorismus zu tun haben.»

«Wir haben zwei Fälle von Tollwut, mehr nicht. Mal nicht gleich den Teufel an die Wand.»

«Ich werde bald zum dritten Fall von rasender Wut, wenn mein Team nicht vollen Einsatz zeigt.»

«Du bist heute reizend bissig, Frau Kommissarin.»

Sara zeigte mit dem Finger auf Lind. «Tollwut. Mehr sage ich nicht.» Sie liess ihn stehen und marschierte ins Büro.

Bolander telefonierte.

Gereizt setzte sie sich und fuhr ihren Computer hoch.

«Gut. Bis bald.» Bolander verabschiedete sich und griff nach einem glänzenden, roten, perfekten Apfel auf seinem Tisch. «Ich habe Dr. Julia Weisshaar herbestellt. Wir brauchen mehr Informationen darüber, wie das Virus freigesetzt werden konnte.»

Sara nickte. «Das Labor ist vermutlich unsere Ursprungsquelle. Aber es gibt eine andere Möglichkeit: Harri Krieger.»

«Du denkst auch, er war an dem Überfall beteiligt. Könnte er Coco zu sich genommen haben?»

«Zumindest hatte er das Virus bei sich im Büro versteckt. Vielleicht diente ihm Coco als Versuchstier.»

Bolander war skeptisch. «Harri Krieger war die letzten vier Wochen unser Gast, und just an dem Wochenende, an dem er entlassen wird, taucht der tollwütige Coco auf dem Golfplatz auf. Ein dummer Zufall?»

«Ich mag auch keine Zufälle.»

«Was für einen Sinn ergibt das? Die Entführer befreien die Labortiere, um selbst Versuche mit ihnen anzustellen? Ich kann mir einfachere Wege vorstellen, um an Versuchstiere zu gelangen. Mäuse, Kaninchen und Katzen kannst du überall kaufen.»

«Ich habe gelesen, dass Versuchstiere speziell in einer Art steriler Atmosphäre gezüchtet werden, um Kreuzkontaminationen mit anderen Krankheiten so gering wie möglich zu halten, damit die Laborergebnisse nicht verfälscht werden.»

«Eine Schweinerei ist das mit den Laborversuchen und heutzutage völlig unnötig. Es gibt andere Methoden, Medikamente und Co. im Labor zu testen ohne Tierversuche. Ich achte darauf, Produkte zu kaufen, die nicht an Tieren getestet werden.» Bolander biss energisch in den Apfel.

«Ein schöner Apfel», warf Sara ein. «Makellos. Du weisst schon, dass so ein Apfel ohne Spritzmittel nicht gezüchtet werden kann. Er muss regelrecht in Chemie gebadet haben. Denkst du, die Chemiekonzerne testen ihre Spritzmittel nicht an Tieren?»

Bolander blieb der Bissen im Mund stecken.

***

Der Wurzelstock war schuld. Scheissdreck! Natalie sass auf einem Baumstrunk und begutachtete den Schaden. Die oberste Hautschicht ihres Schienbeins hatte sich verschoben und lag nur noch wie dünnes Pergament auf. Sie wusste aus Erfahrung, dass spätestens morgen eine hässliche Blase die Stelle zeichnen würde, die aufgestochen werden musste. Wie hatte sie auch so gedankenlos durch den Wald laufen können? Die Verlockung war gross, Tom die Schuld zu geben. Er geisterte in ihrem Kopf herum. Sie sollte aufhören, nachts heimlich romantische Liebesfilme zu schauen. Die Schnulzen stiegen ihr in den Kopf. Sie beschloss, heute Abend einen Marvel-Comic-Helden-Marathon hinzulegen. Mehr Action und weniger Schmus war es, was sie brauchte.

Im Dickicht vor ihr raschelte es. Sie blickte sich um, entdeckte aber niemanden. Vermutlich nur ein Tier, dachte sie, ein Vogel oder Eichhörnchen. Natalie versuchte aufzustehen. Es funktionierte überraschend gut und brannte nur wenig. Sie humpelte ein paar Schritte. Rebecca hatte ihr beigebracht, wie man mit Gedankenkontrolle die Schmerzen zu einem gewissen Punkt ausblenden konnte. Noch beherrschte sie die Technik nicht gut, aber sie machte Fortschritte. Der Wald schien ein perfektes Übungsgelände. Sie blieb stehen, schloss die Augen und atmete die würzige Luft ein. Sie fühlte den zarten Windhauch auf ihrer Haut, hörte das Zwitschern der Vögel, das bei genauem Hinhören kaum mehr vorhanden war.

Sie öffnete die Augen. War es Einbildung, oder war es im Wald bedenklich still geworden? Die Insekten surrten, aber die zählten nicht. Natalie blickte den Waldweg hinunter, den sie gekommen war. Sie musste fast einen Kilometer gelaufen sein, ohne einer Menschenseele zu begegnen. Ein strenger Geruch stieg ihre feine Nase hoch. Ein Geruch, der sie an einen nassen Hund erinnerte. Wieder raschelte es im Gebüsch. Diesmal neben ihr. Das war nicht lustig. Es konnte kein Vogel sein, nein, ein grösseres Tier musste sich durch das Dickicht schlagen.

Es kam näher.

Weshalb hatte sie ihr Handy am See liegen lassen? Ein leichtsinniger Trotzkopf war sie. Sei nicht albern, schalt sie sich, das ist nur ein Reh oder ein Fuchs.

Auf dem Weg vor sich hörte sie ein rhythmisches Klappern näher kommen. Natalie war nur für eine Sekunde abgelenkt.

Ein Fehler! Von links sprang etwas Grosses, Braunes direkt auf sie zu.

Vor Schreck stolperte sie einen Schritt zurück.

Der nasse Hund!

***

Betty Nikolaidis hatte Pfeffer unter ihrem beachtlichen Hintern. Mit der war nicht zu spassen. Sara bot ihr einen Stuhl an. Betty blieb stehen, die Hände in die Hüften gestemmt. Sie lachte herzhaft, auch wenn die Situation ernst war. Betty war der Typ Mensch, der sich das Lachen niemals verbieten lassen würde.

«Das ging schnell», bemerkte Sara.

«Wir arbeiten nur zu zweit in der Schweizerischen Tollwutzentrale in Bern. Alle paar Jahre haben wir einen Fall von Fledermaustollwut. Manchmal kommt es vor, dass Touristen den Tollwuterreger aus dem Ausland einschleppen. Seit 1998 hatten wir keinen Fall mehr von einem einheimischen infizierten Tier. Dank einer damals flächendeckenden, aufwendigen Impfaktion mit ausgelegten Hühnerköpfen, die mit Impfstoffen versehen waren, bekamen wir das Virus in den Griff. Was denken Sie, was wir zwei Angestellten seit zwanzig Jahren im Labor zu tun haben?» Sie lachte und warf ihre blonden Haare in den Nacken, die einfach frisurlos lang waren. «Wir warten. Ja, das tun wir. Denken Sie, wenn an einem Sonntagmorgen gleich zwei Fälle von Tollwut im Umkreis von wenigen Kilometern auftauchen, da bleibe ich im Bett liegen?» Sie warf ihre grosse Tasche auf den Stuhl und beschnupperte Saras Büro wie ein Bluthund, der nach einer Fährte suchte. Bolander und Lind schauten ihr mit einer Mischung aus Bewunderung und Furcht, wie Sara die Blicke deutete, hinterher. Mit dieser Frau würde es kein tollwütiger Bär aufnehmen. Sie war gross, schwer und entschlossen. Die Ärmel ihrer schwarzen Bluse hatte sie hochgekrempelt. «Den Hund nehme ich heute Abend mit zurück nach Bern», sagte sie. «Ich will mir nachher gleich das Pferd ansehen. Wer ist der zuständige Arzt?»

«Dr. Steiner betreut den Araber.»

«Ein Araber.» Betty schüttelte den Kopf. «Armes Tier. Sollte der mikroskopische Test aus dem Speichel des Pferdes positiv auf Tollwut ausfallen, werden wir es erlösen müssen. Wie geht es der Besitzerin?»

«Sie wurde operiert. Knochenbrüche und innere Verletzungen», sagte Lind. «Sie wird in den nächsten Tagen kaum ansprechbar sein.»

«Schlimm. Schlimm», sagte Betty.

«Welche Anzeichen zeigt denn ein infiziertes Tier?», fragte Lind, offensichtlich neugierig.

«Tollwut oder auch Rabies genannt ist eine Infektionskrankheit, die durch Biss oder Kratzwunden und durch Körperflüssigkeiten übertragen wird. Meist ist es die Bisswunde, die sich entzündet und starke Schmerzen bereitet. Die ersten Anzeichen gleichen den Symptomen einer Grippe. Der Kehlkopf krampft sich zusammen, weshalb die Tiere nicht mehr schlucken können und eine Panik vor Wasser entwickeln. Das Virus greift über die Nervenbahnen das Gehirn an. Es kommt zu Angstzuständen und Stimmungsschwankungen. Aggressivität ist ein typisches Zeichen. Lähmungserscheinungen setzen ein, Orientierungslosigkeit. Es folgt ein elender, langsamer und schmerzhafter Tod. Das Tragische an Rabies ist, dass die Seuche eine einhundertprozentige Letalität aufweist. Ist sie ausgebrochen, stirbt der Infizierte in meist weniger als sieben Tagen nach dem Auftreten der ersten Symptome. Nicht einmal Ebola weist diese Todesrate auf. Impfungen helfen nur, wenn sie vor den ersten Anzeichen verabreicht wurden.»

Sara musste an Herrn Geheimrat denken. Sein Verhalten, das er gezeigt hatte, gefiel ihr nicht. Aber wie war es möglich, dass ausgerechnet bei ihrer Katze die Tollwut ausbrach? Sollte sie Betty über ihren Verdacht informieren? Instinktiv griff sie sich an den Hals. Der Kater hatte sie gestern angesprungen, aber Kratzwunden hatte sie keine davongetragen. Oder doch? Wenn sie hier fertig waren, würde sie auf der Toilette die Stelle noch einmal genau absuchen.

«Weiss die Öffentlichkeit Bescheid?», fragte Betty.

«Es kursieren bereits Fotos von Coco in den Onlinemedien», bestätigte Bolander.

«Es ist wichtig zu verhindern, dass die Menschen in Panik geraten. Aber sie sollten aufgeklärt werden. Ich schlage vor, Sie geben eine Empfehlung heraus, wie man sich zu verhalten hat, sollte man auf ein verdächtiges Tier treffen. Ich werde nachher bei den Spitälern in der Umgebung nachfragen, ob sie genügend Impfdosen an Lager haben. So schön es ist, dass der Rabies-Erreger bei uns ausgerottet ist, der Nachteil ist, dass den Impfdosen keine grosse Beachtung mehr geschenkt wird und oft Lieferengpässe bestehen. Diese in grossen Mengen wieder zu produzieren, wird einige Wochen dauern.»

«Sollten wir uns impfen lassen?», fragte Bolander.

Betty lachte herzhaft. «Haben Sie vor, demnächst im Wald jagen zu gehen oder nach Asien zu verreisen? Nein. Für Sie besteht keine Gefahr. Impfen lassen sich nur Personen, die mit Wildtieren in Kontakt kommen, Tierärzte oder Rucksackreisende, die durch Asien oder Afrika reisen möchten. Ich denke, die Zuger Polizeizentrale ist ein sicherer Hafen. Aber laut Seuchenschutzplan ist es wichtig, den Ursprung, das Wirtstier der Tollwut, zu identifizieren, weil –»

«Wir vermuten, dass Coco in einem Labor angesteckt wurde.» Sara informierte Betty über den Einbruch bei Rivoli.

Bettys Augen verengten sich gefährlich. «Warum haben Sie uns die gestohlenen Ampullen mit dem Lyssavirus nicht gemeldet?»

«Weil die einzige Ampulle mit dem Tollwuterreger am gleichen Morgen sichergestellt wurde. Ungeöffnet.»

Betty runzelte die Stirn. «Wenn das stimmt, kann sich Coco unmöglich im Labor angesteckt haben, es sei denn, im Labor machten sie Experimente mit dem Virus, was sie uns hätten melden sollen. Ich weiss aber von nichts.»

***

Tom joggte den Waldweg hoch. Er war besorgter um Natalie, als er es zugeben wollte. Musa blieb zurück am See, um die Stellung zu halten, sollte Natalie auftauchen. Es war falsch, sie wegen ihrer Krankheit zu bevormunden, sie hatte ein Recht auf ein eigenständiges Leben und Privatsphäre. Ein Spaziergang im Wald barg kein grosses Gefahrenpotenzial. Tom ging fast täglich im Wald joggen, und sein Handy nahm er auch nicht jedes Mal mit.

Rund einen halben Kilometer hatte er zurückgelegt, ohne auf Natalie zu treffen. Es gab keine Verzweigung, sie musste hier entlanggelaufen sein. Tom rief nach ihr. Vor sich im Gebüsch raschelte es. Ein Tier sprang durch das Dickicht. Vermutlich hatte Tom ein Reh erschreckt. Er ging weiter. In der Ferne hörte er das rhythmische Klappern von Pferdehufen. Der Reiter kam auf ihn zu.

Ein Hecheln aus dem Gebüsch liess ihn aufhorchen. Da lag ein strenger Geruch in der Luft. Tom blieb stehen und starrte ins Dickicht. Plötzlich sprang ihn ein grosses Tier an.

«Wow!» Tom hechtete einen Schritt rückwärts und stolperte fast über einen Stein. «Wer bist du denn?»

Der Hund japste und hechelte freudig und sprang auf und ab wie ein ausser Kontrolle geratener Gummiball. Er reichte Tom etwa bis zu den Knien, war braun gefleckt, mit zottigem Fell und unmöglich, einer Rasse zuzuordnen. Nicht ausgeschlossen, dass dies eine Kreuzung von Hund, Ziege und Waschbär war. Den Kopf trug er schief, ein Ohr stand hoch, das andere hing ihm über das Auge. Der Hund wedelte so aufgeregt mit dem Schwanz, dass Tom befürchtete, die Fliehkraft würde ihm die Rute ausreissen. Ein Pfiff ertönte. Wie auf Kommando warf er den Kopf herum. Mit hängender Zunge schaute er den Weg hoch, dahin, woher der Reiter zu kommen schien, der wegen einer leichten Kurve des Waldweges nicht zu sehen war. Der Hund rannte los.

Gut, dachte Tom. Was hätte er mit einem herrenlosen Hund im Wald anfangen sollen? Er joggte weiter, dem Hund hinterher. Bald bekam er das Pferd zu sehen. Es wurde von einem

Mann am Zügel den Weg hinuntergeführt. Perplex blieb Tom stehen, als er die Reiterin erkannte. Nur eine weisse Frau trug afrikanische Khangas im Zuger Wald. Natalie sass auf einem prächtigen Rappen und winkte Tom aufgeregt zu.

«Was zum …» Komplett irritiert war Tom, als er den Mann erkannte, der das Pferd am Zügel führte. Wie zum Teufel kam Rico dazu, Natalie auf sein Pferd zu setzen?

***

Sie mochte den Geruch nicht, auch wenn er sich erstaunlich in Grenzen hielt. In diesem Reitstall in Neuheim hätte man vermutlich vom Boden essen können, so sauber war er. Wahrhaft eine Fünf-Sterne-Unterkunft für die Vierbeiner, mit grossen, hellen Boxen mit Aussenauslauf und weitläufigen Weiden, idyllisch mit weissen Lattenzäunen unterteilt. Bunte Blumenbeete rundeten das kitschige Bild von Landromantik ab. Natürlich wieherte wie auf Kommando alle paar Minuten ein Pferd, um die Atmosphäre akustisch zu untermalen.

Sara wartete bei ihrem Wagen auf dem grossen Vorplatz im Schatten eines Pferdeanhängers. Es war bereits früher Abend. Betty war seit einer halben Stunde bei dem kranken Araber. Sara hatte nur kurz einen Blick auf ihn geworfen. Dass etwas nicht stimmte, konnte auch sie erkennen. Die Pferdepfleger hatten ihm in einer kleinen Scheune, isoliert von den anderen Tieren, ein Halfter angelegt und seinen Kopf mit zwei Führstricken fixiert, die rechts und links an der Wand an Ringen festgebunden waren. Man durfte nicht riskieren, dass er eine weitere Person spitalreif schlug. Aber als Sara in die Augen des armen Tieres geblickt hatte, fand sie nur Schmerz, Angst und – ja was? – Trauer? Er hatte den Kopf hängen lassen, soweit es die Führstricke zuliessen. Einzig mit den Hinterhufen schlug er zwischendurch ins Stroh.

Sara hatte das nicht mit ansehen wollen und Betty ihre Arbeit machen lassen. Kurt Steiner, der Amtstierarzt, war ebenfalls dabei.

Das Knurren ihres Magens machte Sara auf ihre eigenen Bedürfnisse aufmerksam. Sie hatte heute nichts gegessen. Wieder musste sie an Herrn Geheimrat denken. Das schlechte Gewissen nagte an ihr. Es kam zuweilen vor, dass er aggressiv war, und er hatte sie in den letzten Jahren mehr als einmal gekratzt, zweimal sogar gebissen. Sie schaute auf die Uhr. Es war fast sechs. Sie wollte heim und nach ihrem Kater sehen und entscheiden, ob sie Betty von ihm erzählen wollte. Vorausgesetzt, sie fand ihn zu Hause vor.

Als wäre das ihr Stichwort, trat Betty Nikolaidis aus dem Stall. In der einen Hand trug sie ihre Arzttasche, in der anderen einen zugeschnürten Plastiksack. Sara vermutete, dass die Untersuchungshandschuhe und der Schutzanzug, den Betty angezogen hatte, fachgerecht entsorgt werden mussten.

«Und?», fragte Sara und ging ihr entgegen.

«Sieht nicht gut aus. Ich mache gleich dem Labor Druck, die sollten die Ergebnisse der Speichelprobe mittlerweile haben. Wird Rabies bestätigt, kann Kurt ihn heute Abend erlösen. Wir können nicht auf das Einverständnis der Besitzerin warten, sie ist nicht ansprechbar, ich habe im Spital angerufen. Eine einhundertprozentige Sicherheit, dass es sich um Rabies handelt, haben wir aber erst, wenn wir Proben aus dem Hirngewebe der beiden toten Tiere untersuchen können.» Betty packte Tasche und Plastiksack in den Wagen und zog eine Zigarettenschachtel aus ihrer Hosentasche. Sara lehnte dankend Bettys Angebot ab. «Kurt nimmt Speichelproben von allen Tieren des Hofes. Da wartet Arbeit auf uns. Die Pfleger und Reiter haben die Anweisung, sich nur vorsichtig den Tieren zu nähern. Die drei Hofhunde bleiben sicherheitshalber angebunden. Ausritte sind verboten.»

«Steht der Hof unter Quarantäne?»

«Keine Tiere dürfen das Gelände verlassen. Die Bewohner, Angestellten, Pferdebesitzer und Besucher müssen die Kleidung wechseln und die Hände gut desinfizieren. Rabies überträgt sich nur durch direkten Kontakt. Ausserhalb eines Wirtskörpers können die Viren nicht lange überleben. Ich habe

Infobroschüren verteilt. Jeder, der will, kann sich vorsorglich impfen lassen.»

«Das ist unheimlich», sagte Sara und beobachtete, wie Betty den Rauch in die Luft blies. «Wie kommt es, dass am gleichen Morgen ein Hund und ein Pferd mit Anzeichen von Tollwut auftauchen?»

«Gute Frage. Was mir mehr Sorgen macht, ist, dass es weitere Tiere geben könnte, welche die Tollwut bereits verbreiten, bei denen bisher aber keine Anzeichen sichtbar sind. Wir müssen unbedingt die Quelle des Ausbruchs finden. Wenn ich den Erregerstamm aus den Gewebeproben der Gehirne der kranken Tiere untersuche, kann ich feststellen, ob es sich um den gleichen Stamm handelt und woher dieser stammt. Je mehr ich darüber nachdenke, desto mehr teile ich deine Vermutung, dass es mit dem Einbruch im Labor zu tun haben muss. Wir werden bald wissen, ob sich Coco mit den Viren aus dem Labor infiziert hat – und auch das Pferd, sollte der Speicheltest positiv ausfallen.»

Also doch, dachte Sara. Sie musterte Betty, die sie, wie sie zugeben musste, erstaunlich gut leiden konnte. Auf der Fahrt zur Pferdepension hatte Betty ihr das Du angeboten. Sie mochte es unkompliziert. «Ich fahre morgen früh zu Rivoli», beschloss Sara.

«Ich komme mit.»

«Du kannst nicht an einer polizeilichen Ermittlung teilnehmen.»

«Ich kenne mich in Labors aus und fühle, wenn etwas faul ist. Ich komme mit.» Betty warf den Zigarettenstummel auf den Boden. «Aber erst fahre ich mit dem Kadaver von Coco ins Tierspital nach Bern und untersuche noch heute Nacht sein Gehirn. Treffen wir uns morgen um acht bei Rivoli?»

***

«Du verfluchter Hund!» Tom brachte Rico eine Bierdose und setzte sich zu ihm auf den engen Balkon seiner kleinen Einzimmerwohnung in Steinhausen.

Rico grinste. «Du weisst, ich tauche gern aus dem Nichts auf und verschwinde dorthin, wenn mir danach ist.»

«Du schuldest mir die Stange Bier, die ich dir vor drei Jahren geholt habe. Als ich von der Bartheke zurückkam, warst du weg.»

«Abschiede liegen mir nicht.»

«Alter Zigeuner.»

«Nicht so alt wie du.»

Recht hatte er. Tom verband mit Rico nicht nur gute Zeiten. «Es ist lange her.»

«Vorbei und vergessen.»

«Ist es das? Wie hast du mich an dem See gefunden? Und sag nicht, es war Zufall, dass du im Wald aus dem Nichts aufgetaucht bist.»

«Ich habe Karo angerufen. Sie hat nicht gerade gut über dich gesprochen. Sie meinte, ich soll bei dieser reichen Zicke Natalie nachfragen. Bestimmt hängst du mit ihr rum. Die Haushälterin der Kriegers meinte dann, dass du am Ägerisee zu finden seist. Schon vergessen? Ich kenne die Stelle am See auch. Wir haben hier vor Jahren oft rumgehangen an unseren freien Tagen.»

«Du hättest anrufen können.»

«Dann wäre die Überraschung geplatzt.»

«Schon klar», murrte Tom. Er musste seinem Umfeld beibringen, nicht so offen über ihn zu sprechen. «Warum bist du hier?»

«Freundschaftsbesuch. Natalie hat mir erzählt, dass du geschieden seist, deshalb hat Karo so über dich gewettert.»

«Geschieden und pleite. Karo hat mich ausgeschlachtet, und meine Töchter darf ich nur jedes zweite Wochenende zu mir nehmen.» Er musterte Rico, der sich in den letzten Jahren kaum verändert hatte. Rico musste um die dreissig sein, aber er hatte sich seine jugendliche wilde Art bewahrt. Seine braunen, langen Haare waren im Nacken zusammengebunden. Er trug einen eher ungepflegten Kinnbart. Die breite Narbe an seiner rechten Schläfe stand ihm sonderbar gut. Er hatte etwas von einem Wikinger, war recht gross, seine Augen blickten unerschrocken, mutig und verwegen, was seinem Charakter entsprach. Er war ein Zigeuner, nicht nur im übertragenen Sinn, denn er gehörte den Jenischen an, auch wenn er als Einzelgänger galt. Früher verbrachte er die Winter bei seiner Familie in der Ostschweiz. Kaum brach der Frühling an, war er weg, auf Wanderschaft, wie er sagte. Rico hielt sich mit Gelegenheitsjobs über Wasser, arbeitete mal auf dem Bau, mal auf einem Hof und zog weiter, wenn es ihm nicht mehr passte. Er zelebrierte das Zigeunerleben, wie er selbst sagte, zog mit seinem schwarzen Wallach Gypsydancer und dem Hund durch die Schweiz und übernachtete meist im Freien. Heute Nacht durfte Gypsydancer auf dem gepflegten Rasen der Villa der Kriegers grasen, Natalie hatte darauf bestanden, das Pferd bei sich aufzunehmen. Wie ein kleines Kind hatte sie sich gefreut. Tom würde nicht staunen, wenn sie heute im Schlafsack draussen bei Gypsydancer übernachtete.

Boomer hingegen lag zu seinen Füssen. Der Mischlingshund war erst jährig, daher kannte Tom ihn nicht. Ricos alter Border Collie lebte nicht mehr.

Er öffnete die Bierdose und stiess mit Tom an. «Auf die alten Zeiten.»

«Die Zukunft ist mir lieber.»

«Du vergisst es nie, was?»

«Nimmst du es mir übel?»

«Du bist noch immer wütend.»

Tom grinste und nahm einen langen Zug aus der Bierdose. «Gut, dich zu sehen.»

«Wie geht es deinem Vater?»

«Alzheimer lässt ihn vergessen. Er hat den Tod von Mutter nie verkraftet.»

«Ihr Schmorbraten war legendär. Der Kartoffelsalat auch.»

«Wie sieht es bei deiner Familie aus? Nach wie vor Knatsch mit dem Familienoberhaupt?»

«Jenische sind stur, das weisst du. Oma hat ein gutes Herz und bietet mir Winterquartier.»

«Nie überlegt, sesshaft zu werden? Heiraten? Kinder? Eine feste Arbeitsstelle?»

«Alter, dich nehme ich mir nicht zum Vorbild.»

Toms Ehe war tatsächlich eine Achterbahnfahrt der Gefühle gewesen und hatte in einem Rosenkrieg geendet. Das einzig Gute an den verschwendeten Jahren waren seine beiden Töchter, die er über alles liebte.

«Was ist mit Natalie?», fragte Rico. «Sie mag dich. Läuft da was?»

«Natalie ist noch fast ein Kind.»

«Mit vierundzwanzig?»

«Sie hat nicht die Lebenserfahrung von Gleichaltrigen.»

«Die Prinzessin gefangen im Palast. Ich denke, ihr würde etwas Abenteuer guttun. Ich mag sie. Sie ist eigenwillig und dickköpfig.»

«Sie hatte letzten Sommer genug Action, glaub mir.» Tom klärte Rico darüber auf, was damals passiert war.

«Sie hat sich mit einem Warlord angelegt?»

«So kann man es auch nennen. Tat ihr nicht gut. Ihr Körper hat das schwer verkraftet.»

«Gypsydancer mag sie. Wir sollten ausreiten gehen.»

«Wenn sie vom Pferd fällt –»

«Alter, Gypsydancer wirft keine Freundin ab. Du bemutterst Natalie wie eine Glucke. Läuft nicht doch was?»

Tom trank die Bierdose leer und zerknüllte sie in seiner Hand. «Nein.» Er stand auf und schaute über die Dächer seines Quartiers. Es war ruhig heute Abend. «Weshalb bist du hier? Du schaust nie ohne Grund vorbei. Du übernachtest nie ohne Grund in den Sommermonaten in einer Wohnung.»

Rico lachte. «Familiengeschichte. Ich helfe einer Bekannten, ihre verschollene Mutter zu finden. Aber die Spur ist kalt.»

NEUN

«Mir ist heiss.» Betty zog ihre bunte Bluse aus, zerknüllte sie und steckte sie in ihre übergrosse Strandtasche, die sie bei sich trug. Das schwarze T-Shirt mit V-Ausschnitt, das sie darunter zu türkisfarbenen Jeans trug, präsentierte ihre üppige Pracht. In einem anderen Zeitalter und einer anderen Kultur wäre sie als wonnige Schönheit verehrt worden. Eine Schönheit ohne Geschmack für Mode. Na ja, Sara störte das nicht. Sie selbst konnte mit Mode wenig anfangen, zu anstrengend, lohnverzehrend und nutzlos, deshalb trug sie ausnahmslos schwarze Hosen und weisse Blusen, so auch heute Morgen.

Sie waren zusammen unterwegs zu Rivoli Biotech Analytics. Betty erzählte, dass sie gestern bis nach Mitternacht in ihrem Labor im Tierspital in Bern Cocos Kadaver untersucht hatte. Die Frau schien keinen Schlaf zu benötigen und war heute bereits um halb acht in Zug auf der Polizeizentrale erschienen, mit frischen Gipfeli für alle in einer grossen Papiertüte. Sie wusste, wie man sich Freunde machte.

«Der Fall ist mysteriös», sagte Betty auf der Fahrt nach Rotkreuz. «Ich hätte bei Coco eine Wunde finden müssen, einen Biss von einem anderen Tier, wenn er sich vor seiner Entführung mit dem Erreger angesteckt hätte. Diese Bisswunde entzündet sich meistens, bevor die ersten Symptome auftreten. Hingegen, ohne Bisswunde wäre es auch denkbar –»

Sara trat vor einem Rotlicht zu harsch auf die Bremse. «Injektion?»

«Ja, diese Möglichkeit gibt es, wie auch die Übertragung der Viren in die Schleimhäute der Tiere, was vermutlich einfacher ist. Augentropfen, einige Tropfen verseuchte Flüssigkeit in den Mund, es gibt viele Möglichkeiten. Je näher am Kopf das Virus verabreicht wird, desto schneller gelangt es ins Gehirn. So lässt sich auch recht gut die Dauer der Inkubationszeit voraussagen.»

Aufgeregt trommelte Sara mit den Fingern aufs Lenkrad. «Wäre das ein Grund, den Hund zu entführen?»

Betty runzelte die Stirn.

«Vielleicht lief in dem Labor etwas schief, Coco steckte sich mit Tollwut an, und um den Vorfall zu vertuschen, wollte der Schuldige den Hund beseitigen.»

«Und dafür in ein Labor einbrechen und Coco entführen? Er zeigte vor vier Wochen keine Symptome. Die Täter hätten ihn einfach erschiessen können. Der Kadaver wäre entsorgt worden, und es wäre nie ans Licht gekommen, dass er den Tollwuterreger in sich trug.»

Das Lichtsignal wechselte auf Grün. Sara gab Gas. Betty hatte natürlich recht. Die Idee war absurd und zu weit hergeholt. Was Sara belastete, war das fehlende Motiv. Es gab einfach keines. Die beste Spur war die Tollwut. Gestern Abend hatte der Amtszierarzt Steiner sie informiert, dass er den armen Spirit erlösen musste. Er wollte gleich heute Morgen dessen Gehirnproben untersuchen lassen, um Rabies zu bestätigen. Ein Pferd und ein Hund sind infiziert, ohne eine Wunde aufzuweisen. Wo lag die Verbindung? Und was war mit ihrer Katze? Herr Geheimrat war gestern Nacht nicht nach Hause gekommen. Auch heute Morgen hatte er sich nicht gezeigt. Ein normales Verhalten bei ihm. Sara verdrängte den Gedanken. Die Vorstellung, dass auch er sich infiziert haben könnte, schien zu absurd. Solche Zufälle gab es nicht.

Sie bog links auf die Einfahrt von Rivoli ein. Tamara Hansen kam ihnen auf dem Parkplatz entgegen. Ihr Hautteint hatte beinahe die Farbe von ihren platinblonden, kurzen Haaren angenommen, was auf wenig Schlaf deuten liess. Ramirez' Tod verkraftete sie schwer.

Betty ging gleich auf Tuchfühlung und bekundete ihr herzliches Beileid, schüttelte dabei Tamaras Hand kräftig und lange.

«Professor Zach erwartet Sie», sagte Tamara und führte sie ins Gebäude.

«Wow!», staunte Betty. «Solch einen eindrücklichen Empfang hätte ich bei mir im Tierspital auch gern.»

Sara blickte sich um. Ein feiner Geruch nach Desinfektionsmittel hing in der Luft, durchmischt mit dem Duft weisser Lilien, die in einer gläsernen Vase auf dem kreisrunden Empfangstresen standen.

Die Dame dahinter nickte ihnen neugierig zu. Tamara führte sie nach hinten zu den Büros, als Sara plötzlich stehen blieb. «Einen Moment, ja?» Sie ging zurück zum Empfang. «Wir kennen uns nicht», sprach sie die Frau an. «Sara Jung, Kriminalpolizei Zug.» Sara wusste, dass sie durchaus einschüchternd wirken konnte, wenn sie ihren «Ich habe Sie im Visier»-Blick aufsetzte: den Kopf leicht schief, das Kinn erhoben, den Mundwinkel zur Seite gezogen, die Augenbrauen tief.

«Oh, äh, nein. Ich war damals, ich meine an dem Tag des Überfalls, ich, äh, hatte frei.»

«Ihr Name?»

Die Frau, sie war um die dreissig, schob ihre rote Hornbrille zurecht. Sie war recht attraktiv, hatte schwarze, schulterlange Haare und ein feines Gesicht, auch wenn die Nase etwas gross war. Sara wettete darauf, dass sie südländischer Abstammung war. «Rosanna Moretti.»

Sara kannte den Namen aus der Rivoli-Akte. «Sie arbeiten am Empfang?» Die Frage war überflüssig, aber ein guter Einstieg für ein Gespräch.

«Hinten ist mein Büro. Human Resources. Aber zurzeit läuft es hier drunter und drüber, da helfe ich am Empfang aus.»

«Sie haben bereits mit der Polizei gesprochen?»

«Ähm, ja, Ihr Kollege, er … Ich weiss seinen Namen nicht mehr.»

«Lockenkopf oder Kurzhaarschnitt?»

«Lockenkopf.»

Rizzo. «Wenn Sie für die HR-Abteilung arbeiten, kennen Sie alle Mitarbeiter. Sie müssten den Ausweis von Herrn Krieger zurückgenommen haben.»

Moretti senkte schuldbewusst den Kopf. «Ich bin sehr pflichtbewusst in diesen Dingen, aber an seinem letzten Arbeitstag haben wir alle in der Kantine auf seinen Abschied angestossen. Ich sagte ihm, er solle den Ausweis einfach bei mir ins Büro legen.»

«Haben Sie an dem Abend nach dem Ausweis gesehen?»

Moretti kratzte mit dem rot lackierten Fingernagel auf dem Marmortresen herum. «Nein. Das war mein Fehler.» Ihr Kopf schnellte hoch. «Hätte ich es getan, wäre das alles nicht passiert. Aber ich vertraute Harri. Wir sind … ich kenne ihn viele Jahre. Er würde hier nicht – ähm – nein. Nicht Harri. Er ist ein guter Mensch, wissen Sie.»

Das waren viele Worte zu schnell gesprochen mit zu wenigen Atempausen zwischen den Sätzen. Ausserdem glühten Morettis Wangen. Sara beschloss, zurück im Büro gleich mit Rizzo über sie zu sprechen. Ohne ein weiteres Wort liess sie Moretti stehen und ging hinüber zu den beiden Frauen, die auf sie warteten. Sie nahm Tamara beiseite. «Was wissen Sie über Rosanna Moretti?» Sie flüsterte die Worte regelrecht in Tamaras Ohr, wissend, dass Moretti sie beobachtete. Nichts schüchterte schuldige Menschen mehr ein als strenge Blicke und Getuschel hinter deren Rücken.

«Moretti? Sie arbeitet seit fast zehn Jahren bei Rivoli. Zach mag sie. Sie ist verlässlich und jederzeit zu Überstunden bereit. Meist ist sie die Letzte, die das Büro verlässt.»

Sara brauchte einige Sekunden, um die Information zu verarbeiten. «Harri Krieger neigte ebenfalls zu Überstunden, nicht?»

«Sicher, er durfte ja nach Feierabend seine privaten Studien zu EB durchführen. Oft blieb er bis spät in die Nacht. Daher kenne ich von allen hier Harri am besten. Er nahm sich die Zeit, ein paar Worte mit uns Nachtwächtern zu wechseln oder auch mal zusammen einen Kaffee zu trinken.»

«Er war beliebt?»

«Klar. Vor allem bei den Frauen. Er hat Charme, ohne Zweifel.»

«Favoritinnen?»

Tamara tat, was Sara beabsichtigte. Sie blickte hinüber zum Empfang. Aus den Augenwinkeln sah Sara, wie Moretti nervös mit ihrer Brille spielte. «Rosanna hat ihn verwöhnt, brachte ihm manchmal am Abend einen Kaffee hoch ins Labor, bevor sie Feierabend machte. Das tat sie sonst für niemanden.» Tamara blickte zurück in Saras Augen. «Und Julia natürlich. Sie vergötterte Harri. Ich denke, er war so etwas wie ihr Mentor.»

«Dr. Julia Weisshaar? Die Frau scheint mir nicht der Typ, der einen Mentor braucht.»

«Julia gibt sich selbstsicher, aber steckt nicht in uns allen das kleine Mädchen, das bei einem Mentor Schutz sucht?»

Sara schluckte leer, wollte gleich protestieren, hielt sich dann aber zurück. Wie sollte sie diesen Satz von Tamara deuten?

Sie bekam postwendend die Antwort. «Pedro Ramirez war mein Mentor.» Tamaras Augen röteten sich.

Sara kam ein neuer Gedanke. «Wir haben herausgefunden, dass Sie zwei Semester Informatik studiert haben. Weshalb haben Sie das Studium abgebrochen und bei Safetron angeheuert?»

«Bin ich jetzt die Verdächtige?» Tamara versteifte sich. Aus Wut? «Meine Mutter starb, ist das Grund genug? Ich konnte mir das Studium nicht mehr leisten.» Aufgebracht ging sie nach hinten zu den Büros.

Mit respektvollem Abstand folgte Sara ihr, Betty neben sich. Diese schaute sie mehr als neugierig an, aber Sara sagte nichts.

Als sie das grosszügige Büro von Zach betraten, zog sich Tamara leise zurück. Sara liess sich von der herrischen Begrüssung des Professors nicht einschüchtern. Er legte gleich los, bevor er ihnen einen Stuhl anbot, und beschwerte sich über die schlampige Polizeiarbeit. «Der Einbruch kostet uns Millionen und wirft uns um Monate zurück. Die Kunden springen ab, ihr Vertrauen in uns ist weg. Können Sie sich vorstellen, welchen Imageschaden wir davontragen? Und die Polizei unternimmt nichts!»

Betty trat näher an seinen Arbeitstisch. Vor dem in Anzug und Krawatte gekleideten Hünen wirkte die ebenfalls grosse und kräftige Betty fast komisch in ihrem Aufzug. Sie ging direkt auf Konfrontationskurs und zog ihren Ausweis aus der Tasche der türkisfarbenen Jeans. «Ich bin Professor Betty Nikolaidis von der Schweizerischen Tollwutzentrale in Bern. Ihr Labor scheint der Herd von einem erneuten Rabies-Ausbruch zu sein. Das ist schlecht, ganz schlecht für den Ruf von Rivoli. Sie arbeiten besser eng mit mir zusammen, damit ich unserem Bundesrat heute Abend Gutes über Sie berichten kann.»

Sara hielt sich die Hand vor den Mund, um Zach ihr Grinsen nicht zu offenbaren. Dass die gute Betty ebenfalls Professorin war, hätte sie nicht gedacht, zumal sie sich schlicht als Doktor vorgestellt hatte. Es gab eben Menschen, die hatten Titel nicht nötig im Leben. Betty hatte soeben jede Menge Pluspunkte bei Sara gesammelt.

***

Ein perfekter Tag, Natalie hätte Freudensprünge machen können. Für einmal war sie in der Laune, zu frühstücken.

Musa und Alexandra hatten für sie das Tischchen im Papiliorama nach draussen getragen. Es stand im Schatten unter der grossen Platane im Rasen. Alexandra hatte ihr Joghurt, ein weiches Ei und zwei Scheiben Zopf ohne Kruste aufgetischt. Neben dem Teller stand eine Tasse mit warmer Ovomaltine. Natalie bestrich die Scheibe Brot mit reichlich Butter und schaute dabei verträumt Gypsydancer zu, der gierig seine Portion Hafer verschlang, den Musa bei einem nahe gelegenen Reitstall besorgt hatte. Da das Grundstück eingezäunt war, hatte Natalie darauf bestanden, dass der Wallach kein Halfter tragen musste. Er konnte sich frei bewegen, was den Blumenbeeten nicht guttat und Musa protestieren liess, weil er die weit verstreuten Pferdeäpfel einsammeln musste.

Der Rappe hob den Kopf und hielt die Nüstern in den warmen Herbstwind, der vom See her wehte. Er röchelte kurz und tauchte sein Maul wieder gierig in den Hafer. Was für ein schönes Tier, dachte Natalie. Er war gross und kräftig, mit voller

Mähne, einer weissen Blesse und ebenfalls weissen, behaarten Fesseln. Rico hatte erzählt, dass er Gypsydancer vor achtzehn Jahren von seiner Oma als Fohlen geschenkt bekommen hatte. Er war ein echter Irish Tinker, für seine Rasse etwas zu gross gewachsen, aber das war Rico ganz recht so. Er zog ihn auf und ritt ihn selbst zu. Nur wenige Personen hatten die Ehre, auf dem Wallach zu reiten. Natalie durfte sich zu dem Kreis der Auserwählten zählen. Was für ein Gefühl war das gewesen, auf seinem Rücken zu sitzen. Nie zuvor war Natalie geritten. Zu gefährlich, hatte Harri entschieden und ihr stattdessen ein Barbiepferd zum Spielen geschenkt.

Natalie musste wieder an gestern denken, wie sie im Wald auf Rico getroffen war. Ohne Worte war gleich eine Verbindung zwischen ihnen entstanden. Er hatte einfach gelächelt, als wäre es das Normalste der Welt, einen Krüppel wie sie allein im Wald am Boden liegend anzutreffen. Sein Hund hatte sie umgerannt und sich hechelnd und verwirrt neben sie gelegt. Das verspielte Umrennen schmerzte sie noch heute. Sie war unsanft auf dem Hintern gelandet, hatte den Sturz mit den Händen halbwegs abgefangen, was sie jetzt bitter bereute. Nein, die Schmerzen durften an diesem perfekten Tag keine Spielverderber sein.

Entschlossen strich Natalie Konfitüre auf ihren Butterzopf. Gab es Märchen? Wenn ja, war dies ein magischer Moment gewesen, als Rico vom Pferd sprang, um sie zu retten. Gypsydancer schnaubte, als wollte er ihr zustimmen. Herzhaft biss sie in ihr Marmeladenbrot und kaute darauf herum. Was ihr nicht aus dem Kopf ging, war der absolute und absurde Zufall, dass Tom und Rico alte Freunde waren. Man traf sich nach Jahren doch nicht einfach so mitten im Wald? Natalie wollte diesem Zufall nachgehen. Hatte sie gestern eine Spur Eifersucht in Toms Augen gesehen? Auch wenn er seinen alten Kumpel Rico herzlich begrüsste, so war das Misstrauen in seinem Ausdruck spürbar gewesen. Tom war kein Träumer wie sie. Er glaubte nicht an Märchen. Und nicht an Zufälle. Nein, Rico musste aus einem bestimmten Grund hier sein. Natalie grinste, fest entschlossen, Ricos Geheimnis zu lüften.

Gypsydancer hatte das letzte Haferkorn aufgeleckt und kam auf sie zu. Neben dem Tisch blieb er stehen, beschnupperte erst ihren Kopf und näherte sich vorsichtig dem Stück Zopf, das auf einem Teller lag. Natalie strich ihm über das glänzende Fell und tätschelte seine Nüstern. Die Geste ermutigte den Wallach, zuzugreifen. Mit einem feuchten Schmatzer war die Brotscheibe verschlungen. «Wow, ganz schön verfressen, mein Süsser, wie?» Natalie lachte und griff nach ihrem Handy. Sie scrollte durch die Onlinenews. Ein Artikel weckte ihre Aufmerksamkeit:

Panik auf dem Green – ein tollwütiger Hund verirrt sich auf den Golfpark Holzhäusern und greift eine Gruppe Spieler an.

Tollwut? Der letzte Fall von Tollwut musste Jahre zurückliegen. Neugierig las sie den Artikel. Ein Golfspieler, der ebenfalls Jäger war, hatte den Schäferhund mit seinem Siebener-Eisen erschlagen. Die Schweizer Tollwutzentrale sei an dem Fall dran. Es ginge darum, möglichst schnell den Ursprung des Erregers zu finden. Der Artikel riet Hundebesitzern, in den nächsten Tagen ihre Tiere an der Leine zu führen. Für eine Panik bestehe aber zu diesem Zeitpunkt kein Grund. Vermutlich handle es sich um einen Einzelfall. Am Ende des Artikels fand sich ein unscharfes Bild des Deutschen Schäferhundes, der mit hochgezogenen Lefzen und geifernd einen Caddie angriff. Natalie vergrösserte das Bild, das vermutlich ein Spieler mit seinem Handy aufgenommen hatte. Coco, der entführte Wachhund von Pedro Ramirez war doch ein Deutscher Schäferhund gewesen, erinnerte sich Natalie. Wäre es möglich …

Gypsydancer hob den Kopf und wieherte.

«Alles okay, mein Süsser?» Natalie legte das Handy auf den Tisch und stand auf.

Der Wallach wirbelte herum, trabte davon und verschwand

auf der Rückseite der Villa. Natalie ging ihm nach, entschlossen, der Aufregung des Pferdes auf den Grund zu gehen.

***

Dr. Julia Weisshaar versuchte sich als Friedensrichterin. Saras Hand lag am Holster ihrer Dienstwaffe. Der Streit, der zwischen Betty und Zach ausgebrochen war, eskalierte. Hier ging es nicht darum, einen Fall zu lösen, hier ging es um Macht, die weder Zach noch Betty abgeben wollten. Zwischen ihnen stand Julia und schwenkte die weisse Flagge in Form eines Papieres. «Das ist der Beweis», beteuerte sie. «Bei uns im Labor lagerte nur eine Dosis des Tollwuterregers, und die wurde versiegelt bei Harri sichergestellt, was die Chargennummer beweist. Alle unsere Versuchstiere stammen aus Schweizer Zuchten. Coco muss sich woanders angesteckt haben. Es kommt vor, dass Touristen aus tollwutgefährdeten Ländern Katzen oder Hunde in die Schweiz schmuggeln und somit auch den Erreger. Auf diese Art könnte er sich das Virus eingefangen haben.»

Betty hob mahnend ihren Zeigefinger. «Zufälle gibt es, aber nicht solche. Da hatten wir seit Jahren keinen Fall von Tollwut mehr, bei Rivoli wird eingebrochen, und vier Wochen später haben wir einen Wachhund und ein Pferd mit Rabies? Ich will die Originaldokumente sehen, welche belegen, wann und wie viele Dosen des Virus Rivoli in den letzten zwei Jahren eingekauft hat. Der Computerausdruck Ihres Warenlagers reicht mir nicht.»

Julia seufzte und wandte sich an Zach. «Soll ich veranlassen, dass die Bestellungen und Lieferpapiere aus dem Archiv herausgesucht werden?»

Zach, der mit aufgestützten Fäusten über seinem Arbeitstisch stand, sagte: «Mach das. Eine Wahl haben wir ja nicht. Aber ich sage Ihnen gleich, dass Sie nichts finden werden.»

«Moment», mischte sich Sara ein. «Niemand sucht die Unterlagen heraus, wenn nicht ein Mann von meinem Team dabei ist.»

«Das Archiv ist im Keller», erklärte Julia.

Sara griff nach ihrem Handy und wählte Rizzos Direktnummer. Sie zog sich in den Flur zurück. «Hör zu», meldete sie sich ohne eine Floskel der Begrüssung. «Komm zu Rivoli, umgehend. Ich brauch hier einen italienischen Macho, der Rosanna Moretti umgarnt. Dich kennt sie bereits. Geh mit ihr in den Keller.»

«Ich soll mit ihr in den Keller?», fragte Rizzo bestürzt.

«Geh mit ihr ins Archiv und suche alle Unterlagen heraus, die mit dem Tollwuterreger zu tun haben, Bestellungen, Lieferscheine, Rechnungen. Wir gleichen sie danach mit den Daten im System bei Rivoli und bei den Lieferanten ab. Wetten, da gibt es Unstimmigkeiten. Aber schau der Signora auf die Finger, nicht dass sie etwas vor uns verbirgt. Und frage sie über Harri Krieger aus. Scheint, als mag sie ihn mehr, als gut ist.»

«Moretti behauptet, seinen Ausweis nie in ihrem Büro vorgefunden zu haben», sagte Rizzo.

«So ist es. Moretti hat ein schlechtes Gewissen, das fühle ich. Sag Bolander, er soll sie unter die Lupe nehmen. Oh, unsere Verdächtige kommt gerade auf mich zu.» Sara legte auf.

Moretti trug ein Tablett mit Kaffee in der Hand. «Ich dachte, Sie könnten etwas Koffein gebrauchen?», sagte sie fast entschuldigend.

Das, oder du willst wissen, worüber wir in Zachs Büro streiten. «Wie aufmerksam», sagte Sara. Wenn sie wollte, konnte sie Freundlichkeit durchaus vortäuschen. Sie nahm der Sekretärin das Tablett ab. «Wie verkraften Sie die Sache hier? Kannten Sie Ramirez gut?»

«Ein wenig. Wir haben uns nicht oft gesehen. Der arme Coco tut mir leid. Hat man den Hund gefunden?»

Sieh an. Das Wohl des Hundes lag ihr mehr am Herzen als der Tod seines Herrn. Waren Menschen nicht seltsam? «Sie mögen Tiere?»

«Oh ja, ich habe selbst zwei Hunde und eine Katze zu Hause.»

«Sie lieben Tiere und arbeiten in einem Labor, in dem Tierversuche durchgeführt werden?»

Moretti atmete tief durch. «Ja, das ist manchmal schwer, aber es muss sein, schätze ich. Rivoli hält sich genau an die gesetzlichen Vorschriften und minimiert Tierversuche so weit wie möglich. Das bestätigte mir auch die externe Tierärztin, die regelmässig vorbeischaut.»

«Interessant. Eine externe Tierärztin schaut vorbei?»

«Ja, Dr. Berisha. Zach will von ihr, nebst den behördlichen Kontrollen, vierteljährlich ein unabhängiges Gutachten, dass es seinen Versuchstieren entsprechend gut geht. Sie ist toll in ihrem Job. Ich bringe meine Hunde und die Katze auch zu ihr, wenn ihnen etwas fehlt.»

Sara zog einen Notizblock aus der Hosentasche und notierte sich den Namen. «Dr. Berisha, sagen Sie. Vorname?»

«Ähm, Violeta. Genau. Dr. Violeta Berisha. Ihre Praxis ist in Risch.»

Sara starrte auf den Namen. Woher kannte sie den bloss? Sie war sich sicher, ihn zuvor schon gehört zu haben, konnte ihn aber nicht zuordnen.

***

«Zopf zum Frühstück?» Rico kraulte den Widerrist seines Wallachs, der dabei genüsslich den Kopf nach vorn streckte und das Maul zu einer komischen Grimasse verzog. «Dass du dich bloss nicht an das luxuriöse Leben in einer Villa gewöhnst, alter Knabe.»

Natalie stand etwas abseits und bewunderte die beiden. Sie schienen echte Freunde zu sein. Ein Traumpaar. Beschämt schaute sie zu Boden, als sie den Anflug von Eifersucht zurückdrängte. Am meisten beneidete sie Rico um seine Freiheit. Er lebte sein Leben, wie es ihm gefiel, ritt durch die Gegend, arbeitete, was er wollte, und schlief, wo es ihn hinzog. Er war kein Gefangener im eigenen Körper, der ihn an seinen Träumen hinderte.

«Was geht in deinem schönen Kopf vor?», fragte er und strahlte sie an.

Sie blickte auf. Er stand direkt vor ihr. Natalie war gross gewachsen, aber Rico war mehr als einen Kopf grösser als sie. Er musste fast eins neunzig sein. Seine schulterlangen hellbraunen Haare hatte er am Hinterkopf zusammengebunden. Er trug eine alte Jeans und ein braunes Hemd, das ein paarmal zu oft gewaschen worden war. Eigentlich gab es wenig an ihm, das ihn attraktiv machte, dennoch war er schön, dachte Natalie, auf seine Art. Er wirkte verwegen, war ein Abenteurer, ein Einzelgänger, ein wilder Typ auf eine romantische Art und Weise. Das war es, was ihn attraktiv machte. Sie zeigte auf seine rechte Schläfe. «Woher hast du die?» Die Narbe war bestimmt zehn Zentimeter lang und schlecht verheilt.

«Du interessierst dich für meine Narbe?» Er lächelte.

«Etwas, das wir teilen. Ich habe viele davon.»

«Die Narbe ist ein Teil von mir.»

Waren das ihre Narben auch? Natalie hasste die ihren.

Rico ging vor und setzte sich unter die Platane. Er klopfte mit der Hand auf den Rasen neben sich. Zögernd setzte sich Natalie hin.

«Ich habe mit dem Mistkerl gekämpft, der sich an meiner Schwester vergehen wollte», erklärte Rico.

Natalie schluckte. Mit dieser Antwort hatte sie nicht gerechnet. «Deine Schwester …»

«Sie kam mit dem Schrecken davon, ich mit der Narbe und das Arschloch – sprechen wir nicht darüber.» Er nahm ihre einbandagierte Hand. «Was ist mit dir? Tom hat mir erzählt, du seist ein Schmetterlingskind.»

«Er redet mit dir über mich? Das ist –»

«Nicht wütend werden. Ich habe gefragt und musste dreimal nachhaken, ehe ich ihm etwas über dich entlocken konnte. Ich bin ein neugieriger Typ, daran musst du dich gewöhnen, wenn wir Freunde werden sollen.»

Freunde? Natalie brachte kein Wort heraus. Es kam so gut wie nie vor, dass sie ein Fremder, und das war Rico, direkt auf ihre Krankheit ansprach. Es kam überhaupt nie vor, dass ein Fremder ihr Freund sein wollte, mit Ausnahme von Tom vielleicht.

«Also? Was treibst du den guten, langen Tag? Tom erzählte, du hast eine Hilfsorganisation gegründet?»

Tom war eine Klatschtante. Natalie musste ihm das austreiben. Wo steckte er?

Der Mischlingshund legte sich neben Rico und liess sich von ihm hinter den Ohren kraulen. «In deinem Zimmer sollen vier echte Helden stehen. Die musst du mir zeigen. Ich mag Superhelden, habe alle Comics verschlungen, Batman, Superman, Wonder Woman – die mochte ich am liebsten, die kannte keine Gnade bei den Schurken, wenn sie ihre Peitsche schwang.»

Natalie starrte Rico entgeistert an.

Er grinste. «Du hast dich letzten Sommer als Wonder Woman geoutet. Tom hat von dir geschwärmt. Du hast es den miesen Bösewichten echt gezeigt und Tom das Leben gerettet. Wow!»

Natalie wollte etwas sagen, aber aus ihrem offenen Mund kam kein Laut. Was bildete sich dieser Zigeuner ein? Sie kannte ihn kaum, und er schien alles über sie zu wissen. Tom würde aus dieser Sache nicht ohne Narbe davonkommen, auch wenn er von ihr geschwärmt hatte. Hatte er das wirklich?

Rico schaute ihr direkt in die Augen. «Weshalb habe ich das Gefühl, dass unser Gespräch etwas einseitig verläuft?»

Natalie musste wegschauen und verschränkte die Arme vor der Brust. «Du redest zu viel.»

«Schätze, das tun Einzelgänger, wenn sie sich in angenehmer Gesellschaft befinden. Gypsydancer und Boomer sind schreckliche Gesprächspartner.»

«Woher kennst du Tom?»

«Wir haben uns vor Jahren auf einer Baustelle kennengelernt. War ein Aushilfsjob, für beide von uns. Ein paar Dosen Bier, und wir wurden Freunde.»

«Weshalb habt ihr euch aus den Augen verloren?»

«Die Geschichte ist kompliziert. Meine Schwester ist nicht unschuldig daran.»

Tom und Ricos Schwester? Natalie traute sich nicht, zu fragen, ob da etwas lief. Vielleicht wollte sie einfach die Antwort nicht wissen. Tom musste damals verheiratet gewesen sein. «Erzähl mir von deiner Familie», sagte sie stattdessen.

«Lustig ist das Zigeunerleben …» Rico seufzte. «Sprich meine Sippe nie als Zigeuner an, das mögen sie nicht. Ich schon, denn das bin ich. Ein Zigeuner. Klingt romantisch.»

Doch ein Romantiker.

«Wir sind Jenische. Die meisten von uns leben aber bereits sesshaft in der Ostschweiz und ziehen nur im Sommer in den Wohnwagen durchs Land.»

«Und du?»

«Im Winter verkrieche ich mich bei Oma. Sie hat ein kleines Haus etwas abseits von den anderen und ist verschwiegen genug, meinem Vater nicht zu erzählen, dass ich bei ihr unterkomme.»

«Was ist zwischen dir und deinem Vater vorgefallen?»

«Familienstreit. Er mag meinen Lebenswandel nicht. Seiner Meinung nach sollte ich das traditionelle Leben der Jenischen weiterführen. Ich bin lieber ein unabhängiger Zigeuner.»

«Und deine Schwester?»

«Meine kleine Schwester? Sie ist mein Seelenzwilling. Sie war die Jahre nach dem – Vorfall», er zeigte auf seine Narbe an der Schläfe, «im Ausland. Sie ist die einzige Vernünftige in der Familie, hat einen anständigen Beruf gelernt und lebt jetzt in Frauenfeld.»

«Hast du Kontakt zu ihr?»

«Wenig.»

«Wenig? Obwohl sie dein Seelenzwilling ist?»

Rico stand auf. Zum ersten Mal schien er nicht in Plauderlaune. Er stiess einen leisen Pfiff aus, und Gypsydancer trottete sofort auf ihn zu. Er strich dem Pferd liebevoll über den Hals. Konnte es sein, dass sie eifersüchtig auf ein Pferd war? Umständlich stand sie auf, mit ihren einbandagierten

Füssen und Händen kein einfaches Unterfangen. Rico stand sofort neben ihr, fasste sie um die Taille und half ihr hoch. Berührungsängste schien er keine zu kennen. Natalies Hintern schmerzte vom Sitzen auf dem trockenen Rasen. Sie hoffte, den Schmerz gut genug kaschiert zu haben, damit er es nicht bemerkte.

Er bemerkte es. «Ich hätte dir ein Kissen bringen sollen.»

«Behandle du mich nicht auch wie eine Prinzessin auf der Erbse», sagte sie viel zu schnippisch und bereute ihre Worte sofort.

Er liess ihre Taille nicht los, im Gegenteil, er zog sie etwas näher zu sich. «Du hast recht. Statt eines Kissens hätte ich dir eine Peitsche mitbringen sollen, die passt besser zu Wonder Woman.»

Frecher Kerl!

***

Sara sass lange auf der Toilette. Sie hatte einen Rückzugsort gebraucht. Auf das Streitgespräch zwischen Betty und Zach konnte sie verzichten. Was an ihr nagte, war ein Name: Violeta Berisha. Woher kannte sie den bloss? Es liess ihr keine Ruhe. Sie hatte die Tierärztin bereits im Netz aufgesucht: gepflegte Website, freundliches Gesicht, sauberer Lebenslauf, lächelndes Team. Wo war der Haken?

Sara stand auf und drückte die Spülung. Die Toilette bei Rivoli war grösser als ihr Badezimmer zu Hause. Sie trat hinaus. Einen Moment starrte sie ihr Spiegelbild an, wusch sich gründlich die Hände und seufzte. Auf dem schmucken, gläsernen Beistelltisch standen Dinge, die Frauen auf der Toilette liebten: einige Flacons Parfum, ein Deodorant, Feuchttücher, Tampons. Sie griff nach einem Deo und sprühte sich grosszügig den blumigen Duft unter die Achseln. Violeta Berisha, wiederholte sie in Gedanken den Namen und spielte dabei mit der Sprühflasche des Deos. Ihr Blick fiel auf ein Symbol, ein kleiner Hase. Hergestellt ohne Tierversuche stand darunter.

Welche Ironie, dieses Deo in einem Labor vorzufinden, in dem Tierversuche durchgeführt wurden.

Sara stutzte plötzlich. Natürlich! Jetzt wusste sie, woher sie den Namen Violeta Berisha kannte. Sie stürmte aus der Toilette und zurück in Zachs Büro, das Deodorant in der Hand. «Betty, das hier ist vergeudete Zeit. Wir müssen weiter.»

Es war nicht einfach gewesen, sie um die Mittagszeit ausfindig zu machen. Die Tierarztpraxis, wo Linn De Luca arbeitete, war bereits geschlossen und öffnete erst wieder um vierzehn Uhr. Sara wollte nicht warten. Die Praxis lag an der Industriestrasse, gleich hinter der Metalli. Weit konnte Linn nicht sein. Zusammen mit Betty suchte sie das Gelände rund um die Einkaufs-Allee ab. Sie fanden sie schliesslich auf einer Sitzbank im Zentrum, ein Joghurt in der Hand und einen Becher Kaffee neben sich. Vertieft blätterte sie in einem Modemagazin. Tierliebe schützte nicht vor High Fashion.

«Der neueste Trend?», fragte Sara und setzte sich neben Linn. «Strandoutfit mit Pelzkragen?» Sie tippte auf ein Foto, das ein Modell am Strand zeigte, mit rotem Bikini, goldenen High Heels und einer cremefarbenen, offenen Seidenbluse mit Pelzkragen.

Linn blickte zwischen Sara und Betty hin und her und wirkte eher genervt als eingeschüchtert. «Was wollen Sie?»

«Die Wahrheit, die Sie uns verschwiegen haben», sagte Sara. «Sie haben eine Verbindung zu Rivoli Biotech Analytics.»

«Nein. Habe ich nicht.»

«Sie haben bis letzten Winter in der Tierarztpraxis von Dr. Violeta Berisha gearbeitet. So steht es in Ihrem Lebenslauf, der uns vorliegt.»

«Ja. Und?»

War das Mädchen dumm, oder stellte sie sich nur blöd? Wenn ja, dann tat sie das geschickt. «Dr. Violeta Berisha ist die Tierärztin bei Rivoli.»

«Was hat das mit mir zu tun? Ich ging da nie hin. Sie brauchte mich bei Rivoli nicht. Oder besser gesagt, Rivoli war streng, was die Zutrittsberechtigung anging. Dr. Berisha durfte keine Tierarzthelferin mitnehmen. Weshalb auch? Sie machte nur Kontrollen, oder glauben Sie, Rivoli hat einen Tierarzt gerufen, wenn eines der Tiere wegen eines Versuches am Krepieren war?»

Betty lehnte sich an den Baum und zündete sich eine Zigarette an. «Weshalb haben Sie bei Dr. Berisha gekündigt?»

Linn lächelte zynisch, ihre hypnotischen Augen auf Sara gerichtet. «Weil Dr. Berisha sich mehr um ihr gut gefülltes Bankkonto kümmerte als um das Wohl der Tiere. Sie zog es vor, einem fünfzehn Jahre alten Dackel ein neues Hüftgelenk zu implantieren, statt ihn von seinen Qualen zu erlösen. Weshalb? Weil eine einzige Spritze im Vergleich zu einer langen Operation mit teurem Implantat und Folgeuntersuchungen nicht rentabel war. Ja, ich bin Tierschützerin. Aber Tierliebe bedeutet nicht, um jeden Preis das Leben eines Tieres zu verlängern.»

In diesem Punkt musste Sara ihr stillschweigend zustimmen. «Was wissen Sie über Dr. Berisha und ihre Beziehung zu Rivoli?»

«Nicht viel. Sie führte dort regelmässig Kontrollen durch. Für ihre Berichte zahlte Rivoli gutes Geld. Ich habe jeweils die Rechnungen geschrieben.»

«Bot Dr. Berisha ihre unabhängigen Gutachten bei anderen Labors an?»

«Nein.»

«Weshalb Rivoli?»

«Ich glaube, sie kannte Dr. Weisshaar aus der Studienzeit.»

So viel zu einem unabhängigen Gutachten. Das war weniger wert als das Papier, auf dem es geschrieben stand. Konnte sich dahinter das Motiv verstecken? Stimmte mit den Tieren, die für die Versuche genutzt wurden, etwas nicht? Ein völlig neues Fenster öffnete sich. War der Einbruch eine interne Sache? Wollte Rivoli etwas vertuschen und hatte ein Schauspiel inszeniert? In diesem Fall wäre Harri der perfekte Sündenbock. «Was sagt Ihnen der Name Harri Krieger?»

«Nichts.»

«Wild ’n Free Animal Rescue», sagte Betty und blies Rauch aus ihren Lungen. «Ich habe davon gehört. Eher radikal, Ihre Organisation.»

«Aber weder illegal noch kriminell.» Linn griff nach dem Becher Kaffee. Sie war sich ihrer Sache sicher.

«Was wissen Sie über Tollwut?», fragte Betty harsch.

«Sie sprechen von dem Hund, der die Golfer angegriffen hat? Es war in den News.» Sie nippte an dem Kaffee.

«Der Hund gehörte zu Rivoli», sagte Betty und warf den Zigarettenstummel zu Boden.

Bei den Worten verschluckte sich Linn und hustete kräftig.

Sara lehnte sich zurück und beobachtete die junge Frau genau. Ein hübsches, temperamentvolles Ding. Für Saras Geschmack war sie eine Spur zu arrogant, aber der äussere Eindruck konnte täuschen. «Sieht so aus, als hätten die Diebe nicht nur die Tiere befreit, sondern ein Virus freigesetzt, das in der Schweiz als ausgerottet gilt. Das ist sicher nicht im Sinn von Tierschützern.»

Bettys Handy klingelte im dümmsten Moment und rettete Linn vor einer Antwort. Betty nahm den Anruf entgegen und entfernte sich einige Schritte. Als sie zurückkam, war ihr Blick ernst. «Das war Dr. Steiner. Die Hirnzellenanalyse von Spirit ist positiv ausgefallen.»

«Mist!», rief Sara aus, stand auf und zeigte mit den Fingern auf Linn. «Da hat jemand den Teufel aus der Hölle gelassen, als er bei Rivoli einbrach. Vielleicht wollten die Täter die Tiere befreien, aber sie haben letztlich eine Seuche freigesetzt, die vermutlich für viele arme Kreaturen einen qualvollen Tod bedeutet.» Mit diesen Worten liess Sara Linn De Luca auf der Parkbank zurück. Sie glaubte nicht, dass die junge Frau schuldig war. Wenn doch, hatte sie sie mit diesen Worten aufgescheucht. Sie beschloss, Bolander auf De Luca anzusetzen. Er sollte sie im Auge behalten.

ZEHN

Harri sass an diesem Dienstagmorgen im Arbeitszimmer und starrte auf den Monitor seines Computers. Natalie schlich zu ihm und drückte ihm einen Kuss auf die Wange. «Was machst du?»

Harri strich ihr über den Rücken, als sie sich auf seinen Schoss setzte. Das hatte sie schon als Kind geliebt. «Bereits der zweite Fall», sagte er. «Es ist heute Morgen überall in den Nachrichten.»

«Was?»

«Der zweite Fall von Tollwut. Erst der Hund, jetzt ein Pferd.»

«Zufall?», fragte Natalie. «Der Erreger kann mit einem infizierten Tier vom Ausland eingeschleppt worden sein.»

«Zufall? Ausgerechnet jetzt bricht die Seuche aus? Schon vergessen, die Polizei hat bei mir im Arbeitszimmer den Erreger beschlagnahmt. Das kommt auf mich zurück.»

«Aber du bist unschuldig.»

«Aber dumm genug, mir die Viren unterjubeln zu lassen. Das ist mein Fehler.»

Natalie stand auf. «Paps, denk nach. Wer bei Rivoli hat es auf dich abgesehen? Was ist mit Weisshaar?»

«Julia? Niemals. Wir waren gute Arbeitskollegen.»

«Ha! Ich mag ja unerfahren sein, was die Liebe betrifft, aber ich fresse einen Besen, wenn die nicht auf dich steht. Eifersucht ist ein gutes Motiv.»

«Eifersucht?»

«Weil du Rebecca geheiratet hast und Rivoli verlässt.»

Harri starrte Natalie einen Moment irritiert an. Dann grinste er. «Eifersucht? Ich habe dich gestern mit diesem Rico gesehen. Magst du den Vagabunden, oder ist das nur eine Taktik von dir, Tom eifersüchtig zu machen?»

«Paps!»

«Sei vorsichtig. Tom ist ein anständiger Kerl, aber er ist zu alt für dich. Und dieser Rico, dem traue ich nicht über den Weg. Wir wissen nichts über ihn. Was will er eigentlich hier?»

«Er besucht Tom. Sie sind alte Freunde.»

«Wenn er Tom besucht, weshalb lungert er ständig bei uns herum?» Harri zeigte aus dem Fenster. Rico ritt gerade auf Gypsydancer durch das Tor auf den Vorplatz der Villa.

«Oh.» Mehr wusste Natalie nicht zu sagen. Ihr Herz machte einen gewaltigen Hopser. Rico war hier!

***

«Was will er?», fragte Sara und drückte Rizzo ihren Aktenstapel in die Hand. Sie wollte hoch ins grosse Sitzungszimmer, als Rizzo ihr den unerwarteten Besucher angekündigt hatte.

«Er kann uns helfen, ist bereits oben, bei den anderen.»

«Ich brauche ihn nicht.»

«Wir sind unterbesetzt. Und er ist gut, das weisst du. Lind hat sein Einverständnis gegeben. Wir brauchen in diesem Fall die Unterstützung von aussen. Das Sitzungszimmer ist bereits voll. Betty hat eine halbe Armee zusammengetrommelt. Sie übertreibt, wenn du mich fragst. Aber egal, zwischen all den Jägern, Förstern und Tierärzten fällt Tom nicht weiter auf. Er mischt sich als neutraler Beobachter unters Volk und hört sich um. Eine gute Idee, wie ich finde.»

Sara hatte keine Lust auf die anstehende Sitzung. Sie mochte ihr kleines eingespieltes Team. Ändern konnte sie daran nichts mehr. Sie marschierte los.

Rund dreissig Personen warteten auf sie. Sara kannte kaum jemanden. Sie war froh, dass Betty die Leitung übernahm, und hielt sich im Hintergrund. Hier ging es nicht um den Einbruch bei Rivoli, hier ging es darum, den Ausbruch einer Seuche zu verhindern. Betty klärte die Anwesenden über den Stand der Dinge auf, was Sara die Zeit gab, sich jedes Gesicht einzuprägen.

Am Fenster sass eine Gruppe Männer, unter denen Sara Max

Hofmeister ausmachte. Das mussten die Jäger sein. Hinten hatte ihr Team der Zuger Polizei Platz genommen, daneben, das mussten die Tierärzte sein. Sara entdeckte Dr. Steiner. An der linken Seite sassen demzufolge die Beamten des Amtes für Wald und Wild. Tom stand in der hinteren Ecke und hörte aufmerksam Bettys Vortrag zu. Vorne am Tisch sass Lind und machte sich fleissig Notizen, als Betty die Anwesenden über ihren Plan aufklärte, die Seuche aufzuhalten, bevor sie überhandnahm. Auf Bundesebene arbeitete man bereits daran, erneut Impfköder zu produzieren, wie damals in den Neunzigern, als man mit dem Impfstoff präparierte Hühnerköpfe im Wald streute.

«Haben Sie eine Idee, wie sich die beiden Tiere angesteckt haben?», fragte ein bärtiger Mann, der an der Wand sass. Sara entnahm seiner Karte, die jeder Anwesende um den Hals tragen musste, dass er Heinrich hiess und Förster war.

«Nein», antwortete Betty. «Das ist ein grosses Rätsel. Weder der Hund noch das Pferd wiesen Bisswunden auf. Sie müssen auf andere Art durch ein krankes Tier angesteckt worden sein. Gut möglich, dass das Wirtstier zu diesem Zeitpunkt keine Symptome aufwies.»

«Wir haben es demnach mit mindestens drei Fällen zu tun?», fragte einer der Jäger.

«Mindestens. Ich befürchte jedoch, dass die Zahl höher liegt.»

«Könnte eine andere Quelle die Ursache für den Ausbruch der Seuche sein?» Die Frage stellte einer der Tierärzte.

Sara hatte gehofft, dass diese Frage nicht gestellt würde. Sie wollte den Rivoli-Fall möglichst raushalten.

«Unwahrscheinlich», sagte Betty ohne Zögern. Die Antwort hatten sie beide vorher abgesprochen. «Wir arbeiten daran, den Besitzer des Hundes ausfindig zu machen. Leider war sein Chip unlesbar. Wir vermuten, dass er aus der Gegend des Reithofes in Neuhof kommen muss.»

Gut gelogen, dachte Sara und blickte dabei in die Gesichter der Anwesenden. Sie schienen Betty die falsche Wahrheit abzukaufen, bis auf Hofmeister natürlich, der Bescheid wusste und Sara unauffällig zuzwinkerte. Sie hatte ihn vor der Sitzung um Verschwiegenheit gebeten.

«Unsere Laboranalysen haben ergeben», fuhr Betty fort, «dass beide Tiere an dem gleichen Virenstamm erkrankt sind. Ein Virenstamm, der von einem Hund aus Osteuropa stammt, was nicht ungewöhnlich ist.»

Sara wusste bereits von Betty, dass es genau dieser Virenstamm war, der bei Rivoli gelagert wurde.

«In beiden bestätigten Fällen handelt es sich um Haustiere, nicht um Wild. Das ist seltsam.» Der Einwand einer der Jäger war berechtigt.

Betty stützte ihre Hände in die Hüften. «Deshalb sind Sie hier, meine Herrschaften. Auf Bundesebene arbeiten wir an dem Fall und stehen mit den angrenzenden Kantonen in Kontakt. Wichtig ist, dass Sie auf die Tollwut sensibilisiert werden. Wir empfehlen allen, die eng mit Tieren arbeiten, sich prophylaktisch gegen Tollwut impfen zu lassen.»

Während Betty über die Tollwut aufklärte, entdeckte Sara ein Gesicht, das sie von Fotos kannte: Dr. Violeta Berisha war ebenfalls hier, sass mit einem Pokerface auf ihrem Stuhl.

Hofmeister meldete sich zu Wort: «Wird von den Behörden das Wild bei Verdacht auf Tollwut zum Abschuss freigegeben? Die Jagdsaison beginnt erst in Kürze.»

«Ja, für Jäger sind kranke Tiere zum Abschuss freigegeben», sagte Betty. «Jeder Verdacht muss sofort gemeldet werden, und die erlegten Tiere sind uns unverzüglich zu überstellen. Sollte einer der Tierärzte mit einem erkrankten Haustier in Kontakt kommen, ist es, wenn möglich, lebend der Tollwutzentrale in Bern für weitere Tests zu übergeben. Nebst der Eindämmung ist das Finden der Quelle ausschlaggebend.»

«Wie erklären wir den Ausbruch der Seuche gegenüber der Bevölkerung?», meldete sich ein Tierarzt zu Wort. «Die Medien kennen kein anderes Thema mehr. Die Menschen haben Angst. Was sagen wir ihnen?»

Lind antwortete: «Wir werden heute Nachmittag eine Medienkonferenz abhalten. Für die Zuger besteht im Augenblick kein Grund zur Panik. Sollten sie aber von Tieren gebissen werden, ist es ratsam, gleich einen Arzt aufzusuchen. Im Wald sollten sie die Waldwege nicht verlassen und sich von zutraulichen Wildtieren fernhalten.»

Ein junger, kräftiger Mann meldete sich zu Wort. «Wir Förster arbeiten im Wald. Welche Gefahr besteht für uns?»

«Die Gefahr, auf der Heimfahrt in einen Autounfall verwickelt zu werden, ist zum jetzigen Zeitpunkt grösser als die Wahrscheinlichkeit, von einem tollwütigen Fuchs angegriffen zu werden», sagte Betty. «Dennoch helfen gute Schuhe und lange Hosen und zur Verteidigung ein Stock in der Hand. Tollwütige Tiere sind zwar in ihrem Wahn oft aggressiv, aber körperlich schwach, ihre Bewegungen unkoordiniert und schwankend. Sie sind leicht zu überwältigen. Es sind keine wilden Bestien, die Sie angreifen werden, es sind leidende, arme Kreaturen, die vor Schmerzen in den Wahn getrieben werden. Das vergisst man oft. Herr Hofmeister konnte den Schäferhund mit einem gezielten Schlag mit seinem Golfschläger leicht ausser Gefecht setzen. Bei einem gesunden Hund, der ihn hätte angreifen wollen, wäre dies schwieriger gewesen.»

Die Fragerunde zog sich in die Länge. Es war bereits nach zehn Uhr, als Betty endlich die Anwesenden mit einem beachtlichen Stapel Informationsmaterial in der Hand entliess. Zurück blieben Lind, Bolander, Rizzo und Tom. Betty lud sie zu einem Kaffee draussen im Garten der Kantine ein.

«Ich habe Dr. Berisha genau beobachtet», sagte Sara. «Keine aussergewöhnliche Regung. Nichts. Sollte sie mit dem Fall bei Rivoli zu tun haben, dann hat sie ihre Nerven im Griff.»

«Mir gefällt nicht, dass uns der Ausbruch der Seuche zu sehr von Rivoli ablenkt», sagte Lind. «Wir haben einen Fall von Einbruch mit Todesfolge auf dem Tisch liegen, bei dem wir seit einem Monat nicht weiterkommen. Konzentrieren wir uns wieder darauf.»

«Du denkst, der Ausbruch der Tollwut und der Einbruch bei Rivoli hängen nicht zusammen?», fragte Bolander.

«Rivoli ist unsere Quelle, das konnte Betty ja mittlerweile beweisen», entgegnete Sara. «Wir sollten Harri Krieger nicht aus den Augen lassen. Er ist der Schlüssel zu dem Fall, egal, ob schuldig oder nicht. Irgendwie steckt er mit drin.»

«Und wenn es nicht Harri ist?», fragte Tom.

«Du denkst an Natalie?», fragte Rizzo.

«Wir wissen alle, dass sie im Untergrund einige düstere Geheimnisse ausgräbt. Vielleicht ist sie, ohne es zu wissen, auf etwas gestossen. Seit ihr Harri verhaftet habt, ist sie abgelenkt und hat sich kaum ihrer Organisation Kipekapeka gewidmet.»

Sara konnte sich gut an den Fall letzten Sommer erinnern, wie sie das Wort Kipekapeka auf der Innenseite des grossen Zehs ihres Opfers gefunden hatte. Kipekapeka war damals der Schlüssel gewesen. Konnte er es auch in diesem Fall sein? «Ich werde bei den Kriegers vorbeischauen», beschloss Sara. «Rizzo, ich will, dass du nochmals Rivoli einen Besuch abstattest. Schleuse dich zu einem Kaffeekränzchen bei den Damen des Empfangs und im Büro ein. Klatsch und Tratsch will ich, wer mit wem, was und wo. Ich will wissen, ob jemand gemobbt wurde, ob es Affären gab oder andere düstere Geheimnisse, von denen wir nichts wissen. Nutz deinen Charme. Du hast freie Hand.»

«Du klingst wie mein Zuhälter», knurrte Rizzo, wenig begeistert über seine Aufgabe.

Sara ignorierte seinen Einwand. «Bolander, du mischst dich unter die Jäger. Sprich mit Hofmeister erneut über den Vorfall auf dem Golfplatz. Vielleicht fällt ihm ein wichtiges Detail ein. Irgendwoher muss Coco ja gekommen sein. Und bleib an der Tierschützerin Linn De Luca dran. Mit der stimmt was nicht.»

«Ich trete mit den Tierärzten in Kontakt», sagte Betty und kam geschickt Saras Befehl zuvor. «Als Tierarztkollegin werde ich ihnen einfacher ein Geheimnis entlocken können, sollten sie etwas mit dem Fall zu tun haben.»

Sara nickte. «Fühle vor allem Dr. Berisha auf den Zahn.» Sie schaute Tom herausfordernd an.

«Lass mich raten», sagte er, «ich soll Holz hacken gehen? Es bleibt nur die Gilde der Förster übrig.»

Sara grinste. «Schau dich im Wald um.»

«Der Wald ist gross. Willst du mich auf diese Art aus dem Weg haben?»

«So kann ich dich zumindest von Natalie fernhalten, wenn ich mit ihr spreche.»

«Ich warne dich, tritt ihr nicht zu nahe.»

«Du bist nicht mehr ihr Bodyguard.»

«Ich werde sie immer beschützen, das weisst du.»

«Ah, ich verstehe.» Sara trat vor Tom und baute sich vor ihm auf. «Du hast uns den Floh ins Ohr gesetzt, dass Kipekapeka darin verwickelt sein könnte, um Natalie zu schützen. Du willst, dass wir ein Auge auf sie haben, damit sie sich nicht wieder wie letzten Sommer unbemerkt in Gefahr begibt.»

«Was ist das für ein Ding, das zwischen euch dreien läuft?», fragte Lind spitzbübisch und spielte mit der Kordel seines bunten Leinenhemdes.

Tom feixte Sara an. «Mich interessiert eher, was zwischen dir und dem jungen Förster läuft. Er hat dich während der Sitzung kaum aus den Augen gelassen. Der scheint auf dich zu stehen.»

Sara blieb kurz der Atem im Hals stecken. Von wem sprach Tom? Warum war ihr das nicht aufgefallen? Sie war nicht der Typ Frau, auf den die Männer ein Auge warfen. Sie war zu maskulin, zu herrisch und zu kühl, als dass die Männer sie auf den ersten Blick anziehend fanden – und meist auch nicht auf den zweiten. «Von wem zum Teufel sprichst du?»

***

«Wir sind ihr entkommen.» Natalie blickte über ihre Schulter zurück und sah, wie der dunkle Wagen durch das Einfahrtstor auf den Vorplatz der Villa fuhr. «Ich habe heute Morgen keine Nerven für dieses Räf.»

«Wer ist sie?», fragte Rico, der Gypsydancer am Zügel führte.

Natalie hielt sich am Sattelhorn fest. Fürsorglich hatte Rico zusätzlich eine Decke über den Westernsattel gelegt, damit sie es bequem hatte. «Sara Jung. Chefin der Zuger Kripo. Die Frau ist kalt wie eine Hundeschnauze.»

Für einmal schwieg Rico, der seinen Wallach im Schritt den Weg hochführte. Natalie atmete tief durch und genoss die herrliche Aussicht auf das Zuger Seebecken. Von Rebecca hatte sie sich eine weisse, weite Baumwollhose ausgeliehen und von Harri ein kariertes Hemd mit langen Ärmeln. Nicht ihr Kleiderstil, aber Reitoutfit hatte sie keines im Schrank, und in Khangas gekleidet konnte sie schlecht im Sattel sitzen. Rico hingegen blieb seinem Stil treu: zerrissene Jeans, ausgelaugtes T-Shirt, Haare zusammengebunden.

«Du kannst sie nicht ausstehen», sagte er beiläufig.

«Wer? Die Jung?»

«Das Räf.» Er sprach das Wort mit so grosser Verachtung aus, dass Natalie stutzte.

«Du kennst sie?»

«Nein.»

Wo war seine Plauderlaune geblieben? War das derselbe Mann, der mit ihr gestern unter der Platane geflirtet hatte? Er hielt den Wallach an und drehte sich zu Natalie um.

«Tom hat mir von ihr erzählt, wie sie euch letzten Sommer das Leben schwer gemacht hat.»

«Ja, hat sie. Sie hat uns aber letztlich das Leben gerettet.»

«Was stört dich an ihr?»

«Sie hat kein Herz, lässt keinen an sich ran.»

Rico ging weiter, und Gypsydancer folgte ihm brav, wie auch Boomer, der freudig japste und im Gras am Wegrand nach Spuren von Artgenossen schnüffelte.

Natalie genoss das sanfte Schaukeln. Es war ein Gefühl, als hätte sie gesunde, starke Beine.

«Was weisst du über die Jung?», fragte Rico nach ein paar Minuten. Offenbar war sie in seinem Gedächtnis haften geblieben. «Über ihr Privatleben, ihre Vergangenheit?»

Natalie musste nicht lange überlegen. «Nichts. Tom kennt

sie besser. Frag ihn. Aber warum interessierst du dich für sie?»

«Keine Ahnung. Ist so ein Gefühl, dass ich sie von früher kenne. Ich weiss nur nicht, woher. Ich habe vor einem Monat einen Bericht in der Zeitung gelesen. Es ging um diesen Einbruch bei Rivoli. Da war ein Bild von ihr gedruckt. Sie kam mir bekannt vor, aber ich kann ihr Gesicht nicht zuordnen. Sollte ich sie kennen, muss das lange zurückliegen.»

Gypsydancer hob den Kopf und röchelte leise. Er musste fühlen, dass Natalie sich verkrampfte. Ihr gefiel das scheinbar belanglose Gespräch nicht. «Sollen wir umkehren? Ich kann dich ihr vorstellen. Könnte sein, dass sie sich an dich erinnert.»

Rico blieb erneut stehen, drehte sich um und legte Natalie seine Hand auf den Oberschenkel. Eine freundschaftliche Berührung, die in ihr einen Sturm der Gefühle auslöste. «Nein», sagte er entschlossen. «Ich will sie nicht treffen, nicht heute. Weiter oben führt der Weg in den Wald. Im Schatten ist es angenehm kühl. Suchen wir uns ein lauschiges Plätzchen und geniessen den Tag. Die Sorgen können warten.»

***

Tom war nach der Sitzung bei der Polizeizentrale nach Hause gefahren, hatte geduscht, sich umgezogen und machte danach kurz halt in seinem kleinen Ausbildungszentrum, das er sich gemietet hatte. Es bestand nur aus einem Raum, den er als Schulungszimmer umgestaltet hatte, und einem Trainingsraum mit Matten auf dem Boden und einigen Boxsäcken, die von der Decke hingen. Duschen und umziehen mussten sich seine Schüler zu Hause, dafür hatte das wenige Geld, das nach der Scheidung noch auf dem Konto lag, und der kleine Kredit, den er aufgenommen hatte, nicht gereicht. Aber Tom war glücklich hier. Sein Ruf war ihm vorausgeeilt, und er hatte in den Kreisen nur herumerzählen müssen, dass er ein Ausbildungszentrum für Personenschützer und Sicherheitsleute eröffnete, und seine Klasse war voll gewesen. Jeweils Montag- und Mittwochabend war Training und jeden zweiten Samstag Theorie. Mit den ersten Kursgebühren hatte er den Kredit bereits zurückzahlen können, und seine Gelegenheitsjobs als Bodyguard, die er annahm, finanzierten ihm seinen bescheidenen Lebenswandel.

Heute war Dienstag. Tom wollte das Training von morgen Abend vorbereiten, einige Mails beantworten und die Buchhaltung nachtragen, bevor er mit dem Förster Charlie Ryser in den Wald fuhr. Er hatte ihn nach der Teamsitzung angesprochen, sich als Journalist für die Zeitung «Schweizer Jäger» ausgegeben und gefragt, ob er ihn an dem Nachmittag in den Wald begleiten könne, um dem Geheimnis der Tollwut auf den Grund zu gehen. Charlie war der Mann gewesen, der Sara genau beobachtet hatte. Zuerst hatte er gezögert, dann aber auf Toms Drängen hin zugesagt. Er wollte am Nachmittag auf dem Rossberg nach dem Rechten sehen. Der Rossberg war eine bewaldete Hügelkette auf der Kantonsgrenze zwischen Zug und Schwyz. Der höchste Punkt war der Wildspitz mit seinen gut fünfzehnhundert Metern. Er bot ein traumhaftes Rundum-Panorama ins Herz der Schweiz. Tom war mehrmals oben gewesen. Unzählige Wanderwege führten hoch.

Tom hatte sich mit Charlie um vierzehn Uhr auf dem Parkplatz bei der Schiessanlage Ägerital in Unterägeri verabredet. Blieb eine Stunde Zeit, bevor Tom losmusste. Die Buchhaltung verschob er auf später. Er war die letzten Tage zu sehr mit Rico beschäftigt gewesen und hatte sich kaum mehr um den Fall bei Rivoli gekümmert. Klar, es war nicht seine Aufgabe, ihn zu lösen, aber der Einbruch liess ihm keine Ruhe, seine Neugier war geweckt. Die Tollwut war der Schlüssel zu dem Fall. Angenommen, eines der Versuchstiere war infiziert gewesen, dann könnte es durchaus sein, dass sich Coco bei seiner Entführung angesteckt hatte, später entwischen konnte und deshalb herrenlos auf dem Golfplatz auftauchte. Wenn dies der Fall war, waren vermutlich auch andere Labortiere krank oder bereits verendet. Waren sie deshalb nicht aufzufinden? Hatten die Täter die gestohlenen Tiere getötet und sie bereits entsorgt? Was, wenn sich die Einbrecher angesteckt hatten?

Ein Puzzleteil passte jedoch nicht ins Bild: das Pferd. Wie kam der Araber mit dem Erreger in Berührung? Der Reitstall lag nicht in der Nähe des Golfplatzes oder des Labors, sondern in Neuheim. Was verband Spirit mit Coco und Rivoli? Tom griff nach dem Telefon und rief Sara an. «Sag mal, steht die Besitzerin von Spirit in einer Beziehung zu Rivoli? Habt ihr sie genauer unter die Lupe genommen?» Es war kurz ruhig auf der anderen Seite der Leitung. Tom deutete dies als ein Nein und schmunzelte zufrieden. «Wie läuft es bei den Kriegers?»

Sara atmete tief durch, bevor sie antwortete: «Erstaunlich gesittet, da Natalie nicht hier ist. Sie ist mit ihrem Freund ausgeritten. Wusstest du, dass sie einen Freund hat?»

Rico, dieses Schlitzohr! Tom würgte seinen Ärger hinunter und verneinte so unbekümmert wie möglich Saras Frage, nicht dass sie auf die Idee kam, in seiner und Ricos Vergangenheit zu schnüffeln.

Eine Stunde später parkierte Tom seinen alten Peugeot auf dem Parkplatz des Schützenhauses in Unterägeri und stieg in den grünen Jeep des Försters ein.

Charlie gab Gas. «Ich muss mir oben auf dem Rossberg einige Lärchen ansehen, die vom Käfer befallen sind und im Winter gefällt werden müssen. Wir markieren heute die kranken Bäume. Ich hoffe, du bist fit für einen Spaziergang in steilem Waldgelände?»

Ein umgänglicher Typ, dachte Tom, hatte gleich auf das Du bestanden. Charlie war braun gebrannt von seiner Arbeit in der freien Natur, gross gewachsen, mit starken Händen, die deutlich mit Adern gezeichnet waren. Seine dunkelblonden Haare trug er an der Seite kurz und oben länger. Dunkle Augenbrauen, gerade Nase und tief liegende Augen markierten sein Gesicht. Tom schätzte ihn auf gut dreissig, zu jung, um auf eine Frau wie Sara zu stehen, die bereits über vierzig war, oder nicht? Tom beschloss, ihn direkt darauf anzusprechen. «Förster ist bestimmt ein romantischer Beruf, auf den die Frauen stehen.»

«Ja, Mann», sagte Charlie. «Meine Freundin steht drauf.» Er grinste breit, wie es eben ein verliebter Mann tat. Was war der Grund, dass er Sara so genau beobachtet hatte, wunderte sich Tom. «Hat dich die Sitzung heute Morgen bei der Polizei nicht auch irritiert? Da läuft ein mieses Spiel, wenn du mich fragst.»

Charlie setzte den Blinker und bog in eine schmale Landstrasse ein, die sie zum Rossberg brachte, vorbei an abgelegenen Höfen und idyllischen Weiden. «Die Chefin der Kripo packt das schon. Sie kniet sich voll rein. Macht Eindruck.» Er schielte zu Tom hinüber, ohne den Kopf zu drehen.

Betty Nikolaidis hatte die Sitzung geleitet, erinnerte sich Tom, Sara hatte kaum etwas gesagt. «Kennst du die Jung?»

«Habe von ihr in der Zeitung gelesen, vor vier Wochen, als bei diesem Labor eingebrochen wurde. Schlimme Sache. Und jetzt diese Tierseuche? Das hängt doch alles zusammen, wenn du mich fragst.»

Gut kombiniert, dachte Tom. «Hattest du zuvor mit der Tollwut zu tun?»

«Nein. Das war vor meiner Zeit.»

Sie verliessen die Landstrasse und bogen in einen Waldweg ein. «Das Waldgebiet unter dem Wildspitz ist mein Revier», sagte Charlie. «Hier kenne ich jeden Baum, jeden Stein und jedes Wildtier.» Einige Minuten fuhren sie schweigend die kurvige Strasse hoch, tiefer in den Wald hinein. Charlie konzentrierte sich auf die holprige Strasse und schien nicht mehr in Plauderlaune. Tom war das ganz recht. Er griff nach seinem Handy und rief Rico an, doch der nahm den Anruf nicht entgegen. Auch bei Natalie hatte er kein Glück. Ein ungutes Gefühl machte sich breit. Sein Freund war kein Umgang für Natalie, wie er es für keine Frau war. Rico meinte es gut, er hatte ein grosses Herz, aber eines mit zu vielen Aussetzern. Ein Schmunzeln huschte über Toms Gesicht, als er an Ricos Schwester denken musste. Er hatte sie seit Jahren nicht gesehen. Sie hatte ihn zweimal in der U-Haft besucht, dann war sie ins Ausland gegangen, aber der Kontakt war nie ganz abgebrochen. An den Geburtstagen und an Weihnachten schrieben sie sich oder telefonierten. Tom erinnerte sich, dass ihr Geburtstagsgeschenk in seiner Wohnung lag. Er sollte sie besuchen. Sie wohnte jetzt in Frauenfeld.

Die Familienverhältnisse der Minders waren kompliziert, was auch der Grund war, weshalb auf Rico kein Verlass war. Er war nicht fähig, sich zu binden, das war sein Problem. Rico war ein Mann für Tage, manchmal Wochen, aber dann kam der Moment, an dem er ohne ein Wort untertauchte. Für Tom war das in Ordnung, er konnte damit leben. Konnte es Natalie? Vielleicht sollte Tom weniger den Bodyguard spielen und einfach als Freund für sie da sein, wenn der Moment kam. Liebeskummer war eine Erfahrung, die jeder Mensch durchmachen musste. Tom steckte das Handy weg und schaute aus dem Fenster. Die wenigen Laubbäume zeigten sich bereits in den schönsten Herbstfarben, doch die dichten Nadelbäume liessen kaum das Tageslicht durch. Eine fast mystische Stimmung entstand.

Tom musste an seine eigene, gescheiterte Liebe denken, eine Liebe, die nur Zerstörung gebracht hatte. Hätte er härter kämpfen sollen? Im Ring hatte er nie gezögert zuzuschlagen, aber er konnte seine eigene Familie nicht in einen Ring führen, nicht seine Töchter. Karo hatte ihm alles genommen, das Geld, das Sorgerecht, aber eines konnte sie nicht: die Liebe seiner Töchter zu ihm zerstören. Die dreizehnjährige Lucy rief ihn täglich an, meist heimlich, weil Karo es nicht erlaubte. Die jüngere Alicia sandte ihm Dutzende von Smileys und Herzchen, wann immer sie konnte. Tom wusste, dass er in seinem Leben zumindest eines richtig gemacht hatte. Er war stolz auf die beiden, auch wenn er sie nur alle zwei Wochen zu sehen bekam. Die Zeit stand auf seiner Seite. In fünf Jahren wurde Lucy achtzehn, dann durfte sie frei entscheiden.

«Endstation», sagte Charlie und parkierte den Wagen am Ende der Waldstrasse. «Das letzte Stück müssen wir zu Fuss gehen. Halte die Augen offen. Da oben gibt es einen Fuchsbau.» Er holte aus dem Kofferraum des Wagens einen Rucksack und schulterte ihn.

Der schmale Trampelpfad führte sie den bewaldeten Hang hoch. Charlie schritt zügig voran, und Tom, der sportlich fit und durchtrainiert war, musste sich sputen, um mit ihm Schritt zu halten. Nach wenigen Minuten wurde das Gelände flacher. Charlie blieb stehen und schaute sich um. Er griff in seinen Rucksack und holte einen Pinsel und einen kleinen Eimer Farbe hervor. Ohne sich um Tom zu kümmern, begann er mit seiner Arbeit, schaute sich die Lärchen genau an, riss manchmal ein Stück Rinde weg und suchte nach Spuren von Schädlingen. Kranke Bäume markierte er mit einem weissen X.

Tom stand daneben und fühlte sich überflüssig. Was zum Kuckuck machte er hier? Was versprachen er und die Polizei sich von einem Ausflug mit dem Förster in den Wald? Er hätte genauso gut allein im Wald joggen gehen können. Die Chance, auf ein tollwütiges Tier zu treffen, war mehr als gering. Es sei denn, die Seuche hatte bereits so weit um sich gegriffen, dass der halbe Wildbestand infiziert war, was Tom stark bezweifelte. Er setzte sich auf einen grossen Ast am Boden und griff wieder zu seinem Handy. Vergeblich. Kein Signal. Er steckte es weg und blickte über die Schulter. Charlie war bereits ein ganzes Stück weiter oben und markierte diverse Bäume. Tom zählte durch, über zehn Kreuze besiegelten den finalen Tod der kranken Tannen oder Lärchen. Traurig. War denn alles verseucht in dieser Gegend?

Eine riesige Ameise kletterte über Toms Hand. Genervt schlug er sie weg.

«Tom!», hörte er Charlie rufen. «Sieh dir das an!»

Tom stand auf und rannte das Stück hoch zu Charlie, der auf den Boden starrte.

«Der Fuchsbau, von dem ich dir erzählt habe. Das ist übel.»

Tom musste kein Profi sein, um zu erkennen, womit er es hier zu tun hatte. Vor seinen Füssen lag ein toter Fuchs. Das Tier sah schrecklich aus, das Fell struppig, die Lefzen hochgezogen, mit getrocknetem Schaum um den Mund. Die Augen waren weit aufgerissen.

Charlie schubste den Kadaver mit dem Schuh an. Das Tier war steif wie ein Brett. «Ist ein bis zwei Tage tot.»

Der Fuchs lag direkt am Eingang zu seinem Bau, ein dunkles Loch, das neben einer kräftigen Baumwurzel unter die Erde führte. Instinktiv wich Tom einen Schritt zurück. Er bekam das ungemütliche Gefühl nicht los, dass er aus dieser Finsternis heraus beobachtet wurde.

ELF

Wenn Blicke töten könnten, würde eine von ihnen nicht überleben. Sie standen sich so nahe, dass Natalie Saras Atem riechen konnte, der sie an Erdbeeren erinnerte. Die Zicke liess nicht locker und war am Nachmittag zurück zur Villa gekommen, nachdem sie Harri schon vor dem Mittag belästigt hatte. Sie bestand darauf, ebenfalls mit Natalie zu sprechen. Jetzt stand sie ihr gegenüber, mit Rico hinter sich als Rückendeckung. Angewidert schnaubte Natalie, wie es Gypsydancer tat, wenn ihm etwas nicht passte. «Sie beschuldigen Paps nicht nur, einen Einbruch begangen und den Nachtwächter erschlagen zu haben, nein, jetzt soll Paps schuld an einer Tierseuche sein? Stecken Sie sich Ihren Furz sonst wohin. Sie haben keinen einzigen Beweis und brauchen bloss einen Sündenbock.»

Harri hatte kurz zuvor das Arbeitszimmer verlassen, zu wütend, um weiterzudiskutieren. Dieses Testosteronweib war zum Kotzen. Sie schmiss mit Beleidigungen und Anschuldigungen um sich, als wäre es die einzige Art, einen Fall zu lösen. «Warum greifen Sie nicht gleich zu den alten Foltermethoden, um ein Geständnis zu erzwingen, hm?» Natalie hob ihre kranken Hände wie eine Boxerin vor ihr Gesicht. «Wenn Sie sich prügeln wollen, legen Sie sich besser mit mir an und lassen Paps in Ruhe. Er ist der beste Mensch auf dieser Welt und tut keiner Fliege etwas zuleide.»

Sara verschränkte die Arme vor der Brust. Sie war nicht bereit, sich einschüchtern zu lassen. «Er tut keiner Fliege etwas zuleide? Aber Mäusen, Ratten und Kaninchen schon?»

«Oh, Sie …!»

Rico schritt ein. Er hatte die ganze Zeit still hinter Natalie gestanden und legte seine warmen Hände auf ihre Schultern. «Verschwinden Sie», drohte er.

«Wer sind Sie noch gleich?»

«Ein Freund», sagte Rico, seine Stimme tief, heiser und

bitterernst. «Geben Sie auf. Das sollte Ihnen nicht schwerfallen.»

«Wie bitte? Ich habe einen Mordfall zu lösen.»

«Sie wollen die Wahrheit um jeden Preis, was?»

«Als Chefin der Kriminalpolizei –»

«Als Mensch! Als Frau. Was wollen Sie?»

Natalie starrte überrascht zu Rico hoch. Was ging da ab? Sein Blick war wild und wütend, er unterschied sich kaum von dem Wahnsinn eines tollwütigen Tieres. Alle seine Muskeln waren angespannt. Natalie befürchtete, dass er sich gleich auf Sara stürzen würde. Wieso? War ihm wieder eingefallen, woher er sie kannte? Hatte sie etwas mit der versuchten Vergewaltigung seiner Schwester zu tun, oder war sie ein Grund für die Narbe an seiner Schläfe? Das hier schien persönlich. «Lass es gut sein. Sie wird gehen», flüsterte sie ihm zu.

«Wir sind hier nicht fertig», bohrte Sara nach. «Ich brauche Ihren Personalausweis.»

Natalie fuhr wieder zu ihr herum. «Das reicht! Sie haben keinen Durchsuchungsbefehl. Es ist mein gutes Recht, Sie rauszuschmeissen. Gehen Sie!»

«Name. Adresse.» Sara starrte Rico herausfordernd an.

Er schob Natalie entschlossen zur Seite und trat vor Sara, starrte intensiv auf sie herab. «Ri-c-o M-i-n-d-e-r. Zigeuner ohne festen Wohnsitz.»

Natalie beobachtete Sara genau, doch die zeigte keine Reaktion bei dem Namen. Sie schien ihn nicht zu kennen. Aber es musste eine Verbindung geben, da war sich Natalie sicher. Sie war fest entschlossen, sich nach dieser Auseinandersetzung in ihre dunkle Kammer zurückzuziehen und das Geheimnis zu lüften, das Rico und Sara verband.

Es war das Klingeln von Saras Handy, das eine Eskalation verhinderte. Sara wandte sich ab, trat ans Fenster und nahm den Anruf entgegen. Sie sagte nur ein einziges Wort: «Wahnsinn.» Dann legte sie auf und marschierte direkt aus dem Arbeitszimmer, verliess die Villa, stieg in ihren Wagen, gab unnötig viel Gas und raste hinaus auf die Strasse.

Natalie und Rico schauten ihr eine Weile perplex hinterher. «Was für ein eiskalter Kotzbrocken», sagte Natalie. «Woher kennst du sie?»

Rico antwortete nicht, wollte gehen, aber Natalie hielt ihn am Arm zurück. «Willst du darüber reden?»

«Nein.»

Sie liess ihn los und blickte zu Boden. Das Nein klang herzlos und hart. Sie spürte seine Hand an ihrer Wange und blickte hoch.

Er lächelte. «Sorry. Das lief nicht nach Plan.»

«Welcher Plan?»

«Dich vor der zu schützen.»

«Ich brauche keinen Schutz.»

«Jede Kriegerin braucht einen Beschützer.»

Natalie schluckte leer. Kannte Rico sie bereits so gut? Nicht ein einziges Mal hatte er sie als kranke, schwache Frau behandelt. Fand sie ihn deshalb ungeheuer attraktiv, weil sie sich bei ihm nicht verstellen musste?

«Gypsydancer braucht Futter», sagte er und wechselte das Thema. «Ich kann ihn heute Nacht auf einem Bauernhof einquartieren und schaue morgen wieder vorbei – wenn du willst.»

«Ich will», sagte sie und wurde sich einen Augenblick zu spät der Bedeutung der Worte bewusst. Sie fühlte, wie Blut in ihre Wangen schoss.

Ricos Wut schien verebbt. Er lächelte spitzbübisch und drückte ihr einen flüchtigen Kuss auf die Lippen. Einen Kuss! Einen echten Kuss.

Ihr erster Kuss von einem Mann in ihrem kümmerlichen, vierundzwanzigjährigen Leben.

Hätte das Telefon im Arbeitszimmer ihres Vaters nicht geklingelt, wäre Natalie vermutlich noch lange verträumt dagestanden und hätte Rico hinterhergeschaut, der längst auf seinem Ross vom Gelände der Villa geritten war. Sie ertappte sich dabei, wie ihre Fingerspitzen auf den Lippen ruhten. Ein echter Kuss …

Sie seufzte und griff nach dem Hörer. Auf die Stimme am anderen Ende der Leitung hätte sie gern verzichtet.

***

Lind öffnete das Fenster. Milde Herbstluft strömte herein. Obwohl es bereits sieben Uhr war und die Abenddämmerung hereinbrach, war es stickig im Büro. Sara wischte sich so unauffällig wie möglich Schweissperlen von der Stirn. In der Polizeizentrale war es um diese Zeit ruhig. Sie sass in Linds Büro der Staatsanwaltschaft, die im Gebäude der Polizeizentrale untergebracht war. Betty war vor wenigen Minuten losgefahren, den Kadaver des toten Fuchses im Kofferraum. Tom streifte nach wie vor mit dem Förster durch den Wald. Sie wollten die Gegend nach weiteren kranken Tieren absuchen. Wenigstens hatte sich herausgestellt, dass der Bau von keinen anderen Tieren bewohnt war. Betty vermutete, dass der junge Fuchs etwa zum gleichen Zeitpunkt wie das Pferd und der Hund mit dem Virus in Kontakt gekommen war. Wo lag der gemeinsame Nenner?

Lind spielte mit seinen geknüpften Armbändern. «Ich werde das Gefühl nicht los, dass wir den Fall falsch angegangen sind», sagte er. «Wir haben uns auf das Virus konzentriert und dabei das Opfer vernachlässigt.»

«Du meinst, Pedro Ramirez könnte der Schlüssel sein?» Sara atmete tief durch. Die Bedeutung dieses Verdachtes musste sie erst verdauen.

«Ramirez' Leichnam wurde freigegeben und beerdigt.»

«Können wir im Nachhinein feststellen, ob er den Tollwuterreger in sich trug?»

«Man müsste die Leiche exhumieren. Laut dem Institut für Rechtsmedizin lässt sich nur durch eine Gewebeprobe des Gehirns die Tollwut eindeutig feststellen. Solch eine Probe haben wir nicht zurückbehalten. Weshalb auch? Der Fall schien klar: Mord durch Totschlag. Die Seuche ist erst nach der Beerdigung von Ramirez aufgetaucht.»

Sara gefiel das nicht. Eine Exhumierung wäre unschön. «Willst du sie bei Gericht beantragen?»

«Wir kommen kaum damit durch. Wir brauchen mehr, Sara. In diesem Fall haben wir nicht einmal ein Motiv.»

Es klopfte an die Tür. Bolander trat ein, in der Hand eine Akte. «Ich komme gerade aus dem Krankenhaus. Tina Rebsamen ist aufgewacht, und ich konnte kurz mit ihr sprechen. Sie ist schwach, verwirrt und hatte Mühe, sich auf ein Gespräch zu konzentrieren. Als ich ihr mitteilen musste, dass wir ihren Spirit wegen der Tollwut eingeschläfert haben, ist sie mit einem Weinkrampf zusammengebrochen, und ich musste das Zimmer verlassen. Vorher habe ich einige Nachforschungen angestellt. Tina Rebsamen scheint weder Dr. Berisha noch Linn De Luca zu kennen. Ihr Tierarzt ist ein Dr. Müller aus Menzingen. Auch kreuzt sich ihr Lebenslauf in keiner Weise mit Rivoli oder Mitarbeitern von dort. Dass sich Spirit angesteckt hat, muss ein Zufall sein. Leider kam ich nicht mehr dazu, sie zu fragen, ob sie während eines Ausrittes von einem Hund oder Wildtier angegriffen wurde.»

«Betty hat Spirit Zentimeter für Zentimeter abgesucht», sagte Lind. «Ausser ein paar Mückenstichen fand sie keine Verletzungen, keine Kratzer oder Bisswunden.»

«Die Verletzung könnte längst verheilt sein», sagte Sara. «Vielleicht ist Spirit unser Wirtstier und hat sich vor Wochen oder Monaten angesteckt.»

Bolander setzte sich. «Möglich. Aber wie konnte das Pferd das Virus auf Coco übertragen? Und auf den Fuchs?»

«Könnte Tina Rebsamen etwas mit dem Überfall auf Rivoli zu tun haben?», fragte Lind. «Hast du ihr Alibi für die Nacht des Überfalls überprüft?»

Bolanders Schweigen nach zu urteilen, war ihm der Gedanke nicht gekommen.

Sara wollte bereits zu einem Tadel ansetzen, aber Lind schnitt ihr das Wort ab. «Für heute machen wir Schluss. Bolander, du bleibst an Tina Rebsamen dran. Vielleicht fühlt sie sich morgen besser für ein Gespräch.»

«Kläre ab, ob zwischen ihr und den Kriegers eine Verbindung besteht», ordnete Sara an. Sie wollte sich das letzte Wort nicht nehmen lassen. «Harri Krieger war heute nicht sehr gesprächig, und seine Tochter hat mich gleich angefahren, als sie von einem Ausritt zurückkam.» Sara stutzte. Ausritt? Pferd? «Bolander, überprüfe einen Rico Minder. Er ist Zigeuner, hat er jedenfalls behauptet. Etwa dreissig, Ostschweizer Dialekt. Gross, lange braune Haare und eine auffällige Narbe an der Schläfe. Sieht nach einer schlecht verheilten Schnittwunde aus. Er hat ein Pferd. Vielleicht ist er die Verbindung zu Spirit.»

Lind wollte wissen, wie Sara auf den Namen Rico Minder kam, und sie klärte ihn über den Vorfall in der Villa auf. Bolander machte sich Notizen und verabschiedete sich.

«Mach Feierabend», sagte Lind zu Sara und stand ebenfalls auf. «Ich entspanne mich heute Abend mit Freunden beim Kegeln. Willst du mitkommen?»

Das fehlte ihr noch. «Danke, ich habe schon etwas vor», log sie. Sara blieb allein in Linds Büro zurück. Wo sollte sie auch hin? Auf sie wartete niemand. Sie seufzte. Nicht einmal der Herr Geheimrat liess sich blicken. Sie verliess das Büro und nahm den unterirdischen Durchgang, der sie direkt zu der Parkgarage der Polizeizentrale führte. Bevor sie bei ihrem Wagen war, erhielt sie einen Anruf von Tamara Hansen.

«Sie kommen besser vorbei, Frau Jung. Natalie Krieger steht bei Rivoli am Empfang und legt sich mit Dr. Julia Weisshaar an.»

Der Empfang war hell beleuchtet. Noch bevor Tamara Hansen Sara durch die Flügeltür ins Innere führte, hörte Sara bereits die lauten Stimmen. Zickenkrieg par excellence. Wo waren die Männer, wenn man sie brauchte? Natalie und Julia standen sich gegenüber wie Furien. Sie waren gleich gross und starrten sich in die Augen, in der Hoffnung, dass ihre Blicke töten könnten. Etwas hilflos hatte Rosanna Moretti hinter dem Empfangstresen Schutz gesucht und machte sich möglichst klein.

Tamara blieb stehen. «So geht das schon seit fast einer halben Stunde. Wäre Natalie körperlich … ähm … na ja, wäre sie Julia ebenbürtig, wären längst die Fäuste geflogen.»

«Was hat diesen Streit ausgelöst?», fragte Sara und hörte, wie Natalie Julia als Stalkerin beschuldigte.

Tamara wischte sich eine imaginäre Haarsträhne aus dem Gesicht. Bei ihrem kurzen platinblonden Bubikopf eine überflüssige Geste. «Offenbar hat Rosanna beim Aufräumen etwas gefunden und bei den Kriegers angerufen.»

«Ich bin keine Diebin!», rief Julia aus und verwarf die Hände. «Harri und ich sind nur Freunde. Arbeitskollegen.»

«Denkst du, ich habe die Blicke nicht bemerkt, die du meinem Paps zuwirfst?» Natalie schoss herum und zeigte auf Sara. «Da haben Sie Ihr Motiv, nach dem Sie suchen: Eifersucht. Julia verkraftet nicht, dass Paps eine andere heiratete, und will sich deshalb an ihm rächen. Sie hat ihm das alles angehängt. Sie hat den Badge gestohlen und seinen Sicherheitscode missbraucht. Macht alles Sinn. Los! Worauf warten Sie? Legen Sie der Verbrecherin Handschellen an.»

Zeit, einzuschreiten, dachte Sara. Sie griff nach den Handschellen und liess sie demonstrativ in der Luft baumeln. «Natalie Krieger, Sie sind vorläufig wegen Unruhestiftung und unerlaubten Betretens von Privatgrund festgenommen.»

Natalie tobte wie ein kleines Kind. Sie griff nach einem Stifthalter auf dem Tresen und schmiss ihn zu Boden. «Mich wollen Sie verhaften? Wissen Sie, was Frau Moretti beim Aufräumen in einer von Weisshaars Schubladen gefunden hat? Unseren Hausschlüssel, den Paps seit drei Monaten vermisst, und daneben einen Stapel Fotos von ihm. Heimliche Bilder, die im Labor und vor unserer Villa aufgenommen wurden. Nahaufnahmen von Paps. Wenn das nichts zu bedeuten hat. Dieses Biest muss bei uns eingebrochen sein und hat gebrauchte Boxershorts von Paps mitgehen lassen. Die lagen zusammen mit den Bildern in einer Papiertüte in der Schublade.»

«Man hat mir die Sachen untergeschoben!», rief Julia aus. «Die gehören nicht mir.»

Schnüffelte Julia Weisshaar etwa jeden Abend an Herrn

Kriegers schmutziger Unterwäsche? Instinktiv rümpfte Sara die Nase. Eklig.

Sie senkte die Hand mit den Handschellen. Endlich nahm der Fall Fahrt auf. Abrupt drehte sie den Kopf und schaute Rosanna Moretti an. «Weshalb haben Sie nicht gleich die Polizei gerufen?»

Moretti schob sich nervös die rote Hornbrille auf die Nase. «Ähm, es war mir peinlich. Ich dachte nicht, dass es für den Einbruch relevant ist. Ich wusste, dass Harri vor Monaten nach diesem Schlüssel suchte. Dann die Boxer… ähm – ich dachte, es wäre klug, ihn direkt anzurufen. Aber seine Tochter nahm den Anruf entgegen.»

«Sie haben die Sachen zufällig gefunden?» Sara übersah nicht den bösen Blick, den Julia der Sekretärin zuwarf.

«Ähm, ja. Nein! Ich sollte für Julia einige Papiere aus ihrem Büro holen und habe sie nicht gleich gefunden. Da habe ich in den Schubladen gesucht. Ganz hinten fand ich die Papiertüte. Darauf lagen die Schlüssel. Ich habe sie sofort erkannt. Harri hat an seinem Hausschlüssel einen Schmetterling, den ihm seine Tochter als Kind aus Lehm gebastelt hat. Ähm – ich wurde neugierig und wagte einen Blick in die Papiertüte und fand die Sachen.»

«Wo sind die Beweisstücke?»

Tamara meldete sich zu Wort. «Im Überwachungsraum eingesperrt. Ich wollte nicht, dass weitere Spuren verwischt werden.»

«Gut gemacht. Bestimmt finden wir Fingerabdrücke auf den Fotos. Sollten Ihre darauf sein, Frau Weisshaar, sind Sie uns eine Erklärung schuldig.»

Julia prustete Luft aus den Lungen und warf ihre Haare zurück. «Das ist eine verfluchte Verschwörung. Klar werden Sie meine Fingerabdrücke auf den Bildern finden. Man hat sie mir vor etwa sechs Wochen per Post anonym zugestellt. Ich habe sie durchgesehen und im Papierkorb entsorgt.»

«Tatsächlich?» Das reinste Chaos hier, dachte Sara. «Haben Sie den Umschlag noch?»

«Den habe ich weggeschmissen.»

«War ein Brief darin?»

«Nein. Nur die Bilder. Der Umschlag war mit einer Etikette aus dem Drucker versehen. Er wurde von der Hauptpost in Zug abgeschickt, daran erinnere ich mich.»

«Und die Unter… die Boxershorts?»

«Die kenne ich nicht!»

«Wie kamen Sie zu dem Schlüssel von Harri?»

«Den hatte ich nie!»

«Ist Ihr Büro abgeschlossen?»

«Nein. Darin liegen keine geheimen Forschungsergebnisse. Die sind alle in meinem Labor oben weggesperrt. Jeder hat Zutritt zu meinem Büro hier unten.»

«Sehen Sie, alles nur faule Ausreden», mischte sich Natalie wieder ein. Sie hatte sich nicht beruhigt. Der Beschützerinstinkt der Tochter war übernatürlich. Vielleicht wollte sie ihrem Vater auch nur weiteren Ärger ersparen. Hätte Sara gleich gehandelt? Niemals. Ihren eigenen Vater hätte sie mit Vergnügen in der Hölle schmoren sehen. Sie hoffte, dass er jetzt dort logierte. Wohin ihre Eltern nach dem Tod gereist waren, lag nicht in Saras Hand. Sie waren kurz nacheinander eines natürlichen Todes verstorben. Das lag über fünf Jahre zurück. Sara hatte damals nur aus einem einzigen Grund die Kirche betreten und den Beerdigungen beigewohnt: um zu beten. Um dafür zu beten, dass Gott ihren Eltern die gerechte Strafe zuteilte und sie nie aus dem Fegefeuer entlassen würde.

Sie griff nach ihrem Telefon und rief in der Zentrale an. Sie brauchte Verstärkung und verlangte nach einem Streifenwagen.

Während sie warteten, liess sich Sara unter vier Augen von Rosanna Moretti erneut erzählen, was vorgefallen war. Tamara hatte unterdessen die unliebsame Aufgabe, Dr. Weisshaar und Natalie im Auge zu behalten.

«Und Sie haben Frau Weisshaar nicht damit konfrontiert?», fragte Sara, als Moretti mit der Erzählung abschloss.

«Sie war oben im Labor am Arbeiten. Ich ähm – ich weiss nicht. Ich hatte – Angst.»

War nachvollziehbar. Sara musterte Moretti. Konnte sie ihr vertrauen? Sie musste mit Rizzo sprechen, der die Aufgabe hatte, Moretti unter die Lupe zu nehmen.

Kurz darauf traf der Streifenwagen ein. Sara gab die Anweisung, Julia Weisshaar vorläufig unter Arrest zu stellen. Sie wollte sie morgen verhören. Die Papiertüte mit den Fotos und der Unterwäsche von Harri Krieger sowie dessen Schlüssel gab sie den Beamten ebenfalls mit. Sie sollten sie Lüscher von der Spurensicherung übergeben. Sara schaute auf ihre Uhr. Es war fast neun Uhr, Zeit, nach Hause zu gehen. Sie entliess Moretti und trat mit Natalie nach draussen. Tamara blieb zurück und schloss hinter ihnen ab. Es brauchte Mut, nachts ein Labor zu bewachen, dachte Sara. Vor allem nach dem, was vorgefallen war. Tamara war nach dem Tod ihres Kollegen erschüttert gewesen, aber sie hatte sich rasch gefasst. Spielte sie ihnen etwas vor?, fragte sich Sara. Tamara hatte Zugang zu allem, konnte nachts allein in aller Ruhe im Labor herumschnüffeln und die Bilder der Kameras entsprechend manipulieren. Konnte es sein, dass sie etwas mit dem Einbruch zu tun hatte, oder war sie gar der Kopf hinter der Bande? Der Mord an Ramirez schien nicht geplant, war sie deshalb so aufgewühlt gewesen?

«Stehen wir noch lange hier draussen herum, oder darf ich heimfahren?», fragte Natalie. «Mir tun meine Füsse weh.»

«Sie kommen mit mir mit.»

«Nicht Ihr Ernst! Bin ich auch verhaftet? Ich hatte allen Grund –»

«Seien Sie still! Sie wagen sich zu weit aus dem Fenster, das ist Ihr Problem. Wenn Sie ein Bulle sein möchten, machen Sie eine anständige Ausbildung.»

Natalie hob ihre geschundenen Hände. «Nimmt mich damit eine Polizeischule auf?»

Nein, tat sie nicht. Sara sagte nichts und ging zu ihrem Wagen. Sie öffnete die Beifahrertür. «Einsteigen.»

***

Natalies Magen knurrte. Sie hatte heute nicht genug gegessen. Ausserdem wartete Musa bereits seit Stunden auf sie, um die Verbände zu wechseln. Ihre wund geschürften Innenschenkel schmerzten wie die Hölle. Sie spürte, dass die leichte Baumwollhose, die sie seit dem Ritt noch immer trug, daran festklebte.

Sara chauffierte sie von Rotkreuz nach Zug hinein. Eine weitere Nacht in der Arrestzelle schien ihr bevorzustehen. Natalie kannte sie bereits vom letzten Sommer. Hoffentlich durfte Musa vorbeikommen, um ihre Wunden notdürftig zu versorgen. Die Krankenschwester, die man ihr letztes Mal organisiert hatte, war überfordert gewesen mit den Bedürfnissen eines Schmetterlingskindes.

Im Stadtzentrum, statt links zur Polizeizentrale abzubiegen, fuhr Sara geradeaus weiter und folgte dem Seebecken.

Keine Arrestzelle, dachte Natalie erleichtert. Die Kripochefin würde sie nach Hause fahren. Natalie hatte den Gedanken nicht zu Ende gedacht, als Sara den Blinker nach links stellte. Sie fuhr die Baarerstrasse hoch. «Wo fahren wir hin?», fragte Natalie misstrauisch.

«Heim.»

Fünf Minuten später parkierte Sara ihren Wagen auf dem privaten Parkfeld eines Mehrfamilienhauses in einem ruhigen Wohnquartier in Baar. «Ich habe frische Eier und zwei Joghurts im Kühlschrank, die seit zwei Tagen abgelaufen sind. Und eine halb volle Flasche Rosé. Sie sind eingeladen.» Sara stieg aus, öffnete Natalie die Wagentür und ging zum Wohnhaus. Natalie blieb nichts anderes übrig, als der Kripochefin zu folgen.

Ihre Parterrewohnung war bescheiden eingerichtet. Es gab nichts Persönliches, nichts Dekoratives, nur Praktisches. Schuhregal und Kleiderständer im Flur, ein Esstisch mit zwei Stühlen, ein bequemes Sofa, ein Bücherregal und einen Fernseher im Wohnzimmer und eine Mikrowelle und ein paar Teller und Tassen in der Küche. Keine Bilder, keine Souvenirs von Ferienreisen, keine Fotoalben, keine Teddybären.

«Wow, hat Charme, Ihre Wohnung. Sie haben bestimmt oft Besucher.»

Sara füllte zwei Gläser mit Hahnenwasser. «Sie sind mein erster Gast.»

«Oh, dann sind Sie erst vor Kurzem eingezogen?»

«Ich wohne seit sieben Jahren hier.»

Natalie musste leer schlucken. War sie soeben von einer Psychopathin entführt worden? Sie griff nach ihrem Handy. Der Empfang war gut, die Batterien geladen. Sie behielt es in der Hand.

Sara machte Rührei und stellte die Teller zusammen mit den abgelaufenen Joghurts und dem Hahnenwasser auf den Esstisch im Wohnzimmer. Zuletzt holte sie die halb volle Flasche Rosé aus dem Kühlschrank, füllte zwei Weingläser randvoll damit und servierte diese ebenfalls. Natalie hatte mittlerweile an dem Tisch Platz genommen. Sara setzte sich zu ihr und hob das Weinglas. «Prost», sagte sie und nahm einige kräftige Züge.

Natalie nippte an dem Wasser. Sie wollte einen klaren Kopf behalten. Keine Ahnung, was Sara mit ihr vorhatte. «Warum bin ich hier?»

«Ich dachte, es wäre gut, wenn wir uns besser kennenlernen.» Sara griff nach der Gabel und verschlang das Rührei.

Natalie rührte es nicht an.

«Wir sollten das Kriegsbeil begraben und besser zusammenarbeiten.» Energisch riss Sara den Deckel des Joghurts auf und verspeiste es gemeinsam mit dem Rührei.

«Sie haben nicht viele Freunde, was?» Natalie beschloss, das Problem direkt anzusprechen.

Sara nickte, nicht im Geringsten gekränkt. «Freunde bedeuten Gefühle, und Gefühle sind nur hinderlich und bringen Leid.»

«Krass! Was für eine Bombenlebenseinstellung. Schon mal daran gedacht, dass es ohne Gefühle auch kein Glück und keine Freude im Leben gibt? Und keine Liebe?»

«Was unterscheidet uns beide, hm?», fragte Sara. «Haben Sie wahre Freunde? Wen, Tom? Er hat Sie nach dem Fall letzten

Sommer kaum besucht. Alexandra, die Haushälterin, Musa, Ihren Pfleger? Sie werden dafür bezahlt, sich um Sie zu kümmern. Das sind keine wahren Freunde.»

«Rico», kam Natalies Antwort und fiel beschämend trotzig aus.

«Der Zigeuner? Wie lange kennen Sie ihn?»

Jetzt war es Natalie, die an ihrem Rosé nippte und versuchte, einen grossen Schluck zu trinken. Der Wein brannte ihre empfindliche Speiseröhre hinunter. Sie musste husten. Sara schob ihr das Wasserglas hin. Die wohl freundlichste Geste, die sie von der Zicke je gesehen hatte. Natalie ignorierte das Wasser und zwang sich einen weiteren Schluck Wein auf.

Sie sassen sich einige Minuten schweigend gegenüber. Sara beendete ihr Abendessen und räumte den Tisch ab. Die Weingläser liess sie stehen. Natalie stand auf und nahm auf dem Sofa Platz. Der harte Stuhl tat ihrem wund gerittenen Hintern nicht gut. Mit den Weingläsern in der Hand setzte sich Sara zu ihr. «Irgendwelche Fragen?»

Oh, die hatte Natalie. Da Sara in Plauderlaune schien, legte sie gleich los. «Was stimmt nicht mit Ihnen?»

«Ha! Ich habe Sie zu mir nach Hause eingeladen, um über den Fall zu sprechen, und Sie interessieren sich für meinen Charakter?»

«Ist ein guter Anfang, um Freunde zu werden.»

Sara prostete ihr zu. «Darauf trinke ich.»

«Gut, ich fange an», beschloss Natalie. «Ich habe keine Freunde, weil sich die Menschen vor mir ekeln. Ich bin ihnen eine Last. Wer will schon mit mir ausgehen? Wer will eine Freundin wie mich, die bei einem romantischen Abendessen einen Beutel an die Magensonde anschliesst? Ferien im Ausland, Spaziergänge im Mondschein, sportliche Hobbys – alles unmöglich. Wer will eine Freundin, bei der Sex eine medizinische Herausforderung ist, die nie Kinder haben wird und deren Lebenserwartung bei nicht viel mehr als vierzig liegt? Wer wartet auf eine Freundin, die täglich drei bis fünf Stunden im Bad verbringt, die zum Duschen einen Pfleger braucht und oft launisch ist, weil sie entweder Schmerzen oder Depressionen hat? Wer will am Morgen neben einer Freundin mit verklebten Augen aufwachen? Wer will eine Freundin, die Mundgeruch hat, weil ihre Zähne und das Zahnfleisch schlecht sind? Wer will einen Pflegefall wie mich?»

«Na, Sie sind doch hier», sagte Sara.

Der Satz verschlug Natalie die Sprache.

«Wie alt sind Sie? Vierundzwanzig? Nur zwei ...» Sara kam ins Stocken. «Ich habe mir immer vorgestellt, wie es wäre ...»

Natalie entging nicht, dass Sara versuchte, ihre feuchten Augen unter Kontrolle zu bringen. Emotion war also kein Fremdwort für sie. «Ich war offen zu Ihnen, Frau Jung. Sie sind dran. Wer hat Ihnen die Lust auf Gefühle geraubt?»

Sara brauchte einen kräftigen Schluck Wein, bevor sie antworten konnte. «Meine Eltern. Sie haben mich emotional getötet. Daran lässt sich nichts mehr ändern. Ich funktioniere. Mehr nicht.»

Was für eine traurige Aussage, dachte Natalie. Sass sie einem Menschen gegenüber, dem es mieser ging als ihr? Waren es die körperlichen oder seelischen Wunden, die mehr schmerzten? Wenigstens konnten körperliche Wunden heilen. «Wollen Sie darüber reden?»

Sara schüttelte heftig den Kopf. Ihr Weinglas war leer. «Reden bringt sie nicht zurück.»

«Wen? Ihre Eltern.»

«Die? Die schmoren hoffentlich im Höllenfeuer!»

«Wen wollen Sie zurück?»

«Mein kleines Würmchen.»

«Ihr Würmchen?» Sie sprach kaum von einem echten Wurm, so viel Alkohol hatte Sara nicht intus. War jemand anderes gemeint? War Würmchen ein Kosename für ein Kind? In dieser Wohnung gab es keine Anzeichen, dass hier ein Kind lebte.

Sara bemerkte Natalies irritierten Blick und stand auf. «Zu viel Wein. Ich kann Sie nicht mehr heimfahren. Sie können in meinem Bett schlafen, und ich nehme das Sofa. Ich ziehe mich nur kurz um und richte das Bett für Sie her.» Sie verschwand in ihrem Schlafzimmer.

Hier schlafen? Auf keinen Fall. Es war erst kurz nach zehn Uhr. Natalie holte ihr Telefon hervor, um Musa anzurufen, damit er sie abholte. Ihr Wagen stand bei Rivoli auf dem Parkplatz, und Paps machte sich mittlerweile bestimmt Sorgen um sie. Er hatte dreimal versucht, sie anzurufen, wie sie der Anzeige auf dem Display ihres Handys entnehmen konnte, das auf lautlos gestellt war. Damit Musa sie abholen konnte, brauchte sie die Adresse. Etwas umständlich stand Natalie vom Sofa auf und folgte Sara ins Schlafzimmer. «Machen Sie sich keine Umstände. Musa wird mich heimfahren. Wo …»

Sara stand wie paralysiert am Fusse ihres Bettes, mit dem Rücken zu ihr. Die Bettdecke war zurückgeschlagen. Sie starrte auf etwas, das auf der Matratze liegen musste. Natalie konnte nicht sehen, was es war. «Alles in Ordnung?»

Sie bekam keine Antwort und ging auf Sara zu. Sie erkannte Tränen in ihren Augen. Viele Tränen. Tränen, die einem Sturzbach glichen. Als Natalie den Blick auf das Bett senkte, um zu sehen, was diese Überdosis an Trauer bei Sara ausgelöst hatte, fühlte sie, wie ihre Knie nachgaben. Der Anblick war grauenvoll.

Am Fussende des Bettes lag eine Katze. Eine tote Katze. Ihr getigertes Fell war struppig, ganze Haarbüschel fehlten. Sie lag gekrümmt, das Maul wie zu einem Schrei aufgerissen, ebenso die trockenen Augen. Getrocknetes Blut und getrockneter Speichel klebten schaumartig an der Zunge, die heraushing, als hechelte die Katze in ihrem Todeskampf nach Luft.

Natalie trat näher und wollte sie anstupsen.

«Finger weg!» Sara schlug ihre Hand fort. «Tollwut! Herr Geheimrat verendete qualvoll an Tollwut, und ich war nicht für ihn da.» Sie sackte auf den Boden und weinte hemmungslos.

ZWÖLF

Sie sassen im Wohnzimmer und warteten auf Tom. Natalie hatte ihn angerufen. Sie brauchte hier Hilfe. Sara kauerte auf dem Sofa und klammerte sich an der Tasse Kaffee fest, die Natalie ihr aus der Küche gebracht hatte. Ihre Augen waren gerötet. Viel gesprochen hatte sie nicht. Die arme Katze lag unberührt in ihrem Bett. Ein Haustier zu verlieren war traurig, aber dass eine scheinbar emotionslose, selbstsichere Chefin der Kriminalpolizei, die den Anblick von Leichen gewohnt war, so in ein Elend verfiel, verriet einiges über den Charakter von Sara. Sie war nicht kalt. Sie war verschlossen. Das konnte der richtige Moment sein, zu ihrem wahren Ich durchzudringen. «War die Katze lange bei Ihnen?»

Sara nickte. «Sieben Jahre. Ich fand Herrn Geheimrat als Junges auf einem Bauernhof, als ich dort für eine Befragung eines Zeugen war. Es kletterte einfach mein Hosenbein hoch. Der Bauer meinte, es habe mich ausgesucht und ich müsse es nun aufnehmen. So nahm ich den kleinen Kater mit nach Hause.»

«Herr Geheimrat? Was ist das für ein Name für eine Katze?»

«Ich musste ihm einen Namen geben. Ich las damals gerade ein Buch über einen Geheimrat. Der Kater hat das halbe Buch zerfleddert und gefressen. Was von dem Buch blieb, war sein Name. Nicht einmal an den Titel kann ich mich erinnern. Es war kein gutes Buch.»

«Aber eine gute Katze.»

«Nein. Der Kater war launisch und streitsüchtig, machte in der Nachbarschaft nur Ärger. Anfassen durfte ich ihn nur, wenn er es wollte. Er hat gebissen und gekratzt. Aber in den Nächten, in denen er zu Hause war, schlief er in meinem Bett. Am Fussende. Dort, wo er jetzt auch liegt.» Sara schniefte. «Er war krank und hat sich verkrochen. Er hätte mich gebraucht, aber ich war nicht für ihn da.»

Zum Glück hatte er sich verkrochen, dachte Natalie. Tollwütige Tiere waren eigentlich aggressiv. «Hat er Sie in letzter Zeit gebissen? Er könnte Sie angesteckt haben.»

Sara schaute auf. «Mich angesteckt? Nein. Ich habe ihn in letzter Zeit nicht einmal angefasst.»

Natalie schwieg. Wie war das noch gleich mit der Impfung gegen Tollwut? Sie musste so rasch als möglich nach der Ansteckung erfolgen, bevor die ersten Symptome auftraten. Danach war es zu spät, und die Tollwut zu einhundert Prozent tödlich. Natalie hatte selbst im Netz geforscht. Noch heute starben weltweit jährlich fast sechzigtausend Menschen an Tollwut. Ein qualvoller Tod innerhalb von einer Woche, nachdem sich die ersten Anzeichen bemerkbar machten, Anzeichen, die der einer Grippe ähnelten. Bisher ist erst ein einziger Fall bekannt, bei dem eine Infizierte die Tollwut überlebte. Ein Mädchen aus den USA war die Glückliche. Weshalb, konnten die Ärzte bis heute nicht erklären. Ihre Zeit schien einfach nicht gekommen zu sein.

Es läutete an der Tür. Natalie ging hin und öffnete Tom.

Er nahm sie gleich in die Arme. «Bist du okay?»

Mit dieser Begrüssung hatte sie nicht gerechnet. Aber sie genoss den kurzen Moment der Zärtlichkeit, auch wenn er nicht angebracht war. «Ich bin in Ordnung, aber um die Kommissarin mache ich mir Sorgen. Sie ist echt am Ende.»

«Ich will erst die Katze sehen.»

Natalie führte Tom ins Schlafzimmer. Der Anblick des toten Katers war schlimm.

Tom brauchte nicht lange, um einen ersten Kommentar abzugeben. «Genau wie der Fuchs.»

«Fuchs?»

«Ich war heute mit einem Förster auf dem Rossberg unterwegs, unterhalb vom Wildspitz. Wir fanden einen Fuchskadaver. Gleiches Bild. Tollwut.»

«Hund. Pferd. Fuchs. Katze. Tom, das ist bereits der vierte Fall von Tollwut in drei Tagen!»

«Nicht gut, ich weiss. Schauen wir nach Sara.»

Sie sass wie paralysiert auf dem Sofa. Tom setzte sich neben sie und tätschelte ihr Knie. «Tut mir leid um deine Katze.»

«Herr Geheimrat.»

«Wie?»

«Herr Geheimrat ist tot. Ich glaube es nicht.»

Tom schaute Natalie verwirrt an. «Der Name der Katze», flüsterte sie ihm zu.

«Herr Geheimrat, also. Sara, du weisst, wir müssen in der Tollwutzentrale in Bern anrufen und Betty informieren. Sie müssen den – sie müssen Herrn Geheimrat abholen und ins Labor bringen.»

Sara blickte auf und wischte sich die letzten Tränen ab. Schien fast so, als hätte sie sich entschlossen, die Gefühle wieder wegzusperren. «Ja, das müssen wir. Ich rufe sie gleich an.»

«Soll ich das machen?», schlug Tom vor, aber Sara verneinte energisch.

Sie ist wieder ganz die alte Zicke, dachte Natalie, konnte ihr aber nicht wirklich böse sein. Sie kannte die andere Seite der Sara Jung. Sie wusste, da war mehr hinter dieser Fassade, und sie war entschlossen, ihr Geheimnis zu entschlüsseln. Natalie würde Würmchen finden.

***

Es war fast Mitternacht, als Tom Natalie heimfuhr. Die Tierambulanz hatte den Kadaver der Katze abgeholt und fuhr sie gleich zu Betty nach Bern, welche die Nacht durcharbeiten wollte. Was für ein Tag, dachte Tom. Er war nach dem Fund des Fuchses noch Stunden mit Charlie durch den Wald gestreift. Sie hatten alle bekannten Fuchsbauten in der Umgebung aufgesucht, aber keine weiteren kranken Tiere mehr gefunden, was hoffentlich ein gutes Zeichen war.

Er schaute zu Natalie hinüber, die ein Gähnen unterdrückte und sich mit der Hand über ihr rechtes Bein fuhr. «Wie viele Stunden ist der Beautysalon überfällig?», fragte er.

«Zu viele. Ich werde mir von Musa eine Standpauke anhören müssen.»

«Schlimm?»

«Es tut weh, mehr nicht.»

Tom konnte nichts tun, ausser sie abzulenken. «Wie kommt es, dass sich zwei Feindinnen zusammen an einen Tisch setzen und Wein trinken? Habe ich etwas verpasst?»

«Sara hat mich sozusagen entführt.»

«Hat sie?»

«Ja, hat sie. Ich bin ein armer Krüppel und kann schlecht von ihr davonlaufen.»

«Kommt die Mitleidstour?»

Natalie lachte. «Zieht bei dir nicht, was?»

«Nee. Damit kommst du bei mir nicht durch.»

«Was weisst du über Saras Vergangenheit?»

«Kaum etwas.»

«Hat sie ein Kind erwähnt?»

«Sara? Ich glaube nicht, dass sie Mutter ist.»

Natalie starrte aus dem Fenster. «Sie hat etwas von einem Würmchen erzählt. Eine Ahnung, was sie damit meinte?»

Nein, die hatte Tom nicht. Aber eine andere Frage lag ihm auf der Zunge. «Du warst heute mit Rico ausreiten. Sei vorsichtig, Natalie. Er ist nicht gut für dich.»

Sie schaute ihn überrascht an. «Er ist dein Freund. Ist er gefährlich?»

«Nein, er würde dir nichts tun, niemals. Er hat einen grossen Beschützerinstinkt. Ich sage nur, er tut dir nicht gut. Er ist schwierig.»

«Oh, schwierig bin ich auch. Bin ich deshalb nicht gut für andere?»

Sie war beleidigt. Definitiv. «So habe ich das nicht gemeint. Ich bin nur besorgt.»

«Ich bin nicht eine deiner Töchter, für die du verantwortlich bist. Ich kann selbst auf mich aufpassen.»

«Du hast keine Erfahrung mit Männern wie Rico.»

«Ich kenne dich, das sollte genügen.»

«Ich bin anders.»

«Bist du das?»

Das Gespräch verlief in die falsche Richtung. Tom überlegte, ob er Natalie die Wahrheit über Rico und sich erzählen sollte. Das Thema war heikel. Ja, sie wusste viel, wusste, dass er in U-Haft gesessen hatte, und vielleicht hatte sie eins und eins bereits zusammengezählt und herausgefunden, dass er und Rico damals gemeinsam in die Sache verwickelt waren.

«Tut er mir nicht gut, weil du wegen ihm in den Knast kamst?»

Direkt wie immer, also wusste sie Bescheid. «Rico kann man nicht halten. Er wird wieder aus deinem Leben verschwinden.»

«Aber jetzt ist er hier, mehr, als du es jemals warst. Ich kann auch nicht behaupten, dass du besonders sesshaft bist. Du bist letzten Sommer einfach gegangen.»

Rico sass vor dem Fernseher, als Tom weit nach Mitternacht heimkam. Das Streitgespräch mit Natalie lag ihm auf dem Magen.

«Hey, Kumpel, die bringen echt nur Scheisse in der Glotze», begrüsste ihn Rico gut gelaunt.

«Warum schaust du dann hinein?»

«Wow, hat da jemand miese Laune?»

Tom hatte kurz bei seinem Vater vorbeigeschaut, der in der Wohnung unter ihm wohnte und rund um die Uhr von einer Pflegefachkraft betreut werden musste. Paps schlief.

Tom ging in die Küche und holte zwei Dosen Bier aus dem Kühlschrank. Zurück im kleinen Wohnzimmer, warf er Rico eine zu und setzte sich zu ihm aufs Sofa.

Rico schaute sich eine deutsche Stand-up-Comedy-Show an. «Soll der Typ etwa lustig sein? Der labert nur Stuss.»

«Was hast du ihr erzählt?»

«Hm?» Rico nahm die Augen nicht vom flimmernden Bildschirm.

«Natalie. Über uns. Sie weiss, dass ich wegen dir in U-Haft sass.»

Rico schaute überrascht auf. «Sie weiss von damals?»

«Unterschätze sie nicht. Natalie ist clever. Und sie versteht es, Nachforschungen anzustellen. Ich denke nicht, dass sie alles weiss, aber vieles.»

«Weiss sie von meiner Schwester? Ich meine, ich habe ihr erzählt, dass sie beinahe – du weisst schon, und dass ich deshalb die Narbe im Gesicht habe.»

Tom stand auf. Wütend. «Verflucht, Rico! Lass Natalie aus unserer Vergangenheit raus. Lass die Finger von ihr.»

Rico nahm einen tiefen Zug aus der Bierdose. «Kumpel, sag nicht, dass du eifersüchtig bist. Ich dachte, du willst nichts von ihr.»

«Nicht so, wie du denkst. Sie ist eine Freundin, eine gute Freundin. Ich will nicht, dass sie verletzt wird.»

«Ich würde sie niemals verletzen, das weisst du.»

«Seelisch verletzen. Sie hat keine Erfahrung mit Liebeskummer.»

«Du willst, dass sie nie erfährt, was Liebe bedeutet, nur um sie vor Liebeskummer zu beschützen? Das zieht nicht, Alter. Das ist nicht fair. Nicht fair ihr gegenüber.»

Tom hatte genug. Er verschwand in seinem Schlafzimmer, lag aber lange wach im Bett und musste abwechselnd an die wütende Natalie und an die wahnsinnigen Tiere denken. Was für ein Alptraum.

DREIZEHN

Sara holte sich an diesem Mittwochmorgen den dritten Espresso aus der Kantine. Sie lief neben der Spur, funktionierte, doch marschierte herum wie in einem Wachkoma. Sie hatte die kurze Nacht auf dem Sofa geschlafen. Ein Spezialteam war dabei, ihre Wohnung zu dekontaminieren. Als sie am Morgen bei der Polizeizentrale eintraf, musste sie gleich im Büro des Kommandanten antraben. Der Rüffel hatte gesessen. Sie konnte sich keinen Fehler mehr erlauben. Nicht nur, dass sie in dem Fall um den ermordeten Nachtwächter nicht weiterkam, jetzt war die drohende Seuche in ihrem Schlafzimmer ausgebrochen. Das konnte kein Zufall sein. Niemals.

Sara liess sich in den Stuhl vor ihrem Arbeitstisch fallen, auf dem der Stapel weiterer Fälle täglich anwuchs. Als Chefin der Kriminalpolizei konnte sie sich nicht nur einem Fall widmen. Sie hatte die Dienste verschiedener Abteilungen zu überwachen. Die Wirtschafts- oder Jugenddelikte liessen sich von einer Tierseuche nicht aufhalten, und andere Dossiers von Kapitaldelikten lagen auf ihrem Tisch, die ebenfalls ihre Aufmerksamkeit verlangten. Der einzige Gedanke, der ihr im Augenblick im Kopf herumspukte, war Herr Geheimrat. Wo oder besser gefragt wie hatte sich der Streuner das Virus bloss eingefangen?

Lind stürmte ins Büro. Für einmal war seine übliche Gelassenheit verschwunden. Er schlug mit der flachen Hand auf den Tisch, die geknüpften Armbänder erzitterten. «Himmel, Arsch und Zwirn, Sara, das wird persönlich! Deine Katze starb an Tollwut?»

«Der verfluchte Kater war ein Streuner, war oft Tage weg.» Herr Geheimrat war halb verwildert, aber zum Sterben musste er sich in ihrer Wohnung verkrochen haben. Er hatte den einzigen Platz aufgesucht, der ihm Geborgenheit versprach, doch sie hatte ihn im Stich gelassen. Arme Kreatur. Wieder einmal hatte sie versagt, ein elendes Gefühl, das alte, längst verdrängt geglaubte Erinnerungen hochbrachte. Sie war ein Scheusal.

«Jemand spielt mit der Zuger Polizei», sagte Lind. «Wir irren durch den Fall wie gejagtes Wild durch das Dickicht. Der Jäger lässt sich nicht abschütteln und legt neue Fallen aus, in die wir blindlings hineintrampeln.» Er liess sich auf einen freien Stuhl fallen.

Sara starrte Lind an. Was hatte er gesagt? Offenbar war er sich der Bedeutung seiner Worte nicht bewusst. Sara sprang von ihrem Stuhl auf. «Ein Spiel!»

«Was?»

«Das ist es!» Sara zeigte mit erhobenem Zeigefinger auf Lind. «Was, wenn es hier nicht um Einbruch, Diebstahl, Tierschutz oder was zum Teufel auch geht? Was, wenn es ein Spiel ist, um die Polizei an der Nase herumzuführen?»

«Hast du einen konkreten Verdacht?»

Sara atmete tief durch. «Nein, leider nicht. Es war nur so eine Idee.»

Das Telefon klingelte. Betty war am anderen Ende der Leitung. «Tollwut. Definitiv. Beide. Fuchs und Kater. Gleicher Erregerstamm wie bei Hund und Pferd.»

«Herrgott!» Mehr wusste Sara nicht zu sagen.

«Ich bin mit den Tests fertig und sitze bereits im Auto. In knapp zwei Stunden bin ich bei euch. Warst du beim Arzt, um dich durchzuchecken?»

«Ja, war ich, gleich heute vor der Arbeit. Er hat eine Speichelprobe genommen. Ich habe keine Tollwut, Betty. Herr Geheimrat hat mich weder gekratzt noch gebissen, jedenfalls nicht in den letzten Wochen. Ich habe ihn kaum angefasst.»

«Weshalb hältst du dir ein Haustier? Verstehe ich nicht. Egal. Du solltest dich dennoch prophylaktisch impfen lassen.»

«Der Arzt muss den Impfstoff erst bestellen. Seit die Medien berichten, dass tollwütige Tiere im Kanton Zug herumlaufen, wollen mehr Menschen eine Schutzimpfung, als dass der Impfstoff vorrätig ist.»

«Ich kann eine Dosis von meinem Labor mitbringen. Wir haben immer welche auf Reserve. Ich fahre zurück.»

«Mach keinen Aufstand und komm her. Ich habe keine Tollwut. Wir brauchen dich hier.»

Betty seufzte. «Gut, warten wir den Speicheltest ab.» Sie legte auf.

«Du solltest das ernst nehmen», sagte Lind.

«Nicht du auch. Spezialisten dekontaminieren gerade meine Wohnung. Das reicht mir.»

«Wozu hältst du dir ein Haustier, wenn du es nicht anfasst?»

«Das hat mich Betty eben gefragt. Schmusen und Knuddeln war nicht unser Ding. Wir liebten beide unsere Ruhe – und unsere stille Gesellschaft.»

Bolander klopfte an und trat ein. Er sah müde aus. In der Hand hielt er sein Notebook. «Habt ihr Zeit? Ich habe die Nacht durchgearbeitet und einiges zusammengetragen.»

Sara verschränkte ihre Arme vor der Brust. «Was hast du für uns?»

«Bitte schön», knurrte Bolander wie eine beleidigte Diva.

Lind grinste und schob Bolander einen Stuhl hin. «Guter Einsatz, Kollege. Leg los.»

«Fangen wir bei Harri Krieger an. Ich bin nochmals seine Aussage durchgegangen und habe mir die Papiere angesehen wie die Dokumente, die er einreichte, um eine Bewilligung für sein eigenes Labor zu erhalten. Ich habe zudem mit seiner Frau telefoniert und einen Spezialisten zugezogen, der sich mit Laborarbeit auskennt. Ich konnte keinen einzigen Grund finden, weshalb Harri Krieger Rivoli Schaden zufügen sollte. Sie sind keine Konkurrenten. Krieger will auf einem vollkommen anderen Gebiet forschen und den Grossteil seiner Einnahmen durch gängige Labordienste in Zusammenarbeit mit Ärzten und Spitälern finanzieren. Auch gibt es keinen ersichtlichen Zusammenhang zwischen den Viren, die wir in der Villa gefunden haben, zu der Arbeit in seinem neuen Labor. Er braucht sie schlichtweg nicht. Hinzu kommt, dass die Viren hinter seinem Bücherregal zu warm lagerten und bereits abgestorben waren, als wir sie fanden. Das hat Lüscher mir heute erzählt. Harri Krieger würde niemals Viren so stümperhaft lagern. Weshalb hätte er sie stehlen sollen? Es fehlt ein Motiv. Und sind wir ehrlich, wir kennen Harri Krieger von unserem letzten Fall. Glaubt ihr ernsthaft, er ist ein Krimineller, ein Einbrecher, der hemmungslos einen Nachtwächter – den er notabene kannte – erschlägt?»

«Du hältst ihn für unschuldig?», fragte Sara.

«Mehr noch, ich halte ihn für ein Opfer, das in eine gestellte Falle tappte.»

Der Gedanke kam Sara nur allzu bekannt vor. Was, wenn nicht nur mit der Polizei gespielt wurde, sondern auch mit den Kriegers? Aber wieso? Wo war der Zusammenhang? Der Fall vom letzten Sommer war abgeschlossen. Damals ging es um Rohstoffhandel und falsche Liebe, das konnte nichts mit einem Laboreinbruch und einer Tierseuche zu tun haben.

«Ich bin mir sicher», fuhr Bolander fort, «dass wir unter den Mitarbeitern bei Rivoli einen Täter oder zumindest einen Mittäter finden werden. Harri Kriegers Schlüssel wurden vor drei Monaten gestohlen, somit konnte der Dieb jederzeit unbemerkt in die Villa.»

Sara nickte. «Was ist mit der Abschiedsparty, die Harri bei sich zu Hause gab? Jeder von Rivoli konnte sich dabei fast ungestört umsehen.»

«Die Party war vor zwei Monaten», sagte Lind. «Seine Schlüssel wurden vorher gestohlen. Das bedeutet, dass die Täter die Sache weit im Voraus planten und damals nichts von der Abschiedsparty wussten, die ihnen das Leben leichter machte.»

«Ist Weisshaar unsere Verdächtige?», fragte Sara. «Der Schlüssel lag in ihrer Schublade.»

Bolander schüttelte den Kopf. «Ich denke nicht. Wenn sie der Kopf der Bande wäre und alles akribisch plante, weshalb würde sie den Schlüssel, die Fotos und Kriegers Unterwäsche in ihrem Büro liegen lassen?»

«Weil sie in ihn verknallt ist?», riet Sara.

«Julia Weisshaar liebt ihre Arbeit. Ich habe in ihrem Privatleben gestöbert. Sie hatte seit mehreren Jahren keine feste Beziehung, aber eine beachtliche Anzahl an kurzen Affären. Sie ist nicht der Typ, der sich binden will. Ich habe ihr Alibi erneut überprüft. In der Nacht des Einbruchs hat sie bis halb neun gearbeitet, das beweisen die Videoaufnahmen. Danach fuhr sie direkt in den Indigo Fitness Club, wo sie eine Stunde trainierte. Anschliessend ass sie mit einem Bekannten vom Fitnessclub im Restaurant Cu einen Salat, er bestätigt das wie auch das Servicepersonal. Sie ist Stammkundin dort. Ausserdem zeigt der Browserverlauf ihres Handys, das sie uns freiwillig überlassen hat, dass sie ab Mitternacht bis nach zwei Uhr nachts im Internet gesurft hat. Die erste Stunde sah sie sich Fachartikel zu einem Forschungsthema betreffend Abstossung bei Organtransplantationen an, danach vertiefte sie sich in die News des Tages und landete schliesslich auf Pornoseiten.»

Vermutlich ahnten alle, was sie danach tat, dachte Sara.

Nach einigen Sekunden des Schweigens räusperte sich Bolander und fuhr fort. «Da wir mit grosser Sicherheit annehmen können, dass Harri Krieger die Viren untergejubelt wurden, nehme ich an, dass auch Dr. Julia Weisshaar die Tüte mit den Fotos, der Unterwäsche und den Schlüsseln zugeschoben wurde. Ich glaube ihrer Geschichte, dass sie die Bilder anonym zugeschickt bekommen hat. Sie hat sie weggeworfen. Genau das war der Plan. Der Täter hat die Bilder wieder aus dem Abfall gefischt, die jetzt mit ihren Fingerabdrücken versehen waren.»

«Wer hätte Zugang dazu?», fragte Lind. «Ausser dem Reinigungspersonal.»

«Tamara Hansen», sagte Sara. «Sie kennt sich mit Computertechnologie aus. Was, wenn sie und die Weisshaar zusammenarbeiteten, das Surfen auf dem Handy manipulierten, es jedoch bei dem Überfall zu dem Totschlag kam, den Tamara nicht wollte. Die untergeschobenen Beweisstücke wären eine Möglichkeit, wie sie sich an Weisshaar rächen könnte.»

«Zu weit hergeholt. Ich habe einen besseren Ansatz», sagte Bolander. «Rosanna Moretti.»

Lind krauste die Stirn. «Die Empfangsdame, die die Tüte in Weisshaars Schublade gefunden hat?»

«Moretti leitet die Personalabteilung bei Rivoli», erklärte Bolander. «Am Empfang hilft sie nur aus. Beweise habe ich keine, doch Rizzo hat sich, auf deinen Befehl hin», er schaute Sara strafend an, «mit dem Klatsch und Tratsch bei Rivoli beschäftigt. Mehrere Angestellte bestätigen, dass die Moretti auf Harri Krieger stand, von ihm schwärmte und gern mit ihm flirtete. Er hingegen zeigte ihr, vor allem seit der Heirat mit Rebecca Wild, die kalte Schulter.»

«Aber weshalb aus Eifersucht und verschmähter Liebe gleich einen Laboreinbruch begehen?», wunderte sich Sara.

«Keine Ahnung. Was ich aber weiss, ist, dass Moretti Verbindungen zur italienischen Mafia hat. Sie stammt aus Neapel, und ihre vier älteren Brüder sind Mitglieder der Gattaro, auch wenn ich bisher keine Beweise finden konnte, dass Moretti selbst für die Mafia arbeitet. Sie kam mit achtzehn in die Schweiz, hat zwei Jahre später einen Schweizer geheiratet, reichte aber drei Jahre später die Scheidung ein. Heute ist sie dreiunddreissig, wohnt allein in einer Zwei-Zimmer-Wohnung in Cham und lebt ein scheinbar anständiges Leben. In den Sommerferien fährt sie regelmässig nach Neapel und besucht ihre Familie.»

Lind stand auf. Nichts hielt ihn mehr auf dem Stuhl. «Wenn Moretti Verbindungen zur Mafia hat, könnte sie Profis für den Einbruch angeheuert haben.»

«Eine Option», sagte Bolander.

«Würde heissen, unsere Täter sind längst wieder zurück in Italien.» Das war nicht gut, dachte Sara. Musste sie sich jetzt mit Interpol und den italienischen Behörden herumschlagen? «All der Aufwand, bloss um die Zukunft eines Mannes zu zerstören, der die Liebe nicht erwidert hat?»

«Vielleicht wollte Moretti zwei Fliegen mit einer Klappe schlagen und gleichzeitig Forschungsergebnisse an ein italienisches Labor verkaufen?», schlug Bolander vor. «Schliesslich wurde das Labor von der italienischen Familie Rivoli gegründet, bevor es an eine amerikanische Holding verkauft wurde.»

«Guter Ansatz», sagte Lind, «aber wie passt der Ausbruch der Tollwut ins Bild?»

«Ein Unfall?», riet Bolander.

«Weisshaar beteuerte, dass keines der Labortiere mit Tollwut infiziert war. Und die Probe, die Harri untergeschoben wurde, war versiegelt.»

«Moretti hatte Zugang zu den Lagerdateien. Sie könnte sie gefälscht haben. Zwei Proben bestellt, zwei erhalten, Bestellung geändert, Lagereingang eine Probe und die zweite heimlich mitgehen lassen.»

«Habt ihr die Lieferpapiere durchgesehen?», fragte Sara. «Die können nicht so leicht manipuliert werden.»

«Die Ordner liegen bei unseren Kollegen im kantonalen Lagezentrum zur Auswertung. Ich werde gleich nachsehen. Zudem kann ich bei dem Zulieferer nachfragen.»

«Tu das. Und grab tiefer. Ich will alles über Rosanna Moretti wissen, jedes Detail. Aber Vorsicht, ich will sie nicht aufscheuchen. Geh diskret vor. Eckart, wir brauchen die Bewilligung, ihr Handy überwachen zu lassen.»

«Ich stelle gleich den Antrag.»

Endlich kam Bewegung in die Sache, dachte Sara. «Was ist mit dem Zigeuner? Hast du über ihn etwas herausgefunden? Mit dem stimmt was nicht. Ich würde mich nicht wundern, wenn er in den Fall verstrickt ist.»

«Steht als Nächstes auf meiner To-do-Liste.»

«Hm», knurrte Sara. «Wo steckt eigentlich Rizzo?»

«Er hat sich heute freigenommen. Familiäre Angelegenheit. Ich bin mit ihm bis gestern spät in die Nacht hinein den Fall durchgegangen.»

Ein Anruf vom Empfang unterbrach das Gespräch. Sara nahm ihn entgegen. Es sei ein Paket von einem Kurier abgegeben worden, sagte der Kollege, adressiert an Sara Jung. Als sie nachfragte, warum man es ihr nicht hochbrachte, erklärte er, dass es bei Lüscher im Labor der Kriminaltechnik liege. «Aus welchem Grund?», fragte Sara. «Liegt eine tickende Bombe drin?»

«Das nicht.» Der Kollege räusperte sich. «Das Paket stinkt fürchterlich.»

***

Es gab nur wenige Anhaltspunkte, die Natalie weiterhelfen konnten. Sie holte sich das Gespräch mit Sara zurück ins Gedächtnis. Wie hatte sie es ausgedrückt: Ihre Eltern hätten sie emotional getötet und schmorten hoffentlich in der Hölle. Sie vermisste ihr Würmchen. Und da waren Satzfragmente, die Natalie nicht aus dem Kopf gingen: *Wie alt sind Sie jetzt? Vierundzwanzig? Nur zwei … Ich habe mir immer vorgestellt, wie es wäre …*

Was wollte Sara damit andeuten?

Natalie schob sich das Kissen zurecht, das sie auf den bereits gepolsterten Bürostuhl gelegt hatte. Sie sass in ihrem Geheimzimmer vor dem PC. Es wurde Zeit, ihre Verbindungen spielen zu lassen. Sie öffnete den Tor Browser, loggte sich ins Darknet ein und rief einen Chatroom auf. Sie wusste, Hannes würde an diesem Mittwochmorgen dort sein. Er war immer dort, ein Freak wie sie.

‹ww3gfh› hi
‹ihs14a› nat? ygbk! noch aas?
‹ww3gfh› yup. mir geht's gut. was treibst du so?

Sie unterhielten sich eine Weile mit Small Talk, bevor Natalie ihr Anliegen vorbrachte.

‹ww3gfh› brauche hlp. 411!!! dringend.
‹ihs14a› imtm
‹ww3gfh› brauche 411 über eine SARA JUNG aus baar. Ich komme bei ihr nicht weiter. brauche alles über ihre vergangenheit, über ihre family.
‹ihs14a› wer ist sie?

Natalie klärte Hannes auf. Sie hatte selbst im Netz geforscht, Datenbanken durchgesehen und tief gegraben, aber Sara Jung tauchte erst ab dem Zeitpunkt auf dem Radar auf, als sie die Polizeischule absolvierte. Davor schien sie nicht existiert zu haben. Natalie kam mit ihren Fähigkeiten nicht mehr weiter. Sie war kein Hacker wie Hannes, der sich in jedes Computerprogramm und jede Datenbank unbemerkt einschmuggeln konnte. Erschwerend war, dass sie einen Zeitraum durchsuchen musste, der mehr als zwanzig Jahre zurücklag. Damals wurden die Daten nicht im Netz gehortet wie heute. Sie brauchte einen Experten, um über Saras Zeit vor der Polizeischule mehr herauszufinden.

‹ihs14a› *s* das wird lustig.
‹ww3gfh› bleib am boden. es ist ernst.
‹ihs14a› alles cool. ich setz mich gleich ran. ttyl
‹ww3gfh› 10x
‹ihs14a› 14aa41

Natalie loggte sich aus dem System. Jetzt musste sie warten.

Sie öffnete ein neues Fenster auf ihrem Bildschirm und sah sich die Notizen an, die sie bisher über Sara Jung angelegt hatte. Sie hatte am 5. Mai Geburtstag, war zweiundvierzig Jahre alt. Geburtsort war Schwyz. Ihre Eltern wären jetzt zwischen sechzig und siebzig Jahre alt, aber, nach Saras Aussage, lebten sie nicht mehr. Natalie fand keine Familie Jung, deren Eltern in diesem Alter verstarben und die eine Tochter zurückliessen, die Sara hiess. Natalie hatte alle Personen mit dem Nachnamen Jung im Kanton Schwyz wie auch im Kanton Zug kontrolliert. Fehlanzeige. Sara und ihre Eltern mussten woanders aufgewachsen sein. Vor neunzehn Jahren tauchte Sara aus dem Nichts auf. Sie besuchte in Hitzkirch die Polizeischule und arbeitete sich bei der Zuger Polizei hoch, bis sie im April letzten Jahres zur Kripochefin befördert wurde.

Natalie hatte in Saras Privatleben gewühlt. Sie schien keines zu haben, fast keines. Sie ging regelmässig zweimal im Monat in die Schiessanlage Choller und besass ein Jahresabo vom Fitnesspark. Montags liess sie sich Lebensmittelvorräte für eine Woche, bestellt bei einem Onlineshop, nach Hause liefern. Jeden Mittwoch schaute eine Haushaltshilfe vorbei. Natalie fand heraus, dass Sara in unregelmässigen Abständen einen Psychologen aufsuchte. Der letzte Besuch bei Dr. Dreyfuss lag aber bereits drei Monate zurück. Natalie hatte Hannes den Namen des Arztes weitergegeben. Vielleicht konnte er sich in dessen Patientenakten hacken. War einen Versuch wert.

Nachdenklich tippte sie mit dem Finger auf den Monitor, dort, wo Saras Geburtsdatum stand. Saras Andeutung musste ein Hinweis sein: *Wie alt sind Sie jetzt? Vierundzwanzig? Nur zwei …* Was meinte sie damit? Zwei was? Zwei Jahre? Sie rechnete nach: Zweiundvierzig minus ihr eigenes Alter von vierundzwanzig machte achtzehn. Wenn sie mit ihrer Vermutung richtiglag, war Sara damals entweder sechzehn oder zwanzig gewesen, als etwas passiert sein musste. Wenn Würmchen, wie Natalie vermutete, ein Baby war …

Sie notierte sich die Jahreszahlen, in denen Sara ihr Kind auf die Welt gebracht haben musste. Erneut suchte sie in den Aufzeichnungen der Spitäler der Kantone Zug, Schwyz und Luzern nach der Geburt von Würmchen Jung. Nichts. Natalie seufzte. Musste sie alle Spitäler der Schweiz abklappern? Was, wenn Sara im Ausland geboren hatte? Mit Würmchen musste etwas Dramatisches passiert sein.

Natalie liess ihren Computer die Archive der lokalen Zeitungen mit folgenden Stichworten durchsuchen: Kindsmord, Baby verunfallt, Baby entführt. Ohne Erfolg. Entmutigt stand sie auf. Sie musste auf Hannes warten. Wenn jemand etwas finden konnte, dann er.

***

«Das ist Terror. Seuchenterror!» Sara hielt sich den Ärmel ihrer Bluse vor die Nase. Der Gestank war nicht zu ertragen. Lind hatte nach einem kurzen Augenschein Reissaus genommen. Entweder hatte er einen schwachen Magen oder ein sensibles, tierliebendes Herz. Kaninchen waren üblicherweise süss und kuschelig weich. Dieses hier schien wie aus einem Horrorfilm entsprungen: Friedhof der Kuscheltiere, made in Switzerland.

Sara stand zwischen Lüscher und Bolander und starrte in das offene Paket: eine schlichte Schuhschachtel, gefüllt mit Stroh – und einem verendeten weissen Löwenkopfkaninchen.

«Der Verwesungsprozess hat eingesetzt», sagte Lüscher.

«Wie lange ist es tot?», fragte Sara.

«Schwer zu sagen. Das kommt darauf an, wie es gelagert wurde. Ein Tierarzt muss sich das genauer ansehen. Es kann einige Wochen alt sein oder einige Tage, wenn man es an einem warmen, feuchten Ort aufbewahrt hat.»

«Tollwut?»

«Möglich. In unserem Fall wahrscheinlich. Das kann kein Zufall sein.»

«Das ist eine Drohung», sagte Bolander. «Eine Warnung an uns.»

«Weshalb?», fragte Sara. Ihr kamen wieder die Bilder von Herrn Geheimrat hoch.

«Das fragst du?» Bolander starrte sie an. «Erst dein Kater, jetzt das Paket mit dem Hasen, an dich adressiert. Das wird persönlich.»

«Was bringt mich mit einem Einbruch in ein Labor und einer Tierseuche in Verbindung?»

«Moment», wandte Lüscher ein. Er hatte sich dicke Gummihandschuhe übergezogen, trug einen Mundschutz und stocherte mit einer langen Pinzette in der Schachtel herum. «Da liegt etwas unter dem Hasen.» Er schob ihn ein Stück zur Seite.

«Igitt! Da sind Maden», rief Sara aus und wich instinktiv einen Schritt zurück.

«Nicht die Maden. Aber die helfen uns zumindest beim Bestimmen des Todeszeitpunktes. Nein, hier, da ist ein Stück Papier. Bolander, reich mir mal eine der Plastiktüten vom Tisch.» Lüscher faltete das kleine Stück Papier auseinander, tütete es ein, verschloss den Beutel und sprühte ihn gleich mit Desinfektionsmittel ein, bevor er ihn auf seinen Tisch legte.

Alle starrten auf die Notiz, einen Computerausdruck. Es standen nur fünf Worte darauf:

DU BIST DIE NÄCHSTE, BITCH!

Wer die Bitch war, war eindeutig.

«Da ist jemand mächtig sauer auf dich, Sara.» Lüscher starrte sie an. «So sauer, dass er dir gleich mit der Tollwut droht. Ich würde das ernst nehmen.»

Sara stürmte aus dem Labor. Ihr wurde übel. Der Gestank des verwesenden Kaninchens ging ihr nicht mehr aus der Nase. Ganz gleich, ob Kadaver oder Leichen, nach dem Tod gammelten sie alle vor sich hin. War die Drohung ernst gemeint? Würde sie einsam wie ihr Kater sterben, wie das Kaninchen in einer Box vor sich hin verwesen? Sara hätte damit leben können, erschossen zu werden, erstochen vielleicht oder erwürgt. Aber mit Tollwut ermordet? Niemals. Sie hatte keine Tollwut. Unmöglich.

Bolander kam aus dem Labor, das Handy an sein Ohr gedrückt. Wie durch einen dumpfen Schleier hörte Sara, wie er mit Betty telefonierte, der keine Ruhe gegönnt war. Jetzt konnte sie mit grosser Sicherheit zu ihrer Sammlung an Tollwut verendeten Tieren ein Kaninchen hinzufügen – und bald auch einen Menschen?

Bolander legte auf und trat neben Sara. Er legte seine Hand auf ihre Schulter. «Alles okay?»

«Klar doch. Ist nicht die erste Drohung, die ich erhalte. Berufsrisiko.»

«Bist du sicher, dass es mit deinem Beruf zu tun hat? Das scheint mir zu persönlich. Muss ich etwas wissen? Willst du reden?»

«Worüber, zum Teufel?», fuhr sie ihn harsch an. «Da treibt ein Psychopath ein perfides Spiel.»

«Du musst uns den Fall überlassen, das weisst du.»

«Du stellst mich nicht auf die Strasse, Bolander! Ich bin deine Chefin.»

«Es gibt andere Fälle, um die du dich in der Zwischenzeit kümmern kannst.»

«Verdammte Scheisse! Verflucht! Ich lass mich nicht abservieren! Vergiss es. Mach dich an die Arbeit. Ich will wissen, welcher Kurier das stinkende Paket ausgeliefert hat. Heute Abend will ich den Hurensohn, der uns terrorisiert, in der Arrestzelle auseinandernehmen.»

VIERZEHN

Tom wartete bereits zehn Minuten vor der Polizeizentrale. Er hatte eine Nachricht von Sara erhalten, er solle hier um zwölf auf sie warten. Verzweiflung hatte in den Worten mitgeklungen. War inzwischen etwas passiert, von dem Tom nichts wusste? Ihr Grund sollte besser gut sein. Er hatte sich um sein Geschäft kümmern wollen, endlich die lästige Buchhaltung erledigen, einige Telefonanrufe tätigen und Mails beantworten. Es war Mittwoch, und er musste das Training mit seinen Schützlingen am Abend vorbereiten. Heute Morgen hatte sein Vater die Pflegehilfe als Einbrecherin beschuldigt, lautstark geschrien und zu allem Übel auch noch die Polizei gerufen, die mit Blaulicht angerast kam. Jede Erinnerung aus seinem Leben hatte Paps vergessen, aber nicht die Notrufnummer der Polizei. Das Chaos an diesem Morgen war perfekt gewesen. Auf Saras Probleme hatte er daher wenig Lust. Weshalb nur hatte er zugesagt, sich mit ihr zum Mittagessen zu treffen? Tom schob einen losen Kieselstein mit der Sohle seiner Sportschuhe hin und her. Zu oft musste er an Natalie denken. Er hasste es, sich mit ihr zu streiten. Weshalb verstand sie nicht, dass er nur ehrlich mit ihr sein wollte? Klar, Rico war sein Kumpel, und er mochte ihn, aber Rico war nicht gut für Natalie. Rico bedeutete Ärger, garantiert.

«Ich brauch ein kühles Bier!» Sara stürmte energisch aus dem Gebäude. «Gehen wir ins ‹Brandenberg›.»

«Hallo, Tom. Danke, dass du gekommen bist», begrüsste er sie ironisch und schloss rasch zu ihr auf. «Was ist los?»

«Nichts! Das ist es ja. Lind hat mich von dem Fall abgezogen.»

«Von dem Seuchenfall?»

«Ja, von diesem und dem Einbruch ins Labor.»

Tom griff nach Saras Arm und hielt sie zurück. «Was ist passiert?»

Sie prustete Luft durch ihre gepressten Lippen. «Persönlich! Es wird persönlich. Als ob ich das nicht im Griff hätte. Aber nein, Lind behauptet, ich könne nicht rational denken und sei emotional zu sehr involviert. Arschgeige! Ich werde nie emotional. Emotionen habe ich aus meinem Leben gestrichen. Endgültig.»

«Was ist vorgefallen?»

«Die Seuche wurde absichtlich ausgelöst, und der Mistkerl, der dafür verantwortlich ist, droht mir. Er hat der Polizei ein verendetes Kaninchen per Post zugestellt. Ich sei sein nächstes Opfer, war die Botschaft darin. Der kann mich mal kreuzweise!»

Tom liess Saras Arm los, eher instinktiv. «Jetzt brauche ich ein Bier.»

Zehn Minuten später sassen sie in der rustikalen Gaststube des Restaurants Brandenberg. Sara hatte kein Wort mehr gesagt. Sie war komplett durch den Wind.

«Weshalb hast du mich herbestellt?», fragte Tom.

«Um Dampf abzulassen. Sonst gibt es ja …»

Sie musste den Satz nicht beenden. Tom begriff auch so, dass sie allein war. «Was ist die Verbindung zwischen dir und dem Fall?» Er drehte die Stange Panaché in seiner Hand.

«Keine Ahnung.»

«Da muss es eine Verbindung geben. Was ist mit den Tieren? Pferd, Hund, Katze, Fuchs und jetzt das Kaninchen? Hast du Tierschützer verärgert?»

«Nein. Es gab nur Herrn Geheimrat, und wir lebten eine freundschaftliche, aber distanzierte Beziehung.»

Was immer das bedeutete, dachte Tom. «Wie sieht es mit Krankheiten aus? Erfahrungen mit Seuchen? Vielleicht bei der Arbeit? Hast du einmal einen Labortechniker verhaftet, so etwas in der Art?»

«Nein.»

Tom überlegte. Wo war der gemeinsame Nenner? «Was ist mit Jägern oder Golfern? Ist aus diesem Umfeld jemand wütend auf dich?»

Sie schüttelte den Kopf.

«Ärzte?»

Sara leerte ihr Bier und bestellte noch eine Stange. «Da gibt es nichts. Lind hat bereits Bolander darauf angesetzt, sich meine alten Fälle anzusehen. Mit Ärzten hatte ich nie zu tun, jedenfalls nie mit Ärzten auf der Verdächtigenliste. Im Zusammenhang mit einer Seuche oder Krankheit oder mit Tieren bearbeitete ich nie einen Fall.»

«Wenn die Drohung nichts mit deiner Arbeit zu tun hat, dann mit deinem Privatleben.»

«Das gibt es nicht», sagte Sara leise und verschränkte die Arme vor der Brust. Die Reaktion fiel beinahe trotzig aus.

Das musste es sein, dachte Tom. Etwas muss in ihrem Leben vorgefallen sein. Weshalb sonst lebte sie zurückgezogen und abgekapselt und öffnete sich nicht einmal ihrer Katze gegenüber? Er beschloss, sie ins kalte Wasser zu werfen, und musste an das Gespräch mit Natalie denken. «Was ist mit Kindern?»

Ihr Kopf schoss hoch. «Spinnst du? Was hat der Fall mit Kindern zu tun?»

«Wie wäre es mit einem Kind?», fragte Tom gedehnt und lehnte sich über den Tisch. «Nennen wir es Würmchen. Es dürfte mittlerweile über zwanzig Jahre alt sein. Was, wenn Würmchen wütend ist auf seine Mutter, weil sie es im Stich gelassen hat? Was, wenn Würmchen Rache will?»

Sara knallte so laut mit der Faust auf den Holztisch, dass das Bier in Toms Glas überschwappte. «Sie will keine Rache.»

«Warum nicht? Von der Mutter im Stich gelassen zu werden, ist ein gutes Motiv.»

«Du verdammter Drecksack. Halt die Klappe!»

«Erzähl mir von ihr.»

«Niemals.»

«Weshalb?»

«Weil sie tot ist. Deshalb. Sie wurde ermordet. Zufrieden?» Sara stand auf und stürmte davon.

Tom fühlte, wie seine Hände leicht zitterten. Saras Kind wurde ermordet? Mit diesem Wissen musste er kein Psychologe sein, um Sara zu verstehen. Sie war nicht kalt und gefühllos. Sie litt und gab ihren Gefühlen kein Durchkommen. Trotz der Tragödie kam er nicht darum herum, sich zu fragen, ob es einen Zusammenhang zwischen dem Mord an Saras Kind und der Drohung mit der Seuche gab. Tom musste mehr über Saras Vergangenheit herausfinden, wenn er ihr helfen wollte, so viel war klar. Er musste sich mit Natalie treffen. Sofort.

***

Wolke sieben gab es. Natalie starrte hoch in den fast kitschig blauen Himmel. Eine einzelne Wolke thronte über ihr, flauschig weich wie ein Ball aus Baumwolle, und spendete ihr Schatten vor der warmen Herbstsonne.

«Bezaubernd.»

Natalie drehte den Kopf zur Seite. Sie lag auf einer Decke im Gras und schaute in Ricos graugrüne Augen. «Die Wolke?»

«Nicht die Wolke.» Rico zwinkerte ihr zu.

Natalie fühlte, wie ihr das Blut in den Kopf schoss. Dieser kostbare Moment war zu wertvoll, um ihn mit den anderen zu teilen. Rebecca und Harri sassen am Gartentisch und spielten mit Imani. Alexandra servierte Pudding. Musa hing am Telefon. Natalie verstand kein Wort. Er sprach Hausa, einen afrikanischen Dialekt, der im Norden Nigerias gesprochen wurde. Musa schien aufgebracht und nahm kaum Notiz von ihr und Rico. Seine Familie war schwierig, das wusste sie. Homosexualität wurde in seinem Heimatland nicht selten mit Steinigung bestraft, deshalb war er vor Jahren in die Schweiz geflohen. Zum Vater hatte er keinen Kontakt mehr, aber seiner jüngsten Schwester stand er nahe. Sie hatte letzten Sommer geheiratet und war alles andere als glücklich in ihrer Beziehung. Ihr Mann trank zu viel und war zu faul zu arbeiten. Natalie litt mit Musa. Weder hatte er zu der Hochzeit fliegen können, noch konnte er seiner Nana jetzt helfen.

«Weshalb der Schatten auf deinem Gesicht?», fragte Rico.

Natalie sah nichts als Wärme in seinem Gesicht. «Wie fühlt sich ein Bruder, wenn er seiner Schwester nicht helfen kann?»

Rico drehte den Kopf und schaute Musa zu, der am Telefon die Hände verwarf und sich einige Schritte von ihnen entfernte. Deutlich sah Natalie, wie die Ader neben der Narbe an Ricos Schläfe sich weitete.

«Kann ich was tun?», fragte er.

«Nana lebt in Kaduna, fünftausend Kilometer entfernt. Da wird Hilfe schwierig.»

«Hey, ihr Turteltauben, der Pudding sollte nicht reifen auf dem Teller.» Alexandra winkte sie an den Tisch.

Nur widerwillig stand Natalie auf. Ihr Allerwertester schmerzte, aber das wollte sie Rico auf keinen Fall anvertrauen. Er reichte ihr die Hand und half ihr hoch. Rico kannte keine Berührungsängste. Ihre verkümmerte, einbandagierte Hand schien ihn nicht abzuschrecken, er hielt sie einen Moment länger als nötig.

Was für ein fast perfekter Nachmittag, dachte Natalie. Sie sassen wie eine ganz gewöhnliche Familie am Tisch im Garten, plauderten fröhlich durcheinander, lachten und blendeten die Probleme aus, die im Dunkeln schlummerten. Natalie hätte Wolke sieben umarmen können, die beharrlich über ihnen wachte und kühlen Schatten spendete. Das Gefühl, mit einem Freund am Familientisch zu sitzen, war neu. Es war berauschend. Sie wusste, dass die leichte Berührung ihrer Knie unter dem Tisch kein Zufall war. Natalie trug Khangatücher in Pink und Himmelblau. Genauso fühlte sie sich. Alexandra suchte ihr stets die Tücher in der richtigen Farbe heraus. Wie die Haut eines Chamäleons drückten sie Natalies Stimmung aus. Alexandra wusste das nur zu gut. Sie war in den Jahren, in denen sie bei ihnen wohnte, wie zu einer grossen Schwester geworden. Natalie stocherte gedankenversunken im Pudding herum. Die anderen waren längst fertig. Sie hatte zumindest die halbe Portion geschafft.

«Imani braucht frische Windeln.» Rebecca stand auf und

gab Harri einen Stups an die Schulter. «Du kannst mir helfen.» Sie zwinkerte Natalie zu.

Alexandra räusperte sich. «Ähm, ich räum den Tisch ab. Musa, trägst du die Kaffeetassen rein?»

Natalie blieb mit Rico allein am Tisch zurück. «Die sind voll ätzend. Offensichtlicher geht es nicht mehr.»

«Deine Familie ist grossartig.»

«Ja, ist sie. Ich habe echt Glück, wenigstens in dieser Beziehung.» Sie schob den Dessertteller von sich weg. Ihr Hals schmerzte, aber der Magen knurrte. Der Beutel mit dem Mittagessen wartete oben im Beautyzimmer auf sie, aber Natalie wollte Rico nicht im Garten zurücklassen, während der Brei durch einen Schlauch in ihren Magen rann. Kein romantischer Gedanke. Rico dabeizuhaben ging gar nicht, da hungerte sie lieber und nahm Musas missbilligende Blicke auf sich.

«Gehen wir ein paar Schritte.» Rico stand auf und nahm Natalie an der Hand. Sie schlenderten zum Papiliorama, das neben dem Swimmingpool stand. Drinnen war es um diese Tageszeit zu heiss für Natalie, aber durch die gläsernen Wände beobachtete sie die Schmetterlinge, die munter zwischen den tropischen Pflanzen umherflogen. An der Scheibe über ihr haftete der smaragdfarbene Madagaskar-Taggecko. Natalie fuhr seine Konturen mit dem Zeigefinger nach. «Ich träume immer davon, einmal den Amazonas zu besuchen, aber wenigstens habe ich mir ein Stück Amazonas nach Walchwil geholt.»

«Weshalb fliegst du nicht hin?»

«Ach, komm. Ich zerfalle ja schon hier in der Schweiz beinahe in meine Einzelteile. Ein langer Flug, anderes Klima, schlechte medizinische Versorgung, die Strapazen. Wie soll das gehen?»

«Probieren wir's aus.»

Natalie schubste ihn leicht mit der Schulter an. «Rede keinen Blödsinn.»

«Lass uns verschwinden. Morgen. Ich sattle Gypsydancer. Wir füllen die Satteltaschen mit Lebensmitteln, schnallen die Schlafsäcke auf und verduften. Okay, der Wald um den Wildspitz ist nicht der Amazonas, aber an Phantasie mangelt es uns nicht. Lass uns draussen schlafen, unter den Sternen. Der Altweibersommer war nie schöner.»

«Du bist verrückt!»

«Nein. Nur abenteuerlustig, genau wie du. Na los, wag es, sei mutig, ich weiss, dass du es bist. Ich kann dir mit den Verbänden helfen, kein Problem. Und für Notfälle gibt es das Handy. Wir sind nicht ab der Welt – nur für uns allein.»

Bei dem Gedanken lief es Natalie heiss und kalt den Rücken hinunter. Allein mit Rico in der Wildnis – na ja, Beinahewildnis. «Paps wird das nie erlauben.»

«Du bist volljährig und kannst tun und lassen, was du willst.»

«Er wird es verhindern.»

«Wir sagen es ihm nicht.»

«Ich soll abhauen?»

«Nur für eine Nacht. Du kannst eine Nachricht hinterlassen, dass du am nächsten Tag zurück sein wirst.»

«Er wird mich lynchen.»

«Möglich. Ist es das Risiko wert?»

Natalie kannte die Antwort und verkniff sich ein Grinsen.

«Erzähl niemandem von unserem Plan», sagte Rico.

«Auch nicht Tom?»

«Er wird uns jagen, um dich so rasch als möglich wieder heimzubringen. Sein Bodyguard-Instinkt ist übermenschlich.» Rico setzte sich ins Gras und zog Natalie zu sich auf den Schoss.

Sie konnte ihr Glück kaum fassen, als er die Arme sanft um sie legte. Passierte das wirklich?

«Tom ist eifersüchtig», sagte Rico.

«Eifersüchtig, Tom, auf dich? So ein Nonsens. Er geht mir seit einem Jahr erfolgreich aus dem Weg.»

«Er mag dich, auf seine Art halt.»

Natalie legte ihre Hand auf Ricos Arm, der um ihren Bauch lag. Sie hatte Angst, dass er sie gleich wegstossen würde, aber stattdessen legte er seine andere Hand auf die ihre.

«Wir hatten Streit gestern Abend», sagte Rico. «Er hat ein Problem damit, dass ich Zeit mit dir verbringe. Er vertraut mir nicht.»

Überrascht runzelte Natalie die Stirn. «Ihr seid Freunde.»

«Schon, aber er hält mich für unzuverlässig, für sprunghaft und nicht beziehungsfähig. Er will dich vor mir schützen.»

Sie musste einen Augenblick über diese Worte nachdenken.

Rico fuhr fort: «Der Fall beschäftigt ihn. Es ist ihm sauer aufgestossen, dass diese Sara Jung deinen Vater verhaften liess. Hast du etwas von ihr gehört?»

«Gehört ist gut. Sie hat mich gestern Abend praktisch entführt.»

Rico nickte. «Tom hat es erzählt. Etwas stimmt mit der nicht.»

Weshalb war Rico jedes Mal zornig, wenn das Gespräch auf Sara kam? Natalie erinnerte sich, wie er reagiert hatte, als sie zu ihnen in die Villa kam.

«Wie hast du sie kennengelernt?», fragte Rico und lächelte, ein Lachen, das nicht zu der zu ernst gemeinten Frage passte.

In einer Kurzfassung erzählte Natalie von den Ereignissen letzten Sommer. «Aber du hast recht», schloss sie ihre Erzählung, «etwas ist faul. Sie hat gestern Abend komisches Zeugs gelabert: von einem Würmchen. Ich denke, in ihrer Jugend hat sie ein Trauma durchgemacht. Würmchen ist vermutlich ein Kind. Ich habe das Netz durchforstet und keine Antworten gefunden. Sara schien vor ihrem Polizistenleben nicht existiert zu haben.» Natalie zuckte mit den Schultern. «Vielleicht hat sie den Namen gewechselt und eine neue Identität angenommen. Ich weiss es nicht, noch nicht. Ein Freund von mir kümmert sich darum. Er hackt sich gerade durch die geheime Welt im Netz. Hundertpro wird er sie finden, und dann wissen wir mehr.»

«Wann?», fragte Rico.

«Weshalb interessierst du dich so sehr für die Jung? Ist dir eingefallen, woher du sie kennst?»

«Nein, aber ich kenne meine Feinde gern.»

«Feinde? Weshalb sollte sie es auf dich abgesehen haben?»

«Schon vergessen? Ich bin ein Zigeuner ohne festen Wohnsitz. Leute wie mich mag die Polizei nicht.»

«Ach, komm, jetzt redest du aber Stuss.» Natalie hörte Schritte und blickte auf. Tom kam auf sie zu. Wie angewurzelt blieb er stehen, als er sie in den Armen von Rico am Boden sitzen sah. Geschieht ihm recht, dachte Natalie und drückte sich nach einer Sekunde des Zögerns enger an Ricos Brust.

«Wow», sagte Tom. «Du lässt echt nichts anbrennen, was?»

«Tom!», rief Natalie, bevor Rico antworten konnte. «Wenn du ein Problem hast, kannst du gehen, aber sprich nicht so mit Rico. Er ist es nicht, der mich sitzen gelassen hat.»

Der Hieb sass. Tom atmete heftig durch und nickte kaum merklich. Wie ein geprügelter Hund schien er. Sofort taten Natalie ihre harschen Worte leid. Das war nicht fair gewesen. Tom hatte für sie sein Leben aufs Spiel gesetzt und sie immer gut behandelt – auf freundschaftliche Art. Er hatte sie nie angelogen oder falsche Versprechungen gemacht. Sie war die Egoistin, weil sie mehr von ihm wollte. Blöde Kuh. Sie stand auf und trat vor Tom. «Sorry. War nicht so gemeint.»

Er ging nicht auf ihre Entschuldigung ein. «Ich brauche deine Hilfe, deine Hilfe mit Sara Jung.»

Schon wieder Sara? Verdrehte sie den Jungs den Kopf, oder was?

«Du musst etwas für mich recherchieren», bat er.

«Bin an ihr dran. Aber weshalb interessiert sich jeder für diese Despotin?» Sie schaute zu Rico hinunter, der nach wie vor im Gras sass. Natalie entgingen die mürrischen Blicke nicht, die Tom und Rico austauschten.

«Lind hat Sara von dem Fall abgezogen», erklärte Tom. «Der Fall wird persönlich, sie war aufgewühlt. Ich habe sie auf Würmchen angesprochen.»

Jetzt wurde es interessant, dachte Natalie. Würmchen war der Schlüssel zu Sara.

«Würmchen ist ein Kind», fuhr Tom fort. «Saras Kind.»

«Ha! Wusste ich's doch!», rief Natalie aus. «Hat sie es weggegeben? Als sie vor fast zwanzig Jahren die Polizeischule absolvierte, ist von keinem Kind die Rede. Sie lebte in einer WG. Da war kein Platz für ein Kind.»

«Würmchen ist tot», sagte Tom.

«Oh.»

«Ermordet.»

«Ermordet?» Natalie war baff. «Wann? Es muss ein Baby gewesen sein. Und warum?»

Tom schüttelte den Kopf. «Mehr konnte ich nicht von Sara erfahren. Nur dass ihr Würmchen ermordet wurde. Ich habe einige Recherchen angestellt, aber nichts gefunden. Deshalb musst du mir helfen.»

Rico stand auf und trat zu ihnen. Seine Halsschlagader pochte. «Würmchen ist tot? Ermordet? Bist du sicher? Es sind nur Worte, Worte von einer Zicke, die alles tut, um ihre Haut zu retten. Könnte sie die Geschichte nur erfunden haben?»

Der Gesichtsausdruck von Tom war ebenso überrascht wie der von Natalie. «Weisst du etwas darüber?», fragte sie irritiert.

«Nein», antwortete Rico leise. «Ist nur ein Bauchgefühl. Ich kann Menschen gut einschätzen.»

Neben ihr atmete Tom tief durch. Natalie war nicht sicher, ob er Rico die Antwort abkaufte.

Sie tat es nicht.

***

«Was kommt als Nächstes? Eine Kuh?» Betty hob eine leere Bierdose auf, die auf dem Boden der Seepromenade lag, und warf sie in den Abfallkorb am Wegrand. «Ich brauche mehr Personal. Fünf an Tollwut erkrankte Tiere innerhalb von wenigen Tagen. Fünf Tiere, fünf Spezies. Das stinkt zum Himmel.»

Sara starrte Betty hinterher, die energisch weiterging. Ihrem Gang war die Müdigkeit nicht anzusehen, die sich in ihren Gesichtszügen zeigte. Offensichtlich hatte Betty in den letzten Tagen ihrem Aussehen keine Priorität beigemessen. Sie trug einen ausgeleierten Jupe, der ihre vollen Hüften eher ungeschickt in Szene setzte. Darüber trug sie ein verwaschenes T-Shirt, ihre Haare wirkten struppig und zerzaust.

«Bei dem Hasen gibt es keine Zweifel?», fragte Sara und schloss auf.

«Das ist ein Kaninchen, kein Hase. Die Laborergebnisse stehen noch aus, aber alle Anzeichen deuten auf Tollwut. Es dürfte das erste Tier aus unserer Sammlung sein, das an der Seuche verendete. Aber auch bei ihm kein Anzeichen von einer Bisswunde. Dass sich die Tiere gegenseitig ansteckten, schliesse ich aus. Letztlich bleibt nur eine Erklärung übrig.»

Sara wusste, dass ihr die Antwort nicht gefiel.

«Den Tieren muss das Virus verabreicht worden sein», bestätigte Betty. «Jemand hat sie absichtlich mit dem gefährlichen Erreger angesteckt. Dies ist eine Form von Bioterrorismus.»

«Der Täter will etwas von uns», sagte Sara. Falsch. Er wollte etwas von ihr. Weshalb wurde dieser Fall persönlich und der Täter wollte sie tot sehen? Sollte sie die sechste Spezies sein, die an Tollwut verendete? Die Sache hatte etwas Biblisches an sich. Noah rettete von jeder Spezies ein Paar auf seiner Arche vor der Flut. Trieb hier ein Teufel sein Unwesen, der von jeder Spezies ein Exemplar auf grausame Weise töten wollte? Nicht mit ihr. Nicht mit Sara Jung.

Betty blieb an der grossen Voliere am Landsgemeindeplatz stehen und beobachtete die Goldfasane. «Gleich morgen früh bringe ich dich zum Arzt. Ich habe eine Dosis Impfstoff bei mir. Du musst dich schützen, Sara. Mit dem Kerl ist nicht zu spassen. Ein Psychopath ist das.»

«Passt es zeitlich», fragte Sara, «wenn beim Einbruch ins Labor der Erreger gestohlen wurde und der Täter den Tieren umgehend die Viren verabreichte?»

«Die Inkubationszeit liegt zwischen einigen Tagen und mehreren Monaten. Je schneller und je mehr Viren ins Gehirn gelangen, desto früher bricht die Krankheit aus. Also ja.»

«Wer käme dazu in Frage? Wer kennt sich damit aus?»

Betty lachte. Ein zynisches Lachen. «Tierärzte natürlich. Ärzte allgemein. Menschen, die in Labors arbeiten. Tierpfleger.

Jäger vielleicht. Auch die Kassiererin von der Supermarktkasse oder der Velomechaniker, wenn sie sich im Internet über die Krankheit informieren.»

«Moment mal. Was sagst du da? Jäger?»

«Wieso nicht? Jäger wissen gut über die Tollwut Bescheid.»

«Überleg doch, von den fünf Tieren waren vier Haustiere: Hund, Katze, Pferd und Kaninchen.»

«Nicht so der Fuchs!»

«Genau. Der Fuchs passt nicht ins Raster. Ein Wildtier. Zu einem Fuchs kommt die Dame von der Supermarktkasse nicht so leicht.»

«Ein Jäger aber schon», komplettierte Betty den Satz. «Du denkst dabei an Max Hofmeister?»

Saras Instinkte waren hellwach. «Er spielte Golf, als der kranke Hund auf den Rasen torkelte und er ihn mit dem Siebener-Eisen erschlug. Zufall?»

«Du meinst, er hat das inszeniert?»

In Saras Kopf ratterte es. Wenn sie beweisen konnte, dass Hofmeister irgendwie in Kontakt mit dem Reitstall stand, dann war er so gut wie überführt. Sie griff nach ihrem Handy und rief Rizzo an. Es war bereits nach neun Uhr an diesem Abend, und nur die Combox meldete sich. «Wo steckt der bloss, wenn man ihn braucht?» Sie legte auf und probierte es bei Bolander. Hier hatte sie mehr Glück. Sie trug ihm auf, Hofmeister zu durchleuchten. Bolander war wenig begeistert, seinen Feierabend zu opfern, zudem erinnerte er sie daran, dass sie vom Fall abgezogen sei und sich zurückhalten solle.

«Testosteron!», fluchte Sara, als sie das Handy wegsteckte. «Weshalb müssen sich Männer immer aufspielen und sich über die Frauen stellen?»

Betty lachte, laut und herzhaft. «Schätzchen, was glaubst du, weshalb ich mich ungebunden durchs Leben stemme? Die Kerle gehen mir so was am Arsch vorbei.» Sie schlug sich mit der flachen Hand auf ihren beachtlichen Hintern.

Jetzt war Sara baff. Wann war ihr die verbissene Tiermedizinerin abhandengekommen?

Betty klopfte Sara auf die Schulter. «Komm. Wir zwei Schwestern ertränken unsere Sorgen im Alkohol. Lass deine Jungs für dich arbeiten. Wir wollen Spass, das haben wir Mädels uns verdient. Wo ist die nächste Bar? Wer weiss, vielleicht schleppen wir zwei süsse Kerle ab und vernaschen sie zum Dessert. Sag mir mal einer, wer hier das starke Geschlecht ist.»

Hatte Sara eine neue Freundin an ihrer Seite? Auf das Angebot ging sie an diesem traurigen Abend liebend gern ein.

FÜNFZEHN

Das Treffen fand im Säli des Restaurants Bären in Zug statt. Tom hatte nicht schlecht gestaunt, als Bolander ihn gestern Abend anrief und einlud. Sie hatten sich für heute Morgen vor dem Restaurant verabredet. «Arbeite ich jetzt offiziell für die Zuger Polizei?», fragte Tom, als er Bolanders Hand schüttelte. Er kannte den Ermittler kaum.

«Du hast bisher gute Arbeit geleistet. Mein Kollege bleibt wie vom Erdboden verschwunden, und das hier ist zu wichtig, als dass ich allein hingehen sollte. Ich brauche einen neutralen Beobachter.»

«Wie kann ich helfen?»

«Ich habe gehört, dass du gern in die Berge gehst. Wandern ist nicht mein Ding, ich bin ein Städter, Abenteuer suche ich nicht in der Einsamkeit.» Bolander blickte die Fassade des Restaurants hoch. Der «Bären» lag im Zentrum und war eines der ältesten Restaurants der Stadt. «Hier findet gleich ein wichtiges Treffen statt: Jäger, Wildhüter, Förster, Beamte von Wild und Wald und auch ein Experte des Tierparks Goldau werden anwesend sein. Ich vertrete die Zuger Polizei und darf die Herrschaften über den Fall informieren, im Rahmen des Möglichen. Danach wird entschieden, wie vorgegangen wird, um im Wald einen Ausbruch der Tollwut zu verhindern oder so rasch als möglich einzudämmen.»

«Und was soll ich hier?»

«Mische dich unter die Naturburschen und höre dich um.»

«Ich soll undercover ermitteln?» Tom pfiff leise durch die Lippen.

«Ich behalte dich im Auge. Es kann nichts passieren.»

«Aber ohne Grund bin ich nicht hier. Habt ihr eine Vermutung, einen Verdächtigen?»

Bolander steckte lässig die Hände in die Taschen seiner Jeans. «Häng dich an Max Hofmeister ran. Er ist der Jäger, der den Hund erschlagen hat. Finde heraus, ob er etwas mit Pferden zu tun hat.» Bolander schaute auf seine Uhr. «Es ist gleich zehn. Ich geh vor, komm du in ein paar Minuten nach. Es ist besser, wenn man uns nicht zusammen sieht.»

Bolander liess Tom auf dem Trottoir zurück. Hoffentlich wurde er für diesen Einsatz vom Staat auch bezahlt, dachte Tom und vermutete, dass Staatsanwalt Lind nicht eingeweiht war. Hatte Sara die Aktion eingefädelt? Klar, offiziell war sie vom Fall abgezogen, aber Sara war nicht der Typ Frau, der sich auf Befehl zurückzog.

Tom holte sein Handy aus der Hosentasche und schickte Natalie eine Nachricht: *Lass uns reden.* Er hängte der Nachricht einen Smiley an. Ob das genügte? Sollte sie nicht antworten, würde er am Mittag zu ihr fahren.

Die ersten Mitglieder trafen ein, und Tom beobachtete, wie sie das Restaurant betraten. Er folgte ihnen. Vage erinnerte sich Tom an Max Hofmeister von dem Meeting in der Polizeizentrale, auch wenn er damals nicht mit ihm persönlich gesprochen hatte. Er blieb vor dem Säli stehen, zur Tarnung das Handy am Ohr, und wartete, bis Hofmeister eintraf. Kaum hatte sich dieser gesetzt, schlenderte Tom an den Tisch und fragte, ob der Platz neben ihm frei sei. Er stellte sich als Tom Engels vor, es gab keinen Grund, bei dem Namen zu lügen. Beruflich musste er sich die Wahrheit zurechtbiegen. Er sei Journalist für das Magazin «Schweizer Jäger», behauptete Tom.

«Max Hofmeister», stellte sich der Anfangfünfziger vor. «Ich bin im Vorstand der Jagdgesellschaft Zug. Schlimm, die Sache hier, was?»

«Bin gespannt, was die Polizei zu melden hat. Die scheinen echt überfordert.» Tom grinste. Durfte es Spass machen, gegen die Bullen zu schiessen? Definitiv.

«Weiss nicht», sagte Hofmeister. «Der Fall ist verzwickt. Man munkelt, es könnte sich um Bioterrorismus handeln. Bisher ist nur ein Wildtier befallen. Ein Ausbruch der Tollwut unter Haustieren ist ungewöhnlich.»

«Wer könnte davon profitieren?»

«Fanatische Tierschützer, wenn Sie mich fragen. Sie haben sicher über den Überfall bei Rivoli gelesen, stand vor einem Monat in allen Zeitungen. Der Nachtwächter wurde damals erschlagen und die Versuchstiere befreit. Den Zusammenhang kann die Polizei nicht mehr leugnen, zu viele Gerüchte machen die Runde.»

«Aber weshalb sollten Tierschützer die Tiere an die Tollwut opfern?»

«Fanatiker bringen einem grösseren Ziel zuliebe gern Opfer, ist doch so?»

Tom nickte. Das war ein Ansatz. Dieser Max Hofmeister schien vorerst nicht verdächtig. Er hatte die Polizei sogar in Schutz genommen.

«Du bist auch hier?», fragte eine Stimme hinter Tom.

Er drehte sich um. Charlie starrte auf ihn herab.

«Du auch?» Tom stand auf und schüttelte ihm die Hand.

Hofmeister zeigte mit dem Finger auf Tom. «Du warst der Journalist, der zusammen mit Charlie den toten Fuchs gefunden hat?»

«So ist es.»

Charlie setzte sich ihnen gegenüber an den Tisch. «Habt ihr gehört, ein Kaninchen soll auch befallen sein.»

Hofmeister lehnte sich vor. «Das ist mir neu. Wann? Wo?»

«Ich habe kurz mit dem Bullen gesprochen.» Charlie nickte Richtung Rizzo, der vorne am Tisch stand und seine Ansprache vorbereitete. «Offenbar wurde es der Polizei in einer Kartonschachtel zugeschickt. Tot.»

Kopfschüttelnd griff Hofmeister nach seiner Kaffeetasse. «Das ist nicht gut.»

Tom beschloss, in die Offensive zu gehen. «Dass sich Wild mit Tollwut infiziert, kann passieren, zum Beispiel durch Fledermausbisse, aber was ist mit dem Pferd? Das scheint mir seltsam. Kennt ihr euch mit Pferden aus? Kriegen die auch Tollwut?»

«Es ist ungewöhnlich», sagte Hofmeister. «Mein Grossvater war ein Dragoner und Pferdenarr. Hat mit seinem Eidgenoss, eine grosse braune Stute, gezüchtet, nachdem der Krieg vorbei war.»

«Eidgenoss?», fragte Tom. Sollte er den Begriff kennen?

«Ein ‹Eidgenoss› war während des Zweiten Weltkriegs ein Pferd, das der Bund den Soldaten oder auch Bauern zur Verfügung stellte beziehungsweise konnten diese es für wenig Geld vom Bund erwerben. Sie durften dann mit den ‹Eidgenossen› arbeiten oder Sport treiben, mussten aber im Notfall für das Militär einsatzbereit sein. Item, mein Vater war ein guter Springreiter. Ich konnte mich nie dafür begeistern. Auch wenn ich in einer Zeit aufgewachsen bin, in der die Tollwut für uns Bauern zum Alltag gehörte, so kenne ich keinen einzigen Fall, in dem sich ein Pferd damit angesteckt hat.»

«Doch, ich habe davon gelesen», sagte Charlie und klärte seine leicht heiseren Stimmbänder. «Wenn das Ross auf der Weide von einem tollwütigen Fuchs oder Hund gebissen wird, kann es sich anstecken. Das Gleiche gilt auch für Rinder.»

«Dieses Pferd wies keine Bissspuren auf», sagte Tom. «Reitest du?»

Charlie schüttelte den Kopf. «Ich mag Pferde nicht. Sind mir zu unberechenbar.»

Hier ergab sich keine heisse Spur, dachte Tom. Bolander eröffnete die Besprechung, für die sich rund zwanzig Personen eingefunden hatten. Er hielt sich kurz, klärte über den Stand der Ermittlungen auf. «Die Sache ist ernst. Wir vermuten, dass die Seuche nicht willkürlich ausgebrochen ist. Gestern erhielt die Polizei ein Paket zugestellt. Ein toter Hase lag darin, verendet an Tollwut.»

Ein Raunen ging durch die Anwesenden.

Bolander gab das Wort an Max Hofmeister weiter. Wichtig war heute zu klären, wie die bevorstehende Jagdsaison zu handhaben war. Die meisten Anwesenden waren Mitglieder der Jagdgesellschaft.

«Für uns steht im Vordergrund», begann Hofmeister, «zu klären, ob die Wildbestände mit dem Erreger in Berührung kamen oder ob es sich bei dem Fuchs um ein Einzeltier handelt. Ich befürchte, das ist nicht der Fall. Es ist möglich, dass bereits mehrere Tiere infiziert sind, die Krankheit aber bei vielen noch nicht ausgebrochen ist, da die Inkubationszeit mehrere Wochen oder Monate betragen kann.» Hofmeister hob ein Papier mit der Hand. «Das ist die Abschussquote, die wir vom Kanton dieses Jahr erhalten haben. Mein Vorschlag: so früh wie möglich die Quote erfüllen, damit wir gleich nach jedem Abschuss die Gehirne jedes einzelnen Tieres auf Tollwut untersuchen. Nur so können wir mit Sicherheit sagen, welches den Erreger in sich trägt. Eine Hochrechnung dürfte uns eine verlässliche Zahl der infizierten Tiere liefern, und wir können die notwendigen Vorkehrungen treffen, damit die Seuche erst gar nicht um sich greift. Die Tollwutzentrale in Bern hat Impfköder in Auftrag gegeben, die wir bald streuen können.»

Ein Mann hob die Hand und fragte, ob der Jagdplan dementsprechend angepasst werden sollte. Die erste Treibjagd sei erst auf Mitte Oktober geplant.

«Wir dürfen keine Zeit verlieren», sagte Hofmeister. «Jeder Tag zählt. Morgen ist Freitag, der 2. Oktober. Was denkt ihr, Kollegen, können wir eine Jagd so kurzfristig ansetzen?»

Hektisches Gemurmel brach aus.

«Der Kanton Zug wird uns unterstützen», fuhr Hofmeister fort. «Charlie von der Behörde für Wald und Wild wird dafür sorgen, dass die Bewilligungen bereitliegen und die ausgewählten Gebiete abgesteckt werden. Wir jagen auf dem Rossberg, unterhalb vom Wildspitz, dort hat Charlie den Kadaver des Fuchses gefunden.»

Charlie stand auf und hustete kurz. «Ähm, ja, ich werde heute in das Gebiet fahren und die Warnschilder aufstellen. Die Tollwut hat die Zuger verängstigt. Es sind kaum Wanderer allein im Wald unterwegs, und deshalb könnte die Treibjagd schon dieses Wochenende stattfinden, ich meine, wegen der Sicherheit.» Er setzte sich wieder und wischte sich die feuchte Stirn trocken.

Diese Unsicherheit passte schlecht zu dem grossen, kräftigen Förster, dachte Tom. Er mochte Charlie. Was er nicht unbedingt von Hofmeister behaupten konnte, der selbstsicher vor den Anwesenden stand und seine Position sichtlich genoss. Konnte ein Jäger von einem Ausbruch der Seuche profitieren?, fragte sich Tom.

***

Natalie wusste von dem Schlafsack, den Harri im Keller lagerte. Alle fünf Jahre zog es ihn in die Berge. Das Wandern war eine Leidenschaft, die er Natalie zuliebe unterdrückte. Sie hatte ihm dies mehr als einmal vorgeworfen, aber er wollte nicht wandern gehen, weil er wusste, dass sie am liebsten mitkäme. Ihre Krankheit liess es nicht zu. Wanderschuhe waren nichts für ihre Füsse.

Sie schlich mit dem Schlafsack unter dem Arm zurück in ihr Zimmer. Ausser Alexandra war niemand zu Hause. Perfekt. Natalie hörte den Mixer unten in der Küche rattern. Sie hatte ein schlechtes Gewissen, Alexandra nicht über ihren Fluchtplan einzuweihen, aber Harri würde sie ans Bett ketten, sollte er erfahren, dass sie zwei Tage verschwinden wollte, mit einem Mann, den sie kaum kannte, auf einem Pferd, das zu gefährlich für sie war, nur um in der Zuger Wildnis zu übernachten. Wenn es so etwas wie eine Zuger Wildnis überhaupt gab. Rico meinte, auf dem Rossberg wäre es möglich, für zwei Tage niemandem über den Weg zu laufen. Das klang aufregend.

Natalie griff nach ihrem Handy, um nach der Zeit zu sehen. Rico wollte um elf vor dem Tor auf sie warten. Der Blick aufs Handydisplay trübte kurz ihre Vorfreude. Tom hatte eine Nachricht geschrieben. Er wollte mit ihr reden? «Vergiss es», murmelte sie leise vor sich hin. Sie wollte die Zeit mit Rico geniessen, danach konnten sie sprechen – vielleicht. Toms Eifersucht war kindisch. Wer führte sich hier wie ein pubertierender Teenager auf?

Wütend warf Natalie das Handy aufs Bett. Sie würde es hierlassen. Sie brauchte eine Auszeit und ihre Ruhe – mit Rico.

Noch einmal ging sie die Sachen durch, die sie in den Rucksack packen wollte. Drei Viertel füllten Verbandsmaterial und Medikamente. Wie romantisch. Aber egal, Rico wusste, worauf er sich einliess, und es schien ihn nicht zu stören.

Ein leiser Klingelton kündigte eine Mail an, die sie soeben auf ihr Handy erhalten hatte. Sie war von Hannes:

Lange nichts mehr von dir gehört. Melde dich mal wieder. Gruss, Hannes.

Er hatte etwas gefunden! Natalie ging hinunter in ihr Geheimzimmer und loggte sich über den Tor Browser ins Darknet ein. Niemals würden sie und Hannes wichtige Informationen über das reguläre World Wide Web austauschen. Natalie vermutete, dass die Polizei und vermutlich auch Interpol und die Geheimdienste vieler Länder sie und ihre Organisation Kipekapeka genau überwachten.

‹ihs14a› hey, nat!
‹ww3gfh› hey, mann! WU?
‹ihs14a› ich hab was für dich! big news!

Hannes kam gleich auf den Punkt und erzählte Natalie, was er über Würmchen herausgefunden hatte.

Als sie sich nach zehn Minuten von Hannes verabschiedete und den sicheren Chatroom verliess, wusste sie, was zu tun war. Sie starrte auf die zwei Zeilen, die sie auf ein Blatt Papier geschrieben hatte. Mehr hatte sie nicht, aber es war ein Ansatz. Auch wenn ihr der Name nichts sagte, sie war entschlossen, etwas über diesen Lehrer herauszufinden, der vor sechsundzwanzig Jahren Selbstmord begangen hatte.

Die digitale Uhr an der Wand zeigte elf Uhr. Es war so weit. Zuerst gönnte sich Natalie ihr verdientes Abenteuer. Sara und das Geheimnis um Würmchen konnten ein paar Stunden warten.

***

«Wir hätten dich bald als vermisst gemeldet. Wo warst du?»

«Mailand.»

Sara starrte ihn verständnislos an.

Rizzo grinste und setzte sich auf die Tischkante. «Du predigst doch ständig, dass wir mehr Einsatz zeigen sollen.»

«Du hast den Dienst geschwänzt.»

«Ich habe unseren Fall gelöst. Zumindest einen Teil des Falles. Willst du es hören?»

Sara trat vor Rizzo. Natürlich wollte sie es hören. Die vier Wände ihres Büros engten sie ein. Sie brauchte einen Erfolg. «Schiess los.»

«Ich habe vorhin mit Lind gesprochen. Er sagte, du seist vom Fall abgezogen. Jemand hat es auf dich abgesehen?»

«Zum Henker!», fluchte Sara und wandte sich ab. «Lind spinnt sich etwas zusammen. Er denkt, es sei persönlich. Was Quatsch ist, und das werde ich ihm beweisen. Was hast du?»

Verschwörerisch lehnte sich Rizzo vor. «Nur inoffiziell. Du hast es nicht von mir.»

Beleidigt verschränkte Sara die Arme vor der Brust. «Raus damit.»

«Du hast mir aufgetragen, tiefer zu graben. Das habe ich. Wir wissen, dass Rivoli Biotech Analytics von einer Familie Rivoli aus Mailand gegründet und an eine amerikanische Holding verkauft wurde.»

«Und?»

«Vitamin B ist bei den Italienern hoch im Kurs.»

«Ha! Und bei uns Schweizern nicht?»

Grinsend zog Rizzo eine Notiz aus seiner Jeanstasche. «Hör zu. Die Rivolis sind eine italienische Grossfamilie, schwerreich, oft mit den Behörden im Konflikt. Eine der jüngeren Töchter, Fernanda, heiratete vor siebzehn Jahren einen Roberto Moretti aus Neapel. Die Ehe hielt knapp zehn Jahre.»

«Sagtest du Moretti aus Neapel?»

«Klingelt es bei dir? Genau. Roberto ist einer der vier grossen Brüder von – tata! – Rosanna Moretti. Er hat seiner kleinen Schwester nach seiner Heirat zu der Stelle bei Rivoli in der Schweiz verholfen. Wir wissen, dass die Morettis mit der Gattaro in Verbindung stehen. Roberto wollte seine Schwester schützen und hat sie deshalb in die Schweiz in Sicherheit geschickt. Sie hat kurz darauf einen Schweizer geheiratet. Die Ehe hielt nicht lange, und sie hat ihren Mädchennamen wieder zurückgenommen.»

«Wie hilft uns das bei unserem Fall weiter? Industriespionage?»

«Einfacher. Ein Liebesmelodram. Lüscher hat am Tatort DNA sichergestellt aus dem Blut des Mannes, der von Coco gebissen wurde.»

«Ja, aber in der Datenbank gab es keine Treffer.»

«Deshalb meine Reise nach Mailand. Bürokratie, vor allem mit den italienischen Behörden, ist der Alptraum.»

Sara spürte, wie ihre Fingerspitzen zu kribbeln begannen.

«Auch ich habe Vitamin B und einen guten Kumpel, der in Mailand bei den Carabinieri in einer leitenden Position arbeitet. Er war mir einen Gefallen schuldig und hat die DNA-Daten durch seinen Rechner geschickt, inoffiziell natürlich. Treffer!»

«Lass mich raten: Roberto Moretti?»

«Falsch.»

«Wenn nicht Moretti, wer dann? Ein anderer Bruder von Rosanna? Oder jemand aus der Rivoli-Familie?»

«Die DNA gehört einem Nino Castaldo.»

Nino Castaldo, überlegte Sara. «Der Name sagt mir nichts.»

«Castaldo kommt aus Neapel, ist vierunddreissig und ging mit Rosanna Moretti in die Primarschule.»

«Ihr Schulschatz?»

«Ein penetranter Schulschatz. Ebenfalls Mitglied der Gattaro. Ein weiterer Grund, weshalb Rosanna in die Schweiz zog, so konnte sie seinem Liebeswerben entgehen.»

Sara ging einige Schritte auf und ab. «Und weshalb kommt er nach all den Jahren in die Schweiz und überfällt ein Labor?»

«Denke mit den Waffen einer Frau», sagte Rizzo und genoss sichtlich den Augenblick. «Wie bestraft man einen Kerl, der einen fallen lässt?»

«Keine Ahnung? Man tritt ihm in die Eier?»

«Oho! Nicht jede Frau steht auf diese Rambo-Nummer. Es gibt fiesere und effizientere Methoden: Man hetzt ihm den Ex auf den Hals.»

«Du meinst, Rosanna ist der Kopf der Bande und hat die Mafia hergeholt, nur um Harri Krieger eins auszuwischen?»

«Ja, die Mafiatypen hat sie hergeholt, als Handlanger sozusagen, aber ich denke nicht, dass sie der Kopf der Bande ist. Rosannas Alibi ist wasserfest, sie war an einer Hochzeitsfeier in Zürich. Sie hat nicht persönlich am Überfall teilgenommen.»

«Wo ist sie jetzt?», fragte Sara.

«Lind hat den Haftbefehl ausgestellt. Ein Streifenwagen bringt sie her.»

Guter Mann, dachte Sara. Solche Männer brauchte sie in ihrem Team. Rizzo hatte sie überrascht. Da steckte tatsächlich ein Polizist mit Spürsinn, Kreativität und Durchsetzungsvermögen in ihm drin. «Gute Arbeit. Du übernimmst die Einvernahme mit der Moretti.»

Rizzo nickte knapp. Hatte er mehr erwartet? Überschwängliche Begeisterung entsprach nicht Saras Naturell. Er verliess ihr Büro.

Ihr Handy klingelte. Sie schaute auf das Display: Nummer unbekannt. «Hallo?», nahm sie skeptisch den Anruf entgegen.

«Bitch», kam postwendend die Antwort.

Sara stockte das Blut in den Adern. Die Stimme war durch einen Stimmenverzerrer nicht zu identifizieren. Sie hatte keine Ahnung, ob eine Frau oder ein Mann sie als Bitch beschuldigte. Es war der Tonfall, mit dem sie beleidigt wurde, der sie schaudern liess. Sie schwieg.

«Ich weiss von dem Lehrer», fuhr die Stimme fort, «ich weiss von der Nonne. Und ich weiss von dem Neugeborenen. Du hast sie alle auf dem Gewissen. Mörderin!»

Saras Finger krallten sich um ihr Handy. Sie zitterte. «Was – was willst du?»

«Ein Treffen, oder all die Informationen gehen an die Presse. Die werden dich ausschlachten. Die Chefin der Zuger Kriminalpolizei als Dreifachmörderin anklagen. Die werden Grossauflagen drucken und die Story in die Welt hinaus verkaufen.»

Wie paralysiert stand Sara in ihrem Büro, unfähig, etwas zu antworten. Würmchen!

«Ich schicke dir den Treffpunkt auf dein Handy. Du beeilst dich besser und rennst los. Viel Zeit bleibt dir nicht.» Der Anrufer legte auf.

Sara begann zu hyperventilieren. Der schlimmste ihrer Alpträume war zur Realität geworden: Ihre Vergangenheit holte sie ein. Mein Gott! Ein leiser Piepton aus ihrem Handy weckte sie aus ihrer Starre. Sie öffnete die Nachricht, die sie soeben von unbekannt erhalten hatte: *Beim Schönalphüttli, in dreissig Minuten! Lauf, lauf!*

***

Einigkeit war gut. Einstimmig hatten die Anwesenden beschlossen, für morgen eine Treibjagd auf dem Rossberg anzusetzen. Der offizielle Teil der Sitzung war damit vorbei.

Bolander winkte Tom zu sich auf den Flur des Restaurants hinaus. «Ich muss weg. Mein Kollege hat etwas herausgefunden. Sie brauchen mich für ein Verhör in der Zentrale. Und? Was denkst du über Hofmeister?»

«Keine Ahnung. Er scheint sauber. Etwas selbstgefällig und euphorisch angesichts der anstehenden Treibjagd, aber für schuldig halt ich ihn nicht. Er hat jedenfalls nichts Verdächtiges geäussert und euch Bullen in Schutz genommen, als ich gegen eure schlampigen Ermittlungen gepfeffert habe.»

«Was hast du?»

«Mann, war nötig, um Hofmeister aus der Reserve zu locken.»

Bolander atmete tief durch. «Hör zu, ich muss weg. Du bist frei zu gehen, oder bleib, wenn du Lust hast. Wir sprechen uns später.»

Tom schaute ihm hinterher. Das war ja echt ein spannender Undercovereinsatz gewesen. Zum Einschlafen. In den Blockbustern in Hollywood lief das jeweils mit knallharter Action ab. Tom holte sein Smartphone hervor. Keine Nachricht von Natalie. Mensch, Mädchen! Er rief sie an, aber sie nahm seinen Anruf nicht entgegen. Er versuchte es bei Rico, ebenfalls erfolglos. Tom ging zurück ins Säli. Er konnte sich genauso gut mit den Jägern einen Kaffee Luz genehmigen, auch wenn es für Alkohol entschieden zu früh war. Er setzte sich wieder neben Hofmeister. Charlie sass nicht mehr am Tisch.

«Kommst du morgen mit uns?», fragte Hofmeister.

«Sicher, das Spektakel lass ich mir nicht entgehen.»

Charlie kam zurück und setzte sich. «Dann also morgen die Treibjagd.»

«So sieht's aus. Und?», fragte Tom. «Eine Runde Kaffee Luz? Geht auf mich.»

Hofmeister bedankte sich mit einem Schulterklopfen, aber Charlie zog sein Portemonnaie hervor. «Ich muss gehen. Schnaps während der Arbeit liegt für Kantonsangestellte nicht drin. Das Amt für Wald und Wild nimmt es da sehr genau.» Er winkte der Bedienung zu, um seinen Kaffee Crème zu bezahlen.

Toms Blick fiel auf das offene Portemonnaie. Da steckte nicht nur eine Hunderternote drin, sondern auch ein Foto von einer Frau. Charlies Freundin, wie Tom vermutete. Alle seine Sinne schlugen Alarm. Er lehnte sich vor, um das kleine Passfoto besser zu sehen. Nein, er täuschte sich nicht. Sie war es! Tausend Gedanken prasselten über Tom herein, tausend lose Stränge, die er sortieren musste. Wenn die beiden ein Paar waren, dann …

Charlie zog die Hunderternote aus dem Portemonnaie und wartete, bis die Bedienung ihm das Rückgeld in die Hand drückte. Tom lehnte sich rasch wieder zurück. Charlie durfte nichts von seiner Vermutung wissen. Tat er nicht. Seelenruhig schnäuzte er in ein Taschentuch und stand auf. «Tschüss. Bis morgen zur Jagd.»

«Was ist mit der Runde Kaffee Luz?», fragte Hofmeister, nachdem Charlie gegangen war.

«Klar doch, bringen Sie uns zwei Kaffee Luz», sagte Tom zu der Servicefachangestellten und versuchte, mit hochgezogenen Mundwinkeln seine Anspannung zu kaschieren.

***

Wie eine Prinzessin fühlte sich Natalie, gebettet auf einem dicken Lammfell. Weicher konnte man einen Sattel nicht auspolstern. Rico hatte ihren Rucksack und den Schlafsack ebenfalls an den Sattel geschnallt. Er ging neben ihr und führte Gypsydancer am Halfter. Der Hund wirbelte freudig um sie herum, schnüffelte an einem Stein oder Baumstamm und japste dann weiter, die Zunge weit aus seinem Maul hängend und tropfend nass vor Freude. «Ist der immer so drauf?», fragte Natalie.

«Ja, Boomer spinnt, definitiv.» Ricos Lachen war herzlich und warm. Es klang losgelöst, als gäbe es auf dieser Welt keine Probleme. Natalie fühlte zum ersten Mal in ihrem Leben das Gefühl von Freiheit. Sie hatte bewusst ihr Handy in der Villa zurückgelassen. Sie wollte sich für diese zwei Tage von ihrem Alltag abnabeln und das Leben geniessen. Mit einem Mann wie Rico war das einfach. Für ihn war alles normal und kein Problem, auch nicht ihre Krankheit. Sie musste ihm nichts verheimlichen, ihre Schmerzen nicht unterdrücken, wenn es wehtat. Er half ihr, ohne ihr je diesen Blick von Mitleid zuzuwerfen. Das war es, was sie an ihm so schätzte.

Sie waren bereits seit zwei Stunden unterwegs. Immer weiter den Berg hoch. Im Wald war die ungewöhnlich warme Herbstluft ertragbar, denn die Sonnenstrahlen fanden kaum einen Weg durch die dichten Baumkronen der Tannen und Fichten. Es war herrlich. Obwohl Natalie am Fusse des Rossberges wohnte, war sie nie ganz oben gewesen. Paps hatte ihr erzählt, wie er vor Jahren oben auf dem Wildspitz den Sonnenaufgang bewunderte. Die Aussicht musste grandios sein.

«… und dann ist er voll in den eisigen Bach geplumpst», beendete Rico eine weitere seiner unterhaltsamen Zigeunergeschichten, wie er die Familienanekdoten nannte.

Natalie lachte. «Wie hat deine Schwester reagiert?»

«Sie hat sich einen dünnen Ast geschnappt und wollte mich damit verprügeln. Aber ich war schneller.»

«Du bist der Alptraum eines grossen Bruders.»

«Warum? Ich habe sie nur beschützt. Der Kerl war eine Arschgeige, ein arroganter Snob, der nur auf das eine aus war.»

«Aha, du bist der Beschützer des weiblichen Geschlechts, wie?»

Rico legte seine Hand auf Natalies Oberschenkel. «Ich diene den Frauen – und beschütze sie, wenn nötig.»

«Angeber.»

Er rieb den Daumen auf ihrem Oberschenkel sanft hin und her. Die Berührung löste ein Kribbeln aus, das Natalie bisher völlig fremd war.

«Ich, ein Angeber? Sag mir ins Gesicht, dass es dir hier mit mir nicht gefällt, und wir drehen sofort um.»

Sie legte ihre einbandagierte Hand auf die seine. «Nein. Wir drehen nicht um, um keinen Preis der Welt.»

Er nickte lässig und schaute wieder den Kiesweg entlang, der sie weiter hoch auf den Rossberg brachte und hinein in die Zuger Wildnis.

Natalie war bereit für ihr Abenteuer.

SECHZEHN

Das schmiedeeiserne Tor der Einfahrt zur Villa öffnete sich summend. Tom hatte seinen Besuch an diesem Abend nicht angekündigt. Den Nachmittag hatte er damit verbracht, im Netz etwas über Charlie Ryser und Linn De Luca herauszufinden. Er hatte in den sozialen Netzwerken ein paar Bilder gefunden, auf denen beide zu sehen waren. Bilder von Freunden, welche sie gepostet hatten. Auf Linns Profil war kein einziges Foto von Charlie zu sehen, und sie postete viel, im Gegensatz zu Charlie. Der Förster besass keinen Account bei all den üblichen Portalen. Er hielt sich bedeckt. Was Tom irritierte, war die Tatsache, dass Linn als Alibi für die Nacht des Einbruches ihren Freund angab. Ein Beamter beim Amt für Wald und Wild. Charlie war beim Amt für Wald und Wild angestellt, als Förster. Er beteiligte sich aktiv an der Sache mit der Tollwut, und er war es, der den toten Fuchs im Wald fand, das bisher einzige mit Tollwut infizierte Wildtier. War das alles nur Zufall? Ja, wäre möglich, doch Toms Bauchgefühl sagte ihm etwas anderes. Er versuchte seit dem Nachmittag, Sara zu erreichen, sie musste dringend Charlies Alibi überprüfen. Vergeblich. Ihr Telefon war ausgeschaltet, und Rizzo und Bolander waren in einem Verhör und nicht zu sprechen. Am Empfang der Zuger Polizei hatte Tom eine Nachricht hinterlassen. Sara solle ihn zurückrufen – dringend. Bisher hatte er nichts gehört. So schnell liess er nicht locker. Wenn jemand Geheimnisse ausgraben konnte, dann war das Natalie. Aber sie ignorierte seine Anrufe und Nachrichten ebenfalls, deshalb entschloss er sich, zu den Kriegers zu fahren. Wenn es um den Fall und um nichts Persönliches ging, würde sie ihn nicht abweisen. Natalie war viel zu neugierig.

An der Eingangstür der Villa wartete Alexandra bereits auf ihn. Sie musste an den Monitoren in der Küche gesehen haben, dass er sich Zugang verschafft hatte. Tom hob entschuldigend die Hände. «Ich weiss, ich komme unangemeldet.»

«Gut, bist du hier.» Ihre Stimme klang hektisch.

Tom runzelte die Stirn. «Ist etwas passiert?»

«Das erklärt dir besser Harri. Komm rein.» Sie führte ihn ins Wohnzimmer.

Harri und Rebecca sassen auf dem Sofa. Imani krabbelte am Boden herum und versuchte, einen Ballon zu fangen. Musa tigerte vor dem Fenster auf und ab. Keine Spur von Natalie. «Was ist passiert?», fragte Tom ohne ein Wort der Begrüssung.

Harri schoss vom Sofa auf. «Du bist schuld!»

«Oho.» Tom wich einen Schritt zurück. Mit einem Angriff hatte er nicht gerechnet.

«Harri, setz dich», befahl Rebecca und klopfte mit der Hand auf das Sofapolster. Er gehorchte widerwillig.

«Natalie ist weg», sagte Musa.

«Wie, weg?»

«Sie ist heute Mittag verschwunden. Durchgebrannt. Nenn es, wie du willst.»

«Natalie ist volljährig. Sie kann gehen, wohin sie will.»

«Aber doch nicht mit diesem Zigeuner!», rief Harri. «Sie hat eine Nachricht hinterlassen. Sie wollen draussen übernachten und erst morgen Abend wieder zurückkommen. Mit dem verfluchten Gaul sind sie los. Hast du eine Ahnung, was das für Natalie bedeutet? Sie ist ein Schmetterlingskind. Ein Sturz und sie ist wochenlang ans Bett gefesselt.»

«Harri, schalt einen Gang zurück», sagte Rebecca und hob Imani hoch. «Natalie ist erwachsen.»

«Du bist ihre Ärztin, du weisst, wovon ich spreche.»

«Ja, das tue ich. Aber Natalie ist eine junge Frau, die leben will. Sie hat ein Recht darauf.»

«Ausgerechnet mit einem Zigeuner?» Harri war nicht zu überzeugen.

«Nenn ihn nicht Zigeuner», verteidigte Tom seinen Freund, auch wenn er ihm jetzt gleich eine hätte reinhauen können.

Mit dem ausgestreckten Zeigefinger zeigte Harri auf Tom. «Das ist deine Schuld. Du hast den Kerl in unser Haus gebracht. Wegen dir hat sie sich von ihm verführen lassen.»

Das waren zwei Ohrfeigen auf einmal. Aber Harri hatte recht. Es war Toms Schuld. «Wo sind sie hin?»

Musa trat vor Tom. «Irgendwo auf den Rossberg. Sie hat den Schlafsack aus dem Keller geholt. Wenn du mich fragst, mit Natalies romantischer Ader wollen sie im Wald übernachten und am Morgen auf dem Wildspitz den Sonnenaufgang bestaunen.»

Rossberg. Wildspitz. Das war nicht gut. «Die Gegend wird abgesperrt», sagte Tom, «wegen der Tollwut. Morgen früh findet dort eine Treibjagd statt.»

«Eine Treibjagd!», schoss es aus Harri heraus. «Und mein Mädchen ist ahnungslos mittendrin? Verflucht, Tom. Wir wissen, dass Jäger gern auf alles schiessen, das sich bewegt. Du musst sie aufhalten.»

«Kann ich nicht.» Tom sah das nicht als grosses Problem. Natalie und Rico waren nicht die Einzigen, die auf dem Rossberg unterwegs sein würden. Den Jägern war eingetrichtert worden, auf Wanderer zu achten, welche die Warnschilder nicht gesehen hatten. Was Tom Sorgen machte, waren Natalies Gefühle. Sich in einen Mann wie Rico zu verlieben war denkbar schlecht. Sie würde leiden, früher oder später.

***

Die kleine Höhle war perfekt. Natalie blieb davor stehen, so gut sie noch stehen konnte, Rico musste sie stützen. Der Ritt hierher hatte über drei Stunden gedauert. Drei Stunden, die ihrem Hintern nicht guttaten. Der war so was von wund gescheuert. Sollte sie Rico fragen, ihren Allerwertesten zu versorgen? Niemals! Natalie schob den unromantischen Gedanken beiseite und schaute in die kleine Höhle hinein. Eigentlich war es keine Höhle, vielmehr ein tiefes Loch in einem Felsen, etwa zwei Meter breit und vier Meter tief. Es war im vorderen Teil gerade hoch genug, dass man darin stehen konnte. Rico musste heute früh bereits hier oben gewesen sein. Die Höhle war mit Blumen und Kerzen ausgeschmückt, und am Boden lag ein Stapel flauschiger Wolldecken.

«Der Aufwand wegen mir?», fragte sie gerührt.

«Komm», sagte Rico und führte Natalie hinein. «Unser Hotelzimmer für heute Nacht. Setz dich.» Er schnallte das Gepäck vom Sattel ab und brachte es in die Höhle. «Ich kümmere mich kurz um Gypsydancer und bin gleich zurück.»

Natalie beobachtete, wie liebevoll er den Wallach absattelte, ihn bürstete und ihm Heu und Hafer auf den Boden legte. Ein paar Meter von der Höhle entfernt rann ein kleiner Bach den Felsen hinunter. Rico füllte einen Eimer, der bereits hier gewesen war, mit Wasser und stellte ihn seinem Pferd hin. Er klopfte ihm auf das schwarze Fell. «Gut gemacht, alter Junge.» Rico kam zurück in die Höhle und setzte sich neben Natalie.

Ihre Nervenenden tanzten Samba.

Rico griff nach einer der Taschen und holte das Abendessen hervor. «Gekochte Eier, weiche Sandwiches, Bananen, Apfelmus. Ist nicht gerade wie ein Dinner in einem noblen Restaurant.»

«Es ist perfekt.»

«Wie wäre es mit Rotwein?»

Natalie nickte. Sie hatte Angst, dass er das Zittern in ihrer Stimme hören konnte, wenn sie sprach. Musa würde sie auslachen. Du und sprachlos, das gibt es nicht, würde er behaupten.

Bevor Rico die Weingläser füllte, zündete er die Kerzen an. Auch wenn es draussen noch hell war, hier drinnen sorgten die flackernden Kerzen für ein warmes Licht.

«Warum tust du all das?», fragte Natalie.

Rico stellte die Weinflasche ab und nahm ihr Gesicht zwischen seine warmen Hände. «Weil ich dich mag. Und weil du es verdient hast, deine Träume zu leben. Meine Oma sagte gern: ‹Tue Gutes und erfülle die Wünsche anderer, dann werden auch deine eigenen Träume in Erfüllung gehen.›»

***

Es war bereits nach acht, als Tom die Polizeizentrale betrat. Er meldete sich am Empfang und verlangte nach Sara oder

Bolander. Sara sei nach wie vor ausser Haus, hiess es, und Bolander sei in einer Einvernahme. Tom machte Druck, bis der Polizist schliesslich Eckart Lind anrief. Drei Minuten später wurde Tom hochgelassen.

Er betrat Linds Büro. Er begrüsste Tom, als wären sie alte Freunde. Tom kannte ihn nicht gut, aber Lind sprach ihn beim Vornamen an. «Was gibt es so Wichtiges, dass du die Polizeizentrale stürmen musst?»

«Wo steckt Sara? Ich versuche sie seit dem frühen Nachmittag zu erreichen. Ich habe etwas herausgefunden.»

Lind zuckte mit den Schultern und legte seine Hände auf den Arbeitstisch, der so sauber aufgeräumt war, als gäbe es bei der Staatsanwaltschaft keine offenen Fälle zu bearbeiten. Toms Blick fiel auf die bunten, geknüpften Armbänder an Linds Handgelenken. Eine teure Markenuhr trug er keine, auch keinen Anzug, dafür ein Leinenhemd mit Batikmustern, die einen in Trance versetzen konnten. «Du musst mit mir vorliebnehmen. Ich weiss nicht, wo sich Sara herumtreibt. Kann ich dir weiterhelfen?»

«Linn De Luca», begann Tom.

«Die Tierschützerin?»

«Richtig. Sie hat zur Tatnacht als Alibi ihren Freund angegeben.»

«Ja, das haben wir überprüft.»

«Wer hat das überprüft?»

«Dafür haben wir Leute. Stimmt mit dem Alibi etwas nicht?»

«Doch, ihr Freund hat das sicher bestätigt. Bloss dass ihr Freund Charlie Ryser heisst.»

Lind legte den Kopf schief. «Wer ist Charlie Ryser?»

«Der Förster, mit dem ich unterwegs war und der den tollwütigen Fuchskadaver entdeckt hat.»

Lind drehte mit den Fingern an seinen Armbändern. Er versuchte, die neue Information einzuordnen. «Schien dir dieser Förster suspekt?»

«Nein, im Gegenteil, ich mochte ihn. Ruhiger Typ. Etwas

wortkarg, steht nicht gern im Rampenlicht, im Gegensatz zu Linn De Luca.»

«Das muss nichts bedeuten», sagte Lind. «Es kann Zufall sein.»

«Ich mag keine Zufälle», antwortete Tom, «die stinken meist bis zum Himmel.»

Rizzo und Bolander traten ins Büro.

Lind stand auf. «Und? Wie lief die Einvernahme? Ihr wart mehrere Stunden da drin.»

«Wir haben ein Geständnis.» Bolander schaute Tom an.

«Ausnahmsweise darf Tom zuhören», sagte Lind. «Er kennt sich in dem Fall fast besser aus als wir. Hat Rosanna Moretti gestanden?»

«Wer ist Rosanna Moretti?», fragte Tom.

Rizzo antwortete: «Sie arbeitet bei Rivoli im Büro. Sie hat gestanden, dass sie Harri Kriegers Badge an sich genommen hat. Er hat ihn in ihr Büro gelegt, wie er gesagt hat. Natürlich kannte Moretti seinen PIN-Code. Rätsel gelöst.»

«Dr. Julia Weisshaar ist ebenfalls entlastet», fuhr Bolander fort. «Moretti hat ihr die Bilder mit Harri zugestellt und sie wieder aus dem Papierkorb gefischt, nachdem die Weisshaar sie weggeworfen hat. Moretti wollte ihr eine Affäre anhängen, die es nie gab.»

«Moretti hat also den Einbruch geplant?», fragte Lind. «Warum? Weil sie in Harri Krieger verliebt war und er eine andere geheiratet hat?»

«Nicht ganz», sagte Rizzo. «Offenbar wurde sie von jemandem angesprochen und ergriff ihre Chance, sich zu rächen. Als wir den Namen ihres Jugendfreundes, Nino Castaldo, ins Spiel brachten, hat es nur so aus ihr herausgesprudelt. Sie hat Nino während der Sommerferien vorgejammert, dass sie bei Rivoli ausgenutzt wird und der Firma einen Denkzettel verpassen möchte. Der heissblütige Verehrer reiste deshalb mit einem Kumpel in die Schweiz, um bei dem Einbruch mitzuhelfen und Rosannas Rache auszuführen.»

«Wer ist dieser Jemand?», fragte Tom. «Wer hat den Einbruch geplant? Und wozu? Weshalb brauchte er Moretti und ihre Verbindung zur Mafia in diesem Fall?»

«Wir vermuten, die Mafia sollte uns von dem wahren Motiv ablenken», sagte Bolander. «Es sollte nach einem Vergeltungsschlag der Rivolis aussehen.»

«Moretti verrät nicht, wer der Drahtzieher ist?», fragte Lind.

«Sie schweigt», antwortete Rizzo. «Wir wissen, dass Moretti persönlich nicht dabei war. Uns fehlen zwei Täter. Den Aufnahmen der Überwachungskamera zufolge ein grosser Mann und eine Frau.»

«Was ist mit den beiden Mafiosi?», fragte Tom.

«Die sind längst zurück in Italien. Das wird ein langwieriger Prozess mit den italienischen Behörden. Wir werden sie kaum zu fassen kriegen – nicht in den nächsten Monaten.»

«Wozu der Aufwand?», fragte Lind. «Uns fehlt das Motiv für den Einbruch.»

«Diebstahl», antwortete Rizzo. «Lüscher hat mich heute Nachmittag darüber informiert. Beim Durchsehen der Bestellungen und Lieferpapiere und der Lagersoftware ist einem unserer Analytiker etwas aufgefallen. Die Menge des gelagerten Tollwutvirus bei Rivoli stimmt laut Zulieferer nicht mit der Menge des gelieferten Bestandes überein. Ich habe Moretti darauf angesprochen. Sie zögerte lange, hat aber letztlich zugegeben, die Daten im System frisiert zu haben.»

Lind pfiff leise. «Aber wenn sie das Virus bereits hatten, weshalb dann der Einbruch und die Verwüstung? Ergibt das einen Sinn?»

«Die Versuchstiere», sagte Bolander. «Bei diesem Überfall haben wir es mit mehr als einem Motiv zu tun.»

«Bioterrorismus», zählte Lind auf und liess sich in seinen Stuhl fallen, «Tierschutz, verschmähte Liebe, Mafia. Seht ihr noch klar?»

«Das Kaninchen», sagte Tom.

«Was ist damit?», fragte Rizzo. «Wir konnten nachweisen, dass es an Tollwut verendete. Und mittlerweile haben wir herausgefunden, dass es aus dem Bestand von Rivolis Versuchstieren kam.»

«Weshalb hat der Täter damit direkt Sara bedroht? Und vergessen wir nicht Herrn Geheimrat. Wir haben es mit einem weiteren Motiv zu tun: Rache.» Tom kam ein Gedanke, der ihm nicht gefiel. «Sag mal, Bolander, hast du Charlie Ryser heute Morgen vor deiner Ansprache von dem Kaninchen erzählt?»

«Ähm ja, habe ich. Ich sagte, dass uns ein verendeter Hase zugestellt wurde und man der Polizei drohe. Ich sagte aber nicht, dass die Drohung Sara betraf.»

Also hatte Charlie nicht gelogen, dachte Tom. Rizzo hatte ihm von dem Kaninchen erzählt. Vielleicht hatte Lind recht, und es war nur Zufall, dass Charlie und Linn ein Paar waren.

«Steht die Tierschützerin Linn De Luca auf unserer Verdächtigenliste?», fragte Lind.

Bolander antwortete: «Nein. Ich habe sie überprüft. Ausser, dass sie früher für Dr. Violeta Berisha gearbeitet hat, welche als unabhängige Tierärztin die Versuchstiere von Rivoli betreut, hat sie nichts mit dem Fall zu tun. Sie ist sauber.»

«Ist es Zufall», fragte Tom, «dass ausgerechnet ihr Freund den tollwütigen Fuchs im Wald findet?»

«Charlie Ryser ist ihr Freund?», fragte Rizzo überrumpelt.

«Bolander», sagte Lind, «ich will, dass du gleich morgen mit dieser Tierschützerin sprichst.»

Tom wünschte, Sara wäre hier. Sie würde umgehend zu Linn fahren. Er wünschte auch, sie wäre hier, damit er sich nicht um sie sorgen musste.

***

Alles schwarz. Sara konnte nichts sehen. Ihr Verstand kam nur langsam zurück, so als erwache sie aus einem tiefen Koma. Ihre Hüfte schmerzte. Und ihre Handgelenke. Sie wollte sich bewegen, bemerkte aber, dass ihre Hände auf dem Rücken gefesselt waren. Ein Schub Adrenalin brachte ihren Verstand vollständig zurück. Sie riss die Augen auf, aber es blieb dunkel.

Sie lag am Boden. Der Boden holperte. Er klang hohl, und dann war da dieses brummende Geräusch. Motorenlärm und der Geruch nach Abgasen. Sie war in einem Kofferraum gefangen. Sara hustete und bemerkte erst jetzt, dass ein Tuch in ihrem Mund steckte. Vergeblich versuchte sie, es auszuspucken. Sie musste sich konzentrieren, um nicht zu hyperventilieren. Ruhig bleiben. Nachdenken. Fragen stellen. Wie kam ich hierher? Sie erinnerte sich an den Anruf und wie sie dem Navigationsgerät zum Schönalphüttli gefolgt war, das mitten im Wald am Hang des Rossberges an einer verlassenen Weggabelung stand und nicht mehr war als ein Holzschuppen. Doch da war niemand gewesen. Sie erinnerte sich wieder an den Schmerz in ihrer Hüfte, als ob sie von einer Biene gestochen wurde. Eine Spritze! Plötzlich steckte eine Spritze mit einem roten, buschigen Ende in ihrer Hüfte. Eine Betäubungsspritze! Sie war wie ein Tier niedergestreckt worden. Und jetzt war sie hier, gefangen in diesem Kofferraum. Entführt! Mein Gott, dachte Sara. Niemand weiss, dass ich hier bin. Meine Vergangenheit hat mich eingeholt. Ich werde für das bestraft, was ich getan habe. Die Angst wich einer Panik, Panik, die in Sara explodierte und versuchte, durch einen Schrei auszubrechen, einen Schrei, den sie schon zu viele Jahre in sich trug.

ANGST

Es war dieser unerträgliche Lärm, der ihn zerstörte. Dieses Chaos an bedrohlichen Klängen. Ein Wirrwarr ungeordneter Laute, die jeder Logik entsagten. Da war das schrille Klirren von splitterndem Glas, die raue Stimme seiner Mutter, welche durch Zigarettenrauch und billigen Whisky längst geschädigt war, das hässliche Zwitschern der Türglocke, das elende Winseln ihres alten Terriers, das enthusiastische Plappern eines Moderators einer Dauerwerbesendung im Fernsehen, das Poltern der Fäuste gegen die Wohnungstür, die Rufe von draussen …

Er sass am Boden, kauerte sich in der Ecke im Wohnzimmer zusammen, versuchte, den Lärm auszublenden, hielt sich die Ohren zu und schwieg, denn mehr Lärm ertrug er nicht. Jedes andere Kind hätte bei dem pochenden Schmerz geweint, doch er blieb tapfer, sass einfach da, seinen Plüschtierfuchs, für den er zu alt war, an die Brust gepresst, und starrte auf seine nackten Füsse, denn die Augen zu schliessen, traute er sich nicht.

Er hasste die Dunkelheit mehr als den Lärm. Die Dunkelheit blieb nie für lange dunkel. Sie wich dem Rot von frischem Blut.

Blut, das seine Kindheit zerstört hatte.

Blut, das seine Mutter in den Wahnsinn trieb.

Blut, das sein Vater vergoss, als er sich vor den Augen seines Sohnes eine Kugel durch den Kopf jagte.

Blut, das zu Boden tropfte.

Blut, das wie heisse Glut auf sein Gesicht spritzte und sich in der Erinnerung einbrannte.

Er hätte nicht dabei sein sollen, hätte nicht ins Arbeitszimmer platzen dürfen, hätte die tödliche Verzweiflung in den Augen seines Vaters nicht sehen sollen.

Also starrte er jetzt in die Knopfaugen des kleinen Plüsch-

tierfuchses, um der Erinnerung des Blutes zu entfliehen, strich mit seinen kleinen Fingern über das billige rote Kunstfell. So grausam die Erinnerung war, die Gegenwart hatte sie längst übertroffen: die lallende Stimme seiner Mutter, wenn sie ihn anschrie, ihre harten Fäuste, den Schmerz, den Hunger, die Erniedrigung und die Schuldgefühle.

Vielleicht war es gut, dass sie endlich die Wohnungstür aufbrachen. Sie würden sich ihren Weg durch den Abfall im Flur erkämpfen müssen, denn seine Mutter gab ihn nicht freiwillig her. Sie brauchte einen Sündenbock, den sie für ihr eigenes Elend bestrafen konnte.

Der Terrier kam zitternd zu ihm gehumpelt und bettelte um Trost, den er ihm nicht geben konnte. Er kannte seine Mutter. Zeigte er ihr, wie lieb er den Hund hatte, würde sie den kleinen Kerl quälen, nur um ihn zu bestrafen. So schob er den Hund, dessen Namen er bereits vor Jahren vergessen hatte, von sich weg und suchte seinen eigenen Trost bei dem leblosen Plüschfuchs.

Als die Männer und Frauen endlich die Tür aufbrachen und in die familiäre Hölle eindrangen, flackerte ein Funken Hoffnung in ihm auf.

Die Beamten führten seine Mutter in Handschellen ab. Drogenbesitz, Kindsmissbrauch, Tiermisshandlung, Verstoss gegen behördliche Anweisungen und Widerstand gegen die Staatsgewalt lautete später die Anklage. Sie kam in eine geschlossene Anstalt, die sie nie mehr verliess. Den Terrier sperrte man für einige Wochen in ein Tierheim. Seine traumatische Vergangenheit liess ihn bösartig werden, und so endete sein Leben mit der Spritze des Tierarztes.

Der kleine Fuchs ging in dem Tumult verloren, als die Jugendbehörde ihn mitnahm. Noch Jahre später stellte er sich in seinen Träumen vor, wie der Fuchs seine Freiheit und seinen Frieden fand und glücklich durch die Wälder streifte. Er war für ihn zu einem Symbol geworden. Er wollte zu ihm, in die Wälder. Der Fuchs war sein Held, sein rettender Anker in den langen Nächten im Kinderheim, als die Türangeln knarrten, wenn er Besuch erhalten sollte. So war es der Fuchs, der in ihm die Idee von Rache keimen liess, ihn am Leben festhalten liess, um diese Kindheit zu überstehen.

Er würde die Schuldige finden und zu Tode quälen.

SIEBZEHN

Der Hahn hatte sie geweckt, wie jeden Morgen. Anja stand auf, streifte sich alte Kleidung über und ging hinüber in den Stall. Frühstücken würde sie später. Ihre beiden Kühe mussten gemolken, die Hühner gefüttert und die Ziegen gestreichelt werden. Ihr Entlebucher Sennenhund japste fröhlich, als er sie kommen sah. Auch die beiden Hofkatzen miauten lautstark und verlangten nach frischer Milch, direkt von einer ihrer Kühe. Zuvor wollte sich Anja aber um ihre Gäste kümmern, die sie im Tenn untergebracht hatte. Zwei Katzen, zwölf Meerschweinchen, sechs Kaninchen und mehrere Ratten und Mäuse – Anja fragte besser nicht nach, wo die Tiere herkamen. Es war ihr egal. Wichtig war nur, dass es ihnen bei ihr gut ging. Anja lebte zurückgezogen. Sie hatte keinen Fernseher, und der Empfang ihres Mobiltelefons war auf ihrem abgelegenen, kleinen Hof, eingebettet in die hügelige Landschaft des Emmentals, so schlecht, dass sie kaum einen Anruf empfangen, geschweige denn ins Internet konnte. Brauchte sie auch nicht. Wozu? Sie lebte in ihrem bescheidenen Paradies, zusammen mit den Tieren. Dieser Gnadenhof war ihr Ein und Alles.

Der Labrador kam angehumpelt. Er erholte sich gut. Keine Ahnung, was er durchgemacht hatte, aber jetzt war er bei ihr, und hier würde er bleiben, zusammen mit den beiden Jack Russel Terriern. Sie ging in die Knie und strich ihm über das Fell.

***

Das Smartphone hatte auf dem Kopfkissen gelegen und geschlafen, war nicht ein einziges Mal zum Leben erwacht. Nicht so Tom. Die Nacht war eine Katastrophe gewesen. Weder hatte er gestern Sara noch Natalie oder Rico erreicht. Sie waren wie vom Erdboden verschwunden. Sein mieses Bauchgefühl liess ihm keine Ruhe. Auch wenn Staatsanwalt Lind die Beziehung zwischen der Tierschützerin Linn De Luca und dem Förster Charlie Ryser herunterspielte, sie war der Schlüssel zu dem Fall, da war sich Tom sicher. Deshalb sass er an diesem frühen Morgen bereits in seinem alten Peugeot und fuhr nach Risch. Tom war bereit, Druck zu machen. Keine leichte Aufgabe bei einer Frau wie Linn De Luca mit ihren hypnotischen Augen und dem gefährlichen Temperament.

Als er bei ihr klingelte, war es erst kurz nach sieben. Er hoffte, sie zu Hause anzutreffen, bevor sie zur Arbeit fuhr.

Die Tür öffnete sich einen Spalt. «Sieh an, der Herr Journalist», sagte sie kalt. «Was willst du? Mich zu einem Kaffee einladen, oder ist diesmal die Tierpest ausgebrochen, und ich soll schuld daran sein?»

«Der Hase ist tot.»

«Welcher Hase?»

«Darf ich reinkommen?»

«Bin noch im Pyjama.»

«Stört mich nicht.»

«Aber mich. Verschwinde!»

Tom beschloss, mit der Tür ins Haus zu fallen. «Charlie hat ihn getötet.»

Linn stolperte einen Schritt zurück. Weit genug, damit Tom seinen Fuss in den Türspalt stecken konnte. «Wen hat Charlie getötet?», fragte sie alarmiert.

Wie sollte Tom diese Frage verstehen? «Den Hasen?»

Sie gab nach, liess die Tür frei und ging vor in die Küche. Tom trat ein und folgte ihr. Sie legte eine Kapsel in die Kaffeemaschine. Selbst in ihrem übergrossen Baumwollpyjama sah Linn gut aus. Das kastanienbraune Haar glänzte auch ungebürstet. «Du kennst Charlie?»

«Ich war mit ihm unterwegs, als er auf dem Rossberg den Fuchs fand. Du weisst davon.»

«Ja, hat er erzählt.»

«Aber er hat nichts über den Hasen gesagt? Oder über das Pferd? Was ist mit der Katze?»

«Welche Katze?» Sie fuhr herum, die leere Kaffeetasse wie eine Waffe in der Hand.

«Sind alle tot», sagte Tom. «Wie auch Coco. Elend verreckt an der Tollwut. Die armen Viecher. Bauernopfer zum Wohle des Tierschutzes? Das ist krank. Wie kannst du nachts schlafen?»

«Charlie und ich haben nichts mit der Tollwut zu tun. Du redest Unsinn. Raus aus meiner Küche. Kaffee bekommst du keinen. Raus oder ich rufe die Polizei.»

Tom baute sich vor Linn auf. Solange sie nicht nach einem Küchenmesser griff, war er sicher. Die Kaffeetasse beeindruckte ihn wenig. Er war fest entschlossen, erst zu gehen, wenn er die Wahrheit kannte.

«Ich bin nicht blöd», sagte Tom. «Du hast für Dr. Violeta Berisha gearbeitet, der Tierärztin von Rivoli. Du wusstest von den Versuchstieren. Das Alibi für die Nacht des Einbruchs hat dir dein Freund gegeben, der dann rein zufällig auf dem Rossberg einen toten, tollwütigen Fuchs findet?»

Sie zuckte mit den Schultern. «Charlie ist Förster. Er kennt jeden Fuchsbau in seinem Revier. Was soll daran aussergewöhnlich sein?»

«Woher kennt ihr euch?»

Sie stellte die Tasse unter den Automaten und drückte auf die Taste. Leise ratterte die Kaffeemaschine. «Als Leiterin von Wild 'n Free Animal Rescue stehe ich immer mal wieder mit dem Amt für Wald und Wild in Kontakt. So lernten wir uns vor zwei Jahren kennen. Ich mag an Charlie, dass er mir meine Freiheit lässt. Er ist etwas verschlossen, aber Schweigen tut manchmal gut. Ich muss mich vor ihm nie rechtfertigen. Er hat das Herz am richtigen Fleck. Ehrlich.»

Ihre Aussage deckte sich mit Toms Eindruck über Charlie. Sie stellte eine zweite Tasse unter den Automaten. Tom hatte sich seinen Kaffee zurückerobert. Koffein hatte er dringend nötig.

«Wir ergänzen uns gut, weisst du», fuhr sie fort. «Ich das temperamentvolle Plappermaul und er der stille Denker.»

«Was weisst du über Charlies Vergangenheit?»

«Wenig. Er hatte es im Leben nicht einfach, ist in einem Heim aufgewachsen. Sein Vater hat sich vor Charlies Augen das Leben genommen. Muss schlimm gewesen sein. Seine Mutter ist danach durchgedreht. Man hat sie in eine psychiatrische Klinik eingewiesen. Sie starb früh.»

Eine traumatische Kindheit brachte nicht selten böse Menschen hervor. Tom zweifelte, dass die Polizei so tief gegraben hatte und davon wusste.

«Aber Charlie hat nicht aufgegeben und etwas aus seinem Leben gemacht», fuhr Linn fort. «Ich weiss nicht, ob ich das gekonnt hätte. Er hat eine Ausbildung als Tierpfleger gemacht, im Tierspital Zürich gearbeitet und danach eine Zweitausbildung als Forstwart abgeschlossen.»

«Kennst du den Grund für den Selbstmord des Vaters?»

«Nein. Charlie spricht nicht darüber.» Sie stellte ihm die Kaffeetasse hin.

«Kennst du Sara Jung?»

«Nein. – Moment mal, so hiess doch die arrogante Schnepfe von der Polizei, die mich befragt hat.»

«Genau die. Hat Charlie sie erwähnt?»

Linn runzelte die Stirn. «Nein. Weshalb sollte er sie kennen?»

Wegen des Hasen, dachte Tom. Da musste es eine Verbindung geben. Er gab Milch in den Kaffee und trank die Tasse aus, bevor er die nächste Frage stellte. Bei Linn war es gut möglich, dass sie ihm den Kaffee gleich wieder wegnahm, wenn er sie wütend machte. Er ging auf Angriff über. Vielleicht lag er falsch, vielleicht auch nicht, das würde sein Bluff gleich zeigen. «Ich kann beweisen, dass du und Charlie bei Rivoli eingebrochen seid, zusammen mit zwei üblen Typen der Mafia.»

***

«Da! Siehst du sie?» Rico stand hinter einer mächtigen Fichte und zeigte in den Wald hinein. «Da sind die drei.»

Natalie hielt sich am Felsen der Höhle fest und starrte in die Richtung, in die Rico zeigte. Sie sah nichts.

«In der rechten Satteltasche ist ein Feldstecher», flüsterte Rico ihr zu.

Natalie kniete sich neben den Sattel am Boden und öffnete die schwere Ledertasche, was mit ihren Fingern nicht einfach war. Verflixt, sie wollte unbedingt die wilden Füchse spielen sehen. Sie hatte nie in ihrem Leben einen Fuchs beobachtet. Wie auch, wenn sie behütet in der Villa festsass. Endlich gelang es ihr, die Tasche zu öffnen. Sie griff hinein und zog den Feldstecher hervor. Natalie stand auf und spähte durch den Feldstecher in die Richtung, in die Rico zeigte. Da waren sie! Drei halbstarke Füchse. Sie suchten den Waldboden nach Futter ab und tollten munter miteinander herum. Wie schön die Tiere waren. Ihr orangefarbenes Fell mit der weissen Brust und den fast schwarzen Pfoten glänzte in der frühen Morgensonne. Der Schwanz war riesig und buschig. Das grösste der Tiere hob den Kopf und starrte mit seinen wachen Augen direkt Natalie an. Durch die Linse des Feldstechers betrachtet, schien es, als wäre er so nahe, dass sie den Fuchs beinahe anfassen konnte. Plötzlich stiess er ein heiseres Warnbellen aus, und weg waren die drei, verschwunden im Schutz des Waldes. «Oh, wow! Die waren grossartig.» Natalie war begeistert.

Rico kam zu ihr zurück und nahm sie in den Arm. «Ich habe dir versprochen, wir werden hier ein aufregendes Abenteuer erleben.» Er drückte ihr einen Kuss auf den Mund, wie er es seit gestern Abend regelmässig tat. Sie schmiegte sich an seine Brust und fühlte sich wie gefangen in einer Liebesromanversion von Robin Hood. Perfekt.

Rico nahm ihr den Feldstecher aus der Hand und legte ihn zurück in die Satteltasche. Da bemerkte Natalie ein gefaltetes Zeitungspapier, das herausgefallen sein musste, als sie den Feldstecher herausgezogen hatte. Rico bemerkte es nicht und ging zu Gypsydancer, um ihm eine Portion Hafer zu füttern. Natalie hob das Papier auf und faltete es auseinander. Fast rutschte ihr das Herz auf den Waldboden, als sie die Schlagzeilen der beiden ganzseitigen Artikel las, die sie nur zu gut kannte. «Diamanten in den Höllgrotten» lautete der eine. Natalie musste den Text nicht lesen. Sie kannte ihn. Er war vor einem Jahr in der Lokalzeitung erschienen. «Einbruch und Totschlag in einem Zuger Forschungslabor» lautete die andere Schlagzeile. Unten rechts war ein Bild abgedruckt, ein Bild von Sara vor dem Gebäude von Rivoli mit der Legende: «Die Leiterin der Zuger Kriminalpolizei Sara Jung untersucht den Fall persönlich.» Natalies Hände zitterten, als sie mit den Zeitungsartikeln hinter Rico trat. «Was willst du von uns?»

«Hm?», erwiderte Rico, ohne sich umzudrehen. Er fuhr mit der Bürste über das Fell seines Pferdes.

«Du bist nicht hergekommen, um deinen alten Kumpel Tom zu besuchen. Du wusstest, dass er in dem Fall mit drinsteckte. In dem Zeitungsbericht über die Höllgrotten ist von uns die Rede, von Tom, Sara und mir.»

Rico drehte sich um, für einen Moment sprachlos.

«Weshalb?»

Er zuckte mit den Schultern. «Neugier?»

«Verkauf mich nicht für blöd. Das ist doch kein Zufall. Weshalb trägst du diese Zeitungsberichte mit dir herum, wenn sie nichts zu bedeuten haben?»

«Natalie, ich ...» Er trat näher, aber sie hielt ihn auf Distanz. «Ich habe mich einfach über euch informiert. Tom hat mir von Rivoli und den Höllgrotten erzählt.»

«Oh nein, nicht so, schleim dich nicht bei mir ein. Ha! Tom hatte recht, als er mich vor dir gewarnt hat. Er sagte, ich könne dir nicht vertrauen. Stimmt das? Ist das alles hier nur eine Show? Wofür? Was ist dein Plan?»

«Ich habe keinen. Ehrlich. Ich wollte nur mit dir hier oben etwas Zeit allein verbringen.»

«Ich bin krank!»

«Ja und? Ich weiss das. Hat es mich je gestört? Nein.»

«Es stört jeden Mann. Ich bin abstossend, keine Frau, um mit ihr alt und glücklich zu werden.»

«Was interessiert mich, was nächstes Jahr ist?» Er trat näher, stand nur Zentimeter vor ihr. «Ich lebe im Jetzt. Bis vor zwei Minuten war ich glücklich.»

Natalie stolperte einen Schritt zurück und hielt die Zeitungsberichte hoch. «Das ist kein Zufall. Dieser Artikel ist über ein Jahr alt, und du trägst ihn mit dir herum? Verkauf mich nicht für blöd. Um wen geht es hier? Um Tom? Ich weiss, dass ihr eine gemeinsame Vergangenheit habt, auch wenn ihr beide darüber schweigt. Ich kann eins und eins zusammenzählen. Tom sass in U-Haft, wegen dir, richtig? Weil er dich gedeckt hat. Es ging um Mord. Das Mitglied einer Biker-Gang wurde erstochen. Ich habe es bisher nicht geschafft, an die Akten zu kommen, ich kenne die Details nicht, aber ich weiss, dass deine Schwester Tom aus dem Knast geholt hat. Sie war sein Alibi für die Tatnacht.»

«Lass meine Schwester aus dem Spiel.»

Rico wurde wütend. Hatte sie einen wunden Punkt getroffen? Weshalb hatte Natalie nie tiefer gegraben? Ein Fehler. «Bist du hier, weil du mit Tom eine Rechnung offen hast oder weil du seine Hilfe brauchst oder weil dich die Vergangenheit eingeholt hat? Was ist passiert?»

«Du redest Unsinn. Mische dich nicht in Dinge ein, die dich nichts angehen. Tom ist ein alter Kumpel, das ist alles. Und ich bin mit dir hier hoch, weil ich dir eine Freude machen wollte. Es sollte ein toller Ausflug werden. Nur wir beide. Keine Hintergedanken, Zigeunerehrenwort.»

Weil er ihr eine Freude machen wollte? Das waren die schlimmsten Worte, die ein Mann ihr sagen konnte. Er war nur mit ihr hier, weil er Mitleid mit ihr hatte und ihr eine Freude machen wollte. Von wegen Liebe. Tom hatte recht gehabt, die ganze Zeit über. Natalie hielt die Tränen zurück. «Ich will aus diesem unheimlichen Wald raus. Bring mich heim, sofort.»

***

Grell blendete sie das Tageslicht, als der Deckel des Kofferraums aufgerissen wurde. Im Gegenlicht erkannte Sara nur schemenhaft die Konturen ihres Entführers. Seine Hand schnellte vor und packte sie am Kragen ihrer Bluse.

«Raus, du Hure», schnauzte er sie an und riss sie hoch.

Sara fiel aus dem Kofferraum und landete auf dem feuchten Waldboden. Den Tau hatte die Morgensonne in dieser Höhe noch nicht verdampft. Es war kühl. Sara zitterte, und ihre Glieder schmerzten von der Nacht, eingesperrt im Kofferraum. Auch wenn einen die Polizeischule auf gefährliche Situationen vorbereitete, die Theorie war nutzlos und entsprach nicht der Realität. Sara hatte Angst.

Die groben Hände zogen sie auf die Füsse. Sie konnte kaum stehen. Ausserdem schmerzte ihre Hüfte, dort, wo die Betäubungsspritze sie erwischt hatte. Und sie musste dringend auf die Toilette. Sara starrte auf das Paar Stiefel, das sich mit festem Stand vor ihr aufgebaut hatte. Sie hustete und würgte. Ihr Entführer riss ihr das Stück Stoff aus dem Mund. Sie hob den Kopf. Der Kerl war gross und kräftig. Als sie endlich in sein Gesicht blicken konnte, brauchte sie einen Moment, um ihn zu erkennen. Nein, sie hatte nie mit ihm gesprochen, kannte ihn aber von der Sitzung in der Polizeizentrale, er hatte dort in einer der hinteren Reihen gesessen. An den Namen konnte sie sich nicht erinnern. Was wollte er von ihr?

«Los!», befahl er. Mehr sagte er nicht, als er sie den Waldpfad hochscheuchte.

Sara befeuchtete ihre trockene Zunge, bevor sie den Mut fasste, auf Angriff zu gehen, zumindest auf verbalen Angriff. «Auf die Entführung einer Polizistin sind die Richter nicht gut zu sprechen. Das gibt hohe Freiheitsstrafen. Lassen Sie mich gehen, solange ich noch bereit bin, ein gutes Wort für Sie einzulegen.»

«Richter mögen auch keine Mörderinnen», konterte er.

Sara schnappte nach Luft. Was wusste der Kerl über ihre Vergangenheit? Es war unmöglich … «Was wollen Sie von mir?»

«Sie elend verrecken sehen.»

Sara glaubte, gleich die Kontrolle über ihren Körper zu

verlieren. Eindeutiger konnte eine Morddrohung nicht ausgesprochen werden. «Ich habe Ihnen nichts getan.»

«Ach nein?» Er packte sie hart von hinten am Haarschopf und riss ihr den Kopf zurück. Seine Lippen berührten ihr Ohr, als er ihr die schlimmsten Worte zuflüsterte, die je ein Mensch zu ihr gesagt hatte. «Du hast sie alle getötet. Dein Kind, meinen Vater, meine Mutter – und irgendwie auch mich. Kein Gericht der Welt wird dich bestrafen. Aber ich kann es. Dein Tod wird lang und qualvoll sein. Du wirst allein sterben, so wie ich allein war, all die Jahre.»

Sara würgte Galle hoch. Er liess ihren Kopf gerade rechtzeitig los, damit sie sich übergeben konnte. Er liess ihr kaum Zeit, um durchzuatmen, sondern stiess sie weiter vorwärts, den Waldpfad hoch.

«Woher kennen Sie mich?», fragte sie, die Stimme nur ein kläglicher Laut.

«Sagen wir, es war göttliche Fügung. Unserem Herrn liegt etwas daran, dass die Sünder bestraft werden. Nein, ich bin kein religiöser Fanatiker, aber wenn Gott ein Zeichen schickt, sollte man es nicht ignorieren.»

Sara wusste nicht, wovon er sprach. Der Typ musste irre sein. Oder war es möglich? Nein, niemals. Er sah älter aus als sechsundzwanzig. Und er war ein Mann. Sie hatte doch eine Tochter geboren. Zumindest hatte das die Nonne gesagt. Sosehr Sara auch in ihren Erinnerungen suchte, sie hatte nie wirklich gesehen, ob das Baby ein Mädchen oder ein Junge war. Sie hatte auf die Worte einer Nonne vertraut. Es spielte keine Rolle, es war tot. Sie hatte ihr Würmchen getötet. Vielleicht geschah es ihr recht, dass Gott sie bestrafte. «Vor ihm her geht die Seuche, und in seinen Fussstapfen zieht die Pestglut», zitierte sie eine Bibelstelle. «Die Tollwut, die haben Sie gestreut.»

«Ja. Wut und Wahnsinn in einer tödlichen Seuche vereint, so sollten Sie sterben. Niemand hätte Ihnen helfen können.»

«Herr Geheimrat?»

«Wer?»

«Meine Katze. Sie haben sie angesteckt.»

«Der bissige Kater schien der perfekte Überträger der Tollwut. Also habe ich ihn eingefangen und ihm das Virus verabreicht. Sie lebten mit ihm zusammen. Früher oder später hätten Sie sich mit der Tollwut angesteckt. Mein Plan war es, den Kater zu entsorgen, bevor Sie merkten, dass er an Tollwut erkrankt war. Aber er war nicht mehr auffindbar.»

«Sie waren in meiner Wohnung?»

«Ein Mal. Sie sollten die Fenster besser schliessen. Aber ich habe das verdammte Vieh nicht gefunden. Sie hätten sich mit der Tollwut anstecken sollen, ohne es zu ahnen. Nach Wochen hätten sich die ersten grippeähnlichen Symptome gezeigt. Dann käme eine rettende Impfung bereits zu spät. Sieben schmerzvolle Tage Zeit, um über Ihre Sünden nachzudenken, und Sie wären verreckt. Ich habe mir den Besuch an Ihrem Krankenbett feierlich ausgemalt. Wie ich Ihnen von mir erzählt hätte und von dem Baby. Ja, in diesem Moment hätten Sie gewusst, dass es Mord war, aber Sie hätten nichts gesagt, geschwiegen, um nicht vor Ihren Kollegen als Mörderin dazustehen. Den Mut hätten Sie nicht aufgebracht, nicht Sie. Sie sind zu kaltherzig dazu.»

Sara würgte erneut, aber es kam nichts mehr hoch. Ihr Magen war leer. «Warum die anderen Tiere?», fragte sie. Alles war besser als Schweigen.

«Ablenkung. Der Kater sollte für andere nur ein Kollateralschaden sein, der sich dummerweise auf der Strasse mit der Seuche angesteckt hatte.»

«Damit niemand den Mord unter dem Ausbruch der Tollwut erkannte?»

«Genau. Leider war der Kater für einmal nicht bissig genug. Von der Tierärztin aus Bern habe ich erfahren, dass er sich verkrochen hat und von Ihnen tot im Bett gefunden wurde, ohne dass Sie ihn in den letzten Wochen berührt hatten. Dumm gelaufen. Fast alle Tiere werden durch den Ausbruch der Krankheit aggressiv. Ihr blöder Kater gehörte zu den wenigen, die sich im Elend lieber verkrochen. Stille Wut, nennt sich das, kann vorkommen. Weil er seinen Job nicht erledigt hat, musste ich umdisponieren. Deshalb sind wir hier. Aber glauben Sie mir, das wird übel. Sie werden sich wünschen, von Ihrer Katze gebissen worden zu sein.»

Sara stolperte vorwärts. Der Weg wurde schmaler, war kaum mehr ein Trampelpfad. Ihre Schuhe versanken in dem feuchten Lehmboden. Der Kerl war wahnsinnig. All der Aufwand, der Einbruch ins Labor, der Totschlag des Nachtwächters, der Diebstahl der Viren, die infizierten Tiere, nur um sie zu bestrafen? «Warum haben Sie mich nicht einfach erschossen?»

«Oh nein. Ein schneller Tod ist nicht Strafe genug für das, was Sie getan haben. – Wir sind da.»

Sara blickte auf. Vor ihr, versteckt im Wald, etwas abseits des Pfades, stand eine kleine, schäbige Holzhütte. Sie war verlottert und sicher seit Jahren nicht mehr benutzt worden.

«Früher haben die Jäger hier drinnen Heu für das Überwintern des Wildes gelagert. Jetzt haben sie einen grösseren Schuppen weiter unten. Niemand wird hierherkommen. Wegen eines Felssturzes ist dieser Waldpfad hoch auf den Wildspitz, der gleich über uns ist, nicht mehr passierbar. War ein guter Ort, die Tiere versteckt zu halten, die für die Sache ihr Leben lassen mussten. Todeszelle, auch für dich, elende Bitch.» Er stiess sie vorwärts.

Obwohl der Schuppen alt war, war er aus stabilem Holz gebaut. Das Fundament war aus Stein. Panisch schaute sich Sara um. Hier gab es nichts ausser Fichten und Tannen. Mit einer dicken Metallkette war die Tür verschlossen. Die konnte sie niemals aufbrechen. In die fast gespenstische Ruhe mischte sich ein leises Scharren. Es kam von drinnen.

«Besser, du schaust ein letztes Mal hoch zum Himmel. Du wirst ihn nie mehr wiedersehen. Ich bin gut im Spuren verwischen. Ich habe genügend falsche Fährten gelegt. Niemand wird dich hier finden. Nicht in den nächsten Tagen oder Wochen. Aber dann ist es eh zu spät. Drinnen ist es dunkel, stockfinster. Hinten in der Ecke findest du einen grossen Vorrat an Wasser in Flaschen. Verdursten wirst du nicht. Aber diese Flaschen werden zu deinem Horrortrip. Panik vor Wasser ist eines der ersten Anzeichen der Tollwut. Zu essen hast du auch. Aufgehängt an der Decke in einem Korb findest du Konserven und Trockenfrüchte. Ist nicht viel, aber genug, um nicht zu verhungern.» Er hustete kurz. «Du findest drinnen auch Wolldecken. Die Herbstnächte können kühl werden.»

Sara zitterte am ganzen Körper. «Was haben Sie vor? Werden Sie mir eine Spritze mit dem Virus verabreichen, wie Sie es bei den Tieren getan haben?»

«Oh nein, das wäre zu leicht. Du wirst schon sehen, nein, nicht sehen, fühlen, spüren, hören, wie auch immer. Nutze die endlosen Stunden, um über deine Schuld nachzudenken.»

«Tun Sie das nicht! Ich kenne Sie überhaupt nicht. Bitte. Warum das hier?»

«Du kennst mich nicht? Solltest du besser. Ich heisse Karl Ryser, aber alle nennen mich Charlie. Na, klingelt's?»

Sara hätte schreien können, aber ihren Lungen fehlte die Luft.

Charlie schnitt ihr die Fesseln auf und öffnete das Schloss an der Tür. Sein Griff war hart und Sara zu paralysiert, um sich zu wehren. «Du kanntest meinen Vater, Bitch!» Er riss die Tür auf, warf sie hinein in die Dunkelheit und knallte die Tür zu.

Sara lag am Boden. Sie hörte, wie das Schloss an der Kette von aussen zuschnappte. Das war ihr Ende, hier würde sie sterben. Gott, steh mir bei!

Dieses kratzende, keuchende Geräusch war ihr Tod.

Auch wenn es pechschwarz war in dem Schuppen, so fühlte sie ihn, den schleichenden Tod. Sie roch ihn. Er stank fürchterlich nach Exkrementen. Er atmete, leise und unregelmässig. Sie hörte, wie etwas zu Boden tropfte.

Er schlurfte über den Boden, schlich auf sie zu. Er knurrte. Eine Pfote streifte ihre Hand, die ausgestreckt am Boden lag. Ihre Reaktion kam nicht schnell genug.

Sara schrie auf, als die Zähne des kranken Tieres sich in ihre Hand bohrten.

***

«Wir haben nicht bei Rivoli eingebrochen», widersprach Linn.
Tom sah die Angst in ihren Augen. Ihre Fassade bröckelte. Gut so. Er stand auf und trat nahe an sie heran. «Ich bin kein Journalist, weisst du. Ich arbeite auch nicht für die Polizei. Ich bin privater Ermittler, so was in der Art. Ich muss mich nicht immer an das Gesetz halten, um die Wahrheit herauszubekommen. Ich war früher Kickbox-Champion.» Tom hasste es, solche Drohungen auszusprechen, auch wenn er sie nie in die Tat umsetzen würde. Aber Linn konnte das nicht wissen. Sie kannte ihn nicht. Erschrocken stolperte sie einen Schritt zurück. Tom rückte noch näher zu ihr auf. Er roch das Shampoo in ihrem Haar. «Vielleicht glaube ich an Märchen, aber nicht an Zufälle. Du und Charlie habt Rivoli überfallen, zusammen mit den zwei Mafiosi, die Rosanna Moretti organisiert hat. Ihr habt die Tiere befreit, den Nachtwächter erschlagen und Coco mitgenommen. Dann habt ihr den Schäferhund mit der Tollwut infiziert und auf die Golfspieler losgelassen. Weshalb? Um die Öffentlichkeit zu alarmieren? Dann der Hase. Weshalb habt ihr den Kadaver der Polizei geschickt und Sara damit bedroht?»
«Was soll das mit dieser Sara? Ich weiss auch nichts von einem Hasen.» Linn war völlig durch den Wind, ihre Selbstsicherheit wie aufgelöst.
«Ich kriege es aus dir heraus, so oder so.» Tom hob die rechte Hand und ballte sie langsam zu einer Faust. Verdammt, er hasste, was er hier tat.
«Ja, wir wollten die Tiere befreien», schrie Linn, «aber mehr nicht. Ich wusste nicht, dass die Italiener das Labor zerstören sollten. Ehrlich. Ich wollte nur den Tieren helfen. Moretti sagte, niemand sei im Labor, aber plötzlich stand da dieser Nachtwächter. Sein Hund hat einen der Italiener angegriffen, da ist der andere ausgerastet und hat den Nachtwächter kaltblütig erschlagen. Was hätte ich in dem Moment tun sollen?»
Linn zitterte heftig. Tom zog einen Stuhl unter dem Küchentisch hervor und schob ihn Linn hin. «Setzen!»

Sie gehorchte widerstandslos. Er hatte sie gebrochen. Sie war bereit zu reden.

«Woher kennen sich Charlie und Moretti?»

«Ich habe ihm von meinem Plan erzählt, die Tiere zu befreien, um ein Statement gegen Tierversuche zu setzen. Um den Plan umzusetzen, brauchten wir einen Insider. Charlie hat die Angestellten ausspioniert. Rosanna war perfekt für unseren Plan. Er hat sie in einer Bar angesprochen und sich bei ihr eingeschmeichelt, bis sie ihm ihr Herz ausgeschüttet hat und letztlich von der Idee begeistert war, bei Rivoli einzubrechen, um sich an Harri Krieger zu rächen – und gleichzeitig natürlich unschuldige Tiere zu befreien.»

«Weshalb habt ihr die Einrichtung zerstört und wie wild gewütet?»

«Das war der Italiener. Ich vermute, das Adrenalin nach dem Totschlag war zu hoch. Er ist total durchgedreht und hat wild um sich geschlagen, alles kaputt gemacht. Das war nicht der Plan.»

«Und der Schrank mit den gefährlichen Substanzen?»

«Das war Charlie. Ich habe ihn nicht angefasst.»

«Wo habt ihr die Tiere hingebracht?»

«Auf einen Gnadenhof im Emmental. Eine Freundin wohnt dort und kümmert sich um sie. Sie weiss aber nicht, dass wir sie gestohlen haben.»

«Und Coco?»

«Ihm ging es gut. Charlie sagte, er habe einen Bekannten, der ihn zu sich nimmt. Ich habe nicht weiter nachgefragt. Ich weiss nicht, weshalb er auf dem Golfplatz aufgetaucht ist, infiziert mit der Tollwut. Ich habe Charlie danach gefragt, aber er meinte, das sei ein anderer Hund und nur ein Gerücht, dass es sich bei dem Tier um Coco handelte. Bitte, ich habe nichts mit der Tollwut zu tun, ehrlich.»

Tom glaubte ihr. Die Seuche war Charlies Verdienst. «Was ist mit dem Hasen?»

«Ich weiss nichts von einem Scheisshasen!»

«Er wurde der Polizei in einer Kartonbox zugeschickt, halb

verwest, verendet an Tollwut. Es war eines der Tiere, das ihr bei Rivoli befreit habt.»

«Nein, das stimmt nicht. Wir haben keine Hasen befreit. Ein paar Kaninchen, ja, aber die sind alle bei meiner Freundin auf dem Hof, glaube ich zumindest.»

Kaninchen? Natürlich! Hier war der Beweis, den er brauchte. Der Tierbanause Bolander sprach ständig von einem Hasen. Hasen und Kaninchen waren nicht das Gleiche, für Bolander aber schon. Er hatte Charlie und der Jagdgesellschaft von dem Hasen erzählt. Aber woher wusste Charlie, dass sich ein Kaninchen in der Box befand? Ein Förster würde ein Kaninchen niemals mit einem Hasen verwechseln. Charlie konnte dies nur wissen, weil er es selbst dort hineingepackt hatte. Wenn er das Kaninchen verschickte, dann kam auch die Drohung gegen Sara von ihm. Was wollte er von ihr?

Toms Handy klingelte. Es war Lind. «Ist Sara aufgetaucht?», fragte Tom ohne ein Wort der Begrüssung.

«Eben nicht», sagte Lind. Seine Stimme klang erregt. «Deshalb rufe ich an. Wir haben vorhin eine Meldung hereinbekommen, dass ein verlassener Wagen beim Schönalphüttli steht, mitten im Wald an einer Waldstrassengabelung. Einem Jäger kam er verdächtig vor. Wir haben die Nummer kontrolliert. Es ist Saras Wagen. Von ihr fehlt jede Spur.»

Oh verdammt, dachte Tom, Charlie Ryser hat sie in seiner Gewalt. Bei diesem Fall ging es nie um Laborgeheimnisse oder um Tierschutz. Es war kein Zufall, dass bei Rivoli der Erreger gestohlen wurde. Es ging nie um Harri Krieger. Er war nur der Köder gewesen, damit sich Sara in den Fall verbiss und abgelenkt war. Charlie musste aus der Zeitung wissen, dass Sara und Harri sich kannten. Welch perfides Spiel trieb Charlie mit ihr? Ging es um Rache? Aber weshalb? Nur eines wusste Tom mit Sicherheit: Sara schwebte in Lebensgefahr.

ACHTZEHN

Tom raste los. Er nahm von Risch die A4 bis Arth. Danach brauchte er die Hilfe seines Navis im Smartphone. Lind hatte gesagt, dass man Saras Wagen beim Schönalphüttli gefunden habe. Tom kannte dieses Schönalphüttli nicht, und es machte wenig Sinn, wenn er dorthin fuhr. Sollte Charlie Ryser sie entführt haben, dann hielt er sie im Wald versteckt, das war sein Revier. Was hatte der Mistkerl bloss mit ihr vor? Noch bevor Tom von Risch losgefahren war, hatte er mit Max Hofmeister telefoniert. Die Jäger versammelten sich an diesem Morgen beim Zuger Alpli, einer kleinen Alpwirtschaft an der Nordflanke des Rossbergs. Das Alpli lag direkt unter dem Wildspitz.

Die Stimme des Navis leitete ihn vor Walchwil den Berg hoch. Er fuhr auf kleinen Nebenstrassen, die ihn vorbei an Wiesen, Waldstücken und einsamen Höfen auf den Berg brachten. Das letzte Stück fuhr Tom durch den Wald. Er war nervös. Vergeblich versuchte er, Natalie oder Rico zu erreichen.

Endlich sah er vor sich die Alpwirtschaft. Es herrschte reges Treiben. An die dreissig Personen standen draussen in der Morgensonne. Der Wirt hatte Tische nach draussen gestellt und servierte Kaffee und Sandwiches. Die Jäger waren eindeutig an ihren Gewehren erkennbar, die sie bei sich trugen. Die anderen Personen waren Treibhelfer. Einige Blut- und Jagdhunde zogen bereits aufgeregt an ihren Leinen.

Tom stellte seinen Peugeot am Wegrand ab und eilte auf Rizzo zu, der sich mit Betty und Hofmeister unterhielt. Hatte Rizzo nichts Besseres zu tun, als bei der Treibjagd zu helfen? «Ich dachte, ihr sucht nach Sara!», schnauzte er ihn an.

«Tun wir ja», antwortete Rizzo pikiert. «Das halbe Polizeikorps sucht nach ihr. Sie sind mit Suchhunden zum Schönalphüttli gefahren. Lind hat mich informiert, dass du Charlie

Ryser verdächtigst. Ich bin hier, sollte er sich entscheiden, an der Treibjagd teilzunehmen.» Rizzo hob die Handschellen hoch. «Aber keine Spur von ihm. Glaubst du, er –»

«Niemals», mischte sich Hofmeister ein. Der passionierte Jäger kratzte sich an der Stirn. «Ich kenne Charlie seit Jahren. Ein feiner Kerl. Etwas verschlossen, aber eine ehrliche Haut. Er entführt keine Polizistin. Und dann soll er auch am Ausbruch der Tollwut schuld sein? Niemals.»

«Eines ist seltsam», bemerkte Betty, «ich habe mit ihm gesprochen, kurz nachdem ihr den toten Fuchs gefunden habt. Er hat das Gespräch auf Sara und ihre tote Katze gelenkt. Ich habe ihm versichert, dass sie Sara nicht angesteckt hat. War das ein Fehler?»

Der laute Ton des Jagdhorns liess sie aufhorchen. Die Hunde bellten aufgeregt. Die Treibjagd war eröffnet. Die Männer und wenigen Frauen standen von den Tischen auf und griffen nach ihren Jagdgewehren.

«Los geht's», sagte Hofmeister. «Treiben wir die Tiere nach Osten. Unsere Kollegen, die von Ägeri her gestartet sind, sind bereits losgezogen. «Was ist mit Ihnen, kommen Sie mit?»

Rizzo und Betty nickten. Tom war unschlüssig. Auf diese Art würde er Charlie kaum finden. «Habt ihr sein Handy geortet?», fragte Tom.

«Natürlich», antwortete Rizzo. «Es liegt bei ihm in der Wohnung. Lind hat bereits beim Zwangsmassnahmengericht einen Durchsuchungsbefehl ausstellen lassen. Bolander fährt gerade hin.

Tom nickte. «Gut. Sagt mir, wenn ihr etwas habt. Ich fahre unterdessen zu den Kriegers.» Er wandte sich an Hofmeister. «Eine gute Freundin und ein Kumpel von mir sind mit Pferd und Hund auf dem Rossberg unterwegs. Sie haben letzte Nacht im Wald übernachtet und haben keine Handys dabei. Sie wissen nichts von der Treibjagd. Dass mir keiner von euch Jägern auf sie schiesst, verstanden?»

Hofmeister klopfte ihm auf die Schulter. «Wir Jäger schiessen auf Wild, nicht auf Liebende.»

«Ja, schon klar.» Tom wandte sich ab und ging zurück zu seinem Wagen.

Betty folgte ihm. «Tom, warte!»

Er blieb stehen und schaute in das besorgte Gesicht der Tierärztin.

«Denkst du, Sara ist in Lebensgefahr?»

«Ja. Charlie hat eine Rechnung mit ihr offen, ich weiss bloss nicht, welche. Er hat einen Riesenaufwand betrieben, um sich an ihr zu rächen. Der zieht seinen Plan durch. Wir müssen sie finden.»

«Die Treibjagd hier –»

«Die ist für die Katz! Wir haben nur ein einziges Wildtier mit dem Tollwuterreger gefunden. Einen jungen Fuchs vor seinem Bau. Das Tier war bereits tot. Wer hat ihn zufällig in diesem riesigen Waldgebiet gefunden? Es war Charlie. Er hat mich direkt hingeführt. Ich war kurz abgelenkt, als er mich zu sich gerufen hat und auf den Fuchs am Boden zeigte. Ich wette mit dir um meinen alten Wagen, der Fuchs hat vorher nicht dort gelegen. Charlie hat ihn mitgebracht, in seinem Rucksack. Er hat den Fuchs wie auch die anderen Tiere infiziert und elend verrecken lassen. Es war wohl sein Plan gewesen, den Fuchs im Wald zu finden, damit es so aussah, dass die Seuche auch die Wildtiere befallen hatte. Alles nur, um von sich abzulenken. Alles nur, um von Saras Katze abzulenken.»

Betty fasste sich entsetzt an den Mund. «Mein Gott! Er hat die Katze infiziert, um Sara mit der Tollwut anzustecken.»

«Ja. Er will, dass Sara leidet und an der Krankheit qualvoll stirbt – meine Vermutung.»

«Und ich Idiotin habe ihm erzählt, dass ihr sonst bissiger Kater sich in seinem Elend zurückgezogen hat und Sara sich kaum mit dem Erreger anstecken konnte. Ich habe ihm erzählt, dass ich sie so rasch als möglich impfen werde als eine Vorsichtsmassnahme.»

«Guter Ratschlag, aber das zwang Charlie, rasch zu handeln. Er wollte Sara kriegen, bevor sie gegen die Tollwut geimpft werden konnte.»

«Aber warum?»

«Keine Ahnung. Wir müssen der Polizei vertrauen, dass sie Sara rechtzeitig finden wird.»

«Soll ich trotzdem an der Treibjagd teilnehmen? Tollwütige Tiere werden wir kaum finden.»

«Geh mit und melde dich bei mir, solltest du etwas hören oder sehen, das verdächtig ist.»

Betty nickte und ging zurück zu den Jägern, die in Aufbruchsstimmung waren.

Tom stieg in seinen Wagen und fuhr los. Als er in das Waldstück einbog, war er zu sehr in Gedanken versunken, als dass er rechtzeitig den Wagen bemerkte, der von rechts von einer Schotterstrasse herkam. Tom trat hart auf die Bremse. Der andere tat es auch. Fast hätte er Toms Beifahrertür gerammt. Laut fluchend warf Tom den Kopf herum. Er verstummte. Den Wagen kannte er: ein grüner Jeep!

Charlie Ryser.

Viel Zeit zu reagieren blieb Tom nicht. Da er Charlie den Weg abgeschnitten hatte, blieb diesem nichts anderes übrig, als den Rückwärtsgang einzulegen. Er musste ahnen, dass nach ihm gesucht wurde. Den Mistkerl würde er schnappen. Tom legte den ersten Gang ein und bog rechts ab, folgte dem Jeep die Waldstrasse hoch. Dieser nutzte den Vorsprung, um bei der nächsten Weggabelung den Wagen zu wenden und weiterzufahren. Tom heftete sich an die hintere Stossstange des Jeeps, doch bereits nach wenigen hundert Metern wurde der Abstand grösser. Seine alte Klapperkiste hatte keine Chance gegen den Vierradantrieb des Jeeps, der einige Pferdchen mehr unter der Haube zur Verfügung hatte. Zudem kannte Charlie das Gelände in- und auswendig. Zum Glück gab es kaum Abzweigungen. Die Waldstrasse war eng und führte im Zickzack den Rossberg hoch. Bei der nächsten Weggabelung, der Jeep war nicht mehr in Sichtweite, stellte Tom den Motor ab und lauschte. Er hörte Charlies Wagen auf seiner rechten Seite. Es brauchte drei Anläufe, bis der erschöpfte Motor des Peugeot wieder ansprang. Tom steuerte seinen Wagen nach rechts. Weiter hoch also. Du Mistkerl. Die nächste Gabelung kam bereits nach ein paar hundert Metern. Tom wagte es nicht, sein Auto erneut abzustellen. Er vertraute auf sein Bauchgefühl. Charlie wollte hoch auf den Berg. Die Abzweigung rechts musste es sein. Tom hoffte, dass er mit seiner Vermutung richtiglag. Während der wilden Fahrt blieb ihm keine Zeit, nach seinem Handy zu greifen und jemanden anzurufen.

Als er endlich vor sich den parkierten Jeep sah, war Charlie längst zu Fuss weiter und verschwunden. Tom war kein Fährtenleser. Es gab einen Wanderweg, der hoch auf den Wildspitz führte, aber natürlich hätte Charlie auch quer durch den Wald verschwinden können. Tom entschloss sich für den schmalen Wanderweg. Natürlich, dämmerte es ihm. Wenn Charlie den Wildspitz erreichte, dann konnte er auf der anderen Seite des Rossberges entkommen. Das war das Gebiet der Schwyzer Polizei. So gut die Kantone zusammenarbeiteten, flüchtete eine gesuchte Person in ein anderes Kantonsgebiet, mischte sich die Bürokratie mit ein und machte die Sache nicht einfacher.

Tom war für eine Wanderung definitiv nicht ausgerüstet. Er trug Turnschuhe, Jeans und ein leichtes Sweatshirt. Immer wieder rutschte er auf dem Waldboden aus, der an diesem Morgen noch die Feuchtigkeit der Nacht festhielt. Wenigstens war Tom sportlich fit, sodass ihm der Aufstieg wenig zu schaffen machte. Der Pfad gabelte sich vor ihm, und Tom erkannte die gelben Wanderwegweiser. «Wildspitz über die Leiter» stand da. Na toll! Tom kannte den Weg. Eine an den Felsen befestigte Metallleiter führte fast senkrecht über eine Kuppe hoch, und von dort traversierte das Wegstück an einem steil abfallenden Hang entlang weiter hoch, teils mit einem Seil gesichert. Das war definitiv kein guter Platz für einen Zweikampf.

Nur Minuten später rannte Tom einen Treppenweg hoch, der zu einem kleinen Podest führte, von wo die Wanderer die Treppe besteigen konnten. Tom blickte hoch.

Da war Charlie.

Es blieb keine Zeit zu zögern. Tom kletterte die ersten

Sprossen hoch. Charlie war schon fast oben. Plötzlich hielt er inne, drehte sich um, und Tom sah, wie glänzendes Metall in der Morgensonne aufblitzte.

Charlie hatte eine Waffe dabei, eine Schrotflinte, deren Lauf direkt auf Tom zielte.

Die Leiter bot ihm keine Deckung. Tom war den Schrotkugeln ausgeliefert.

***

«Ein Schuss!» Natalie horchte auf. «Woher kam er?»

«Klang nach einer Schrotflinte», sagte Rico. «Vermutlich ein Jäger. Es ist Jagdsaison.»

«Ist es nicht etwas früh für die Jagdsaison? Das gefällt mir nicht.» Natalie hielt sich an der Mähne von Gypsydancer fest, der ebenfalls die Ohren spitzte. Boomer knurrte leise und blieb stehen. Sie waren auf dem Rückweg, irgendwo mitten im Wald. Natalie war beunruhigt. Nicht nur, weil sie mit Rico gestritten hatte und ihr Vertrauen in ihn bedenklich schwand, nein, auch weil sie ihre Familie hintergangen, sich fortgeschlichen und kein Handy dabeihatte. Harri musste sich grosse Sorgen machen.

«Hoo.» Rico brachte seinen Wallach zum Stehen und drehte sich zu Natalie um. «Hey, beruhige dich. Deine Angst überträgt sich auf das Pferd. Ich bringe dich sicher heim, okay? Es tut mir leid, das Gespräch von vorhin. Ich wollte dich nicht verletzen, ehrlich. Ich mag dich, Natalie.»

Sie presste die Lippen aufeinander. Die Schmerzen waren heftig. Wegen des Streites heute Morgen hatte sie sich geweigert, dass Rico ihre Wunden versorgte. Ein Fehler, wie sich herausstellte. Musa würde den ganzen Nachmittag und Abend mit ihr zu tun haben. «Hast du wieder Handyempfang? Ich will Musa anrufen. Er soll uns mit dem Wagen entgegenkommen.» Rico legte eine Hand auf ihr Knie. Noch vor wenigen Stunden hätte diese Berührung ein wohliges Kribbeln in ihr ausgelöst. Jetzt machte es ihr Angst. «Bitte. Ich will telefonieren.» Wie sie das Gefühl hasste, hilflos und ausgeliefert zu sein. Ihr Körper besass nicht die Stärke, sich gegen einen Mann zu wehren, erst recht nicht mitten im Wald. Sollte er sie absetzen und zurücklassen, würde sie es keinen Kilometer weit schaffen. Was für ein mieser Gedanke. Natalie wollte die Starke sein, die Mutige, die Heldin. Sie war nichts als ein Häufchen Elend, schwach und zerbrechlich. Selten hatte sie ihre Krankheit so gehasst wie heute. Vielleicht war es gut, wenn er sie hier sterben liess. Was konnte sie vom Leben erwarten? Liebe? Nie konnte ein Mann sie lieben. Wie naiv sie gewesen war.

Rico sah, wie sie gegen die Tränen ankämpfte. Es schien, als wollte er sie trösten, er hielt sich aber zurück, griff stattdessen in seine Jeanstasche und zog sein Handy hervor. «Ich habe Empfang, aber er ist schlecht.» Rico starrte auf das Display, regungslos für einen Moment.

«Was ist?», fragte Natalie.

«Tom. Er hat über dreissig Mal versucht, mich zu erreichen.»

«Heilige Hühnerkacke! Da stimmt etwas nicht. Ich muss zurückrufen. Gib mir das Handy.»

Rico zögerte kurz, reichte ihr aber sein Mobiltelefon. Ihre Hand zitterte, als sie auf Wahlwiederholung drückte. Es klingelte fünfmal, bevor ihr Anruf schweigend entgegengenommen wurde. «Tom? Bist du das? Tom? Was ist passiert?»

Sie hörte nur heftiges Atmen.

Hätte Rico sie in diesem Moment nicht festgehalten, wäre sie vom Pferd gefallen. Gypsydancer schnaubte nervös und warf den Kopf hoch.

***

Es war nicht vorbei. Sara presste ihre Hand gegen die Brust und setzte sich auf. In dem Schuppen war es finster wie in ihren schlimmsten Alpträumen oder in einem zur Realität erwachten Set von «The Walking Dead». Sie war allein, gefangen mit den Monstern. Den Monstern in ihrem Kopf und dem armen Tier, das dem Wahn verfallen und bereit war, bis auf den Tod mit ihr zu kämpfen. Sara spürte, wie warmes Blut von ihrer Hand tropfte. Der Geruch war metallisch und abstossend. Der Gedanke, dass sich in diesem Moment die Viren ihren Weg durch die Nervenbahnen zu ihrem Gehirn suchten, versetzte sie zusätzlich in Panik. Tollwut. Einmal ausgebrochen, zu einhundert Prozent tödlich. Bald würde sie wie ein wildes Tier jeden und alles angreifen, dass sich ihr in den Weg stellte.

Sie hörte wieder das Keuchen. Es musste ein Hund sein oder ein Fuchs? Er lauerte in der entgegengesetzten Ecke wie ein Boxer, der auf das Einläuten der nächsten Runde wartete. Sara hörte, wie die Krallen des Tieres über den Bretterboden schleiften. Der Angriff stand kurz bevor. Sie musste einen kühlen Kopf bewahren. Die Angst musste warten. Sie schloss die Augen und versuchte sich daran zu erinnern, was sie in der Ausbildung gelernt hatte. Vergeblich. Wie man sich im Dunkeln, eingesperrt und ohne Waffe, gegen ein tollwütiges Tier verteidigen konnte, stand nicht auf dem Weiterbildungsprogramm. Angenommen, ein Mensch lauerte dort in der Ecke auf sie, ein eiskalter Serienkiller, welche Verteidigungstechnik würde Sara anwenden? Den Arm auf den Rücken drehen ging schlecht. Einen Tritt zwischen die Eier? Wie sollte sie die heikle Stelle bei einem Fuchs treffen? Sie wusste zudem nicht, ob es sich um ein männliches Tier handelte. Würgegriff! Das war es. Sie musste ihn um den Hals zu fassen kriegen und erwürgen. Mein Gott! Sie musste ein armes, krankes Tier mit blossen Händen erwürgen. Nein. Das konnte sie nicht. Sie musste.

Panisch schoss Sara auf. Ihr Stand war wackelig. Keine gute Voraussetzung für den drohenden Kampf. Sie hörte wieder das Schlurfen. Das Tier torkelte auf sie zu. Erschlagen, kam ihr die Idee. Charlie hatte von Wasserflaschen in der Ecke gesprochen. Bitte lass es Glasflaschen sein. Sie presste sich an die Wand und schlich daran entlang. Es war idiotisch zu glauben, er würde es nicht bemerken. Sie blutete. Längst musste er es gerochen haben. Wie war das noch gleich: Panik vor Wasser? Vielleicht konnte sie ihn mit Wasser auf Distanz halten. Oder würde sie damit seinen Wahn schüren und ihn aggressiver machen? «Verflucht, ich werde hier nicht verrecken, nicht so!» Sie hätte die Worte schreien können. Schreien, hielt ihn das zurück? Sara wusste, dass er nahe war. Sie schrie auf und stampfte hart mit dem Fuss gegen die Bretterwand. Leises Wimmern verriet ihr, dass sie ihn erschreckt hatte. Dann war es totenstill. Wo war er? Das war nicht gut. Sara schluchzte. Gott hatte nie auf ihrer Seite gestanden. Weshalb quälte er sie ein Leben lang? Weshalb zeigte er ihr das Glück, nur um es ihr wieder zu nehmen? Weshalb liess er sie bei Eltern aufwachsen, die ihn fanatisch anbeteten? Saras Eltern hatten in einer Art Trance gelebt, lebten ein Leben für Gott und befolgten seine Gesetze mit penibler Genauigkeit. Für einen Teenager war das die Hölle auf Erden. Zu sehen, wie andere Mädchen glücklich ihre Jugend ausleben konnten, während sie sich täglich Strafpredigten anhören und vor ihren Sünden auf die Knie gehen musste. Nie konnte sie es Gott oder ihren Eltern recht machen. Es gab immer einen Grund für Strafe und Busse, war er noch so banal.

Und dann kam Karl. Diesen Namen hatte sie seit sechsundzwanzig Jahren nicht mehr ausgesprochen. Er war Erlösung und Verdammnis zugleich gewesen. Er kam als junger Lehrer neu an ihre Schule. Ein feinfühliger Mann. Gut aussehend. Er hatte schnell bemerkt, dass mit der fünfzehnjährigen Sara etwas nicht stimmte. Er war der erste Mensch, dem sie sich anvertraute. Karl wollte die Behörden einschalten, aber sie war nicht bereit, ihre Eltern anzuzeigen. So kam es, dass sie nach der Schule oft bei ihm im Klassenzimmer blieb und ihr Herz ausschüttete. Manchmal gingen sie etwas trinken, dann folgten die langen Spaziergänge im Wald, wo sie für sich waren. Das waren Saras glücklichste Stunden in ihrem Leben gewesen. Es interessierte sie nicht, dass er verheiratet war und einen sechsjährigen Sohn hatte. Sie hatte schon so oft Busse getan für Sünden, die sie nicht begangen hatte. Einmal, nur einmal wollte sie sündigen. Einmal wollte sie egoistisch sein und sich gegen Gott und ihre Eltern auflehnen. Sie hatte gedacht wie ein Teenager, ein pubertierendes Mädchen, das sich zum ersten Mal verliebte. Karls Ehe war unglücklich. Seine Frau hatte psychische Probleme. Karl überlegte, sie zu verlassen. Er versprach, auf Sara zu warten, bis sie achtzehn wäre. Dass er doppelt so alt war wie sie, war Sara egal. Sie malte sich ihre Zukunft rosig aus und legte sich mit solch einem Verlangen auf den Waldboden, dass sie glaubte, im Himmel zu schweben. Es war ihre Schuld, sie hatte Karl verführt und das Unheil heraufbeschworen. Warum hatte sie nicht warten können?

Drei Jahre nur, bis sie volljährig geworden wäre. Warum musste sie ihn an jenem Nachmittag lieben? Sie fasste sich an den Bauch. Ein Kind sollte ein Geschenk Gottes sein. In ihrem Fall war es das Resultat einer Sünde, das sich nach sechs Monaten nicht mehr verheimlichen liess. Ihre Eltern liessen sie von einem befreundeten Arzt krankschreiben, sperrten sie in ihr Zimmer ein und nagelten die Fensterläden zu. Sara wusste, dass Karl mindestens dreimal zu ihr nach Hause gekommen war. Die Eltern schickten ihn mit drohenden Worten fort. Er kam nicht mehr. Ihre Eltern waren stark, und sie hatten in ihrer Kirche bedeutende Freunde. Mobbing und Stalking war ein zu schwaches Wort für das, was die kleine Kirchengemeinde fähig war zu tun, wenn eines ihrer Schäfchen abtrünnig wurde oder ein Aussenstehender sich einmischte. Sie trieben Karl in den Selbstmord. Wie, hatte Sara nie herausgefunden. Hatten sie ihm mit der ewigen Hölle gedroht? Oder mit Saras Tod? Hatten sie ihm gedroht, ihn bei den Behörden wegen Unzucht mit Minderjährigen anzuzeigen? Vielleicht hatten sie ihm gedroht, den Seitensprung mit Folgen seiner Frau zu erzählen. Oder sie wollten sich an seinem Sohn rächen, würde Karl nicht freiwillig für seine Sünde büssen. Alles war möglich. Letztlich hatten sie Erfolg.

Nur einen Monat nach Würmchens Tod folgte er seinem Kind ins Jenseits, wo immer das war. Sara hoffte, dass dort kein Gott die beiden armen Seelen weiterquälte. Sie wollte an jenem Tag ebenfalls sterben. Die Mutter schloss ihr Zimmer auf und erzählte ihr die freudige Nachricht von Karls Busse. Doch statt für den Tod entschloss sich Sara für das Leben. Die geballte Faust schlug gegen den Kopf der Frau, die sie nie mehr Mutter nennen wollte. Sie holte ihre Papiere, flüchtete aus dem Haus und kam nie mehr zurück. Zwei Jahre lang versteckte sich Sara auf den Strassen Deutschlands. Mit Betteln und Gelegenheitsjobs hielt sie sich über Wasser und vor den Behörden versteckt. An ihrem achtzehnten Geburtstag kam sie zurück in die Schweiz und fand eine Lehrstelle in einer Metzgerei. Es war ein kleiner Familienbetrieb im Emmental, und niemand fragte nach ihrer Vergangenheit. Der freundliche Patron, wie er sich gern nannte, stellte ihr eine kleine Einzimmerwohnung über dem Schlachthof zur Verfügung. Er war froh, in der Abgeschiedenheit seines Betriebes endlich wieder einmal einen Lehrling gefunden zu haben. Sara hasste die Arbeit, hasste das Töten, aber die Familie behandelte sie gut, und sie machte ihren Abschluss.

Dann bewarb sie sich bei der Polizei. Es brauchte zwei Anläufe, ehe sie aufgenommen wurde. Ihre nicht existente Vergangenheit war das Problem. Zufällig traf sie bei ihrem zweiten Bewerbungsgespräch auf Eckart Lind, der an diesem Tag einen Vortrag an der Polizeischule hielt. Es kam zu einem Gespräch unter vier Augen. Sie erzählte ihm viel, aber nicht alles. Sie erzählte ihm von den religiösen Eltern, dass sie sie eingesperrt hatten und sie nach Deutschland geflüchtet war. Lind stellte einige Nachforschungen an, das gestand er ihr später. Den Zusammenhang zum Selbstmord von Karl Ryser entdeckte er nie. Würmchen blieb ein Geheimnis. Dank Linds Fürsprache wurde sie auf der Akademie aufgenommen.

Sara konzentrierte sich auf ihre Ausbildung zur Polizistin, von der Opferrolle hatte sie genug. Sie schwor, sich nie mehr emotional an einen Menschen zu binden. Sie wollte dieses Leid von Verlust kein weiteres Mal ertragen. In ihrem Beruf funktionierte sie. Sie war gut. Mehr brauchte sie nicht, bis auf eine Katze. Eine Katze, die ihr ebenfalls genommen wurde. Als ob Gott und Teufel mit ihr spielten.

Tränen rannen ihr die Wangen hinunter. Sie schmeckten salzig auf den Lippen. Und das hier? War das der göttliche finale Zug?

Da war es wieder, das Schlurfen, das Röcheln, das Tropfen von Speichel auf den Steinboden. So nah. Er musste direkt vor ihr stehen. Sie spürte seine Schnauze an ihrem Oberschenkel.

Himmel, nein!

NEUNZEHN

Tom rollte sich auf der Plattform zurück und liess sich über die Kante auf den Waldboden fallen. Das Buschwerk war so dicht, dass Charlie ihn nicht mehr sehen konnte. Das war seine Rettung. Er fluchte über den stechenden Schmerz in seinem Oberarm. Einige der Schrotkugeln hatten ihn voll erwischt, aber er würde es überleben. Wichtiger war es, Charlie zu kriegen. Nur er wusste, wo Sara versteckt war.

Das Klingeln seines Handys liess Tom aufschauen. Es musste ihm bei dem Sturz aus der Tasche gefallen sein und lag jetzt über ihm auf der Plattform. Tom hörte, wie Charlie von der Leiter heruntersties. Der Mistkerl gab nicht auf. Er hätte fliehen können. Warum tat er es nicht? Kam er zurück, um ihn zu töten? Tom verhielt sich still. Von da, wo er lag, konnte er auf die Plattform blicken. Charlie hob das Handy hoch und hielt es sich ans Ohr. Das war Toms Chance. Charlie war abgelenkt. In Gedanken ging Tom seinen Schlachtplan durch: Aus dem Busch hoch auf die Plattform springen, den Mistkerl mit einem Jab aus der Balance bringen, mit einem Punch handlungsunfähig machen und ihn mit einem Roundhouse Kick komplett ausschalten. Gut, war sein linker Arm getroffen, den brauchte er für die Schläge nicht. Er spannte all seine Muskeln an, war bereit, aus seiner Deckung zu springen. Da tat Charlie etwas, womit Tom nie gerechnet hätte. Er setzte sich auf die Plattform, das Handy am Ohr. «Ich bin nicht Tom», sagte er. «Hier ist Charlie. Sie sollten kommen und Ihren Freund abholen. Kann sein, dass meine Schrotkugeln ihn getroffen haben.» Er schwieg für eine Minute.

Wer auch immer am anderen Ende der Leitung war, war mit der Information kurzfristig überfordert. Tom beobachtete, wie Charlie das Jagdgewehr hochhielt und es über die Kante der Plattform auf den Waldboden schmiss. Es landete nur drei Meter von Tom entfernt. Gab der Mistkerl etwa auf? Mit dem

Gewehr war es wesentlich einfacher, ihn zu stellen, als mit der Kickboxtechnik. Tom stand auf und griff nach der Waffe.

Charlies Kopf schnellte herum, als er Tom sah, aber er unternahm nichts. Stattdessen sprach er ins Telefon. «Da ist Tom. Er kann selbst mit Ihnen sprechen. Scheint ihn nicht schlimm erwischt zu haben.» Charlie streckte die Hand mit dem Handy aus. Rasch hängte sich Tom das Gewehr über die Schulter, griff nach dem Rand der Plattform, die etwa eineinhalb Meter über ihm lag, zog sich daran hoch, den Schmerz im Arm unterdrückend, und baute sich vor Charlie auf, der absolut passiv blieb. Tom erkannte, dass er heftig atmete. Seine Stirn war schweissbedeckt. Er hatte kaum Farbe im Gesicht. Tom zögerte. Klar war es anstrengend gewesen, hier hochzurennen, aber Charlie schien ihm nicht der untrainierte, schwache Typ, der deswegen gleich zusammenbrach. Hatte er Fieber? Vorsichtig griff Tom mit seinem gesunden Arm nach dem Handy und hielt es sich mit einigen Zentimetern Abstand ans Ohr. «Hallo?»

«Tom? Tom! Oh mein Gott! Bist du das? Was ist los? Wir –»

«Natalie, mir geht es gut.» Es dauerte eine Minute, bis sie sich endlich beruhigt hatte und er vernünftig mit ihr reden konnte. Mit wenigen Worten klärte er sie über die Vorkommnisse auf.

«Mensch, Alter», hörte er Rico sagen.

Ricos Stimme versetzte Tom einen Stich. Er hätte ihn erwürgen können. «Elender Hund, du kannst Natalie nicht einfach auf den Rossberg entführen. Da läuft eine Treibjagd, und ihr steckt irgendwo mitten im Abschussgebiet.»

«Du sagst, der Kerl hat Sara entführt? Wo ist sie?»

Tom liess die Hand mit dem Handy sinken und starrte Charlie an. «Gute Frage. Wo ist Sara?»

«Das wirst du nie erfahren», keuchte Charlie. «Erschiess mich, wenn du willst. Du tust mir damit einen Gefallen, aber Sara, das Miststück, kriegst du nicht.»

Die Ansage gefiel Tom nicht. Er betrachtete Charlie genauer, den sonst so starken Naturburschen. Er schien krank.

Krank in Zusammenhang mit diesem Fall war nicht gut. Sollte er sich mit der Tollwut infiziert haben, war er so gut wie tot und hatte nichts zu verlieren. Aber er war dadurch auch gefährlich. Eine Biowaffe, die Tom nicht berühren durfte, wollte er sich nicht mit dem Erreger anstecken. «Rico, ich brauche deine Hilfe. Kennst du den Wanderweg hoch zum Wildspitz über die Leitern?»

«Klar. Wir sind ganz in der Nähe.»

«Wann könnt ihr hier sein?»

«Gypsydancer schafft das in einer Viertelstunde.»

«Wir kommen euch entgegen.» Tom beendete das Telefongespräch. Es wurde Zeit, die Kavallerie zu informieren. Der Blick aufs Display verhiess nichts Gutes. Nur drei Prozent Akkuleistung übrig. Er versuchte sein Glück bei Rizzo, doch kaum hatte er diesen an der Leitung, signalisierte ein Piepton, dass sich das Handy ausschalten würde. Fluchen half nicht. Tom steckte es in seine Hosentasche und nahm das Gewehr von der Schulter. «Du hast es gehört, wir gehen. Los! Steh auf, du Mistkerl.»

Charlie tat, was Tom von ihm verlangte. Was ihn persönlich betraf, so schien er aufgegeben zu haben. Er hatte sein Ziel erreicht: seine Rache an Sara. «Was hat sie dir angetan, dass es dir egal ist, für sie in den Knast zu gehen?», fragte Tom.

«Ich gehe nicht in den Knast. Sieben Tage nach Ausbruch der Tollwut ist man tot.»

«Hast du dich absichtlich infiziert?»

Charlie ging vor. Seine Schritte waren alles andere als standfest. «Nein. Ich dachte, ich sei vorsichtig. Es muss der junge Fuchs gewesen sein, den ich im Wald gefangen habe. Der Wildfang hat mich beim Reinigen des Käfigs gekratzt, kurz nachdem ich ihm den Erreger verabreicht hatte. Ich dachte nicht, dass der sich so schnell in dem Fuchs ausbreitet und mich bereits infizieren konnte. Oder es war der elende Kater der Kommissarin, der mich angesteckt hat. Der hat sich gegen die tödlichen Augentropfen gewehrt wie ein Wahnsinniger. Mein Pech.»

«Wo ist Sara?»
«Dort, wo sie hingehört. In der Hölle.»
«Wenn ihr etwas zustösst, dann –»
«Sie ist eine Mörderin! Eine Serienkillerin, die bei der Polizei arbeitet. Was denkst du, hat sie verdient? Die Behörden sind nicht fähig, mit solch einem Fall umzugehen. Das waren sie nie.»
«Wie kann man einen Menschen so sehr hassen, dass man dafür die Tierliebe der Freundin missbraucht, in ein Labor einbricht, einen unschuldigen Nachtwächter erschlägt, den Tollwuterreger stiehlt und gesunde Tiere damit infiziert?»
«Den Nachtwächter habe ich nicht erschlagen. Das war einer der italienischen Idioten, die Rosanna herangeschafft hat.»
«Wie konntest du sie überzeugen, bei dem Einbruch mitzumachen?»
«Gebrochene Herzen sind einfach für einen Racheplan zu gewinnen.»
«Wie lange hast du das geplant?»
«Seit April. Seit die Nonne mir alles erzählt hat.»
Welche Nonne?, wunderte sich Tom.
«Sara Jung hat meine Halbschwester umgebracht!», schrie Charlie heraus. «Sie hat das Neugeborene erstickt. Ihre Mutter hat es meinem Vater am Telefon erzählt. Er hat es meiner labilen Mutter gebeichtet, die mir nach seinem Tod die Schuld für alles gab. Ich war sechs. Sechs! Ein kleiner, unschuldiger Junge, der seinen Vater vergötterte. Ich stürmte zufällig ins Arbeitszimmer und musste mit ansehen, wie er sich eine Kugel durch den Kopf schoss. Mein Vater hat sie geliebt, verstehst du? Er wollte meine Mutter für sie verlassen, für eine Minderjährige. Sein Tod bedeutete auch das Ende für mich. Meine Mutter wurde wahnsinnig, hat den Selbstmord nie verkraftet und mir die Schuld dafür gegeben. Als die Behörden mich endlich befreiten, steckten sie mich in ein Kinderheim, in dem es noch schlimmer war.» Charlie atmete heftig und wischte sich mit dem Ärmel seines Hemdes den Schweiss von der Stirn. «Ich

bin gestorben, damals, mit sechs Jahren. Diesen psychischen Tod hat ebenfalls Sara zu verantworten.» Er begann, hysterisch zu lachen. «Sie schmort in der Hölle, wo sie hingehört, und ich werde dir niemals verraten, wo das ist. Sie soll leiden, die nächsten Tage und Wochen. Und sie wird sterben, elend verrecken.»

Tom ballte seine linke Hand zu einer Faust. Er war geneigt, dem Mistkerl eine zu verpassen, aber er konnte es nicht. Wie auch? Er konnte ihn verstehen, irgendwie. Menschen ertrugen nur ein gewisses Mass an Pein und Erniedrigung, bevor sie auf die dunkle Seite wechselten. Jeder Mensch konnte gebrochen werden. Dass Charlie sein persönliches Elend auf Saras Tat projizierte, war verständlich. Sie war sein Sündenbock. In seinen Augen hatte sie seinen Vater verführt und damit Charlies Apokalypse heraufbeschworen. Aber Charlies Worte gaben Tom auch Hoffnung. Sara lebte noch. Eins und eins zusammenzuzählen war einfach. Charlie musste sie mit der Tollwut infiziert haben und wollte, dass die Seuche sie langsam und qualvoll niederstreckte.

Während sie den Wanderpfad hinuntergingen, überlegte Tom fieberhaft, wie er die Wahrheit aus Charlie herausbrachte. Würde er ihn der Polizei ausliefern, war das Saras Todesurteil. Die Polizei musste sich an Gesetze halten. Die Folter war abgeschafft. Vielleicht konnte er ihn zusammen mit Rico genug einschüchtern, damit er sprach. Oder konnte Natalie an sein Gewissen appellieren? Tom zweifelte an seiner vagen Hoffnung.

«Der Plan war genial», sagte Charlie mit einem Grinsen im Gesicht. «All die infizierten Tiere hätten vom Mord an Sara abgelenkt, es hätte wie ein Unfall ausgesehen. Die Mordwaffe: ihr eigener Kater. Bissiges Tier. Aber statt Sara anzugreifen, verkroch er sich lieber in einer dunklen Ecke.»

«Das Kaninchen stammt aus dem Bestand der Labortiere, richtig?»

«Ja. Damit wollte ich Sara aus der Reserve locken. Ich musste einen neuen Plan schmieden, da der Kater versagt hatte und die Berner Tierärztin mir versicherte, dass Sara sich nicht angesteckt haben konnte.»

«Und der Hund von Ramirez?»

«Cocos Aufgabe war es, die Öffentlichkeit zu alarmieren. Ein Golfplatz war perfekt dafür. Ein Freund ist Hufschmied, ihm helfe ich manchmal aus. Als wir den Schimmel beschlagen haben, verpasste ich ihm die Dosis Tollwut. Den bereits toten Fuchs wollte ich im Wald auslegen, damit ihn einer der Jäger findet. Doch als du mich an dem Nachmittag begleitet hast, war das eine gute Gelegenheit ...»

«Du bist krank.»

***

Wärme durchfuhr Natalies Körper. Sie konnte es nicht kontrollieren. Wie auch? Rico sass hinter ihr im Sattel, seine Arme lagen an ihrer Seite an und führten Gypsydancers Zügel, der den Waldweg entlangtrabte. Sie versuchte, ihre Gedanken auf Tom zu konzentrieren. Er war angeschossen, aber er schien die Lage im Griff zu haben.

«Wann sind wir bei ihnen?», fragte Natalie. Die Spannung war kaum zu ertragen.

«Nicht mehr weit. Wie geht es dir? Alles okay im Trab?»

Nein, natürlich nicht, dachte Natalie. Das Gehopse im Sattel riss ihr die Haut vom Hintern. Die nächsten Wochen würde sie auf dem Bauch schlafen müssen. Aber das war ihr egal. Es ging um Tom – und um Sara. Sie waren wichtiger. «Sollen wir nicht die Bullen rufen?»

«Nein», hauchte ihr von hinten Rico ins Ohr. «Warten wir, bis wir bei Tom sind und sehen, was zu tun ist.»

Das gefiel ihr nicht. Sie konnte ihm nicht trauen, nicht mehr. «Hast du ein Problem mit den Bullen? Bei uns in der Villa hast du Sara angefahren, als sei sie eine der Bösen.»

«Bullen sind Menschen, die machen Fehler, bloss müssen Bullen selten für ihre Fehler geradestehen.»

«Wer sagt das?»

«Du weisst, dass Tom in U-Haft sass. Die Bullen haben ihn eingelocht, weil er mich nicht verraten hat, dabei wussten die genau, dass er nichts mit der Sache zu tun hatte.»

«Erzähl mir von *der Sache*.»

«Nicht jetzt.»

Ein Schuss liess Natalie zusammenzucken. Sofort schloss Rico seine Arme fester um sie. «Woher kam das?»

«Von weiter unten», sagte Rico. «Das müssen die Jäger sein. Tom geht es gut. Er ist ein harter Typ. Ihm passiert nichts.»

Natalie lehnte sich leicht vor, um aus Ricos Umklammerung freizukommen. Noch vor wenigen Stunden hatte sie sich danach gesehnt …

Rico verstand ihre Geste und liess locker. Vor ihnen weitete sich der Waldweg. Rico schnalzte mit der Zunge und liess Gypsydancer in einen leichten Galopp fallen. Das kräftige Pferd schnaubte laut. Ihm schien der Ritt im Wald zu gefallen, und er schien das Gewicht seiner Reiter kaum zu spüren. Kein Wunder, Natalie war ein Fliegengewicht. Boomer, der brav neben ihnen trottete, bellte freudig. Wenigstens haben die ihren Spass, dachte Natalie und biss sich auf die Lippen, was wenig half, den schmerzenden Körper zu ignorieren.

***

Sara lag am Boden und keuchte. Ihr Keuchen war das Einzige, was die Stille durchbrach. Sie fühlte, wie ihre Oberarme krampften. Erschöpft liess sie den Kopf zurück auf den kalten Steinboden fallen. Diesen Kampf hatte sie gewonnen, den nächsten würde sie verlieren. Der feuchte Speichel des Fuchses, sie war sich mittlerweile sicher, dass es ein Fuchs sein musste, klebte an ihr. Ihre Hand pochte. Im Dunkeln sah sie die Bisswunde nicht, die höllisch brannte. Was hatte Betty ihr erzählt? Je schneller die Viren die Nervenbahnen erreichten, desto kürzer war die Inkubationszeit. Die Fingerspitzen waren voll mit Nervenbahnen und eine der gefährlichsten Stellen bei einer Bisswunde und eine direkte Leitung für den Erreger ins Gehirn. In wenigen Tagen würden die ersten Anzeichen auftreten.

Auf dem Rücken liegend, schob Sara den Fuchs von sich hinunter. Es war nicht einfach, die Starre der Arme zu lösen, die sich im Kampf um seine Kehle gelegt hatten. Der Todeskampf des Fuchses schien endlos gewesen zu sein. Sara wusste, dass er bereits schwach war, aber trotz seines Wahns war der Überlebensinstinkt stark gewesen. Ihre Unterarme, ihr Bauch und Oberschenkel mussten von seinen Krallen gezeichnet sein. Die weisse Bluse und leichten Baumwollhosen boten wenig Schutz. Vielleicht sollte sie in Zukunft einmal Jeans tragen.

Zittrig stand sie auf. Jetzt, da sich das Adrenalin bereits abbaute, kam die Panik zurück. Sara schluchzte, drückte sich an die Wand und tastete sich auf die Ecke zu, in der sie die Wasserflaschen vermutete. Sie musste den Speichel des Fuchses von sich waschen, die Viren fortspülen, die sich längst in ihrem Körper tummelten. Sara wusste, dass es zwecklos war. Gegen die winzigen Mörder hatte sie keine Chance. Sie waren in der Überzahl und würden sie gebührend für ihre eigenen Sünden bestrafen. Langsam und qualvoll, so wie es der Sohn von Karl geplant hatte.

Sie hatte diese Strafe verdient.

***

Dass Natalie ihm gleich um den Hals fallen würde, kaum hatte Rico sie vom Pferd gehoben, damit hatte Tom nicht gerechnet. Er nahm sie in die Arme. Sie war total aufgelöst und weinte. Wo war seine tapfere Heldin geblieben, die Diamantenschmuggler und Menschenhändler durch Höhlen jagen konnte? Er schaute Rico an. «Was ist passiert?»

Rico zuckte mit den Schultern, hielt Gypsydancer am Zügel und strich über das Fell von seinem Hund. «Sie hat dich vermisst», antwortete er nach kurzem Zögern.

Tom ahnte, dass sich die beiden gestritten haben mussten. Er hatte es gewusst. Auf Rico konnte man sich nicht verlassen.

«Du blutest», sagte Natalie und schaute sich besorgt Toms Arm an.

Er lächelte. «Nur ein Kratzer, den werde ich überleben.»

«Ist das der Kerl?» Rico zeigte auf Charlie, der an einen Baumstamm gelehnt am Boden hockte. «Sieht nicht gerade gemeingefährlich aus.»

«Er hat sich beim Spiel mit dem Feuer verbrannt», antwortete Tom und entliess Natalie aus der Umarmung. «Charlie hat Fieber.»

Erschrocken blickte Natalie zu ihm auf. Tom nickte und flüsterte ihr ins Ohr. «Bleib von ihm weg, ja?»

«Wegbleiben?» Sie zeigte wütend auf Charlie. «Sie haben meinen Paps den Bullen ausgeliefert! Weshalb?»

Charlies Kopf wackelte erschöpft hin und her. «Musste sein. Ich wusste, dass sich Sara Jung in den Fall reinhängen würde, wenn Harri Krieger mit drinsteckte.»

«Sie haben die Viren in unserem Haus versteckt.» Natalie ging neben Charlie in die Hocke.

«Nein, das hat Rosanna erledigt, während der Feier bei euch in der Villa. Sie hat die doppelte Menge an Viren bestellt und die Daten im Computer manipuliert. Ich habe in der Nacht des Überfalles bloss die Hundemaske über den Zaun ins Gebüsch geworfen.»

«Weshalb fand die Polizei Paps' DNA in der Maske?»

«Das war einfach. Rosanna hat Ihrem Vater an seinem letzten Arbeitstag ein paar Haare vom Kopf gestohlen. Eine kurze Umarmung zum Abschied, ein versehentliches Hängenbleiben mit dem Fingerring in den Haaren ... Ich habe in der Nacht zusätzlich das Blut des Schäferhundes rangeschmiert. War eine spontane Idee.»

«Mistkerl, elender, wenn du nicht –»

Tom beschloss einzugreifen. «Natalie, lass es gut sein.»

«Hast du die Bullen informiert?»

«Mein Akku ist alle. Rico, ich brauche dein Handy.»

Rico band Gypsydancer an einen Ast und trat vor Charlie. «Der Typ hat also Sara Jung entführt?»

«Aus Rache», antwortete Tom. «Sara scheint in ihrer Jugend eine Affäre mit seinem Vater gehabt zu haben. Sie wurde schwanger. Das hat die Familie zerstört. Charlie will sich dafür an Sara rächen.»

«Was ist mit dem Kind?», fragte Rico.

«Würmchen!», rief Natalie plötzlich. «Karl Ryser, der Lehrer, er war der Vater von Würmchen. Sara hat davon gesprochen, dass Würmchen tot sei, dass sie es umgebracht habe.»

Das höhnische Lachen von Charlie zog alle Aufmerksamkeit auf ihn. «Sie hat alle auf dem Gewissen: das Baby, meinen Vater, meine Mutter, mich. Sie wird lange über ihre Taten nachdenken können. Lange. Lange.»

«Wo ist sie?», rief Natalie und wollte vor Charlie treten. Sie war wieder ganz die Kämpfernatur, wie Tom sie kannte. Er hielt sie am Arm zurück.

«Versteckt», sagte Charlie. «Allein. Sie sitzt im Dunkeln gefangen, zusammen mit dem Tod.»

Tom schob Natalie hinter sich und trat vor Charlie, seine Hände zu Fäusten geballt. «Rico, bring Natalie von hier weg. Ich muss mich mit Charlie unterhalten. Das wird nicht schön, aber wir müssen Sara finden.»

«Tom! Nein!» Natalies Hand legte sich auf seine Schulter. «Mach keine Dummheiten.»

Tom starrte sie an. «Willst du Sara sterben lassen?»

«Natürlich nicht. Die Polizei kann mit Hunden nach ihr suchen.»

Charlie musste einen Hustenanfall abwarten, bevor er antworten konnte. «Niemals. Ich habe alle Spuren verwischt.»

Rico trat neben Tom und zeigte auf Charlies Stiefel. «Nicht die da», sagte er. «Da klebt rote Erde an der Sohle. Feuchter Lehmboden. Ich weiss, wo der am Rossberg zu finden ist, bin gestern Morgen früh beim Ausflug auf den Wildspitz daran vorbeigekommen.» Er zeigte hoch Richtung Gipfel, der wegen der Bäume nicht zu sehen war.

Tom starrte Rico überrascht an. Aber dieser sagte nichts mehr, drehte sich um und ging zu Gypsydancer. Er löste die

Zügel vom Ast und pfiff Boomer zu. Mit einem Satz schwang sich Rico in den Sattel. «Auf Gypsydancer bin ich schneller.» Er schnalzte mit der Zunge, und der Rappe galoppierte los.

Tom und Natalie starrten Rico hinterher. «Falsche Schlange», knurrte Tom.

«Er lässt uns einfach hier zurück», sagte Natalie. «Was tun wir jetzt?»

Tom strich ihr über den kurzen Haarschopf. «Wie geht es dir? Kannst du gehen?»

«Meinen Füssen wird das nicht gefallen, aber die können mich mal.»

Tom zog das Gewehr von seiner Schulter und zielte damit auf Charlie. «Steh auf. Wir folgen den Spuren des Pferdes. Glaube mir, Sara zu töten ist schwerer, als du denkst. Die Frau ist stark.»

***

Beim kleinsten Geräusch zuckte Sara zusammen. Sie glaubte, ein Kratzen zu hören. Kam es von draussen? Sie kauerte sich in die nasse Ecke, in der sie Schutz gesucht hatte. Tatsächlich hatte sie die Wasserflaschen gefunden, leerte einen vollen Liter über ihre blutende Hand.

Das Kratzen wurde lauter.

Sara drückte sich die unversehrte Hand auf den Mund. Bitte nicht. Auf einen weiteren Kampf konnte sie sich nicht einlassen.

Als sich das Kratzen zu einem wütenden Schlagen steigerte, sprang sie in Panik auf die Füsse. Das Geräusch kam von aussen, von der Tür.

«Hallo?», rief sie.

Keine Antwort.

Charlie! Er war zurück. Wollte er sich vergewissern, dass sie gebissen wurde?

Erneut dieser Schlag, als ob Stein auf Metall krachte. Das Vorhängeschloss, schoss es Sara durch den Kopf. Wer immer die Tür öffnen wollte, er hatte keinen Schlüssel und versuchte es mit brachialer Gewalt.

«Hallo!», rief sie erneut. «Ich brauche Hilfe.»

Weshalb antwortete ihr keiner? Das Klopfen hatte für einen Moment aufgehört. Lauschte der Unbekannte? Er musste sie gehört haben. Sie griff nach einer vollen Wasserflasche, die einzige Waffe, die ihr zur Verfügung stand.

Regungslos verharrte sie.

Beim nächsten Schlag fuhr sie so heftig zusammen, dass sie die Wasserflasche zu Boden fallen liess. Nein, diesmal war nicht Stein auf Metall getroffen. Das war ein harter Fusstritt gegen die Holztür gewesen, die nach innen aufsprang und die Hütte mit Tageslicht flutete.

Geblendet hielt sich Sara die Hand vor die Augen. Sie sah nichts im Gegenlicht ausser den dunklen Umrissen einer Gestalt im Türrahmen, die sie intensiv und regungslos beobachtete. Das konnte unmöglich Charlie sein, die Person war leichter und geschmeidiger als der robuste Förster.

«Da ist jemand mächtig sauer auf Sie», sagte die Stimme, die ihr bekannt vorkam. «Sie im Dunkeln mit einem tollwütigen Fuchs einzusperren ist übel. Sie bluten.»

Sara musste allen Mut fassen, damit ihre Stimme nicht zitterte. «Er hat mich gebissen.»

«Sehe ich. Und Sie haben das arme Tier umgebracht.»

War das eine Anschuldigung? Sie fühlte, wie die Angst wich. Ihr altes Ich kam zurück. Sie ging einen Schritt auf den Mann zu, der im Türrahmen stand. Ihre Augen hatten sich noch nicht an die neuen Lichtverhältnisse gewöhnt, sie konnte seine Gesichtszüge nicht erkennen, aber seine langen Haare verrieten ihn. «Es war Notwehr. Ich brauche einen Arzt. Und wir müssen meine Kollegen informieren. Der Täter ist auf der Flucht. Er ist gefährlich.»

«Nicht mehr.»

Eigentlich hätte Sara bei den Worten erleichtert durchatmen sollen, aber es gelang ihr nicht. Sie wurde die Angst nicht los. Weshalb war Rico Minder hier?

«Ich habe ein Handy dabei», sagte er.

«Gut.» Sara hörte, wie draussen ein Pferd wieherte. Wie hatte der Zigeuner sie gefunden? «Geben Sie es mir.» Sie streckte die Hand aus.

«Nein», sagte er schroff, trat ein und schloss die Tür hinter sich.

Wieder war Sara in der Dunkelheit gefangen. Einen Fuchs mit blossen Händen zu erwürgen war eines, einen Mann zu überwältigen etwas anderes. «Was soll das?», fragte sie harsch und hoffte, dass er ihre Schwäche in der Stimme nicht hören konnte. «Lassen Sie mich raus. Sofort!»

«Das hat Zeit», sagte er. «Erst reden wir.»

Sara hörte, wie er sich vor der Tür auf den Boden setzte. Sein Atem ging ruhig und regelmässig. «Was wollen Sie von mir?»

«Antworten. Antworten über Würmchen. Natalie hat mir von dem Gespräch erzählt, das Sie mit ihr führten. Ich will wissen, was damals vorgefallen ist.»

«Warum ist das für Sie wichtig?»

«Nicht für mich, für Sie, Frau Jung.»

Sara wusste nicht, worauf er hinauswollte. Sie zögerte.

«Setzen Sie sich und erzählen Sie mir von der Nacht, als Würmchen geboren wurde. Danach rufen wir die Bullen – vielleicht. Es kommt darauf an, wie mir Ihre Geschichte gefällt.»

Sein Tonfall war unerbittlich. Weshalb? Weshalb interessierte er sich für die Nacht, als ihre Tochter geboren wurde? Rico Minder war ein Jenischer aus der Ostschweiz. Es gab keine Verbindung zu ihr oder ihrer Familie. Sara wusste, dass ihr nichts anderes übrig blieb, als die Wahrheit zu erzählen. Vielleicht war das gut. Seit sechsundzwanzig Jahren hatte sie geschwiegen, nie mit einer Menschenseele darüber gesprochen. Wie auch? Sie hatte ihr eigenes Baby ermordet. Die Bilder kamen hoch, als wäre es letzte Nacht geschehen. Saras Herz raste. «Ich war sechzehn. Verliebt. Als mein Bauch anschwoll, konnte ich es vor meinen Eltern nicht mehr verbergen. Ein Skandal. Karl Ryser war mein Lehrer, verheiratet und hatte einen sechsjährigen Sohn: Charlie. Als ich meinen Eltern von der Beziehung beichtete, nahmen sie mich aus der Schule und sperrten mich die letzten drei Monate der Schwangerschaft in meinem Zimmer ein. Meine Eltern waren religiöse Fanatiker.» Sara musste ein paarmal leer schlucken, ehe sie weitererzählen konnte. «Zur Geburt holten sie eine Hebamme, eine Nonne, die an ihr Schweigegelübde gebunden war. Ich war nicht auf die Schmerzen vorbereitet und glaubte zu sterben. Dann war Würmchen plötzlich da. Sie hat geschrien. Ihre Lungen waren stark und kräftig. Ich wollte sie behalten, aber meine Eltern entschieden, sie umgehend wegzugeben. Es kam zum Streit. Die Nonne hatte Mitleid, und ich durfte Würmchen kurz in die Arme nehmen.» Sara konnte ein Schluchzen nicht mehr zurückhalten. «Dann kamen meine Eltern, um sie mir wegzunehmen. Ich schrie sie an, sagte, ich wolle meine Tochter behalten. Während meine Mutter mich festhielt, versuchte mein Vater, sie mir aus den Armen zu reissen. Ich habe die Kleine fester an meine Brust gedrückt. Ich liess nicht los, sturköpfig, wie ich bin, beschloss ich, meine Tochter niemals loszulassen. Sie gehörte zu mir.» Sara zitterte am ganzen Körper. «Ich war sechzehn. Ein naives Ding. Ich habe Würmchen so fest gegen meine Brust gedrückt, dass die Kleine in meinen Armen erstickt ist. Ich habe sie umgebracht. Ich wollte das nicht. Ich wollte sie doch nur bei mir haben.»

Ricos Atem ging alles andere als ruhig. Er sagte lange nichts. «Was ist mit dem Baby passiert?»

«Ich verfiel in einen Schock, und mein Vater hat es mir weggenommen. Er hat mein totes Kind weggebracht, weit weg. Als er am nächsten Morgen zurückkam, sagte er, er habe es im Wald vergraben. Ein ungetauftes Baby habe keine Beerdigung verdient und würde nicht in den Himmel einziehen dürfen.» Ein Weinkrampf schüttelte Sara. Darüber zu sprechen tat weh. Aber sie fühlte, wie eine enorme Last von ihren Schultern fiel. Auch wenn Rico Minder ein Fremder war, sie hatte endlich ihre Schuld gebeichtet. «Für diese Tat gehöre ich in die Hölle», sagte sie, «wenn ich doch nur an die Hölle glauben könnte.»

«Wann war das?»

«Was?» Sara schaute auf, auch wenn sie ihn im Dunkeln nicht sehen konnte. «Wann kam das Kind auf die Welt?»

«Am 18. Juli vor sechsundzwanzig Jahren. Weshalb wollen Sie das wissen?»

Sara bekam keine Antwort. Rico stand auf.

«Wollen Sie mich töten? Na los. Sie haben es gehört, ich bin eine Mörderin. Ich habe die Bestrafung verdient.»

«Sie haben lange genug gelitten», sagte er stattdessen und öffnete die Tür. «Natalie und Tom folgen den Spuren meines Pferdes. Sie sollten bald hier sein. Ihren Entführer haben sie dabei, der tut Ihnen nichts mehr. Der arme Kerl hat sich bei seinem bescheuerten Plan selbst das Virus eingefangen.»

«Sie wissen, dass Charlie der Sohn von Karl Ryser ist?»

Rico zog sein Handy aus der Jeanstasche und reichte es Sara. «Rufen Sie an, wen immer Sie möchten. Ich warte drüben bei Gypsydancer und Boomer.»

ZWANZIG

Der Anblick war furchteinflössend. Niemand wollte so sterben. Tom trat in Schutzkleidung und mit Mundschutz neben Rizzo, der vor dem Plastikzelt stand, das über das Spitalbett von Charlie gelegt war. Quarantäne. Der arme Kerl würde allein sterben. Nachdem Tom von Sara die Leidensgeschichte gehört hatte, konnte er verstehen, dass Charlie innerlich brannte, aber dass er so weit gehen würde? Natalie hatte in den letzten vierundzwanzig Stunden, seit sie vom Rossberg hinunter waren, über Charlies Vergangenheit recherchiert. Die Puzzleteile fügten sich zusammen. Es gab nur wenige Lücken, die gefüllt werden mussten. Tom hörte Linn schluchzen. Sie sass an Charlies Bett, mit Handschellen gefesselt. Der Einbruch bei Rivoli war ihre Idee gewesen. Sie wollte die Tiere befreien. Tom glaubte ihrer Aussage, dass sie nichts von dem Tollwuterreger wusste. Die Mafiatypen hatte Charlie zusammen mit Rosanna angeschleppt. Es waren auch die beiden, die den Verdacht auf Harri lenkten.

«Wie geht es ihm?», fragte Tom und rieb sich den Bauch. Er hatte soeben die erste von drei Tollwutschutzimpfungen erhalten, wie alle Personen, die in den letzten Wochen mit Charlie in Kontakt standen. Die Gefahr eines erneuten Ausbruchs der Tollwut war nicht gebannt, aber die Behörden hofften, rechtzeitig alle potenziellen Träger des Virus geimpft zu haben. Die nächsten Wochen waren entscheidend.

«Er schläft», sagte Rizzo. «Wenn er wach ist, redet er wirres Zeugs. Sieht nicht gut aus.»

Linn schoss von ihrem Stuhl auf. Rizzo packte sie sofort bei der Schulter. Sie schüttelte wütend seine Hand ab. «Du Arschloch! Du hast mich bedroht. Ich werde dich anzeigen.»

Tom nickte. Sie hatte jedes Recht dazu.

«Ohne Tom hätte die Sache tragisch geendet», sagte Rizzo. «So können Sie sich wenigstens von Ihrem Freund verabschieden.»

Linn hob das Kinn. «Er ist nicht mehr mein Freund. Nicht nach dem, was er getan hat. Es ging ihm nie um die Tiere. Er hat mich benutzt, um bei Rivoli einzubrechen. Wegen ihm habe ich nicht nur eine Anklage wegen Einbruch und Diebstahl am Hals, sondern auch wegen Mithilfe bei einem Tötungsdelikt. Und wozu das alles? Das Veterinäramt hat alle Tiere, die wir befreit haben, bei meiner Freundin auf dem Gnadenhof abgeholt und eingeschläfert. Sie könnten mit der Tollwut infiziert sein. Blödsinn!»

Tom konnte sich gut an das Telefongespräch gestern Abend erinnern. Natalie hatte sich heftig mit Betty gestritten. Vergeblich. Die Tiere mussten vorsichtshalber getötet werden.

«Linn?» Charlies Stimme klang schwach, aber klar.

«Du hast alles kaputt gemacht», sagte sie kalt. «Du hast mein Leben zerstört und deines. Und wozu? Wegen einer Affäre, welche die Polizistin als Teenager mit deinem Vater hatte? Jeder zweite Mensch auf diesem Planeten hat Affären. Dein Vater hätte sich nicht erschiessen müssen. Ihm solltest du die Schuld geben und nicht so ein Theater veranstalten, nur um dich an einer Frau zu rächen, die weiss Gott genug in ihrem Leben durchgemacht hat. Wir sind fertig miteinander, Charlie. Leb wohl.» Sie drehte sich zu Rizzo um. «Na los, ich will raus aus diesem Schutzanzug und zurück in meine Zelle. Es wird Zeit, dass ich Rosanna Moretti besser kennenlerne. Der verpasse ich einen Kinnhaken, wenn ich sie treffe. Schleppt die mir Mafiosi an, die den Nachtwächter ermorden. Dabei hat sie mir versprochen, dass ihre Freunde zuverlässig seien und sie dafür sorgen werden, dass niemand im Gebäude ist, wenn wir einbrechen, um die Tiere zu befreien.»

«Ramirez hat Rosanna im Arbeitszimmer von Harri Krieger erwischt», sagte Charlie. «Sein Tod musste sein.»

«Ihr habt den Mord geplant? Ihr seid krank!» Linn konnte die Tränen nicht mehr zurückhalten.

Rizzo führte sie aus dem Zimmer.

Tom setzte sich zu Charlie. Was für ein mieses Ende sein trauriges Leben nahm. «Wie geht es dir?»

«Blöde Frage. Der Wahnsinn klopft an meine Schädeldecke.» Seine Stimme klang abgehackt und zittrig. «Die Schmerzen sind nicht auszuhalten, obwohl ich mit Medikamenten vollgepumpt bin. Ich habe es verdient, was?»

Tom sah, wie ihm Speichel aus dem Mundwinkel tropfte. Ein verkrampfter Kehlkopf war ein klares Anzeichen, dass die Krankheit rasch fortschritt. Charlie blieben nur ein paar Tage, die letzten davon bald im künstlichen Koma, um nicht vor Schmerzen dem Wahnsinn komplett zu verfallen. Er war bereits mit Händen und Füssen ans Bett gefesselt. Grauenvoll, dieses Virus, an dem noch heute Tausende Menschen jährlich verstarben. «Du hättest mit deiner Vergangenheit, so schlimm sie auch war, abschliessen sollen.»

«Habe ich versucht. Doch dann kam dieser Anruf von der Nonne, die nach einem Karl Ryser suchte. Sie wollte meinen Vater sehen, nicht mich. Sie erzählte mir, was damals vorgefallen war. Zwei Tage nach der Geburt liess sie sich nach Afrika versetzen und kam erst zum Sterben in die Schweiz zurück. Doch vor ihrem Tod wollte sie mir ihre Sünde beichten, die Sünde von einem vertuschten Mord. Sie wusste nicht, dass sich mein Vater das Leben genommen hatte. Sie wusste nichts von mir.» Charlie hustete und krümmte sich im Bett hinter dem Plastikzelt. Als der Anfall vorüber war, schloss er die Augen. «Mit ihrer Beichte kam alles wieder hoch. Endlich konnte ich mich an der Person rächen, die meine Kindheit zerstört hat.» Charlie schloss erschöpft die Augen.

Tom sprach ihn ein paarmal beim Namen an, bekam aber keine Antwort. Er war eingeschlafen. Armer Kerl, dachte Tom, verliess das Quarantänezimmer, entledigte sich der Schutzkleidung und trat in den Flur hinaus.

Ein junger Mann wartete draussen. «Ist Charlie da drin?», fragte er.

«Wollen Sie zu ihm?»

«Ich weiss nicht. Nein. Ich glaube nicht. Ich dachte, wir wären Freunde. Dass Charlie zu so etwas fähig ist …»

«Sie sind der Hufschmied?», fragte Tom.

«Ja. Charlie half mir, Spirit zu beschlagen. Der Wallach war kein einfaches Pferd, und ich brauchte mit ihm Hilfe. Dass Charlie dem armen Tier dabei das Virus verabreichte, habe ich nicht mitbekommen.»

«Er hat uns alle getäuscht», sagte Tom.

«Ich war vorhin bei Tina. Sie liegt noch immer hier, aber sie wird wieder. Nächste Woche kann sie nach Hause. Auch dafür ist Charlie verantwortlich. Er wusste, welchem Risiko er die Leute im Reitstall aussetzte, als er Spirit infizierte. Nein, ich denke, ich will ihn nicht sehen. Sagen Sie ihm, dass ich hier war.»

Tom nickte und schaute dem Hufschmied hinterher. Seine Reaktion war verständlich. Tom ging zum Lift. Es wurde Zeit, Sara einen Besuch abzustatten. Die Ärzte hatten ihre Hand behandelt und sie gegen die Tollwut geimpft. Zur Beobachtung wollte man sie einen Tag hierbehalten. Am Abend durfte sie heim. Als er an Saras Zimmertür klopfte und eintrat, staunte er nicht schlecht. Für eine Frau, die ihre Mitmenschen mit wenig Feingefühl behandelte und kaum Freunde besass, hatte Sara erstaunlich viele Besucher im Zimmer. Der Beistelltisch war mit Blumen überladen. Hofmeister stand am Fenster und unterhielt sich mit Betty. Das halbe Team von Rivoli war hier: Dr. Julia Weisshaar, Professor Günter Zach und auch Tamara Hansen. Diese sass am Bett und schüttelte dankbar Saras Hand. Tom musste grinsen. Er wusste, dass dies Sara nicht gefiel. Nicht mehr lange, und sie würde alle aus dem Zimmer jagen. Harri kam auf Tom zu. Seine Frau Rebecca sass neben dem Bett, Imani im Arm. «Das nahm ein gutes Ende», sagte Harri. «Ich habe mich mit Sara ausgesprochen und versöhnt. Wir sehen ja, wohin Rachsucht führt. Kaum zu glauben, ich war das Bauernopfer, der Lockvogel, damit sich Sara in den Fall verbeisst.»

Tom grinste. «Schlechte Karten gezogen, was?»

Harri blieb ernst. «Das mit mir ist die eine Sache. Dass Natalie mit hineingezogen wurde, das liegt mir schwer auf. Mit deinem dubiosen Freund Rico werde ich ein ernstes Wort reden.»

«Er ist seit gestern verschwunden. Als wir endlich bei der Hütte ankamen, war die Polizei schon vor Ort. Rico war weg. Aber keine Sorge, der taucht wieder auf. Tut er immer.»

Die Tür wurde energisch aufgestossen, und Eckart Lind trat ein. «Herrschaften, die Teeparty ist vorbei. Die Polizei übernimmt ab hier.»

Es dauerte ganze fünf Minuten, bis sich alle verabschiedet hatten und endlich das Zimmer verliessen. Weisshaar klopfte Tom beim Hinausgehen auf die Schulter. «Gute Arbeit. Frau Jung hat mir erzählt, dass Sie ihr das Leben gerettet haben.»

«Sie übertreibt», sagte Tom.

«Übertreiben? Sara Jung. Bestimmt nicht.» Sie zwinkerte ihm zu und verliess das Zimmer.

«Da schliesse ich mich an», sagte Betty. «Sie steht auf dich.» Betty zeigte auf Sara, die sich mit Lind unterhielt und das Gespräch nicht mitbekam. «Jetzt, wo sie sich endlich ihre Vergangenheit von der Seele geredet hat, taut sie auf. Also vergeig es nicht mit ihr. Sie braucht nicht nur eine Freundin», Betty zeigte energisch mit dem Finger auf ihre eigene Brust, «sondern auch einen Freund.»

Tom biss sich auf die Lippen und nickte knapp. Er blieb als Einziger mit Lind und Sara zurück im Zimmer und stellte sich ans Fussende des Bettes. Sara sass aufrecht. Sie in einem Trainingsanzug zu sehen, war seltsam. Überhaupt hatte er sie nie anders als mit weisser Bluse und schwarzer Hose gesehen. Sie unterhielt sich mit Lind über die Mafiabrüder, die an dem Einbruch beteiligt gewesen waren. «Dann haben unsere italienischen Kollegen eine Spur?»

«Ja», antwortete Lind. «Weit kommen sie nicht. Sie werden für den Mord an Ramirez vor Gericht gestellt.»

«Hoffentlich. Süditalien ist ein anderes Pflaster, Eckart, die Mafia hat dort grossen Einfluss.»

«Wir haben getan, was wir konnten.»

Sara blickte zu Tom auf. «Wie geht es Natalie?»

«Musa meint, er habe heute den ganzen Tag mit ihr zu tun. Füsse und Gesäss sind wund, das wird Wochen dauern, bis alles verheilt ist. Und die Tollwutimpfung ist bei ihrem Immunsystem auch nicht leicht wegzustecken.»

«Natalie ist zäh, sie schafft das.»

Tatsächlich sass da eine neue Sara vor ihm im Bett. «Was ist mit dir? Was geschieht jetzt?» Tom schaute Lind an.

«Von unserer Seite her nichts. Saras Eltern wie auch die Nonne, die einzigen Zeugen der Geburt, sind verstorben. Es gibt ausser Saras Aussage keinen Beweis, dass sie ein Kind geboren hat und –»

«Sprich es ruhig aus», sagte Sara. «Ich habe mein Würmchen getötet.»

«Sara, bitte. Solange wir keine –»

«Keine Leiche findet, könnt ihr nichts unternehmen.»

Lind nickte. «Zudem warst du damals minderjährig. Es wird zu keiner Anklage kommen. Also erhol dich ein paar Tage und komm zurück. Die Kollegen brauchen dich.»

«Lüg mich nicht an», sagte Sara. «Bestimmt brodelt die Gerüchteküche. Auch wenn ich nicht angeklagt werde, was, denkst du, halten die Kollegen von einer Kripochefin, die ihr Kind ermordet hat?»

«Das war kein Mord», wandte Lind ein, «es war ein Unfall.»

Tom wusste, dass Sara recht hatte. Es würde schwer sein, das Ansehen im Polizeikorps zu behalten. Da lag kein einfacher Weg vor ihr. Sie würde einen Freund brauchen.

EINUNDZWANZIG

Früher, da liebte sie die Einsamkeit. Sara sass zu Hause an ihrem Tisch und hielt ein Bild von Herrn Geheimrat in der Hand. Das einzige Foto, das sie von dem Kater besass. Auch seinen Tod hatte sie zu verantworten. Sara blickte auf ihre Hand, die ein grosses Pflaster zierte. Der Fuchs hatte sie übel erwischt, zwölf Stiche. Eine Mahnnarbe würde zurückbleiben.

Draussen dunkelte es bereits. Betty hatte heute den Tag mit ihr verbracht. Sie fuhr Sara für eine weitere Schutzimpfung zum Arzt. Danach gingen sie shoppen. Sie taten das, was Freundinnen tun. Für Sara war das Neuland. Betty hatte ihr zwei bunte Pullover und drei T-Shirts aufgebrummt. Dazu kamen zwei Paar Jeans, eine rote Umhängetasche, eine Strickmütze und eine dunkelblaue Lederjacke. Die Kleider hingen mit dem Preisschild versehen im Schrank. Vermutlich würde Sara die Sachen nächste Woche wieder zurückbringen. Ein dunkelroter Pullover? Sara hatte nie Rot getragen.

Sie legte das Foto von Herrn Geheimrat auf den Tisch neben die Traueranzeige. Charlie war vor zwei Tagen verstorben. Das Amt für Wald und Wild hatte die schlichte Anzeige aufgeschaltet, sonst hatte Charlie niemanden in seinem Leben. Wie traurig. Sosehr sich Sara einredete, dass sie nicht allein an seinem Schicksal schuld war, es gelang ihr nicht. Hätte sie damals nicht mit Karl … Sie schüttelte den Gedanken ab und starrte auf das leere Papier, vor dem sie sass. Es sollte ein Entwurf werden, ein Entwurf für ihre Kündigung. Dass sie kündigen musste, war unbestreitbar, aber wie es danach weitergehen sollte, das wusste Sara nicht. Für sie gab es nur die Polizei. Sie schrieb mit einem Kugelschreiber in grossen Buchstaben «KÜNDIGUNGSSCHREIBEN» auf das Papier, als es an der Wohnungstür klingelte. Besuch um diese Zeit? Es war fast halb zehn. Sara ging zur Tür und öffnete. Natalie stand draussen, eine grosse Tasche in der Hand. «Sorry, ich wäre früher gekommen, aber weder stehen noch sitzen waren die letzten Tage eine Option. Jetzt geht's langsam wieder. Eine Woche auf dem Bauch zu verbringen, ist eine Tortur. Darf ich reinkommen?» Sie hob eine Flasche Château Latour hoch. «Ist besser als der Fusel, den du mir letztes Mal aufgetischt hast.»

Sara führte Natalie ins Wohnzimmer. Sie hatte es verpasst, das Papier rechtzeitig wegzuräumen.

«Kündigung? Schade. Du bist echt ein guter Bulle. Aufsässig und stur und wenig taktvoll, aber gut.»

«Noch böse auf mich?», fragte Sara. Sie wusste nicht recht, wie sie diesen Besuch einordnen sollte.

Natalie legte ein zusätzliches Kissen aufs Sofa und setzte sich vorsichtig. Die grosse Tasche stellte sie behutsam neben sich. «Nein. Wenn man deine Vorgeschichte kennt, bist du sogar recht umgänglich. Ich bin hier für ein Friedensangebot. Wir sollten Freundinnen werden.»

«War das Bettys Idee? Oder Toms?»

«Ich bin ein Freak, aber ich kann echt für mich selbst denken und sprechen.»

«Sicher.»

«Gut. Hör mir zu. Ich habe eine Idee. Tom weiss nichts davon, ich wollte das erst mit dir besprechen.»

Jetzt war Sara neugierig. Sie holte Weingläser aus der Küche und entkorkte die Flasche Château Latour.

«Du weisst, dass ich Kipekapeka gegründet habe, um im Ausland den Armen und Schwachen zu helfen, auf mehr oder weniger legale Weise. Es gibt aber auch in der Schweiz genügend Personen, die Schutz oder Hilfe brauchen. Was denkst du, steigst du mit ein? Wir lancieren Kipekapeka Schweiz. Eine Detektei und Anlaufstelle für jeden, der Hilfe sucht. Natürlich holen wir Tom ins Boot. Wir arbeiten gemeinnützig, gesponsert durch Spendengelder, die kann ich auftreiben. Die Frauenhäuser sind voll in der Schweiz. Wenn eine Frau bedroht wird, kann die Polizei oft erst eingreifen, wenn sie bereits im Spital liegt oder tot ist. Das müssen wir ändern.»

Natalie hatte recht. Nicht jeder Bürger war durch das Gesetz ausreichend geschützt. Die Idee einer Detektei war neu, und Sara musste sich das erst einmal durch den Kopf gehen lassen.

«Überleg es dir», sagte Natalie und lächelte. «Und damit du dich in der Zwischenzeit nicht einsam fühlst», sie öffnete die Tasche, «habe ich dir Gesellschaft mitgebracht. Einen Namen hat die Kleine schon, nicht dass du sie Frau Bundesrätin oder Fräulein Doktor taufst. Darf ich vorstellen, das ist Belle Amie!» Natalie zog eine kleine grau getigerte Katze aus der Tasche. Neugierig blickte sie sich um. «Belle Amie ist drei Monate alt und eine echte Schmusekatze mit Ecken und Kanten, wild und kratzbürstig, wenn sie in der Stimmung ist. Bitte schön, ihr passt perfekt zusammen.»

Sara zögerte einen Moment, nahm dann aber die Katze auf den Arm und strich ihr über das glänzende Fell. Sofort begann sie zu schnurren, legte sich über Saras Unterarm und liess die Beine baumeln. Wie gut es tat, so ein kleines Würmchen in den Armen zu halten. Sara versuchte erst gar nicht, die Tränen zurückzuhalten.

***

«Er schläft.» Tom kam aus dem Schlafzimmer. Endlich war sein alter Herr eingeschlafen. Er brauchte den Mittagsschlaf. «Ein Wunder, dass er dich gleich erkannt hat.»

«Sorry, Mann», sagte Rico. «Es muss schwer sein mit deinem Paps.»

«Ist es. Aber du bist nicht wegen ihm zurückgekommen. Wo hast du dich die letzte Woche verkrochen?»

«Ich musste nachdenken.»

«Aha. Und worüber?»

«Das ist schwierig. Ich kann es dir nicht sagen.»

Tom war wütend. «Ist ja nichts Neues. Du warst noch nie offen zu mir – oder verlässlich. Wirst du gehen?»

«Ja.»

«Und Natalie?»

«Sie hat dich.»

«Wirst du dich wenigstens bei ihr verabschieden?»

«Sie ist wütend auf mich.»

«Ist sie. Aber du bist ihr eine Erklärung schuldig. Zumindest ihr.» Tom holte das kleine Geschenk vom Tisch. Es lag schon zu lange in der Wohnung herum. «Eigentlich wollte ich es deiner Schwester einmal persönlich vorbeibringen. Ich weiss, ihr Geburtstag war im Sommer. Würdest du es ihr bringen?»

Rico nahm es entgegen. «Sie wird sich freuen. Du solltest sie bald einmal besuchen.»

«Werde ich, versprochen.»

Rico nickte. «Dann gehe ich. Deine Nachbarn wundern sich bestimmt über das Pferd auf dem blauen Parkfeld.»

Tom lachte. «Hast du wenigstens die Parkscheibe gestellt?»

«Ja, unter den Steigbügel geklemmt.» Rico streckte ihm die Hand hin. «Wir sehen uns wieder.»

«Da bin ich mir sicher.» Er nahm seinen alten Freund in den Arm. Es war unmöglich, Rico lange böse zu sein.

***

«Da steht der schwarze Gaul in der Einfahrt!»

Natalie humpelte die Stufen hinunter und schaute Harri in die Augen, der alles andere als begeistert schien.

«Entweder du pfefferst dem Zigeuner deine Meinung, oder ich tu's.»

«Lass stecken, Paps. Ich sag nur kurz dem Pferd und dem Hund Tschüss.» Natalie ging nach draussen, wickelte die dünne Strickjacke enger um ihre Taille. Die Herbstluft war kühl. Gypsydancer graste friedlich, und Boomer genoss liegend die letzten Sonnenstrahlen des Tages. Rico stand da, mit dem Rücken an die Schulter seines Pferdes gelehnt, den Kopf gesenkt. Das lange Haar fiel ihm in die Stirn.

Natalie atmete tief durch und hoffte, dass Rico es nicht hörte. Sie war nicht bereit, ihm zu zeigen, wie sie litt. Nein, sie war die Coole, die Starke. Liebeskummer lag nicht drin.

«Hey, du Zigeuner», sagte sie und zwang sich ein Lächeln auf. «Das ist es also, der Abschied. Wo treibt es dich diesmal hin?»

Rico streckte seine Hand aus und kam auf Natalie zu. «Nach Hause, wenn man es so nennen kann. Meine Schwester hat Sehnsucht nach ihrem grossen Bruder.»

«Aha, verstehe. Dein Winterquartier einrichten.»

«Du kennst mich gut.» Er strich ihr mit der Hand über die Wange. «Wie geht es dir?»

«Du meinst, meinem Hintern? Den willst du nicht sehen. Die Füsse auch nicht. Wir sind über eine Stunde gelaufen, bis wir bei der Hütte ankamen. Ein Spaziergang wie auf heissen Kohlen.»

«Sorry.»

«Nicht dafür. Aber für die falschen Hoffnungen. Tu das nie wieder einer Frau an.»

«Es war nicht gelogen, Natalie, mir liegt etwas an dir.»

Sie glaubte ihm das sogar, aber sie wollte es nicht hören, so würde ihr der Abschied nur schwerer fallen. Sie strich über das Fell von Gypsydancer. Der hob den Kopf und beschnupperte sie neugierig. «Du wirst mir fehlen, mein Süsser. Du warst ein echter Freund.» Boomer spitzte die Ohren. Natalie musste lachen. «Du natürlich auch. Und jetzt geht, oder Paps stürmt mit der Schrotflinte aus dem Haus. Er ist echt sauer.»

Rico zog einen Umschlag aus seiner Lederjacke. «Das ist für dich.»

Natalie bemerkte, dass dabei ein Foto zu Boden fiel. Sie hob es auf und starrte auf das Bild. Es zeigte eine junge Frau, die lachend neben Gypsydancer stand. Sie hatte lange schwarze Haare. «Hier, hast du verloren.» Sie gab Rico das Bild zurück und nahm den Umschlag an sich. Er war verschlossen.

«Das ist Mirjam, meine Schwester», sagte Rico und blickte kurz auf das Bild.

«Schöne Frau», sagte Natalie. Irgendwie wurde die Situation hier unbequem und verkrampft. «Was ist in dem Umschlag?»

«Eine Entschuldigung», sagte Rico und schwang sich in den Sattel. «Lies ihn oder verbrenne ihn.»

«Sehen wir uns wieder?»

«Möglich.» Er schnalzte mit der Zunge und galoppierte auf das offene Eingangstor zu.

Natalie schaute ihm lange hinterher, auch wenn er längst aus ihrem Blickfeld verschwunden war. Als sie zurück zur Villa ging, beschlich sie ein ungutes Gefühl. Lag das an dem Umschlag, den sie unschlüssig in der Hand hielt? Nein. Es war das Foto, das Bild von Mirjam. Auch wenn sie die junge Frau nicht kannte, das Foto hatte etwas in Natalie ausgelöst. Bloss was?

***

Es war bereits nach neun, als Tom an Natalies Zimmertür klopfte. Sie rief ihn herein, und er fand sie auf dem Bauch liegend im Bett vor. «Musa hat mich hochgelassen», sagte Tom und setzte sich auf die Bettkante. «Alles okay?»

«Er ist weg.»

«Ich weiss. Ich habe dich gewarnt, er ist kein zuverlässiger Kerl. Rico kann niemand zähmen. Der bleibt ein einsamer Wolf. Er hat ein gutes Herz, aber –»

«Schon klar», sagte Natalie harsch. «Ich brauche keine Predigt.» Sie stützte ihren Kopf auf der Hand auf und schaute zu ihm hoch. «Er hat mir einen Brief geschrieben. Ich habe ihn verbrannt. Das letzte Wort kriegt er nicht. Nicht bei mir.»

«Gutes Mädchen.»

«Genug über die Liebe geplaudert. Sprechen wir übers Geschäftliche. Ich will mich mit Sara zusammentun. Und wir brauchen dich mit im Boot.»

Tom hob erstaunt die Augenbrauen und hörte zu, als Natalie ihm von ihrer Idee erzählte. «Und du denkst, du und Sara, ihr kommt klar miteinander? Ich habe nämlich keine Lust, den Friedensrichter in einem Zickenkrieg zu spielen.»

«Logo, Mann, Sara und ich sind voll auf einer Wellenlänge. Neuerdings jedenfalls.»

«Na gut, schlafen wir darüber und besprechen das alles in den nächsten Tagen. Ich werde gehen.»

«Nein, bleib! Du kannst mir eine Gutenachtgeschichte erzählen.» Sie rutschte ein Stück zur Seite und klopfte auf die Matratze.

Tom zögerte einen Moment, legte sich aber neben Natalie. «Was willst du hören? Alicia habe ich bestimmt tausendmal das Märchen von Dornröschen erzählt.»

«Nein, bei der Geschichte schlafe ich ein. Ich will mehr Action. Erzähl mir von Mirjam. Was ist damals zwischen ihr, Rico und dir vorgefallen? Und wie passt der tote Biker ins Bild, für den du in U-Haft kamst?»

Tom drehte den Kopf. Natalie war ganz nah.

«Ach, komm schon. Ich habe ein Foto von ihr gesehen. Es ist Rico aus der Jackentasche gefallen.»

«Nicht heute, die Geschichte kann warten.» Er sah, wie sie fieberhaft überlegte. «Was ist?»

«Ich weiss nicht, das Bild geht mir nicht mehr aus dem Kopf. Ich kenne diese Mirjam nicht, aber diese schwarzen Haare, das runde Gesicht, die strengen Augenbrauen. Mensch, Tom, wie alt ist Mirjam noch gleich?»

«Sie wurde im Juli sechsundzwanzig. Warum?»

«Heilige Hühnerkacke! Tom, hast du Tomaten auf den Augen? Diese Ähnlichkeit. Sie sind sich wie aus dem Gesicht geschnitten. Rico hat Saras Bild in der Zeitung gesehen. Deshalb kam er nach Zug. Er wollte die Wahrheit herausfinden.»

Tom verlor alle Farbe im Gesicht. «Du meinst …?»

«Genau das!»

HOFFNUNG

Es war eine dunkle Nacht, wie nur Satan sie erschaffen konnte. Er hatte die Dunkelheit über sie gebracht und forderte seinen Lohn. Vielleicht war es gut so, dachte er, als er den Wagen über die einsame Landstrasse, weit weg von zu Hause, fuhr. Vielleicht war das die Strafe Gottes, die seine Tochter erdulden musste, um Vergebung zu finden. Dieses Kind hätte es nie geben dürfen.

Er drückte aufs Gaspedal und wischte sich Tränen von den rauen Wangen. Der Teufel in Mannesgestalt musste seine Tochter verführt haben. Sie war selbst ein Kind. Aber sie war alt genug, ihre Strafe zu erhalten. Wie hoch konnte diese Strafe sein? Hatte sie nicht mit dem, was nach der Geburt vorgefallen war, ein weiteres Gebot gebrochen? Er warf einen Blick in den Rückspiegel. Die Brut des Satans lag in Decken eingewickelt auf dem Rücksitz. Daneben die Schaufel, die er aus dem Garten geholt hatte. Für dieses Bündel, mochte es noch so unschuldig aussehen, gab es keine Erlösung. Es hatte nie die Taufe erhalten.

Vor sich auf einem Feld sah er drei Wohnwagen von Fahrenden. Es war weit nach Mitternacht. Kein Licht brannte. Gut so. Er bog links in einen Waldweg ein. Nach rund zweihundert Metern stellte er den Wagen ab. Hier war ein guter Platz. Der Boden war weich, und Brombeerstauden säumten den Weg, der im Nirgendwo endete.

Er stieg aus und holte zusätzlich die Hacke aus dem Kofferraum. Er zündete die Taschenlampe an. Das Abblendlicht des Wagens war ihm zu stark. Niemand durfte ihn beobachten. Er öffnete die hintere Wagentür. Wie vom Blitz getroffen, stolperte er zurück, als er leises Wimmern hörte. Es war schwach, ein Hilferuf aus kleinen Lungen, die kaum noch die Kraft besassen, Luft zu holen. Er liess die Hacke fallen und fiel auf die Knie.

Er musste beten.

Vergeblich versuchte er zu begreifen, was Gott ihm mit

diesem Zeichen zu verstehen geben wollte. Das war unmöglich. Das Baby war tot gewesen.

Jetzt lebte es.

Einzig zwei Erklärungen fielen ihm ein. Entweder war das Kind die Brut Satans und nicht zu töten, oder Gott hatte seiner Tochter vergeben und wollte, dass das Baby weiterlebte.

Er betete erneut.

Haderte.

Handelte es sich hier um einen Satansbraten, so musste er ihn töten. Erfuhr das Baby die Gnade Gottes, so musste es leben.

Er weinte.

Weinte so lange, bis das Wimmern des Neugeborenen verstummt war. Dann stand er auf und setzte sich ans Steuer seines Wagens. Er legte den Rückwärtsgang ein.

Zurück aus dem Wald, an der Gabelung, von wo er die Wohnwagen sehen konnte, stellte er den Motor erneut ab, stieg aus und öffnete die hintere Wagentür. Er kramte einen Zettel aus seiner Jackentasche und schrieb ein einziges Wort darauf. Dann holte er das Kind vom Rücksitz und lief im Schutz der Bäume los. Leise pirschte er sich zu den Wohnwagen vor und legte das Bündel auf einen Campingtisch vor einen der Wagen. Den Zettel, auf den er das Wort geschrieben hatte, steckte er dem Baby unter die Decke. Plötzlich bellte ein Hund. Rasch drehte er sich um und rannte davon, als wäre der Teufel hinter ihm her. Er wusste, dass er dieses Geheimnis mit in sein Grab nehmen würde. Aber wenigstens hatte das Baby den Namen bekommen, den die Mutter ihm geben wollte.

Als er ein letztes Mal über seine Schulter zurückblickte, sah er, wie ein etwa fünfjähriger Junge aus dem Wohnwagen trat, das Bündel in die Arme nahm und nach seiner Mutter rief.

Mirjam würde leben.

Dank

Ein Buch über die Tollwut zu schreiben ersetzt für mich viele Stunden auf der Couch eines Therapeuten. Wenn es so etwas wie eine Tollwutphobie gibt, dann leide ich daran. Dieser Krimi ist der persönlichste, den ich je geschrieben habe, und zwang mich, mich mit meinen Kindheitserinnerungen auseinanderzusetzen. Als Sechsjährige einem tollwütigen Fuchs fast Auge in Auge gegenüberzustehen, prägt einen. Aufgewachsen auf einem Hof, umgeben von Wald mit unzähligen Fuchsbauten, war die Tollwut allgegenwärtig während meiner Schulzeit. Regel Nummer eins war es, einen Ast in die Hand zu nehmen, wenn wir durch den Wald zur Schule liefen oder im Wald spielen wollten. Die Szene im Buch, wo Max Hofmeister erzählt, wie ein Fuchs den Traktor angreift, die habe ich persönlich erlebt. Zu viele leidende Füchse sah ich. Dieses Buch soll ihnen gewidmet sein.

Schlimm ist, dass, obwohl es Impfstoffe gegen dieses Virus gibt, noch heute laut WHO neunundfünfzigtausend Menschen jährlich qualvoll an dieser Seuche sterben. Das Lyssavirus, das sich bereits seit viertausend Jahren zwischen Tieren und Menschen verbreitet, ist bei uns in Vergessenheit geraten, im Schatten von SARS, Corona, AIDS und Co. Vor allem in Afrika und Asien ist die Tollwut weitverbreitet, und Abertausende von Tieren sterben daran oder werden, oft unnötig, abgeschlachtet, weil vermutet wird, dass sie mit dem Erreger infiziert sind. Es gibt viele Tierschutzorganisationen, die mit Impfkampagnen dem entgegenhalten wollen, so zum Beispiel auch Vier Pfoten, die in einem Langzeitprojekt in Myanmar von 2018 bis 2022 eine Million Tiere impfen will.

In diesem Buch geht es aber nicht nur um die Tollwut, sondern auch um den Tierschutz, und Tiere spielen eine zentrale Rolle. Ich zögerte lange. Funktioniert ein Krimi mit tierischen Hauptdarstellern? Tierversuche sind ein heikles

Thema, das polarisiert. Es ist gut, darüber zu sprechen, darüber nachzudenken und darüber zu schreiben. Eine einfache Lösung wird es nie geben. Tiere zu verletzen wühlt die Leser auf, und ich bin mir sicher, viele von euch haben mehr mit Coco gelitten als mit dem armen Ramirez – habe ich recht?

Um dieses Buch zu schreiben, brauchte ich Hilfe von aussen. Ein grosser Dank geht an Heidi Gerber, die viele Jahre in der Tollwutzentrale in Bern gearbeitet hat und mich mit ihrem Wissen über diese Krankheit unterstützte. Sollten sich dennoch Fehler eingeschlichen haben, gehen die auf meine Kappe.

Ein Schmetterlingskind als Protagonistin in einem Krimi spielen zu lassen, ist keine leichte Aufgabe als Autorin. Deshalb danke ich Jenny für die Anmerkungen im Manuskript und der Stiftung DEBRA, die mir Einblicke in das Leben der Schmetterlingskinder geben konnte.

Ein grosses Dankeschön an meine treuste Testleserin Erika Sommer, die fast jeden Fehler entdeckt.

Danken möchte ich auch meinen Eltern, für die Gespräche am Küchentisch über die Zeiten von damals. Die Erinnerungen sind wieder lebendig geworden.

Irène Kost hat das Manuskript lektoriert und aus ihm ein fertiges Buch gemacht. Danke!

Ohne das grossartige Team vom Emons Verlag wäre dieser Krimi nie entstanden. Herzlichen Dank, dass der Verlag an mich glaubt und mich meinen Traum leben lässt.

Meinem Mann und meinem Sohn eine dicke Umarmung, dass sie mir die Stunden in meiner Phantasiewelt gönnen und auf die eine oder andere Mahlzeit geduldig warten.

Zum Schluss möchte ich meinen treuen Leserinnen und Lesern danken, für all die wundervollen Nachrichten und Mails, die ich erhalte. Euer Feedback macht Mut und Lust, weiterzuschreiben. Danke euch.

Herzlichst
Monika

Alle Titel von Monika Mansour im Überblick:

Auch als eBook erhältlich

Luzern Krimis mit Cem Cengiz

Liebe, Sünde, Tod
ISBN 978-3-95451-361-1

Himmel, Hölle, Mensch
ISBN 978-3-95451-663-6

Luzerner Todesmelodie
ISBN 978-3-95451-950-7

Luzerner Totentanz
ISBN 978-3-7408-0193-9

Die Tote vom Titlis
ISBN 978-3-7408-0519-7

Zug Krimis mit Sara Jung

Höllgrotten
ISBN 978-3-7408-0308-7

Wildspitz
ISBN 978-3-7408-0932-4

111-Orte-Reihe

111 mystische Orte in der Schweiz, die man gesehen haben muss
ISBN 978-3-7408-0139-7

111 Pferde, die man kennen muss
ISBN 978-3-7408-0444-2